Harper
Collins

Zum Buch:

Frankie Sheehan ist eine der besten Detectives der Dubliner Gardaí und gerade wieder in den Dienst eingetreten. Ihr letzter Fall hätte sie beinahe das Leben gekostet. Die physischen Wunden sind verheilt, die psychischen noch nicht. Aber ohne Arbeit hält es Frankie nicht aus. Ihr Chef gibt ihr grünes Licht zurückzukehren. Doch es bleibt ein Risiko, das wissen sie beide. Wenn sie scheitert, ist sie draußen.

Wer war das Opfer? Je länger Frankie ermittelt, desto mehr Risse bekommt das Bild der professionellen Wissenschaftlerin; dunkle Geheimnisse der Professorin kommen ans Licht. Spuren führen Frankie ins Darknet, sie stößt auf Sadomasochisten, die sich über ihre Todesfantasien austauschen. Und alle Hinweise führen zurück zu Eleanor. Immer weniger erscheint die Wissenschaftlerin als das eigentliche Opfer. Doch sie wurde umgebracht. Wer ist ihr Mörder?

Zur Autorin:

Olivia Kiernan ist Autorin und Bloggerin und stammt aus County Meath, Irland. Sie studierte Kreatives Schreiben an der University of Sussex und lebt heute in Oxfordshire, doch die irische Kultur hat einen großen Einfluss auf ihr Schreiben. »Zu nah« ist ihr Debüt.

Olivia Kiernan

Zu nah

Thriller

Aus dem Englischen von
Ulrike Wasel & Klaus Timmermann

Harper
Collins

HarperCollins®

FSC
MIX
Papier
FSC® C014496

Ungekürzte Ausgabe im HarperCollins Taschenbuch

Originaltitel: »Too Close to Breathe«
Erschienen bei: riverrun

Published by arrangement with riverrun,
an imprint of Quercus Editions Ltd., London

Umschlaggestaltung: zero-media.net, München
Umschlagabbildung: plainpicture / BlueHouseProject
Lektorat: Friderike Baum
Satz: GGP Media GmbH, Pößneck
Printed in Germany
Dieses Buch wurde auf FSC®-zertifiziertem Papier gedruckt.
ISBN 978-3-95967-302-0

www.harpercollins.de

Für Grace und Matthew

***

Wenn ich an ihn denke, ist er tot. Auf dem Grund eines Flusses. Im Geist sehe ich ihn, tief unten, gegen die Strömung gestemmt, schwarze Haare wehen im Unterwasserwind, die Wangen zu einem Lächeln nach hinten gedrückt, Zähne leuchten in den grünen Tiefen. Ich möchte mit dem Bus in die Stadt fahren und mich auf die Brücke stellen, genau an die Stelle, wo wir ihn fallen ließen. Leute würden vorbeigehen. Lächeln. Ohne zu ahnen, was wir getan haben. Ich würde zurücklächeln. Ein Lächeln kann viele Geheimnisse verbergen.

Du begrüßt mich mit einem harten Kuss, als ich die Tür öffne, trittst sofort ein, raus aus der kühlen Seeluftnacht, Augen schwarz wie der Teufel. Ich halte deinen dunklen Blick fest und versuche, mich daran zu erinnern, wann das Böse dem Guten den Rang abgelaufen hat. Du hältst einen Strick in der Hand. Braun, faserig und grob. Schon jetzt kann ich sein Kratzen an der duftenden Haut meiner Kehle spüren. Ein erregender Schauer flüstert am Rand meines Atems.

***

KAPITEL 1

Kein Abschiedsbrief. Das Opfer schweigt eisern, bleibt eiskalt und stumm; die beste und schlechteste Zeugin ihres Endes. Ein Abschiedsbrief wäre für die Hinterbliebenen etwas, woran sie sich festhalten können. Um Schuld zuzuweisen. Wütend auf den Wortlaut zu reagieren. Den Scheißwisch in Stücke zu reißen, wenn ihnen danach wäre. Ohne gibt es gar nichts. Trauer ist ein einsamer Kampf. Dennoch bilde ich mir ein, den Hauch eines Lächelns in den Winkeln ihres geschwollenen Mundes zu sehen, ein Lächeln, das Geheimnisse andeutet. Geheimnisse, die sie mit ins Grab nehmen wird.

Die schmalgesichtige Rechtsmedizinerin beginnt mit der Obduktion. Sie geht am Körper des Opfers vorbei, spricht ihre Befunde in einem knappen, klinischen Tonfall in ein Mikro.

»Todeszeitpunkt: gegen zwanzig Uhr am 19. Oktober 2011. Todesursache: mutmaßlich Strangulation durch Erhängen. Todesart: noch ungeklärt. Opfer: neununddreißig Jahre alt. Weiblich. Obduzentin: Dr. Abigail James. Außerdem anwesend: Detective Chief Superintendent Frankie Sheehan und Associate Commissioner Jack Clancy.«

Wir sind in Whitehall. Das supermoderne Gebäude, in dem Dublins Rechtsmedizin untergebracht ist. Der Beobachtungsbereich läuft unter dem liebevollen Spitznamen »Wartesaal«, eine lakonische Anspielung darauf, dass durchaus die Möglichkeit besteht, irgendwann mal selbst auf der Schlachtbank eines Rechtsmediziners zu landen.

Ich schaue zu Dr. James hinunter, die gerade mit einer Stiftlampe in den Mund des Opfers leuchtet. Auch sie ist ein neues Gesicht. Erfordert eine weitere Umstellung. Obwohl

Veränderungen zu erwarten sind, wenn man monatelang weg war, fühle ich mich doch irgendwie hintergangen.

»Sie ist neu.«

Jack Clancy blickt weiter nach unten auf das Opfer. Er schiebt die Hände in die Hosentaschen, wippt auf den Fußballen. »Dir entgeht aber auch gar nichts, genau wie früher. Hoffentlich sind deine Fähigkeiten als Detective nicht so diabolisch wie deine Beobachtungsgabe, Sheehan.«

»Guck mal.« Ich zeige lächelnd auf einen halb vollen Becher Kaffee. »Noch nicht ausgetrunken. Bitte keine Frechheiten, bevor der leer ist. Was ist mit ihrem Vorgänger?«

»Nach Australien abgehauen, wie fast alle in diesem Scheißland«, sagt er.

»Detective Harwood?«

»Wieder bei uns.«

»Ich dachte, der wäre zur Sondereinheit gewechselt.«

»Ballistik.«

»Was ist passiert? War die Sehnsucht zu groß?« Ich grinse ihn an.

Die Sorge steht Clancy ins Gesicht geschrieben: Seine Augenbrauen schnellen hoch und runter, seine Lippen werden schmal, gepresst, und die Haut an seiner Kieferpartie bebt.

»Wir mussten einiges an Personal hin und her schieben, Frankie. Deine Leute, eingeschüchtert wie eh und je, sind dir treu ergeben wie geprügelte Hunde, aber wir haben keinen anderen Detective auf deiner Stufe, der mit dir zusammenarbeiten kann.«

»Ich arbeite sowieso lieber allein«, erwidere ich.

Der Rest meines Kaffees ist eine kalte Brühe aus halb aufgelöstem Zucker, ungefähr so einladend, wie der Tag angefangen hat, und so vorhersehbar, wie er weitergehen wird.

Ich bringe das Gespräch zurück auf sicheren Boden. »Also, was machen wir eigentlich hier? Für einen glasklaren Selbstmord sind wir zwei ein bisschen überqualifiziert, oder?«

Sein Gesichtsausdruck besagt, dass er mich im Moment noch nicht mal qualifiziert für irgendetwas hält. Ich nehme Haltung an. Sehe ihm in die Augen.

»Der Coroner hatte ein ungutes Gefühl«, sagt er. Bei den Worten »ungutes Gefühl« zieht er eine Augenbraue hoch. »Der Commissioner ist nervös.«

»Nervös?«

Er antwortet nicht.

»Meinetwegen?«

Schweigen. Ich schmecke Galle hinten auf der Zunge.

»Scheiß auf die da oben.« Ich schiele zu ihm rüber, hoffe, eine gewisse Zustimmung in seinem Gesicht zu entdecken, aber sein Mund bleibt eine harte Linie, der Blick starr geradeaus.

Nach einer Weile sagt er: »Also, was denkst du?«

»Über das Opfer?«

Er seufzt. »Über das ›ungute Gefühl‹?«

»Tja, die Frage ist schon fast philosophisch.« Ein verkrampftes Grinsen. »Du glaubst offensichtlich nicht an den guten alten Ich-verpiss-mich-jetzt-aus-dieser-Dreckswelt-Abgang?«

Seine Schultern heben sich unter dem Jackett. »Die Möglichkeit besteht immer.«

Ich wende mich ab. Die Rechtsmedizinerin, Abigail, erzählt die Geschichte der Frau:

»Der Schädel ist intakt, keine Anzeichen einer Fraktur. Leichte Rechtsverschiebung des Hinterhauptes auf C1, die auf eine erhebliche Dislokation der oberen Halswirbelsäule durch Erhängen zurückzuführen ist. Die seitliche Röntgenaufnahme der Halswirbelsäule zeigt eine beidseitige Fraktur der Pars interarticularis, was darauf schließen lässt, dass der Fall des Körpers ruckartig vom Seil gestoppt wurde.«

»Scheint heutzutage ein besonders beliebter Tod zu sein«, sagt Clancy über meine Schulter.

Mir ist bewusst, dass meine Hand irgendwann während Abigails Obduktion zu meinem Hals gewandert ist. Mund verkrampft, trocken, mein Atem still und klein in der Brust.

Ich schlucke, und die Wände meiner Kehle kleben aneinander. »Trotzdem ist es eigentlich eine ungewöhnliche Wahl für eine Frau. Eher ein Männertod.«

Clancy steht unter Spannung. Ich spüre sie wie in Wellen von ihm abstrahlen.

Ich huste, versuche, so zu klingen, als hätte ich mich voll im Griff: »Wenn Frauen sich umbringen, greifen sie üblicherweise zu weniger unmittelbaren Methoden, also eher zu Tabletten oder Rasierklingen. Erhängen kommt zwar auch vor, ist aber nicht ihr Abgang erster Wahl.« Ich werfe ihm sicherheitshalber noch ein Lächeln zu.

Clancy tritt näher ans Fenster, starrt das Opfer an, das in dem Raum unterhalb von uns liegt.

»Vielleicht war es ja nicht ihre erste Wahl«, sagt er.

»Vielleicht.« Ich drücke den Knopf der Sprechanlage. »Dr. James? Was ist das da an ihrem linken Arm?«

Abigail blickt genervt zu unserem Fenster hoch.

Ich stoße einen leisen Pfiff aus. »Da lässt sich aber jemand nicht gern unterbrechen.«

Clancy erteilt ihr mit einem knappen Nicken die Genehmigung, und sie geht mit steifen Schultern an dem Körper entlang und spricht weiter ihre Befunde ins Mikro.

»Am linken Unterarm knapp distal zur Ellbogenbeuge befindet sich ein linearer Schnitt durch die Haut, anscheinend mit einem sehr scharfen Gegenstand wie beispielsweise einer Rasierklinge verursacht. Die Hautränder sind dunkel verfärbt. Vielleicht eine alte Tätowierung oder Farbrückstände an der verwendeten Klinge oder anderem Schneidwerkzeug.«

Sie hält kurz inne, nimmt ein Probenröhrchen und macht einen Abstrich. Datiert und beschriftet das Röhrchen, dann fährt sie fort:

»Die Wundöffnung ist zwei Zentimeter lang, aber es wurden keine größeren Blutgefäße verletzt.«

»Na bitte«, sage ich leise, halb zu mir selbst, halb zum Opfer. »Die Pulsadern aufschneiden hat nicht geklappt, also hat sie sich aufgehängt.«

Das genügt. Genügt für die Hoffnung, dass sich die Sache damit erledigt hat. Kleine Schritte. Ich nehme die Fallakte, bewege mich Richtung Tür. »Sehen wir uns später im Büro?«

»Sheehan«, seufzt er. »Du solltest –«

Ich muss die Leichtigkeit in meine Stimme zwingen, in meinen Körper. Ich drehe mich um, knicke eine Hüfte ein, lasse die Hand von der Klinke gleiten. »Komm schon, Jack. Wir wissen beide, dass ich das schaffe. Ich klär den Fall. Vertrau mir. Keine offenen Fragen.«

Er studiert mein Gesicht eine gefühlte Minute lang, Zunge gegen die Wange gedrückt, mit angehaltenem Atem. Ich weiß, dass er mehr sieht als die weiße Stehkragenbluse, den neuen Haarschnitt, kinnlang und heller gefärbt. Ich weiß, dass er die Spuren sieht. In meinem Gesicht. Unter den Augen. Die Akte in verkrampften Fingern. Die rosa Narbe, die sich vom Haaransatz bis zur linken Schläfe zieht.

Endlich lässt er die Schultern sinken, atmet lange aus, und das Grübchen in seiner rechten Wange vertieft sich. Er sieht aus, als wäre er in dem Moment ein ganzes Jahr gealtert.

»Also gut. Aber falls es zu viel wird …«

Ich bin schon halb aus der Tür. »Ich weiß, ich weiß. Dann ruf ich dich an oder so.«

Sobald ich aus Whitehall raus bin, biege ich nach links und gehe ein kurzes Stück den Bürgersteig entlang, bevor ich in eine Seitenstraße abtauche. Eigentlich ist es eher eine Art Zufahrt, die zu einer Sportanlage führt. Die Bänke sind leer und nach den Spielen am Wochenende mit Abfall übersät. Die Plätze dahinter sind an beiden Enden braun vernarbt, aber ich sehe nirgendwo parkende Autos. Auf halber Höhe der Zufahrt, Atem in der Brust angehalten, Hände um die Akte geklammert, als wäre sie eine Rettungsleine, bleibe ich stehen, beuge mich vor und kotze in den Rinnstein.

Es dauert eine Weile, bis das Würgen nachlässt, und als ich mich mit laufender Nase und schweißnasser Stirn wieder aufrichte, lehne ich mich mit dem Rücken gegen die Wand, stecke mir eine Zigarette an und warte, bis meine Hände aufhören zu zittern. Ich schaue zur Mündung der Zufahrt und sehe Fußgänger vorbeigehen, Autos sind vorbeizischende dunkle Schemen, und irgendwo dahinter, draußen in den Straßen Dublins, werden noch mehr Leichen gefunden. Noch mehr unwillkommene Tode, die ich aufklären muss.

»Scheiße.« Die Zigarette fällt mir aus der Hand, ich trete den glimmenden Stummel aus und gehe wieder zurück zur Straße. Ich schaue mich vorsichtig um, ob Clancy irgendwo in Sicht ist, und haste dann zu meinem parkenden Wagen. Im »Wartesaal« gibt Clancy jetzt wahrscheinlich die toxikologische Untersuchung in Auftrag, an die ich hätte denken sollen. Er ist sauer. Auf sich selbst. Enttäuscht von mir. Vor meinem geistigen Auge sehe ich, wie er sich mit seiner breiten Hand durch das grau melierte Haar streicht.

»Ich bin zu alt für so einen Scheiß«, wird er sagen. Und wenn er mich später sieht, wird er mir die Antworten auf all die Fragen nachreichen müssen, die zu stellen ich nicht verkraftet hätte.

Spitze Partyhütchen wirken, ganz gleich wie keck sie auf dem Kopf sitzen, überhaupt nicht mehr komisch, wenn sie von jemandem zur Kenntnis genommen werden, der Small Talk hasst und es gerade mit einer frischen Leiche zu tun bekommen hat.

Mein Arm ist noch ausgestreckt, hält die Tür auf. Ich hatte vor, unauffällig in mein Büro zu gehen, dem ein oder anderen Kollegen zuzunicken und mich dann schnurstracks in meine Ecke des Hauses zu begeben, die Tür zu schließen, den Staub von meinem Schreibtisch zu wischen und einen Einsatzplan für den Selbstmordfall aufzustellen.

Helen, die einzige andere Frau im Team, tritt vor und zieht mich in eine Umarmung. Eine Handlung, die das widerspiegelt, was in diesem Moment zweifellos alle rund zwanzig Personen im Raum für mich empfinden: Mitleid. Ich habe eine vierjährige Ausbildung zur Kriminaltechnikerin und Profilerin gemacht, habe mich fünfzehn Jahre lang in der Gardaí die Karriereleiter bis zum Detective hochgearbeitet, dann zum Detective Super und schließlich, vor zwei Jahren, zum Detective Chief Super, und in der ganzen Zeit habe ich kein einziges Mal gesehen, dass jemand von uns einen Kollegen umarmt hat. Es gab jede Menge Schulterklopfen, Oberarmboxen, Knöchelstupsen und verständnisvolle Blicke, aber niemals eine Umarmung.

Ich unterdrücke Entsetzen und Wut gleichermaßen und entwinde mich Helens Klammergriff. Sie ist untersetzt, ihr Kopf reicht mir nur bis zur Schulter, ein unbeweglicher Wall aus Fett und Muskeln. Sie weicht zurück, meidet es tunlichst, auf meine Schläfe zu schauen. Die Neonlampen im Büro werfen einen glänzenden Lichtkreis auf ihre Stirn, und in ihrem straff zurückgebundenen Haar kann ich sehen, wo die Zähne ihres Kamms über den Schädel geschabt haben.

»Wir wollten Ihnen zeigen, wie sehr wir uns alle freuen, dass Sie wieder da sind«, kräht sie, dreht sich dann um und macht eine ausladende Armbewegung, die alle einbezieht.

Ich kann den Mund nicht schnell genug aufbekommen.

»Danke, Leute. Es ist schön, wieder hier zu sein.« Abwehr liegt in meiner Stimme und ein quengeliger trotziger Ton. Ich schlucke mein Unbehagen herunter. Sie warten. »Das ist ganz reizend von euch allen. Aber ich dachte, Spaß und Nettigkeiten sind hier verboten?« Ein bellendes Lachen, das niemand erwidert.

Mitleidige Augen starren mich aus allen Ecken des Büros an, einige nicken verständnisvoll. Herrgott! Wie lange muss ich hier noch rumstehen? Neben dem Kaffeeautomaten wartet ein großer Schokoladenkuchen. Pappbecher, Teller, alles, was dazugehört. Das beantwortet meine Frage.

Hat Clancy davon gewusst? Ich kann es mir nicht vorstellen. Ich ignoriere den Kuchen. Der Wunsch, mir wieder Geltung zu verschaffen, steigt in mir auf.

»Nun gut, den peinlichen Teil haben wir jetzt hinter uns, also fangen wir an zu arbeiten. Wir müssen einen Selbstmord untersuchen und sollten ihn möglichst bald abhaken, auch wenn das ein bisschen makaber klingt. Der Kuchen kann bis Feierabend warten.«

Helen schüttelt den Kopf. »Aber –«

»Inspector, Sie sollten mich allmählich besser kennen. Ich dulde keine Mitleidspartys für meine Mitarbeiter und erst recht nicht für mich selbst. Habe ich mich klar ausgedrückt?«

Helen ist noch relativ neu im Team. Seit rund einem Jahr, und in diesem Job ist das neu. Anerkennung verdient man sich nur durch Schufterei, wenn man sich unermüdlich durch seine Fälle geackert hat, ohne zwischendurch länger Pause zu machen als für eine Zigarette und einen Kaffee. Sie wird mal eine fantastische Ermittlerin abgeben, aber im Moment ist ihr Übereifer nervig. Sie muss erst noch lernen, welche Feuer gelöscht werden sollten und in welche Flammen man Öl gießen muss, und deshalb stürzt sie sich auf jede Kleinigkeit.

Sie zückt einen kleinen Spiralblock aus einer Tasche an ihrem Knie, schlägt ein frisches Blatt auf.

»Jawohl, Chief«, murmelt sie und macht sich eine Notiz.

Ich wende mich an den gesamten Raum, hebe die Stimme.

»Also wirklich, wenn ihr dem Schokoladenkuchen beim besten Willen nicht widerstehen könnt, schaufelt eure Partyhütchen voll und haut rein, aber dann an die Arbeit, verdammt noch mal. Wer bearbeitet den Fall hier im Büro?«

»Steve und ich«, sagt Helen. »Die anderen sind draußen unterwegs.«

»Haben sie am Tatort Handys sichergestellt?«

»Nein.«

»Wir müssen das Handy des Opfers finden.«

»Die Techniker sind noch vor Ort. Ich ruf sie an.«

»Hat jemand die Aufnahmen der Überwachungskameras gesichtet?«

Helen schüttelt den Kopf. Sie wirkt leicht verwirrt, und

ich kann's ihr nachfühlen. »Ich hab das nicht für nötig gehalten.«

»Die Todesart ist noch nicht eindeutig geklärt, Inspector.«

»Sorry. Ja. Ich fang sofort mit den Videokameras auf der Straße an.« Gesenkten Hauptes huscht sie an ihren Schreibtisch.

Ich wende mich Steve zu, einem dünnen, detailbesessenen Computerfreak. Steve hat schon bei seiner Geburt auf einen Laptop gestarrt. Man sieht es ihm am Gesicht an: blasser Teint, lila Schatten unter den Augen. Am Kinn, so spitz, dass man eine Dose damit aufmachen könnte, prangt ein rötlicher Ziegenbart. Immer in Reichweite: ein Energy-Drink, um ihn durch den Tag zu bringen. Steve braucht keinen starken rechten Haken, um einen Verbrecher zu erledigen. Er macht das alles mit seinen tippenden Fingern auf der Tastatur.

»Steve, eine Liste der Angehörigen, bitte. Und alles, was Sie über den Ehemann rausfinden können.«

Er nickt, und ich schaue in die Runde. Nehme feste Entschlossenheit und vereinzelt erboste kalte Blicke in meine Richtung wahr. Schon besser.

»Ziemlich viel Aufwand für einen Selbstmord«, murmelt jemand.

Ich überhöre das und gehe in mein Büro.

Es ist als Lagerraum genutzt worden. Kisten mit Akten in einer Ecke gestapelt, gelöste kleinere oder schwere Straftaten, jede ein verschmierter Fingerabdruck auf dem Leben anderer. Meine Augen verharren bei der Akte, die zuoberst liegt. Name: Tracy Ward. Fallnummer: 301. Niemand hat sich die Mühe gemacht, sie wegzupacken. Seltsamerweise kränkt mich das. Ich schiebe das Gefühl beiseite.

Ich schalte meinen Computer an und warte, dass er summend zum Leben erwacht. Meine Mitarbeiter haben recht. Es ist wirklich viel Aufwand für einen Selbstmord. Aber ich darf nichts übersehen. Wenn die da oben in dem Fall wirklich so nervös sind, wie Clancy mich glauben machen will, dann kann ich mir keine Selbstgefälligkeit leisten. Obwohl Selbstgefälligkeit eigentlich noch nie mein Problem war.

Ehrlich gesagt, schon in dem Moment, als heute Morgen die Plastikplane von dieser Frau gezogen wurde, habe ich begonnen, mir eine Vorstellung von ihrer Persönlichkeit zu machen. Klassische elegante Kurzhaarfrisur; der Duft ihres allmorgendlichen Haarsprays vom Fransenpony aufsteigend, als wäre sie gerade vorbeigegangen.

Ich sehe ihre erhobene Hand, die sich über dem Kopf hin und her bewegt, den Finger auf dem Zerstäuber, klebriger Dunst trübt die Luft, ehe er wie schimmernder Tau auf ihrem aschblonden Haar landet. Eine kurze Pause, damit das Haarspray trocknen kann, dann noch einmal rasch mit der Bürste hindurch, um die Wirkung um die Kinnpartie herum abzuschwächen.

Schmuck fehlte, war vor der Obduktion entfernt worden, um die Röntgenaufnahmen nicht zu verfälschen. Aber in dem weichen Polster beider bläulich angelaufenen Ohrläppchen waren Einstiche, wo zweifellos noch wenige Stunden zuvor ein geschmackvolles Paar Ohrringe gesteckt hatte. Ich vermute mal Ohrstecker. Perlen. Hell glänzend, passend zu ihrem blassen Teint. Mittelgroß, nichts Protziges.

Eine schlankfingrige Hand mit gepflegter französischer Maniküre schiebt den Flügelverschluss auf den vergoldeten Stift. Ein Blick in den Spiegel, um zu prüfen, wie sie aussehen. Die Perlen reflektieren das leuchtende Weiß der Bluse.

Die Fallakte bestätigt mir, dass ich richtigliege. In dem Stoß Fotos, Position vier: zwei Perlohrringe mit vergoldeten Verschlüssen.

Ich lasse mich in meinen Schreibtischsessel nieder, ziehe den Laptop näher und fange an, mir ein Bild von Eleanor Costello zu machen. Das nächste Foto zeigt den Tatort, aufgenommen heute um sechzehn Uhr.

Ein Nachbar hatte sich Sorgen gemacht, als das Opfer nicht wie jeden Morgen zur Arbeit ging. Fiel dem Mann auf, wenn sie nicht pünktlich das Haus verließ? Ja, allerdings. Er hatte ein festes Ritual. Frühstück am Fenster. Punkt acht Uhr ging das Opfer stets bei ihm vorbei. Um den Morgenzug zu nehmen. So sicher wie das Amen in der Kirche. Natürlich hatte er das bemerkt. Aber nein, am Abend zuvor war ihm nichts Ungewöhnliches aufgefallen, er war erst spät nach Hause gekommen. Sie waren seit sieben Jahren Nachbarn. Sie hatten Schlüssel ausgetauscht, weil er sich selbst öfter mal aussperrte. Hatten nicht alle Nachbarn Zweitschlüssel voneinander? Nein. Er hatte keine Kenntnis davon, dass Mrs. Costello an Depressionen litt. Falls sie an Depressionen litt. Aber, mal ganz unter uns, er würde nicht unbedingt sagen, dass die Ehe immer besonders glücklich war, wenn ich verstand, was er meinte. Tat ich nicht. Aber er war keiner, der andere in die Pfanne haute.

Der Mann hieß Neil Doyle: ledig, aufdringlich und genau der Typ Mensch, bei dem ich auf die andere Straßenseite wechseln würde, um ihm aus dem Weg zu gehen. Alles an ihm war schwach und weich, von den zarten Knochen der Ellbogen, die so eben aus seinen Ärmeln ragten, bis zu der kleinen Wampe, die sich rundlich unter seinem T-Shirt abzeichnete. Er arbeitete von zu Hause aus. Als Berater, was immer das heißen mochte.

Der Ehemann, Peter Costello, ist unerreichbar. Aber der hilfreiche Nachbar hat uns so viel über den Mann erzählt, dass wir in seinem Namen ein Bankkonto eröffnen und eine Hypothek aufnehmen könnten. Obwohl die Hypothek wahrscheinlich abgelehnt werden würde. Peter Costello ist arbeitslos, und das schon ziemlich lange.

Das nächste Foto zeigt die Hände des Opfers: die Finger wie lange Blütenblätter in die Handfläche eingerollt, die Spitzen blau, als würde sich dunkle Tinte unter den Halbmonden des Nagelbetts sammeln, die linke Hand, dann die rechte. Abgesehen von einem kleinen Detail auf der Haut sehen sie fast gleich aus.

Auf dem Zeigefinger der rechten Hand ist über dem mittleren Knöchel eine Reihe von lila-braunen Punkten. Petechien, verursacht von kleinen Blutgefäßen, die unter der Haut geplatzt sind. Das Seil ruckt nach oben, packt ihren Hals. Jäh, hart und entsetzlich. Sie würgt. Ihr Körper strampelt, um Luft zu bekommen, aber das Seil quetscht ihren Hals zu. Sie kämpft, fasst mit der rechten Hand nach dem Seil, zwängt den Finger darunter. Aber es zieht sich immer fester zu, und etwas reißt ihren Arm weg. Oder jemand.

Mir stockt der Atem, mir wird eng in der Brust, wie die Faust über einer Fliege. Mein Kopf, die Narbe an meiner Schläfe, fühlt sich an wie frisch geöffnet, strahlt Schmerz aus, so stechend, dass mir die Augen tränen. Angst pumpt durch meine Adern, trommelt gegen die Unterseite meines Magens, treibt mir Schweiß in die Augen und den Rücken hinunter. Ich kann spüren, wie die Furcht in mir wabert. Ich habe es heute Morgen schon gespürt. Mein Unterbewusstsein, das mich schneller als mein Bewusstsein auf die bevorstehende Aufgabe vorbereitete. *Nicht* die Untersuchung eines Selbstmords, sondern die Ermittlungen in einem Mordfall.

KAPITEL 2

Wenn man das Profil eines Mörders erstellt, gewinnt man eine beunruhigende Erkenntnis. Nämlich: wie unglaublich ähnlich alle Menschen sind. Wie bedrückend gleichartig unsere Wünsche, unsere Triebe, unsere Ängste. Natürlich ist die Skala gleitend, aber es ist immer wieder alarmierend, dass ein Teil von mir sogar noch an jedem Ende des Spektrums den Standpunkt des Bösen nachvollziehbar findet. Selbst wenn sich mir bei diesem Eingeständnis der Magen umdreht.

Das so häufig übersehene Opfer ist dagegen wichtiger. Das Opfer, ein Nebenprodukt der Obsession oder des Neides oder der Wut des Täters, wird auf Beweise oder Spuren untersucht und verliert sich dann im Schatten des Mörders. Die Frage ist jedoch nicht, wer das Verbrechen begangen hat, sondern welche Art Mensch ihm zum Opfer fällt.

Das Team wird sich diesem Gedanken widersetzen. Keiner will einen neuen Mordfall, ich am allerwenigsten, aber der Stein steckt im Schuh, und wir holen ihn entweder heraus oder erdulden das ständige Scheuern.

Eleanor Costellos Finger füllen den großen Bildschirm im Soko-Raum. Ich bewege den Laserstrahl über ihren Zeigefinger.

»Hier. Diese petechiale Blutung deutet darauf hin, dass sie vor ihrem Tod, als sie schon am Seil hing, versucht hat, sich zu befreien, nicht wahr?«

»Instinkt? Aber letztendlich ergibt sie sich ihrem Todeswunsch?«, schlägt Helen vor. Nach dem Fehlgriff mit der Party heute Nachmittag möchte sie was wiedergutmachen.

Ich nicke. »Überlebenswille? Vielleicht.«

Der Flashback kommt überfallartig. Die Augen schließen sich, fest gegen die Erinnerung zusammengepresst, aber sie läuft trotzdem ab. Ein harter Schlag seitlich gegen meinen Kopf. Ich will losrennen, obwohl ich schon auf die Knie falle. Plötzlicher Druck im Unterleib, Sterne, weißglühende Blitze zucken durch mein Gesichtsfeld, dann Dunkelheit und Schmerz.

Ich blicke meine Zuhörer an. »Ja. Überlebensinstinkt. Sie hat ihren Finger unter das Seil gezwängt. Es zieht sich durch ihr Körpergewicht immer fester zusammen. Aber als sie gefunden wurde, hingen beide Arme herab.«

Das Team reagiert verständnislos, wie zu erwarten. Scheiße, wir sind so ein Klischee. Dann hebt sich weiter hinten eine Hand, die Stimme ist tief und kratzig, und ich erkenne sie sofort.

»Es war jemand dabei.«

Ich lasse den Blick suchend über die Köpfe gleiten. Entdecke ihn. Ein schlanker, schmächtiger Mann, der es irgendwie trotz Anzug und Krawatte schafft, ständig derangiert auszusehen.

»Was ist denn aus der Sondereinheit geworden, Detective Harwood?«

Baz kommt nach vorne. Ein Verbündeter, ein Sparringspartner und abgesehen von Jack der einzige Mensch, den ich als Freund bezeichnen kann. Was ich ihm natürlich niemals sagen würde. Es fällt ihm ohnehin schon schwer genug, sein übergroßes Ego durch die Gegend zu schieben.

»Ballistik hat eine Weile Spaß gemacht, ist aber doch nicht so mein Ding«, sagt er. »Wäre ja auch traurig, wenn ich das alles hier verpassen würde.«

Ich lächele. »Früher warst du ziemlich gut darin, es zu verpassen.«

»Zwei Tage Fehlzeit. Zwei mickrige Tage. Vergisst du das denn nie? Ich hatte die Grippe.«

»Männergrippe.«

»Die gefährlichste überhaupt.«

Ich unterdrücke ein weiteres Lächeln und schüttele den Kopf. »Ob du die unbeschadet überstanden hast, frage ich mich manchmal, um ehrlich zu sein.« Ich wende mich dem Team zu. »Beide Hände hingen herab. Das bedeutet, es war jemand dabei, wie Detective Harwood bereits gesagt hat.«

Helen meldet sich zu Wort. »Sie könnte den Finger doch einfach rausgezogen haben«, erklärt sie.

Die Bemerkung löst Gelächter im Raum aus. »Schön wär's«, spöttelt jemand.

Ich lege mich auf den Boden. Sofort wird es still im Raum. Alle denken, ich drehe durch.

»Helen, wollen Sie das vielleicht mal versuchen? Steve, schätzen Sie bitte mal ungefähr mein Gewicht und meine Größe. Aber werden Sie nicht unverschämt. Ich bin immer noch Ihre Vorgesetzte.«

Er blickt zu mir herunter. Grinst die anderen an, bittet um Unterstützung. »Etwa ein Meter fünfundsiebzig und rund fünfundsechzig Kilo?«

Ich reiße die Augen auf. Er hebt beide Hände. Weicht zurück. »Das ist nicht fair, Chief. Die Frage kann kein Schwein richtig beantworten.«

»Klappe, Inspector. Eins achtzig und dreiundsechzig Kilo. Helen?« Sie kommt näher. »Versuchen Sie doch mal, mich hochzuheben.«

Meine Größe und mein Gewicht entsprechen so ungefähr dem des Opfers. Ich möchte demonstrieren, dass Eleanor Costello ihr gesamtes Körpergewicht hätte anheben müssen, um ihren Zeigefinger aus der Schlinge zu befreien.

Helen zieht die Mundwinkel runter. Sie geht in die Hocke, und ihre Hosenbeine rutschen hoch, geben den Blick auf dunkle Socken in robusten, praktischen Schuhen frei. Sie will die Hände unter meinen Rücken schieben. Ich schüttele den Kopf. »Nein. Nur mit den Fingerspitzen.«

In ihren Augen keimt Verstehen auf. Ich rappele mich hoch und sehe das Team an.

»Mrs. Costellos volles Körpergewicht hat auf diesen Finger gedrückt. Die Beine strampeln wie wild, der Kiefer ist blockiert, der Mund aufgerissen, die Zunge versucht verzweifelt, Sauerstoff in die Lunge zu schaufeln. Bei jedem Muskelzucken zieht sich die Schlinge enger, presst ihr Gewicht noch fester auf den Finger, auf ihre Kehle, tötet sie. Das ist die Kraft, die diese Hautblutung verursacht hat. Aber beim Auffinden der Leiche steckte der Finger nicht mehr unter dem Seil. Beide Hände hingen herab. Jemand hat den Finger unter dem Seil weggezogen. Es wäre ihr unmöglich gewesen, ihn selbst zu befreien.«

Und das war's. Der Fall ist aufgegangen wie eine alte Farbdose, hat sich durch ein paar bläuliche Blutergüsse von Selbstmord in Mord verwandelt.

Das Team drängt sich um die Bilder. Macht Notizen, Anrufe, beginnt mit den Ermittlungen. Jemand schreibt »OPFER: Mrs. Eleanor Costello, neununddreißig Jahre, acht Jahre verheiratet, keine Kinder, Mikrobiologin« ans Whiteboard und pinnt das Foto des Fingers unter die Überschrift.

Baz ist bei mir. »Clancy hat vorgeschlagen, dass wir zusammenarbeiten.«

»Prima.«

»Ehrlich?«

»Ist in Ordnung.« Ich lächele ihn schwach an.

Er seufzt. »Er hat's dir nicht gesagt.«

»Er ist drum rumgeeiert«, sage ich achselzuckend, nehme

meine Tasche und meinen Mantel. »Clancy hat Bedenken. In seinen Augen bin ich angeschlagen, ein potenzielles Risiko. Ich würde wahrscheinlich dasselbe denken. Er glaubt, ich brauche einen Aufpasser. Ich denke das nicht.«

»Ich bin aber nicht hier, um auf dich aufzupassen. Ich bin hier, um zu arbeiten. Scheißegal, was Clancy denkt.«

»Na bitte, da wären wir uns ja schon mal in einem Punkt einig. Hätte nichts gegen jemanden mit mehr Erfahrung im Außendienst gehabt, aber«, ich schaue mich im Raum um, »in der Not frisst der Teufel Fliegen.«

»Sehr lustig. Dann lass mich Zeugenvernehmungen machen.« Er zupft an seinen Jackettärmeln, streicht seinen Anzug glatt.

Ich lächele, verschränke die Arme. »Ich hab deine Vernehmungsversuche gesehen. Ein Anfänger ist gut dagegen.«

»Manche halten mich für fortgeschritten. Clancy findet jedoch, dass der Papst besser lügt als ich.«

»Der Papst lügt besser als jeder. Hast du in letzter Zeit mal Gott gesehen?«

Er lacht, und etwas nicht Unwesentliches löst sich in meiner Brust, etwas, das mich nach innen ziehen wollte, hat seinen Griff gelockert, und die Erleichterung ist gewaltig.

»Chief?«, unterbricht uns Helen. »Die Rechtsmedizinerin hat angerufen, erste Erkenntnisse und ein möglicher Fremdkörper. Sie meint, es könnte wichtig sein. Erstens, starke Erosion des Zahnschmelzes an den hinteren Schneide- und Backenzähnen, möglicherweise aufgrund von Bulimie. Zweitens«, sie schaut in ihre Notizen, »wurde eine Art Farbstoff oder so an den Rändern des Schnitts am linken Arm gefunden.«

»Ja. Ich erinnere mich.«

»Sie sagt, die toxikologische Untersuchung hat ergeben, dass es sich um einen speziellen Blauton handelt. Eisenhexacyanoferrat oder, einfacher ausgedrückt, Preußischblau. Wird schon lange von Künstlern verwendet.«

»Eine Farbe?«

»Ja«, sagt Helen lächelnd. »Sie hat gesagt, die Art, wie die Farbe an den Wundrändern verteilt war, wirkte gezielt und legt die Vermutung nahe, dass sie postmortal aufgetragen wurde. Außerdem wurde ein winziges synthetisches Haar in der Wunde gefunden, das noch analysiert wird, aber auf den ersten Blick von einem Malerpinsel stammen könnte.«

»Danke, Helen. Geben Sie das ans Team weiter.«

Ich gehe zur Tür, drehe mich aber noch einmal um.

»Was ist?«, sage ich zu Baz. »Nun komm schon.«

Costellos Haus liegt am Ende einer Sackgasse in Bray. Die Art Straße, die Immobilienspekulanten mit den Zähnen knirschen lässt. Toplage, nur einen Steinwurf vom Strand und den entsprechenden Freizeiteinrichtungen entfernt, aber gesäumt von biederen Einfamilienhäusern mit langweiligen, rechteckigen Vorgärten und kastenförmigen Garagen. In den Siebzigern gebaut und überwiegend von der Generation sechzig plus bewohnt.

Das Häuschen in diesem stillen Vorort gehört den Costellos, nicht geerbt, nicht gemietet, nicht gepachtet. 2004 ausgesucht, gekauft und seitdem bewohnt. Das Wohnzimmer ist sauber und aufgeräumt, bis auf ein paar unordentlich gestapelte Kunstbücher unter dem Couchtisch.

Ich höre Keith Hickeys Stimme, bevor ich ihn sehe.

»Detectives. So schnell schon wieder da?«, sagt er.

Er kommt aus der Küche zu uns ins Wohnzimmer, bewegt sich auf den Zehenspitzen, alles, um sich ein paar Zentimeter größer zu machen.

»Keith«, sagt Baz. »Wie läuft's?«

Er bleibt vor uns stehen, das Kinn gereckt. »Wir sind schon ziemlich weit mit dem Markieren und Bearbeiten«, sagt er. »Dublin hat uns vier Spurensicherer geschickt. Superjungs. In zwei Tagen müssten wir durch sein. Spätestens.«

»Schon irgendwelche Handys gefunden?«, frage ich.

»Nee. Aber einen Laptop. Könnt ihr eurem Spezialisten bringen.«

»Dürfen wir uns ein bisschen umschauen?«

»Klar.« Er hebt beide Hände. »Aber ihr kennt das ja, nichts mit bloßen Fingern anfassen.«

Ich halte ihm ein Paar Plastikhandschuhe vor die Nase. »Natürlich«, sage ich.

»Ich bin im Schlafzimmer, falls ihr mich braucht.« Er zwinkert uns zu und geht aus dem Raum.

Ich drehe mich um, lasse das Haus der Costellos auf mich wirken. Die Spurensicherer sind emsig bei der Arbeit, streifen durchs Haus wie Bergleute in weißen Overalls. Dann und wann klickt eine Kamera oder ein Beweismittelbeutel knistert und raschelt. Die Haustür steht offen zur Dunkelheit des Herbstabends; das Geschrei von Möwen durchschneidet die kalte Luft.

Ich bleibe am Couchtisch stehen, ziehe die Handschuhe an, bücke mich und ziehe eines der Kunstbücher hervor. Chagall. Das Umschlagfoto ist eindrucksvoll: ein hohes Buntglasfenster, Sonnenlicht, das durch leuchtende Rot- und Orangeflächen strahlt. Es ist intensiv. Ich schlage das Buch auf. Am Rand sind Notizen, Ausdrücke wie Perspektive, Medium und Eitempera.

Baz schaut mir über die Schulter. »Der Farbstoff oder Fleck, der an der Leiche gefunden wurde? Bedeutsam? Ich hätte nicht gedacht, dass sie besonders künstlerisch interessiert ist.«

»Nicht unkonventionell genug für dich? Können Wissenschaftler keinen Sinn für Kunst haben?«

»Schon gut, schon gut. Ich mein ja nur, sie kam mir einfach nicht vor wie der kreative Typ. Sie hat eher einen spießigen Eindruck gemacht. Irgendwie steif, verstehst du?«

Ich hebe eine Augenbraue. »Sie war tot.«

»Stimmt auch wieder.«

Er deutet mit dem Kinn auf das Bild auf der ersten Seite: eine Frau und eine Geige spielende Ziege. »Ein Druck davon hängt unten auf dem Klo. Sieht ziemlich teuer aus. Einer von den Jungs meinte, es wäre von so einem schicken Edelladen in Blackrock gerahmt worden. Mindestens ein paar Hundert.«

»Dann war sie also doch der künstlerische Typ.«

»Vielleicht ja auch ihr Mann.«

»Vielleicht können wir ihn fragen, wenn wir ihn finden.«

Er schüttelt den Kopf, verzieht amüsiert einen Mundwinkel. »Aber irgendeine Verbindung gibt's da. Oder?«

Ich zucke die Achseln. »Das Pigment eines Malers am Körper und ein mögliches Interesse an Kunst? Klar. Das ist immerhin etwas.«

Ich gehe durch den Raum. Ihr Mörder hat das Schlafzimmer gewählt. Wahrscheinlich wegen der alten Eichenbalken an der Decke. Sie waren baulich nicht erforderlich, sondern eher dekorativ, um dem maritimen Stil Rechnung zu tragen. Die Balken wirken wie aus Treibholz, und an manchen Stellen sind Lücken zwischen ihnen und der weißen Decke.

Drei Spurensicherer sind dabei, sich systematisch durch den Raum zu arbeiten. Sie sind fast fertig, bereit, die gesammelten Beweise zu sortieren, zu einem Gesamtbild zusammenzutragen. Jetzt kann die eigentliche Arbeit beginnen. Wände, Fensterbänke und Türgriffe sind mit schwarzem Staub bedeckt. Die Laken und Kissenbezüge sind sorgfältig abgezogen worden und stecken in Plastikbeuteln. Ich bücke mich, schaue unters Bett, obwohl ich weiß, dass auch dieser Bereich kontrolliert worden ist.

Einer der Spurensicherer, der das Kopfteil des Betts mit Fingerabdruckpulver bepinselt, blickt von seiner Arbeit auf. »Im Arbeitszimmer ist ein Laptop. Wir sind damit durch. Wenn ihr wollt, kann euer Computertyp ihn sich anschauen.«

»Danke«, murmele ich, den Blick an die Decke gerichtet. Ich kann sie dort hängen sehen. Wie sie gefunden wurde, steif und kalt.

Baz tritt zu mir. »Ich hab sie auch den Chagall auf dem Klo untersuchen lassen.«

»Fingerabdrücke?«

»Ein paar. Ist nur so ein Bauchgefühl. Keine Ahnung, ob's was bringt.«

»Manchmal braucht man so ein Bauchgefühl.« Ich blicke zu den Balken hoch. »Was meinst du, wie sie da hochgekommen ist?«

Er stemmt die Hände auf die Hüften, schiebt dabei sein Jackett nach hinten. Er schaut sich um, lässt den großzügigen Raum auf sich wirken. Er ist hell, luftig. Ausgeschlossen, dass eine Frau von Eleanors Statur ohne Stuhl oder Hocker an einen der Balken gekommen wäre.

»Das Fenster ist zu weit weg. Das Bett auch. Die Kommode hätte verschoben werden müssen. Wahrscheinlich ist der Coroner deshalb misstrauisch geworden«, murmelt Baz.

Etwas in mir gerät ins Schwanken, aber ich reiße mich zusammen. Ich sehe den Spurensicherer beim Bett an.

»Irgendwelche Spuren vom Ehemann?«

Er schüttelt den Kopf. »Kaum.«

Meine Zähne klacken aufeinander, mein Magen krampft sich frustriert zusammen.

»Das Arbeitszimmer ist den Flur runter. Der kleine Raum rechts«, sagt er.

Das Arbeitszimmer ist grau, eng, trist. Der Schreibtisch besteht aus irgendeinem merkwürdigen Plastik, das wie Stahl aussehen soll. Die Regale sind aus Aluminium und Glas. Ich schalte eine Lampe an.

»Mann, ist die hell«, ruft Baz. Er blinzelt.

»Tageslichtlampe«, murmele ich. Ich knipse sie wieder aus und schalte das Deckenlicht an. »Die soll gegen Wintermelancholie oder jahreszeitlich bedingte Depressionen helfen. Die Dunkelheit, der graue Himmel, so was kann manche Leute richtig fertigmachen.«

»So sehr, dass sie behandelt werden müssen? Ich dachte, hier bei uns sind wir dran gewöhnt, dass alles grau in grau ist«, sagt er lachend.

»Sollte man meinen, aber manche entwickeln wirklich eine klinische Depression. Mit schwerwiegenden Auswirkungen auf das Leben dieser Menschen.«

»Okay, wir erleben also gerade einen der düstersten und nassesten Oktober der letzten fünf Jahre, Mr. Costello ist nicht ganz er selbst, und jetzt ermitteln wir in einem mutmaßlichen Mordfall.«

Ich habe bereits begonnen, die Schubladen zu durchsuchen. Irgendwie bin ich einigermaßen verwundert, als ich ihn finde. Seinen Pass.

»Ich hab ehrlich gedacht, er wäre abgehauen.«

Ich blättere die steifen Seiten durch. Keine Stempel. Er hat Europa nie verlassen. Erstaunt sehe ich, dass er italienischer Abstammung ist. Geboren in Neapel. Dunkle Haare, markantes Gesicht, aber mit weichen runden braunen Augen. Er sieht gut aus. Selbst auf dem körnigen Passfoto wirkt er kraftvoll. Wie wird ein Mann wie er wohl Arbeitslosigkeit verkraften? Wahrscheinlich wird er enorm darunter gelitten haben, finanziell von seiner Frau abhängig zu sein.

Es ist spät. Nach Mitternacht. Auf der anderen Seite des taufeuchten Fensters sind die Straßenlampen orangefarbene Kugeln. Die Zeit schleicht dahin, frisst sich durch die Sekunden, seit Eleanor aufgefunden wurde. Jede Minute entfernt den Fall weiter von einer raschen Auflösung. Jede Minute ist gleichbedeutend mit dem Verlust von Beweisen, mit dem Staub der Zeit, der sich über die Erinnerungen von Zeugen legt.

Peter Costello wird nicht nach Hause kommen. Das spüre ich. Das Haus erwartet niemanden. Es ist aufgemacht und ausgenommen worden, befreit von den Geheimnissen, die es barg. Es ist für dieses Paar kein Zuhause mehr. Für sie ist es zum Grab geworden, für ihn zum Fangnetz.

Auf dem Schreibtisch steht der Laptop. Er verlangt Aufmerksamkeit. Fordert mich heraus.

»Haben die schon versucht reinzukommen?«

Baz schüttelt den Kopf. »Keith sagt Nein. Wir schicken ihn ins Büro. Dann kann Steve ihn sich ansehen.«

»Das Passwort steht da.« Ich muss nur zur Wand hinüberschauen, und er sieht es. An einem Kalender, bei dem noch der Mai aufgeschlagen ist, klebt eins von diesen kleinen Post-its. Und darauf steht der Name des Künstlers: Chagall.

Baz zieht einen Handschuh aus der Tasche und nimmt den Laptop behutsam vom Schreibtisch.

Ich folge ihm aus dem Arbeitszimmer den Flur hinunter und zur Haustür hinaus. Der Meerwind weht mir die Haare aus der Stirn, rauscht mir in die Nase. Seine salzige Würze reizt die wunde Müdigkeit in meinen Augen. Baz reicht einem der Beamten den Laptop, gibt ihm Anweisungen, die der Mann mit einem Nicken quittiert. Der Computer wird vorsichtig in eine Kiste gepackt und in die Dunkelheit davongefahren.

Ich hole meine Taschenlampe hervor und inspiziere die Haustür. Nichts deutet darauf hin, dass jemand sich am Schloss zu schaffen gemacht hat, um ins Haus zu gelangen. Entweder der Mörder hatte einen Schlüssel, ist irgendwo anders eingestiegen, oder Eleanor kannte ihn und hat ihn hereingelassen. Ich lasse den Lichtkegel über das Haus wandern: Die Fenster sind gegen das spätherbstliche Wetter fest verschlossen. In der Ferne schießen Feuerwerkskörper durch die schwarze Nacht, vorzeitige Halloween-Feiern.

Ich trete von der Veranda hinunter, weg von dem Gewusel der Ermittlungen, und leuchte hinauf zum Dachvorsprung, dann die Regenrinne entlang ums Haus herum und schließlich in den Garten dahinter. In dem begrenzten Licht sieht es so aus, als wäre der Garten nicht viel genutzt worden. Ein schlichter Rasen verliert sich in wuchernden, verwilderten Sträuchern. Ich schwenke den Lichtstrahl wieder aufs Haus. Ein Eimer unter einem Fallrohr, ein von Laub verstopfter Abfluss. Ich schiebe die Blätter mit dem Fuß beiseite, klemme mir die Taschenlampe zwischen die Zähne und bücke mich, um das Abflussgitter anzuheben. Das runde Auge eines Terrakottaabflusses blickt zu mir hoch, und ich sehe nichts, was dort versteckt oder hineingefallen sein könnte.

»Irgendwas gefunden?« Baz' Stimme lässt mich zusammenfahren.

Die Taschenlampe rutscht mir aus dem Mund in den Abfluss. »Scheiße.«

»Sorry«, sagt er.

Ich fische die Taschenlampe wieder heraus und richte mich auf. »Nix. Ich hoffe, die Überwachungskameras liefern uns was. Allerdings glaube ich kaum, dass es hier viele gibt.« Ich blicke zur Straße.

Er schüttelt den Kopf. »Gar keine. Helen hat das schon abgeklärt. Keine Kamera in der ganzen Gegend. Die nächste ist an einem Geldautomaten auf der Quinsborough Road. Unsere beste Chance wäre ein Aufruf über Social Media, ob vielleicht jemand drüben auf der Hauptstraße irgendwas gesehen hat.« Er zeigt auf die Mündung der Sackgasse, wo eine Straße parallel zum Strand verläuft.

»Wir sind in einem schwarzen Loch«, sage ich.

»Das kannst du laut sagen.«

Als wir aufbrechen, ertönt schon frühmorgendliches Vogelgezwitscher über der Küste von Bray, obwohl der Himmel noch tiefschwarz ist. Die Temperatur ist abgesackt, und unser Atem bildet weiße Wölkchen vor unseren Gesichtern. Ich trage eine Kiste mit Eleanor Costellos Sachen zu meinem Wagen, öffne die Tür und stelle sie auf den Boden vor dem Beifahrersitz. Baz lehnt sich gegen den Kofferraum.

»Willst du wirklich nicht, dass ich dir dabei helfe, das Zeug durchzusehen?« Er deutet auf den Stapel Rechnungen, Junkmails und Unterlagen, die ich aus verschiedenen Bereichen des Hauses zusammengetragen habe.

»Gott, nein, ich bin ganz wild auf diese sterbenslangweilige Plackerei.« Ich gehe zur Fahrerseite. »Ich muss zurück ins Büro. Ruf mich an, wenn sich irgendwas Neues ergibt.«

»Mach ich, Detective«, sagt er.

Ich fahre an, trete zu schnell und zu fest aufs Gas. Mit durchdrehenden Rädern brause ich davon, und Sekunden später hat die Oktoberdunkelheit das Haus und Baz verschluckt.

Auf dem Beifahrersitz neben mir liegt eine Empfehlung von meiner Ärztin – die Psychologin, die mir endlich die Erlaubnis erteilt hat, wieder an meinen Arbeitsplatz zurückzukehren. In die Normalität zurückzukehren. Oder in die Normalität, wie ich sie kenne. Sie haben ein schweres Trauma erlebt, gab sie zu bedenken. Sie sollten Ihrer Psyche Zeit lassen, sich davon zu erholen. Meine Hände fassen das Lenkrad fester. Panik steigt in mir auf, zermürbende, unablässige Panikwellen. Panik, die mir die Luft aus den Lungen presst.

Ich schalte in einen niedrigeren Gang und lasse das Fenster herunter. Die Meeresluft peitscht mir Farbe ins Gesicht, wühlt eisige Schneisen durch mein Haar. Der Geruch des Todes klebt an meinen Nasenwänden. Mein Mund füllt sich mit Speichel. Ich würge, stoppe den Wagen knapp vor der Promenade an der Strand Street. Es dauert ein paar Minuten, bis sich mein Magen wieder beruhigt hat, bis der Schweiß auf meiner Stirn ausgebrochen und abgekühlt und getrocknet ist.

Mein Blick landet auf dem Beifahrersitz. Ein neues Hobby. Ein Bonsaibaum. Das Barometer meines Wohlbefindens. Eine andere Verarbeitungsmethode. Irgendwie scheint es reizvoll, das Wachstum eines anderen Lebewesens zu kontrollieren. Ich puste langsam Luft aus und fahre aus Bray hinaus, zurück zum Büro.

KAPITEL 3

Im Soko-Raum herrscht angespannte Hektik: Es wird telefoniert, Faxgeräte surren. Jeder, der glaubt, der nicht schlafende, nicht essende und sich nur von Koffein ernährende Detective sei ein fiktionales Klischee, hat noch nie das Fieber einer Mordermittlung durchlebt. Besonders in den ersten vierundzwanzig Stunden nach Auffinden des Opfers. Es gibt nicht ein Gesicht, das nicht konzentriert verkniffen ist. Die Notwendigkeit, der Druck, den Fall möglichst schnell zu lösen, flirrt in der Wärme des Raumes.

Als ich hereinkomme, springt Helen auf mich zu wie ein Windhund nach dem Startschuss.

»Chief, wir haben was von den Kameras. Ich denke, das sollten Sie sich anschauen.«

Ich gehe zu ihrem Schreibtisch.

»Wie ich Baz schon sagte, sind keine Überwachungskameras in der Nähe des Hauses«, sagt sie. »Aber ich hab was vom University College Dublin bekommen, wo sie gearbeitet hat. Die haben da eine digitale Kamera über dem Eingang, die rund um die Uhr läuft. Der Nachtportier war so nett, uns die letzten Aufnahmen per Kurier zu schicken. Sind erst vor einer halben Stunde reingekommen, aber … wir haben das Opfer, wie es das UCD verlässt.«

Sie drückt eine Taste an ihrem Computer, und auf dem Monitor erscheint ein klares Bild von Eleanor Costello mitten im Schritt erstarrt, wie sie gerade das Uni-Gelände verlässt. Die Datumsanzeige oben rechts gibt Mittwoch, den 19. Oktober 2011 an. Ich beuge mich näher. Ihre Kleidung ist dieselbe. Sie lacht, eine Hand am Ohr hält aschblondes Haar zurück. Der weiße Kragen ihrer Bluse lugt unter einem blassrosa Schal hervor. Ihr Mantel, schwarz und knielang, wird von einem stetigen Wind nach hinten geweht.

Ein Mann ist bei ihr. Sein Lächeln passt zu dem seiner Begleiterin. Er wirkt noch jung, aber irgendwas in seiner Haltung vermittelt ein stilles Selbstvertrauen.

»Wir wissen noch nicht, wer der Mann ist«, erklärt Helen und zeigt mit ihrem Stift auf den Bildschirm.

Ich setze mich an den nächstbesten Computer, öffne ein neues Fenster und gehe auf die Website des UCD. Dort klicke ich die Mitarbeiterprofile an. Eine Liste der Dozenten, Professoren und Studentenvertreter. Ich scrolle durch die des naturwissenschaftlichen Instituts und stoppe beim Gesicht eines Mannes, vergleiche es mit dem Bild auf Helens Monitor und mache einen Screenshot.

»Lorcan Murphy. Eleanors Doktorand und Lehrassistent in Mikrobiologie.« Ich stehe auf, biete Helen den Stuhl an. »Gute Arbeit. Ich brauche eine Hintergrundüberprüfung, Vorstrafenregister, das Übliche, und überhaupt alles, was Sie in den nächsten paar Stunden finden können. Ich vermute, er wird Eleanors Lehrveranstaltung übernehmen, also statte ich ihm heute Morgen mal einen Besuch ab.«

»Ja, Chief.«

Ich gehe ans Kopfende des Raumes, ans Whiteboard, und als hätte ich dem gesamten Team ein Signal gegeben, unterbrechen alle ihre Arbeit und drehen ihre Stühle in meine Richtung.

Die Frage ist immer dieselbe.

»Was haben wir bis jetzt?«, will ich wissen.

Die Antworten kommen nacheinander, Erkenntnisse werden sortiert und eingeordnet, Informationen aktualisiert, neue Zeilen definiert.

Gemeinsam setzt mein Team Eleanors Tagesablauf bis zu ihrem Tod zusammen. Sie hat gestern bis ungefähr sechzehn Uhr gearbeitet. Bis dreizehn Uhr hielt sie eine Vorlesung über die Teilung von Mastzellen. Laut Aussage von drei Zeugen wirkte sie wie immer. Dann war sie bis fünfzehn Uhr im Labor, wo sie für die Experimente ihrer Studenten zwanzig Petrischalen mit Agar-Gel vorbereitete. Anschließend arbeitete sie an einem Aufsatz für eine wissenschaftliche Zeitschrift namens *Dublin Biochemist Partner*. Aufgrund der Überwachungsaufnahmen und der Identifizierung ihres Lehrassistenten Lorcan Murphy gehen wir davon aus, dass sie sich danach noch mit ihm traf, um seine Doktorarbeit zu besprechen.

Es wird still im Raum. Schließlich meldet sich von ganz hinten eine Stimme, Paul Brady, ein rundgesichtiger Officer, dessen Hemd immer zu eng sitzt.

»Danach wird die Spur leider ziemlich kalt«, sagt er. »Wir wissen, dass sie manchmal oder meistens mit der Linie 3 ins Stadtzentrum fuhr und von dort den Zug nach Bray nahm, aber wir haben sämtliche Aufnahmen rund um die Haltestellen und im Zug gesichtet und können sie nicht lokalisieren.«

»Mr. Murphy könnte sie nach Hause gefahren haben«, spekuliere ich. »Helen, stellen Sie bitte fest, ob er ein Auto hat. Dann nehmen Sie sich weitere Überwachungsaufnahmen vor.«

»Ja, Chief.«

»Was hat die Handyortung ergeben? Irgendwas zu Peter Costello, wo er sich aufgehalten hat, sein Handy?«

»Letzte Nacht wurden ein paar Telefonrechnungen im Haus sichergestellt, aber kein Telefon. Die Rechnung läuft auf den Namen des Opfers. Wir haben die Telefongesellschaft kontaktiert, der Vertrag läuft auf sie beide, ein Handy für Eleanor, eins für ihren Mann. *Cell Sight* hat Eleanors Handy kurz vor sechs Uhr am Abend ihrer Ermordung über einen Sendemast in Bray geortet.«

»Also angenommen, sie hatte ihr Handy bei sich, dann ist sie von der Universität direkt nach Hause gefahren.« Ich schreibe das ans Whiteboard. »Wir müssen unbedingt Eleanor Costellos Handy finden. Es könnte in der Nähe des Tatorts weggeworfen worden sein. Überprüft die Mülleimer auf der Straße, den Strand. Weitet die Suche aus. Startet außerdem einen Aufruf über Social Media, dass Peter Costello sich bitte zwecks Befragung melden soll. Und ich rede mit Lorcan Murphy, mal sehen, was er zu erzählen hat.«

Ich suche das Team nach Steve ab, der schon zu reden beginnt, ehe ich ihn entdecke.

»Der Laptop hat ein paar Details ergeben, die relevant sein könnten. Es ist nicht viel drauf, bloß der Anfang eines Romans, der mir ziemlich schauderhaft vorkommt, ein veraltetes Game namens Crusader Knights und interessanterweise der Tor-Browser.«

»Irgendwelche Hinweise darauf, wer von den Costellos den Computer am meisten benutzt hat?«

»Die erste Analyse hat Fingerabdrücke von beiden ergeben. Letztes Log-in war gestern am frühen Nachmittag, und dabei ging der Benutzer über Tor ins Darknet.«

Ich wende mich an alle. »Tor ist ein Browser, mit dem man in gesicherte Netzwerke kommt, die größtenteils nicht zurückverfolgt werden können. Einfacher ausgedrückt: Er wird benutzt, um ins Darknet zu gehen.«

Helen meldet sich zu Wort. »Der letzte Benutzer muss ja dann ihr Mann gewesen sein, oder? Um die Zeit hat Eleanor noch gearbeitet.«

Steve zuckt mit den Achseln. »Sie könnte ihn auch mit in die Uni genommen haben. Auf den Aufnahmen, die sie auf dem Nachhauseweg zeigen, trägt sie eine Tasche, die groß genug wäre. Außerdem kann bei dem Laptop der Bildschirm abgenommen und als Tablet benutzt werden. Leicht transportierbar.«

Meine Finger möchten den Stift in meiner Hand durchbrechen. »Meinen Sie, Sie finden noch mehr darauf?«

Steve schüttelt den Kopf. »Ich versuch's weiter, aber das Darknet ist meistens Endstation.«

»Okay, also: Peter Costello. Findet ihn. Findet Eleanors Handy. Sie trug noch immer die Kleidung, die sie auch zur Arbeit anhatte, als sie gefunden wurde. Wer war da? Wer hat ihr das Seil um den Hals gelegt?«

Ich trete vom Whiteboard weg, und alle kehren an ihre Schreibtische zurück, konzentriert und gierig auf eine Spur, einen Verdächtigen, einen Namen. Ich drucke das Bild von Eleanor und ihrem Kollegen aus und pinne es ans Whiteboard. Einen Moment studiere ich ihre Gesichter. Sie sehen glücklich aus, als wäre ihr Lachen Ausdruck eines gemeinsamen Geheimnisses.

Nach einer ausgelassenen Nacht sieht die Grafton Street am Freitagmorgen recht mitgenommen aus. Ein paar Zecher torkeln noch über die Bürgersteige. Trunkenes Lachen und vereinzelte Rufe steigen in den dunklen Morgen hinauf. Oben im vierten Stock genieße ich das Rumoren der Stadt, aber mit einem angenehm gedämpften Geräuschpegel, der sich anfühlt wie ein ferner tröstlicher Freund. Die Sofakissen sind in den Ecken zusammengeknautscht. Ich massiere meine Nackenmuskeln, und mir fällt ein, dass ich mal wieder auf der Couch aufgewacht bin.

Ich mache mir eine große Tasse Kaffee und öffne das Fenster einen Spalt. Als ich eine Zigarette anzünde, überlege ich kurz und stelle fest, dass ich in den letzten vierundzwanzig Stunden rein gar nichts gegessen habe. Ich schaue in die Schränke, finde eine Packung Fertig-Porridge, gebe Wasser hinein und stelle sie in die Mikrowelle.

Auf dem Couchtisch steht die Kiste, die ich aus Eleanor Costellos Haus mitgenommen habe, und daneben liegen Kopien von allem, was das Team bislang zusammengetragen hat, ein ziemlich dicker Packen aus Faxen und losen Blättern. Ich lasse mich im Schneidersitz vor dem Tisch nieder, schiebe die Kiste beiseite und stelle die Tasse ab. Unter dem Tisch, versteckt zwischen dem *New Scientist* von letztem Monat und der aktuellen Ausgabe von *Hello!*, steckt eine cremefarbene Mappe. Die Akte ist eine Kopie, das Original wartet in meinem Büro darauf, endlich geschlossen zu werden.

Der Fall Tracy Ward wurde innerhalb eines Monats gelöst. Der Prozess müsste eine klare Sache werden. Dass ich um ein Haar zusammen mit ihr getötet worden wäre, hatte immerhin den Vorteil, dass wir den Verdächtigen in Haft halten konnten, bis wir genug Beweise gesammelt hatten.

Ein früheres Opfer von Tracy Wards Mörder hatte sich gemeldet. Rachel Cummins, eine rothaarige, labile Überlebende, die offensichtlich psychisch gebrochen war. Sie sagte aus, dass er versucht hatte, sie zu töten, und es wäre ihm fast gelungen. Ich weiß noch, dass Clancy mich bat, sie zu besuchen. Das war kaum einen Monat nach dem Angriff, und die Wunden an meinem Hals und am Kopf waren längst noch nicht verheilt. Clancy hatte gemeint: »Ihr habt eine gemeinsame Erfahrung, vielleicht hilft es ihr, darüber zu reden.«

Ich bat sie, sich das Gesicht ihres Angreifers noch einmal anzusehen und erinnere mich, wie meine Hand zitterte, als ich sie auf ihre legte, während sie sein Gesicht aus einer Reihe von digitalen Phantombildern auswählte.

Ich weiß wenig über den Mörder. Abgesehen von seinem psychologischen Profil. Von dem habe ich jede deprimierende zittrige Zeile in Erinnerung. Ich hebe den Deckel der Mappe, und meine Finger beginnen zu kribbeln. Der Kaffee bebt in meiner Hand. Es ist zu früh. Ich schiebe die Akte wieder zwischen die Zeitschriften.

In Eleanors Kiste sind etwa zehn ungeöffnete Briefe, die Sorte mit glänzenden Umschlägen, die auf Anhieb verraten, dass sie Werbung von Banken, Autohäusern und Optikern enthalten. Dennoch, sie liefern die Grundierung für ihr Leben.

Einer ist von einem Autohersteller, der Eleanor zur Präsentation seines neuen Sportwagens einlädt. Ich überfliege die Hintergrundinformationen, die das Team über Eleanor gesammelt hat. Vor vier Jahren hat sie einen A3-Fünftürer verkauft. Seitdem kein Auto.

Die Mikrowelle piept, und ich zucke zusammen. Mein Knie knallt gegen den Tisch, und fast spritzt Kaffee auf meine Notizen. Ich kriege die Tasse gerade noch rechtzeitig zu fassen und stelle sie auf den Boden.

Ich esse die pappige Mahlzeit stehend am Fenster, bewundere die zarten Zweige an meinem neuen Bonsaibäumchen und blicke hinaus in die Dunkelheit, die den frühen Morgen noch immer erstickt. Eine zittrige Stille liegt über der Stadt. Eine Stille, die voller Verheißung ist. Irgendwo in dem Dunkel, das sich unter meinem Fenster ausbreitet, weiß jemand von Eleanor Costellos Tod.

Ich esse mein Porridge auf, schmeiße die Packung in den Müll und setze mich dann wieder vor den Couchtisch. Dort nehme ich einen Block Haftzettel und einen Stift und fange an, mir sämtliche Informationen zu vergegenwärtigen, die wir bislang über Eleanor Costello haben.

Beruf: Mikrobiologin, Lehrbeauftragte am UCD, arbeitete gelegentlich freiberuflich für Pharmafirmen. Hobbys: unbekannt, obwohl ich »Amateurmalerin« auf ein Post-it schreibe und es auf die Seite klebe. Die Adresse ihres Elternhauses wird mit Ashgrove Estate angegeben. Ich verziehe das Gesicht. Die Siedlung ist ein dünnwandiger Betonwald im Norden Dublins, in dem Drogendealer und Kleinkriminelle das Sagen haben.

Ich sehe Eleanor Costellos glatte weiße Haut vor mir, ihr blondes Haar, perfekt gestylt. So was nennt man wohl Phoenix aus der Asche. Ihre trostlose Herkunftsgeschichte geht weiter. Zog mit sechzehn von zu Hause aus, um bei einer inzwischen verstorbenen Tante in Kilcullen zu leben. Das Jahr, in dem ihre Tante starb, war das Jahr, in dem Eleanor am Trinity College Dublin ihren Prädikatsabschluss in Biowissenschaften machte.

1997 zog sie zurück nach Dublin, diesmal nach Templeogue, und hatte verschiedene Anstellungen überall in der Stadt. Keine dauerte länger als sechs Monate, bis sie schließlich vor fast sieben Jahren als Lehrbeauftragte am University College Dublin anfing, kurz nachdem sie Peter Costello kennengelernt hatte.

Ich lehne mich mit dem Rücken gegen das Sofa. Es gibt noch andere überraschende Elemente in Eleanors Vergangenheit. Mit dreizehn stand sie wegen Ladendiebstahls vor Gericht. Ein hartes Urteil bescherte ihr ein paar Wochen in einer Jugendstrafanstalt. Ein kurzer Aktenvermerk von einem Sozialarbeiter über möglichen Missbrauch zu Hause. Im Alter von zwanzig Jahren wurde sie wegen Körperverletzung einer Kommilitonin festgenommen, aber ohne Anklageerhebung wieder freigelassen. Meine Augenbrauen ziehen sich zusammen: Körperverletzung? Die Anzeige wurde später zurückgezogen.

Mein Atem kitzelt das Papier, die Ecken der Notizen flattern sachte unter meinem Kinn. Jede Zeile ihrer Akte bringt mich ihr näher. Was kann man schon wirklich über einen Menschen erfahren, wenn man seinen toten Körper betrachtet? Nicht besonders viel, das weiß ich. Doch ehe ich mich bremsen konnte, hatte ich Eleanor Costello im Geist zusammengesetzt.

Ich zünde mir eine weitere Zigarette an, trinke einen kräftigen Schluck Kaffee. Das nussige Aroma zerfließt hinten auf meiner Zunge. Angesichts ihrer Geschichte kann man davon ausgehen, dass Eleanor Costello trotz ihrer zarten Erscheinung eine Kämpferin war, von der Sorte »Staub abklopfen und weitermachen«.

In gewisser Weise könnte ihre Vergangenheit gegen sie gearbeitet haben: Sie war an Misshandlungen gewöhnt, erwartete sie vielleicht sogar oder, schlimmer noch, fühlte sich in einem solchen Umfeld zu Hause. Leider hat sie möglicherweise ihre Rolle in einer gewalttätigen Beziehung wiedererkannt, nämlich die des Opfers.

KAPITEL 4

»Sie war also ein Mädchen, das sich hochgearbeitet hat.« Baz denkt laut nach.

»Sieht so aus. Obwohl sie anscheinend auch kräftig zulangen konnte«, sage ich im Hinblick auf die angebliche Körperverletzung.

Er schüttelt den Kopf. »Aber die Anzeige wurde zurückgezogen. Vielleicht war da gar nichts. Außerdem sind wir alle in der Jugend andere Wesen.«

Wir stehen in meiner kleinen Küche. Die Stadt beginnt ihren Tag. Autos mit eingeschalteten Scheinwerfern verstopfen die Straßen, und Hupen gellen, obwohl es noch keine sieben Uhr ist und die Sonne erst in einer Stunde aufgehen wird.

Baz gießt Kaffee in große Becher. Er war vorher noch nie in dieser Wohnung, aber er hat fast augenblicklich ein Gefühl dafür entwickelt, weiß, wo er willkommen ist und wo nicht. Es ist so typisch für ihn, dass er sich für den neutralen Boden der Küche entschieden hat.

Mit ein bisschen gutem Zureden hat Abigail ihm weitere Informationen über die noch laufende Obduktion gegeben. Eine etwa achtzehn Monate alte Fraktur der linken Handwurzelknochen – gebrochenes Handgelenk. Narbengewebe am Unterleib, möglicherweise von einer Operation, sehr schlechte Zähne, was auf eine Essstörung hindeutet. In der perfekten Fassade von Eleanors Leben zeigen sich Risse.

»Die toxikologische Untersuchung?«, frage ich.

»Läuft noch«, sagt er.

»Bist du die Schubladen im Arbeitszimmer noch mal durchgegangen?«, frage ich und bringe das Gespräch damit wieder auf das Haus der Costellos. Ich will wissen, wo ihr Reisepass ist.

»Ja, er war ganz hinten versteckt, wie erwartet. In derselben Schublade, wo du den Pass des Ehemannes gefunden hast.« Er schüttelt den Kopf, fährt sich mit den Händen durchs Haar. »Scheiße. Das Darknet, he?«

»Was?«

»Das Darknet. Steve hat's mir erzählt. Dann stand sie also auf irgend so einen fiesen Scheiß?«

»Möglich.«

»Sie sah so normal aus, gestern.«

Ich lächele ihn schief an. »Was verstehst du unter normal?«

»Na ja, ein bisschen ordnungsfanatisch, du weißt schon. Alles in ihrem Leben, die Kleidung, das Haus, die Frisur, alles war so proper. Und jetzt wirkt das alles«, er stockt, sucht nach dem richtigen Wort, »vorgetäuscht.«

»Vielleicht gehört der Computer ja ihrem Mann, es waren auch seine Fingerabdrücke drauf, wenn du dich erinnerst. Und selbst wenn sie das Darknet benutzt hat, war sie vielleicht einfach nur hypersensibel, was die Netzsicherheit angeht. Nicht jeder, der im Deep Web unterwegs ist, verfolgt gleich kriminelle Machenschaften.«

Baz schaut auf seine Uhr. Ich schiele nach draußen. Am Himmel zeigt sich ein mattes Licht, eine blau-graue Schattierung, die sich über die Stadtlandschaft erstreckt. Nebel umhüllt Dublins Gebäude, die Kälte von gestern, die die Morgenluft gefrieren lässt. Irgendwie ist eine Stunde unbemerkt vergangen.

»Ich sollte mal duschen.« Baz zeigt mit dem Daumen über die Schulter zur Wohnungstür.

Ich stehe auf, trinke einen Schluck von meinem Kaffee. Er ist kalt geworden. »Ich muss zu einer Lehrveranstaltung.«

Er hebt die Augenbrauen. »Lehrveranstaltung?«

»Lorcan Murphy. Der Assistent des Opfers. Ist lange her,

dass ich meine Kenntnisse in Mikrobiologie aufgefrischt habe.«

Er lacht. »Klingt spannend. Lieber du als ich. Ich mach mich jetzt auf zu Peters ehemaligem Arbeitsplatz.«

»Da wirst du nichts erfahren. Social Media ist etwas Wunderbares. Ich hab ihn da schon gesucht und eine Liste von seinen Freunden und Followern gemacht. Bitte sehr.« Ich reiche ihm die Liste. Triumphierend. Darauf hätte er selbst kommen müssen. Ich grinse. »Wenn ich du wäre, würde ich mit der Schwester anfangen. Die wohnt in Sandyford. Liegt fast auf deinem Weg.«

»Leck mich, Sheehan. Manchmal bist du echt ein arrogantes Arschloch.« Baz reißt die Wohnungstür auf und wirft mir einen empörten Blick zu, aber ich sehe das Lächeln um seinen Mund.

Er stopft das Blatt in die Tasche, tritt hinaus auf den Flur.

»Gern geschehen«, rufe ich ihm nach, und die Tür knallt zu.

Ich liege wahrscheinlich nicht falsch mit der Vermutung, dass der Hörsaal des University College Dublin an einem Freitagmorgen selten so gut besucht war wie heute. Die meisten Studenten, die in die Veranstaltung gekommen sind, werden von Dr. Costellos Tod gehört haben. Ihr Assistent Lorcan Murphy hält seinen Vortrag bemerkenswert souverän, und das Thema scheint für diesen Morgen morbide genug.

Seine Augen gleiten kaum in meine Richtung, als ich in den dunklen Raum schlüpfe. Er drückt eine Fernbedienung, und auf der Leinwand erscheint ein Bild. Es zeigt Reihen von fusseligen gelben Kugeln auf einem blauen Hintergrund.

»Erkennt einer von Ihnen diesen kleinen Teufel?«

»A-Streptokokken«, ruft jemand von hinten.

Murphy lächelt. »Richtig. A-Streptokokken. Die häufigsten Erreger der nekrotisierenden Fasziitis. Der Laie würde sagen: fleischfressende Bakterien.«

Er drückt wieder auf die Fernbedienung, und das grausige Bild eines vereiterten Beins füllt die Leinwand. In der ersten Reihe stöhnen einige auf. Ziemlich unsensibler Lehrstoff so kurz nach dem Ableben ihrer Dozentin.

»Sie sehen hier die Ausbreitung der Infektion. Unter dem Mikroskop kann die aggressive bakterielle Besiedlung beobachtet werden. Die Entzündung erstreckt sich durch das Fasziengewebe hindurch in tiefere Strukturen, greift häufig Blutgefäßwände an und führt zu intravaskulären Thrombosen.«

Er drückt ein weiteres Mal die Fernbedienung, und ein lila Objektträger erscheint – das Bild der Infektion durchs Mikroskop betrachtet.

Murphy zeigt auf ein Netzwerk aus dünnen lavendelfarbenen Linien auf dem Bild. »Kann mir jemand erklären, welche Bedeutung diese Färbung hat?«

In den vorderen Reihen schnellt eine Hand nach oben. »Im Labor werden zwei Farbstoffe aufgebracht, erstens violett, zweitens rot. A-Streptokokken behalten den violetten Farbstoff bei und erscheinen histologisch als lila.«

Murphy nickt. »Gut. Grampositiv.«

Ich habe genug gehört. Ich stehe auf, mache Murphy auf mich aufmerksam und gehe zur Tür.

Er zögert, wendet sich dann an die Studenten. »Okay. Schreiben Sie bitte einen kurzen Abriss zur Epidemiologie dieser Krankheit, und machen Sie eine Liste mit den besonderen Merkmalen, auf die Sie beim Blick durchs Mikroskop achten sollten.«

Die Studenten rutschen auf ihren Sitzen herum, werfen einander Blicke zu, doch allmählich greifen sie zu Papier und Stift und machen sich an die Arbeit.

Draußen auf dem Flur ist Murphy weniger streng. Als ich mich vorstelle, lächelt er breit, streckt mir die Hand entgegen. »Detective Sheehan. Angenehm. Ich bin Lorcan Murphy. Elean –«, er bremst sich, »Dr. Costellos Doktorand.«

Ich schüttele seine Hand. Trotz seiner äußeren Ruhe fühlt sich seine Haut zu warm, zu feucht an. Sofort habe ich den Impuls, meine Hand irgendwo abzuwischen.

»Mein Beileid«, sage ich.

Er zuckt die Achseln, aber er sieht blass aus. Seine Nasenflügel weiten sich, unterdrücken eine emotionale Aufwallung. Er kann mir nicht in die Augen sehen, als er sagt: »Was soll man machen.«

Er meint das nicht als Frage. Für einen ganz kurzen Moment sieht er verloren aus, als wäre er der Typ Mann, der sich an die Alltäglichkeit des Lebens klammert, wenn es beschissen läuft. Ich verziehe keine Miene.

»Ziemlich viel sogar, Mr. Murphy«, beantworte ich die Nicht-Frage.

Verwirrung breitet sich auf seinem Gesicht aus. »Bitte, nennen Sie mich Lorcan.«

»Ich halte die Dinge gern förmlich. Dann weiß jeder, wo er steht.«

»Ganz recht, natürlich, ja.« Er deutet den Flur hinunter. »Da hinten ist die Cafeteria. Ich habe kein eigenes Büro, aber ich durfte Elean –« Er seufzt. »Sorry, Dr. Costellos benutzen.«

Wir gehen Richtung Cafeteria. »Sie hatte ein Büro? Ich dachte, sie wäre hier Lehrbeauftragte? Hat sie nicht überwiegend als freiberufliche Beraterin gearbeitet?«

»Ja, aber ausschließlich für die Universität. Sie hat nirgendwo sonst Aufträge angenommen. Sie hatte hier viel zu viel zu tun.«

Unsere vierundzwanzig Stunden seit Auffinden des Opfers sind fast um, und niemand aus meinem Team war bislang in ihrem Büro. Jeder hätte dort ein- und ausgehen können. Einschließlich ihres Mannes. Ich rufe im Büro an und gebe das durch. Das Team wird rund eine Stunde brauchen, um den erforderlichen Durchsuchungsbeschluss zu bekommen.

»War seitdem jemand in ihrem Büro?«

»Ich hab einen Zweitschlüssel, aber ansonsten kann keiner rein, es sei denn, der Institutsleiter hätte jemanden reingelassen.« Er bleibt stehen. Sieht mich hoffnungsvoll an. »Ich kann ihn für Sie herholen. Um diese Zeit ist er wahrscheinlich in der Bibliothek.«

Ich gehe weiter. »Trinken wir erst mal einen Kaffee. Mein Team wird bald hier sein. Sie werden ihn informieren. Ich fürchte, Dr. Costellos Büro gilt ab jetzt als Tatort.«

»Tatort? Ich dachte –« Er senkt die Stimme zu einem Flüstern: »Ich dachte, es war Selbstmord?« Das Wort Selbstmord formt er nur lautlos mit den Lippen, als könnte sein Mund kontaminiert werden, wenn er es ausspricht. Das macht die Herrschaft des Katholizismus in unserem Land: Wenn es um psychische Erkrankungen geht, werden gebildete, vernünftige Menschen zu Vollidioten.

»Armer Peter«, sagt er leise.

Ich lasse den Gedanken einen Moment wirken und betrete die kleine Cafeteria. Sie ist hell erleuchtet und bietet Aussicht auf die große Sportanlage, die sich hinter der Universität erstreckt. Auf einem der durchweichten Spielfelder üben Frauen Rugby-Spielzüge. Sie rennen, weichen einander aus und wühlen den Platz auf. Sie bilden Zweiergruppen, rammen Schulter gegen Schulter. Es sieht kathartisch aus, kraftvoll.

Ich gehe zur Theke. Die Frau dahinter ist jung, eifrig und meiner Meinung nach für diese Uhrzeit viel zu gut gelaunt. Sie ist höchstens Anfang zwanzig. Müsste sie nicht verkatert sein? Ich bestelle einen stinknormalen Kaffee, und ehe Murphy sagen kann, was er möchte, strahlt die junge Frau ihn an und flötet: »Einen Latte mit doppeltem Espresso, richtig?«

Schamesröte schießt Murphy ins Gesicht. »Richtig.« Er sieht mich an und zuckt mit den Achseln, als wollte er sagen: »Was war das denn jetzt?«

Wir nehmen unsere Becher und setzen uns ziemlich weit hinten ans Fenster.

Er hat kaum die Füße unter den Tisch gestreckt, als ich schon meine erste Frage stelle: »Wie lange haben Sie Dr. Costello gekannt?«

Seine Blässe kehrt zurück. »So circa vier Jahre. Nicht lange.«

»Nicht lange? Vier Jahre sind doch eine ganz ordentliche Zeit.«

Er lacht, beißt sich dann auf die Lippe. »Nicht in der akademischen Welt. Ich arbeite seit sechs Jahren an meiner Promotion. Sie betreut meine Doktorarbeit seit drei Jahren, davor war ich bei jemand anderem, aber das ging zu Ende, und Dr. Costello hat die Aufgabe übernommen.«

»Ach ja? Warum?«

»Warum sie die Betreuung übernommen hat?«

»Nein. Warum haben Sie gewechselt? Das kommt mir ungewöhnlich vor. Eine Doktorarbeit ist doch sowohl für den Doktoranden als auch für den Betreuer der Arbeit äußerst aufwendig, oder?«

»Es war nichts Dramatisches. Professor Muldoon ging in den Ruhestand. Eleanor hatte bei ihm studiert, und er hielt sie für am besten qualifiziert, die Arbeit fortzusetzen.« Er trinkt einen großen Schluck Kaffee. »Und er hatte recht. Sie war eine wunderbare Doktormutter. Sehr leidenschaftlich.«

»Leidenschaftlich?«

Wieder läuft er rot an. »Wenn es um ihre Arbeit ging.«

»Verstehe.« Ich klappe mein Notizbuch zu, lehne mich zurück. »Wie würden Sie Eleanor beschreiben, charakterlich?«

Für einen kurzen Moment werden seine Augen schmal. Unsicherheit blitzt darin auf. »Ich weiß nicht. Sie kam mir immer unglaublich beherrscht vor. Professionell. Sachlich und kompetent.« Seine Stimme nimmt einen leicht verbitterten Tonfall an.

Ich sehe die beiden, wie sie am Abend von Eleanors Tod die Universität verlassen. Irgendwie suggeriert ihre Körpersprache für mich mehr als ein rein berufliches Verhältnis.

»Haben Sie ein Auto, Mr. Murphy?«

»Ja, aber ich fahre viel mit dem Bus. Wahrscheinlich hab ich meine Studentenzeit noch immer nicht ganz hinter mir gelassen.« Er lacht wieder.

»Wissen Sie, wie Eleanor Costello am Mittwoch nach Hause gekommen ist?«

Er zuckt mit den Achseln. »Ich vermute mal mit dem Zug. Wie meistens. Wir sind zusammen hier los, das machen wir manchmal nach einem Tutorium, und sie ist mit mir bis zu meiner Bushaltestelle gegangen. Die ist rund fünfzig Meter die Straße runter. Dort hat sie sich von mir verabschiedet. Sie nimmt immer auf der South Side den Bus zum Bahnhof, geht gern noch ein Stück zu Fuß.«

Auf dem Spielfeld joggen die Frauen jetzt um den Platz, mit vor Kälte roten Beinen, Atemwolken hinter sich lassend.

»Sind Sie beide gelegentlich noch was trinken gegangen, vielleicht nach der Arbeit?«

Er stutzt kurz. »Hin und wieder, ja, aber es war keine Gewohnheit.«

Er klingt jetzt ein wenig abwehrend. Ich hake nicht nach, lächele ihn an. Vertrauen muss man sich schwer erarbeiten, und es ist ein kostbares Kapital, bei Zeugen und Verdächtigen gleichermaßen.

»Wissen Sie, ob Eleanor vielleicht Feinde hatte? Steckte sie in irgendwelchen Schwierigkeiten?«

Er schiebt die Unterlippe vor, schüttelt den Kopf. »Nein. Ich glaube nicht. Sie wirkte zufrieden, falls Sie das meinen.«

»Finanzielle Probleme?«

»Kann ich mir nicht vorstellen. Aber wenn, hätte sie mit mir bestimmt nicht darüber geredet.«

Er runzelt die Stirn, blickt mich mit einem sanften Ausdruck des Bedauerns an. »Es tut mir leid, Detective. Aber ich muss jetzt wirklich wieder zurück in den Hörsaal. Die Semesterabschlussprüfungen stehen bevor, und die Studenten sind ohnehin schon aufgewühlt.«

Ich stehe auf, strecke ihm die Hand entgegen. »Vielen Dank, dass Sie sich Zeit für mich genommen haben, Mr. Murphy. Würden Sie mir noch kurz zeigen, wo Dr. Costellos Büro ist?«

»Selbstverständlich. Ich danke Ihnen, Detective.«

»Ich fürchte, ich werde Sie noch mal mit Fragen behelligen müssen, wenn wir mehr Informationen haben.« Wissen, wohin die sich drehende Flasche am Ende zeigt.

Er kramt in seiner Tasche herum, zieht eine steife Visitenkarte heraus. »Hier. Meine Anschrift und Telefonnummer. Ich bin Ihnen gern behilflich, soweit ich das kann. Ehrlich. Sie können mich jederzeit anrufen.«

»Vielen Dank.«

Ich nehme die Karte. Furcht liegt in seinen Augen, und ich kann nicht erkennen, ob der Mord an Eleanor Costello der Grund dafür ist oder ob er Angst um sich selbst hat.

Eleanors Büro ist nicht so, wie es sein sollte. Abgesehen von ein paar Lippenstiften und einem Parfümfläschchen in der obersten Schublade, findet sich hier kaum etwas Persönliches. Das Labor, in dem sie gearbeitet hat, ist blitzsauber, wie man das von einem Mikrobiologie-Labor auch erwarten würde. Ihr Spezialgebiet war medizinische Mikrobiologie, insbesondere die Auswirkungen von Medikamenten auf verschiedene Pathogene. In hell erleuchteten Wärmeschränken stehen lange Reihen von Petrischalen mit Krankheiten in allen Phasen der Progression und Suppression.

Die Spurensicherer sind eingetroffen und nehmen Costellos Büro unter die Lupe. Clancy hat verlangt, dass man ihn auf dem Laufenden hält. Besser gesagt, er will sich über mich auf dem Laufenden halten.

Als ich auf dem Weg nach draußen an der Cafeteria vorbeikomme, winkt mir die junge Frau hinter der Theke aufgeregt zu. Im ersten Moment denke ich, dass ich meine Tasche vergessen habe, oder, was noch schlimmer wäre, meine Notizen, aber als sie auf mich zukommt, händeringend, Gesicht angespannt, wird mir klar, dass sie mir irgendwas sagen will.

»Hi«, sage ich und strecke ihr die Hand entgegen. »Detective Sheehan.«

Sie schüttelt meine Hand kurz und sanft. »Nicole. Nicole Duarte.« Sie schaut nach unten auf ihre Füße. Nervös. »Dr. Costello? Ist sie tot, stimmt das?«

Ihre Zähne nagen an einem trockenen Hautfetzen an ihrer Unterlippe.

»Ja. Wir glauben, sie wurde ermordet.«

Sie blickt zu mir hoch, dunkle Brauen gesenkt, Haut erblasst. »Ermordet? Um Gottes willen.« Sie schüttelt den Kopf. »Ich meine, wer tut so was?«

Ihre Hände ballen ihre Schürze zu einem bekümmerten Knäuel zusammen.

»Das versuchen wir herauszufinden. Nicole, wollten Sie mir irgendetwas sagen?«

Sie blickt zur Theke. Macht einen Schritt in die Richtung. »Nein. Sorry. Ist nicht wichtig.«

»Sind Sie sicher?«

Sie sieht mich an, schüttelt den Kopf. »Ich hab bloß gedacht … ich hab gedacht, sie hätte sich umgebracht.« Ihre Augen werden rot, wässrig. Sie schnieft.

Ich gehe auf sie zu. »Nicole, alles in Ordnung?«

Sie nickt. »Ich hätte das nur nie für möglich gehalten.«

»Aber Selbstmord hätten Sie für möglich gehalten?«

Sie wischt sich mit dem Handrücken über die Augen. »Nein, nein, absolut nicht. Ich glaube, ich hab mir da was zurechtgedacht. Mehr nicht.« Sie seufzt und unterdrückt einen Schluckauf. »Vor zwei Monaten hab ich sie in der Stadt aus der Praxis eines Therapeuten kommen sehen. Als ich gehört hab, sie hätte Selbstmord begangen, hab ich irgendwie gedacht, dass sie vielleicht Depressionen hatte oder so.« Sie zuckt mit den Schultern. »Ich weiß nicht.«

Studenten kommen um die Ecke geströmt und stellen sich vor der Theke an.

»Ich muss zurück an die Arbeit«, sagt sie.

»Natürlich. Hier, ich gebe Ihnen meine Karte«, erwidere ich. »Falls Sie mir noch irgendwas erzählen wollen, rufen Sie mich an, jederzeit.«

Sie steckt die Visitenkarte in ihre Schürze. »Viel Glück, ich hoffe, Sie finden den, der das getan hat.«

Ich nicke. Beobachte, wie sie sich wieder an die Arbeit macht, sehe, dass ihre Augen immer wieder in meine Richtung gleiten, darauf warten, dass ich endlich gehe.

Der Nachmittag ist einer von der grauen, nebligen Sorte, wenn man das Gefühl hat, die Nacht hätte den Himmel nie ganz verlassen, und der Tag ginge schon zur Neige, ehe er begonnen hat. Es ist trübe, aber trotzdem ist und bleibt der Oktober einer meiner Lieblingsmonate. Die scharfen Winkel der Bäume in der Landschaft sind eher apart als deprimierend. Ein paar hartnäckige rote Blätter flattern noch an den Ästen, halten sich fest, bis der erste Sturm sie abreißt und der Winter richtig beginnt.

Ich bleibe am Tor der Universität stehen, inhaliere den feuchten, erdigen Herbstgeruch, spüre, wie die Kälte mir in die Brust dringt, die Lunge kitzelt. Ich horche in mich hinein, warte auf eine Angstattacke, aber sie bleibt aus.

Steve kommt aus der Kaffeeküche und stopft sich schuldbewusst ein bröckeliges Stück Schokoladenkuchen in den Mund, während er sich seinen Schal um den Hals wickelt. Als er mich sieht, bleibt er jäh stehen.

»Chief!« Krümel schießen ihm aus dem Mund. Er blickt sich verstohlen um. »Meine Ablösung müsste jeden Moment kommen.«

»Hauen Sie ab, solange Sie noch können, Adams.«

»Jawohl, Ma'am.«

Er hastet zur Tür.

»Und, Steve?«

»Ja?«

»Die Berichte sind fertig?«

»Auf Ihrem Schreibtisch, Chief.«

»Danke. Dann bis morgen.«

Er verdrückt sich und zieht die Tür hinter sich zu. Ich kann seine Absätze hören, schnellen Schrittes läuft er zu den Aufzügen.

Die Kollegen von der Nachtschicht sind schon fleißig, arbeiten im kühlen Licht der Computermonitore. Ich ziehe mich in die Einsamkeit meines Büros zurück. Die Berichte liegen ordentlich aufgereiht auf meinem Schreibtisch, zwischen den Seiten lugen Fotos heraus. Ich streiche mit der Hand darüber, blättere die Seiten durch. Opfer. Todesursache. Die Worte und Formulierungen des Verbrechens, des Mordes, heben sich aus dem Text. Ein bekanntes Gefühl breitet sich seitlich auf meinem Gesicht aus, ein Jucken, ein Brennen. Ich fahre an meinem Haaransatz entlang, die Finger federleicht auf der Narbe, und eine dünne Schweißschicht bildet sich wie warmer Atem auf meiner Haut.

Ich greife nach rechts, öffne die mittlere Schreibtischschublade und ziehe die Akten nach vorne. Eine wohltuende Welle der Erleichterung durchläuft mich, als ich das Glas ertaste. Ich habe kein Alkoholproblem, aber es gibt Tage, an denen ich nichts lieber täte, als mich dem warmen weichen Vergessen des Alkohols hinzugeben. Ich nehme die Flasche heraus, schraube sie auf und trinke ein paar kleine Schlucke, die wohlig warm brennen. Schon fühle ich mich sicherer. Oder vielleicht macht mich der Alkohol einfach nur gleichgültiger.

Das war die glänzende Perle der Weisheit, die meine Psychologin mir mit auf den Weg gab, bevor sie für meine Rückkehr an den Arbeitsplatz grünes Licht gab. Lernen Sie, gleichgültiger zu werden, sagte sie. Ich glaube kaum, dass ihr die Ironie dieser Empfehlung bewusst war. Ich verbringe meine Tage damit, Menschen zu verfolgen, die gleichgültig geworden sind, die wenig oder gar keine Empathie haben, für die Moral ein Fremdwort ist.

Oft sind Empathie, Anteilnahme, ein moralischer Kompass die einzigen Waffen, die mir zur Verfügung stehen und dem Täter nicht. In meiner Welt ist Empathie die Geheimwaffe. Ich versuche, die Handlungen anderer Menschen nachzuvollziehen, ihre Beweggründe zu hinterfragen, mich zu bemühen, die Bedeutung eines besonderen, aber abscheulichen Rituals zu verstehen, dem ein Mörder sein Opfer unterzogen hat. Aber das konnte ich meiner Psychologin nicht sagen.

Stattdessen antwortete ich: Ja, ich würde lernen, gleichgültiger zu werden. Ich erzählte ihr, dass ich nun wüsste, wie man das anstellt. Sie sah unglaublich erleichtert aus. Ich hatte das Kreuzchen für sie an der richtigen Stelle gemacht. Sie konnte meine Akte schließen. Mich als geheilt abhaken. Als arbeitsfähig. Sie konnte mich gar nicht schnell genug aus ihrer Praxis bekommen. Und ich konnte sie gar nicht schnell genug verlassen. Wir wollten beide die Wahrheit nicht sehen. Rufen Sie mich an, falls Sie doch noch irgendwelche Probleme haben, sagte sie. Ja, beteuerte ich in dem beruhigenden Wissen, dass keine von uns auch nur ein Wort davon ernst meinte.

Ich verteile die Berichte auf meinem Schreibtisch und studiere sie eine Weile. Meine Finger machen kleine kreisförmige Bewegungen an meinen Schläfen, doch allmählich habe ich das Bedürfnis, mir ein paar Notizen zum Profil des Mörders zu machen.

Kaum habe ich angefangen, da leuchtet das Handy auf meinem Schreibtisch auf.

»Sheehan.«

Ein Klicken ertönt, dann Stille. Ich schiebe meine Notizen weg. Meine Schultern spannen sich an.

»Hallo?«

Es wird aufgelegt. Ich lege das Handy hin und starre einige Augenblicke lang aufs Display. Es leuchtet wieder auf, und ich greife hastig danach.

»Hallo?«

»Frankie. Ich bin's, Baz.«

Luft entströmt meiner Brust. »Baz. Was gibt's?«

»Priscilla Fagan. Sie möchte morgen zu uns kommen und eine Aussage machen.«

Ich streiche mir mit einer Hand über die Stirn. »'tschuldige. Wer?«

»Priscilla Fagan. Peter Costellos Schwester.«

Klarheit. »Ach so. Ja. Stimmt.«

Ein Zögern. »Alles in Ordnung? Du klingst ein bisschen neben der Spur.« Ich kann förmlich spüren, wie er einen prüfenden Blick auf die Uhr wirft, sehen, wie er die Stirn runzelt, als ihm klar wird, dass es gerade mal halb sechs ist.

»Alles bestens.«

»Dann ist ja gut.«

Als er auflegt, starre ich auf das dunkle Display meines Handys. Ich warte einen Augenblick ab, ob es wieder klingelt, doch es bleibt stumm, und ich stecke es ein und beschließe, nach Hause zu fahren.

KAPITEL 5

Der Morgen war ausgefüllt mit Papierkram und richterlichen Anordnungen. Frustration beschleicht mich, gräbt nadelfeine Krallen in meine Haut. Ich treffe mich mit Clancy in seiner Lieblingskneipe. Es ist Mittagszeit, aber noch drängen sich keine Gäste auf der Suche nach einer warmen Mahlzeit in den Pub.

Clancy hat es sich in der hintersten Ecke des Raums bequem gemacht. Eine tiefe Holznische mit dämmrigem Licht gleich neben dem Kaminfeuer. Ich bin seit Monaten nicht hier gewesen, aber manche Dinge ändern sich nie. Derselbe hagergesichtige Mann steht hinter der Theke. Er nickt mir zu, als ich vorbeigehe.

»Für mich bitte nur einen Kaffee, Enda.«

Er nimmt eine Tasse aus dem Regal hinter ihm. »Alles klar, Detective. Bring ich gleich rüber.«

Clancy starrt sein Bier an. Das längliche Grübchen in seiner Wange, nach innen gezogen, zwischen die Zähne geklemmt.

Ich setze mich ihm gegenüber. »Danke, dass du die toxikologische Untersuchung in Auftrag gegeben hast. Das war nachlässig von mir.«

Er zuckt die Achseln. »Kein Problem.«

Ich weiß nicht, wie ich die Spannungen überbrücken soll, die wie ein Tumor zwischen uns angewachsen sind.

»Jack, ich weiß, dass du ein großes Risiko eingehst, weil du mich wieder Ermittlungen leiten lässt, aber seien wir ehrlich zueinander.«

Er blickt auf. »Dann schieß mal los.«

»Ich bin vielleicht manchmal unberechenbar, aber ich werde alles tun, was getan werden muss, und du kannst es dir nicht leisten, darauf zu verzichten.«

Er beugt sich vor, die Augen groß und aufmerksam. »Ist dir schon mal der Gedanke gekommen, dass mir tatsächlich was an dir liegt, Sheehan?« Er schüttelte den Kopf, trinkt einen schlürfenden Schluck von seinem Stout.

Er redet mit leiser Stimme weiter, als könnte uns jemand belauschen, obwohl abgesehen von dem hagergesichtigen Enda keine Menschenseele im Pub ist.

»Scheiße. Ich kenne dich, Sheehan. In der Nacht, als ich ins Funkgerät gebrüllt hab, dass du dich nicht von der Stelle rühren und auf Unterstützung warten solltest, da wusste ich es. Ich wusste, dass du keine mickrigen fünf Scheißminuten warten konntest, nee, du musstest allein da rein. Es mit einem Irren aufnehmen, nur mit einem Handy bewaffnet. Ich wusste es genauso sicher, wie ich jetzt weiß, dass du verloren wärest, wenn du nicht wieder arbeiten könntest.«

Ich brauche einen Moment, um seinen wüsten Wortschwall zu verdauen. Enda kommt an den Tisch, stellt mir den Kaffee hin. Ich nehme die Tasse und verbrenne mir fast den Mund, als ich hastig einen Schluck trinke.

»Es tut mir leid«, stammele ich. Ein Atemhauch angesichts eines Tornados.

»Herrgott, Sheehan. Ich will keine Scheißentschuldigung von dir. Aber es steht einfach verdammt viel auf dem Spiel.«

Er muss nicht deutlicher werden. Dienstbefreiung für mich, nur diesmal unbefristet, und vorzeitige Versetzung in den Ruhestand für Clancy, falls die Sache schiefgeht.

Schweigen breitet sich zwischen uns aus: Unsere Beziehung ist nicht für Ehrlichkeit gedacht, sie ist für Akten, Verdächtige, Messer, grauenhafte brutale Taten gedacht. In unserem Zauberland Oz wünscht sich der Blechmann kein dämliches Herz, er wünscht sich eine AK47.

Mein Handy erlöst uns beide, und als ich die Erleichterung in Clancys Gesicht sehe, muss ich fast lachen.

»Das ist Baz«, sage ich und gehe ran.

»Mrs. Fagan müsste gleich im Präsidium sein. Sie hat gesagt, sie wäre in einer Viertelstunde da«, meldet er sich. »Sie vermutet, dass einer von ihnen nebenher was laufen hatte. Sie hat nicht gesagt, wer von beiden, nur, dass da noch jemand Drittes war.«

Meine Stimme hebt sich ungläubig. »Und sie ist trotzdem bereit, eine Aussage zu machen?«

»O ja.« Er klingt total zufrieden mit sich.

»Ist ihr klar, dass das ihren Bruder belasten könnte?«

»Na ja, ich hab sie nicht extra drauf hingewiesen, aber sie kann sich bestimmt denken, dass das kein gutes Licht auf ihn wirft.«

»Nicht zu fassen. Von wegen, Blut ist dicker als Wasser.«

Er lacht. »Kommt drauf an, wie trüb das Wasser ist. Willst du dabei sein?«

»Ja. Unbedingt. Du leitest die Vernehmung, aber fang nicht ohne mich an. Gib mir noch eine halbe Stunde.«

Clancy hat inzwischen sein Glas geleert. »Was war?«

»Wahrscheinlich hat Peter Costello eine Affäre, oder vielleicht hatte sie eine. Seine Schwester will eine Aussage machen.«

»Seltsam.«

»Das kannst du laut sagen. Wir werden uns behutsam vortasten, erst mal rausfinden, ob sie ihm vielleicht immer noch übel nimmt, dass er als Kind ihren Teddy kaputtgemacht hat.« Allmählich füllt sich der Pub. Straßenarbeiter mit dreckverkrusteten Stiefeln. Offen schwingende Warnwesten. Noch bevor sie Essen bestellen, trinken sie schon

Bier. Flüssiger Lunch, kein Wunder, dass die Straßen so beschissen sind.

»Es gibt vielleicht Hinweise auf häusliche Gewalt«, füge ich hinzu. »Nach neuesten Obduktionsergebnissen. Die Rechtsmedizinerin meinte, die Fraktur in Eleanors Handgelenk kann eigentlich nur durch Quetschung oder einen heftigen Schlag entstanden sein. Die Narben am Unterleib rühren von Stich- oder Schnittwunden – da hat möglicherweise jemand vor Wut oder Frustration zum Messer gegriffen.«

»Du tippst auf den Ehemann als Täter?«

»In ihrer Krankheitsgeschichte gibt es nichts, was diese Verletzungen erklären würde. Du musst schon etwas verheimlichen wollen, wenn du nach so einem Messerangriff nicht ins Krankenhaus gehst.«

»Scham?«

»Vermutlich.« Ich zupfe an der Ecke eines Bierdeckels. »Es liegt in der Natur von häuslicher Gewalt, dass die Opfer oft aus Scham nicht zur Polizei gehen. Eine nach außen hin erfolgreiche, durchorganisierte Frau wie Dr. Costello muss unter einem enormen Druck gestanden haben, die Misshandlungen zu verbergen. Wenn wir dann noch die wahrscheinliche Bulimie berücksichtigen – fast der Beweis für ihren Selbsthass –, ergibt sich das Bild einer Frau, die extrem anfällig für emotionale Manipulationen und körperliche Gewalt ist.« Ich sehe ihm in die Augen.

»Und er?«

Ich breite die Arme aus. »Wo ist er? Ich behaupte ja nicht, dass eine Episode häuslicher Gewalt unmittelbar dazu führte, dass er sie erhängt hat, ich sage nur, die Beweislage deutet darauf hin, dass jemand Eleanor Costello regelmäßig verletzt hat.«

»Aber warum sie erhängen? Wenn er sie umgebracht hat, dann doch höchstwahrscheinlich in rasender Wut. Ein Verbrechen aus Leidenschaft sozusagen. Erhängen kommt mir ein bisschen, wie soll ich sagen, leidenschaftslos vor.«

Ich schüttele den Kopf. »Vielleicht steht er ja auf anderes Zeug. Nach dem, was wir im Computer gefunden haben, war einer von ihnen offenbar im Darknet unterwegs.«

»Interessant.« Er hält sich zurück. Er hat Angst. Um mich.

»Vielleicht hat sie irgendwas gefunden, und er wollte ihren Tod aussehen lassen wie Selbstmord. Vielleicht hat er über die Schattenseite des Internets jemanden beauftragt, die Sache für ihn zu erledigen. Es muss wahnsinnig schwer gewesen sein, Tag für Tag auf seinem arbeitslosen Hintern zu sitzen, während seine schöne Frau, die dermaßen kontrolliert ist, dass sie sich regelmäßig dazu bringt, ihren Lunch auszukotzen, zur Arbeit geht, um die Hypothek abzuzahlen. Die übrigens in nur einem Jahr voll abbezahlt gewesen wäre.«

Er lacht. Das längliche Grübchen in seiner rechten Wange vertieft sich, und ich bekomme eine Ahnung von einem jüngeren Clancy, einem verborgenen Charme; ein attraktiver Mann mit scharfer Zunge. Er hat den Kopf gesenkt, schüttelt ihn langsam. »Vielleicht war er ja gar nicht so unglücklich, wenn er irgendeine andere Tussi gevögelt hat, während seine Frau sich abschuftete. Klingt für mich nach einer ganz guten Regelung.«

Ich werfe den Bierdeckel nach ihm. »Wir wissen noch gar nicht, ob er derjenige war, der rumgevögelt hat. Und nur damit du's weißt, es gibt in unserer Abteilung nicht genug –«, ich male Anführungszeichen in die Luft, »– Tussis. Das ist der einzige Grund, warum ihr Scheißkerle es überhaupt bis ganz nach oben schafft.«

Er lacht noch immer. Die Furchen in seiner Stirn werden weicher, ganz anders als die Sorgenfalten, die neulich Morgen seine Mundwinkel nach unten zogen.

»Weiter so«, sagt er. »Wer auch immer auf der anderen Seite steht, hat nicht den Hauch einer Chance. Wenn er kein mörderischer Drecksack wäre, könnte ich glatt Mitleid mit ihm haben.«

Ich kann für niemanden Mitleid empfinden. Ich kann es mir nicht mal leisten, Mitleid für Eleanor Costello zu empfinden, obwohl das Bild ihres schlanken, glatten Körpers auf dem Obduktionstisch mir nicht mehr aus dem Kopf geht. Ein blonder Haarschopf auf der Straße genügt, und ich sehe ihr verquollenes Gesicht an dem Strick hängen, und prompt stelle ich mir ihren Todeskampf vor. Ich kann kein Mitleid für sie empfinden. Das würde die Ermittlungen vom Kurs abbringen.

Ein Beweisstück ist wie eine hohe Spielkarte, die du deinem Gegner niemals zeigen darfst, bis du die Karten auf den Tisch legst. Jede Vernehmung bietet die Chance, einen neuen Trumpf hinzuzugewinnen, aber das gelingt nur, wenn du so tust, als hättest du nichts auf der Hand.

Genau das plane ich, während ich an den Dubliner Kais entlang zum Präsidium fahre. Es herrscht stockender Verkehr, und immer wieder kommt ein Auto aus der Tiefgarage hinter dem Custom House gerollt und wartet auf eine Lücke im Stau. Ich lasse das ein oder andere rein, bin in Gedanken halb auf der Straße und halb schon bei der Vernehmung von Peter Costellos Schwester.

Als ich einen Blick durch das verspiegelte Fenster im Beobachtungsraum werfe, sehe ich Priscilla Fagan stricken. Die Nadeln bewegen sich aggressiv, die Frau sieht aus, als wäre sie auf irgendwas mächtig sauer. Ich weiß, dass sie sich in ihren Zorn hineinsteigert. Diese Frau hat was auf dem Herzen. Ich gehe zurück auf den Flur. Dort tigert Baz auf und ab. Er übt seinen Text. Seine Fragen. Ich hab ihn noch nie so nervös gesehen und überlege, ob ich ihn nicht von der Aufgabe abziehen soll. Gut möglich, dass Peter Costellos Schwester uns eine Tür zu diesem Fall öffnet. Falls er die Sache falsch angeht, fällt diese Tür zu, und wir werden sie wohl nie wieder aufstemmen können.

Diese Frau muss das Gefühl haben, Herrin der Lage zu sein, sie muss das Sagen haben. Am Ende ihrer Aussage wird sie hundertprozentig davon überzeugt sein, den Fall für uns gelöst zu haben. Und vielleicht hat sie das sogar, nur eben nicht so, wie sie denkt.

»Falls du dich übergeben musst, nur zu. Ich verrat's keinem.« Stichelei. Sie wird mit einem finsteren Blick unter gesenkten Augenbrauen quittiert.

Ich möchte ihn lockerer machen. Ich habe die Fragen aufgeschrieben, die er stellen soll, und er soll sich an die Reihenfolge halten. Ganz genau. Wenn er das vermasselt, müssen wir die Schwester vielleicht noch einmal herbitten, und eine zweite Aussage kann alle möglichen Probleme mit sich bringen. Zum Beispiel Anwälte.

Er tigert weiter auf und ab und holt tief Luft, pustet sie aus, wedelt mit den drei Seiten Fragen durch die stickige Luft, wirft noch einen letzten Blick darauf und reicht sie mir. »Okay. Ich bin so weit.«

»Super. Sonst wäre ihr auch langsam die Wolle ausgegangen. Willst du wirklich keine Zigarette? Ist sehr beruhigend.«

Er ist schon an der Tür. Ich drücke ihm eine Flasche Wasser in die Hand. Ist immer gut, sich an irgendwas festhalten zu können. Er wirft mir einen dankbaren Blick über die Schulter zu, und dann ist er im Vernehmungsraum.

Ich gehe zurück in den Beobachtungsraum und blicke durch den Einwegspiegel. Priscilla Fagan sieht aus, als hätte sie nie etwas anderes als Pasta zum Abendessen gekocht, gegessen oder bestellt. Etliche Speckrollen bilden Ringe um ihre Mitte, ihre Brüste könnten mindestens zehn Köpfe trösten, und sie hat Arme wie eine Bäckerin, drall und stark. Sie ist Mitte fünfzig und hat kein einziges weißes Haar auf dem Kopf. Dichte schwarze Wellen wölben sich aus der Stirn nach hinten, und der praktische Kurzhaarschnitt endet in Höhe der Ohren. Sie wirkt wie eine Frau, die die Ärmel hochkrempelt und ohne mit der Wimper zu zucken einen Fisch ausnimmt, die weiß, wie man einen Fasan rupft, ihn abhängen lässt, jedes Fitzelchen Fleisch an ihm verarbeitet und noch einiges mehr.

Als Baz sich auf den Stuhl ihr gegenüber schiebt und sein charmantestes Lächeln aufsetzt, mustert sie ihn mit einem Blick, der besagt: Das Lächeln kannst du stecken lassen, Freundchen. Einen neuen Kochtopf könnte ich besser gebrauchen als so einen wie dich.

Das Selbstvertrauen in Baz' Gesicht wird schwächer. »Mrs. Fagan, danke, dass Sie sich die Zeit genommen haben.«

»Ich möchte hier mal ein paar Sachen klarstellen.« Ihr Mund wird breiter. Ein Atemzug. Sie will sofort loslegen.

Baz hebt beide Hände. »Würde es Ihnen etwas ausmachen, wenn ich unser Gespräch aufzeichne?«

Ihre Augenbrauen schnellen hoch. »Deshalb bin ich doch wohl hier, Detective.« Sehr resolut.

Nicken. »Ja, ja.« Ein grünes Licht leuchtet am Rekorder auf. Das Kassettenrädchen beginnt sich zu drehen.

Während Baz das Datum und den Grund für die Vernehmung vorliest, treibt sie ihn mit einer ungeduldigen Handbewegung an. Noch ehe er Luft holen kann, um die erste Frage zu stellen, übernimmt sie die Führung. Ich muss unwillkürlich lächeln.

»Diese Frau war durch und durch schlecht. Sie war regelrecht herrschsüchtig, wissen Sie.«

Sie setzt eine »Na, was sagen Sie nun?«-Miene auf.

Baz reagiert gut. »Wie lange kannten Sie Dr. Costello, Mrs. Fagan?«

Sie ist erleichtert, dass er ihr nicht gleich zu Anfang einen Dämpfer verpasst, dass er anscheinend auf ihrer Seite ist, sich ihrer Meinung anschließt. Sie lehnt sich auf dem Stuhl zurück.

»Also, Peter hat sie bei einer Auktion für einen guten Zweck kennengelernt. Sie wissen schon, so eine Veranstaltung, wo irgendein C-Promi den Auktionator spielt. Ich weiß nicht mehr, worum es ging, aber seine Firma hatte in ein neues Medikament investiert, und sie war im Forschungsteam. Damals war sie aber noch ein Niemand, und er war jemand. Konnte mit Geld um sich werfen und sie verwöhnen, und sie hat sich an ihn gehängt wie ein Kaugummi an eine Schuhsohle.«

Baz wartet darauf, dass sie seine Frage beantwortet.

»Er war auf den ersten Blick hin und weg von ihr, das hab ich gemerkt. Schon eine Woche später hat er sie zum Sonntagsbraten mit zu mir nach Hause gebracht.«

»Dann haben Sie sie also gleich zu Anfang kennengelernt.«

Sie spitzt die Lippen. Ekel. »Leider ja.«

»Wann haben Sie Peter das letzte Mal gesehen?«

»Normalerweise haben wir uns alle zwei Wochen in der

Stadt getroffen, aber in letzter Zeit ist immer was dazwischengekommen, und ich hab mich nicht bei ihm gemeldet, und ich fürchte, es ist etwas länger her als sonst. In meinem Alter läuft einem die Zeit davon, Detective. Ich glaube, es ist schon über sechs Wochen her, dass wir uns zuletzt gesehen haben.«

»Haben Sie mit ihm gesprochen? Telefoniert?«

»Das Telefonieren ist nicht so unser Ding. Ich hab ein paarmal versucht, ihn anzurufen. Hab sogar ein paar Nachrichten bei *ihr* hinterlassen. Sie hat gesagt, sie würde sie ihm ausrichten, aber ich hab kein Wort von ihm gehört.«

Ihre Stimme bebt leicht, und Baz lässt ihr einen Moment Zeit, sich wieder zu fangen.

»Bei Ihren letzten Begegnungen, welchen Eindruck hatten Sie da von ihm?«

Ihre Augen werden schmal. »Ganz normal.« Das klingt trotzig. »Eigentlich wirkte er so glücklich wie schon lange nicht mehr. Er hatte Aussicht auf eine neue Arbeit. Das hat ihn gefreut.«

Baz lächelt mit ihr zusammen. Die nächste Frage bietet sich an. »Warum hat Peter seinen Job verloren? Wegen der Wirtschaftskrise?«

»Deshalb und wegen der anderen Sache.«

Baz nickt. Ermuntert sie, weiterzureden.

»Er hat doch in ihr blödes Medikament investiert. Der verliebte Idiot. Die schlechteste Investition, die er je gemacht hat, und vielleicht auch seine letzte. Seitdem will ihn keine anständige Firma mehr einstellen.« Sie legt die Stirn in Falten. »Das hat ihn richtig fertiggemacht. Besonders in den letzten zwei Jahren. Er ist nämlich sehr stolz auf seine Arbeit. Das ist bestimmt auch der Grund, warum es ihm gesundheitlich so schlecht geht.«

»Peter ist krank?«

Sie zupft ein Taschentuch aus ihrem Ärmel. »Schlimm. Die Ärzte können nichts finden, aber als ich ihn das letzte Mal gesehen hab, sah er ganz furchtbar aus.«

Baz widersteht der Versuchung, von seinem Konzept abzuweichen. Mrs. Fagan scheint schnell zu ermüden, und wir brauchen noch viele Basisinformationen, mit denen wir arbeiten können.

»Mrs. Fagan, würden Sie Peter als Kunstliebhaber bezeichnen?«

»Seltsam, dass Sie das fragen, aber in den letzten zwei Jahren hat er angefangen, ein bisschen zu malen. Besucht einmal die Woche einen Kurs. Dabei hat er gar kein Talent, das gibt er auch selber zu, aber er möchte besser verstehen, wie die Großen es gemacht haben. Er hat Sinn für die Geschichte, wissen Sie.«

»Und Eleanor? Hat sie sich auch für Kunst interessiert?«

Achselzucken. »Keine Ahnung.«

»Waren die beiden glücklich miteinander? Wie würden Sie ihre Beziehung einschätzen?«

Sie reibt sich so kräftig die Nase, dass die Spitze hinterher rot glänzt. Das Taschentuch verschwindet wieder im Ärmel. Entspannte, ehrliche, unbewusste Bewegungen. Signale der Wahrheit.

»Angespannt. Als ich sie zuletzt zusammen erlebt hab, konnte er ihr kaum in die Augen sehen. Aber –« Sie verstummt jäh, nagt an der Unterlippe.

Baz beugt sich näher. »Ja?«

Dann sagt er: »Entschuldigung, Sie haben doch bestimmt Durst. Bitte sehr.« Er macht die Flasche Wasser auf, die ich ihm mitgegeben habe, füllt einen Plastikbecher und reicht ihn ihr.

Sie nimmt einen Schluck. »Danke. Trockene Luft hier.« Sie ist wieder in der Spur. »Peter hatte noch ein paar andere Probleme.«

»Ach ja?«

»Das ist jetzt ziemlich privat, und er wird's mir verübeln, dass ich es Ihnen verrate, aber Sie haben gesagt, dass Sie den Laptop mitnehmen mussten, und deshalb sage ich es Ihnen lieber, damit Sie nicht auf falsche Gedanken kommen. Er ist eben ein Mann. Die stehen doch alle auf so was.« Sie stockt, weil ihr einfällt, mit wem sie redet, dann: »Tut mir leid.«

Baz breitet die Arme aus. »Kein Problem.«

»Als ich das letzte Mal bei ihnen war – das muss vor gut sechs Monaten gewesen sein –, hat Peter in der Küche Tee gekocht, und ich hab seinen kleinen Computer, dieses Tablet-Teil, da rumliegen sehen. Ich hatte vor, mir eventuell auch so was zuzulegen, deshalb hab ich es in die Hand genommen, und ich weiß nicht, welche Taste ich da gedrückt hab, jedenfalls, auf einmal war auf dem Monitor dieser ...«, sie weicht zurück, als sähe sie das Bild wieder vor sich, »... Dreck, anders kann ich das nicht nennen. Porno.«

»Haben Sie ihn nicht darauf angesprochen?«

Ihre Augen werden groß. Rund. Entsetzt. »Hätten Sie das etwa? Er ist mein Bruder. Nein, nein. Ich hab das Ding wieder weggelegt und schön den Mund gehalten. Aber nur für den Fall, dass das ein schlechtes Licht auf ihn wirft, kann ich Ihnen eines versichern: Er ist in jeder anderen Hinsicht absolut in Ordnung, sanft und freundlich. Peter könnte keiner Fliege was zuleide tun.«

»Und Sie glauben, dass Mrs. Costello ein Verhältnis hatte?«

Sie stößt ein Prusten aus. »Nein! Ich glaube kaum, dass ein anderer ihre Hochnäsigkeit ertragen hätte. Nein. Peter.

Peter hat ein Verhältnis. Er sagt zwar, es wäre nichts Ernstes, aber ich merke ihm an, wie verknallt er ist. Vielleicht ist er ja jetzt frei von dieser …« Sie stockt und bekreuzigt sich rasch. »Über Tote soll man ja eigentlich nicht schlecht reden, oder?«

»Haben Sie seine neue Partnerin kennengelernt?« Baz ist wieder rücksichtsvoll. Partnerin, nicht Geliebte oder Affäre. Manchmal ist die Wortwahl entscheidend, um das Vertrauen eines Gegenübers zu gewinnen.

»Nein. Und so neu ist sie gar nicht. Das geht schon eine ganze Weile. Ich hab keine Ahnung, warum er noch nicht zu ihr gezogen ist und die Scheidung eingereicht hat, aber wie gesagt, Eleanor war herrschsüchtig. Mir hat nie gefallen, wie sehr sie ihn unter Kontrolle hatte. O ja, sie hat immer ganz lammfromm und bescheiden getan, aber ich merke, wenn mir wer was vorspielt. Hab ich ja selbst im Laufe der Jahre oft genug machen müssen.«

Baz hebt fragend die Augenbrauen, und schon legt sie wieder los: »Man bleibt nicht fast dreißig Jahre lang verheiratet, wenn man immer ehrlich ist, Detective, lassen Sie sich das gesagt sein.« Sie wippt wieder auf ihrem Stuhl zurück, zufrieden mit sich. »Amy. So heißt sie. Er redet oft von ihr. Aber den Nachnamen weiß ich nicht.«

»Denken Sie, er ist jetzt bei ihr?«

Sie lacht. »Das hoffe ich doch.«

KAPITEL 6

Der Bonsai schwächelt schon. Elf Tage, seit ich ihn bei mir zu Hause habe. Zwölf Tage seit Eleanor Costellos Tod. Mrs. Fagans Vernehmung war hilfreich und nutzlos zugleich. Es ist uns nicht gelungen, den Browser-Verlauf auf dem Laptop zu verfolgen oder herauszufinden, wer Peter Costellos Geliebte ist. Noch immer keine Spur von ihm. Er ist untergetaucht wie ein Stein im Ozean.

Ich habe das Bäumchen ans Fenster gestellt. Damit es genug Licht bekommt, wenn die irische Sonne denn mal scheint. Es sieht aus, als würde es mir eingehen. Ich starre darauf, bewaffnet mit einem Glas Rioja und einem Käsebrötchen.

Die rötlichen und gelben Lichter des Dubliner Nachtlebens spiegeln sich in der Scheibe. Silbriger Nebel wälzt sich von der Liffey in die frostige Stadt, eine passende Kulisse für diese Nacht: Halloween. Ein paar Sirenen gellen in dem Straßengewirr unter mir. Feuerwerkskörper jaulen und zerplatzen im fernen feuchten Himmel. Sie werden im Schein von Halloween-Feuern gezündet, um die sich Familien und Freunde in Gärten versammeln. Es wird gefeiert, und Kinder verkleiden sich mit makabren Kostümen. Süßes oder Saures.

Auf dem Boden zu meinen Füßen liegen eine Schere, eine kleine Rolle dünner Kupferdraht und ein Beutel Dünger. Die Sachen liegen da schon, seit ich das Bäumchen mitgebracht habe.

Mit einem Seufzer stelle ich das Glas ab und nehme die Pflanze vom Fensterbrett. Ich blättere das ziemlich dicke Buch über Bonsai-Pflege durch, das ich extra gekauft habe. Ein Kapitel beschäftigt sich mit der Formgebung. Ich hätte mir das vor dem Kauf durchlesen sollen. Es erklärt, wie das Bäumchen gedrahtet werden muss, um sein Wachstum zu steuern. Ich lese was über laubwechselnde und immergrüne Pflanzen.

Ich schaue auf das dreieckige Schildchen, das am Fuß des Bäumchens in der Erde steckt. Immergrün. Natürlich, wir haben fast November, und das Blattwerk ist noch dicht. Liguster Bonsai: der volle Name. Sie sind normalen Bäumen nicht unähnlich, wie ich überrascht erfahre. Sie sind keine zwergenhaften Miniaturen, sondern entstehen dadurch, dass man ihr Wachstum manipuliert und sie zurückschneidet, sodass sie zu Schrumpfversionen ihrer selbst werden. Einerseits kommt es mir falsch vor, das natürliche Wachstum des Bäumchens zu hemmen, es zu drahten und seine Zweige zu beschneiden, damit seine Form für ihre Zierlichkeit bewundert werden kann. Andererseits fasziniert mich die Ästhetik des Ganzen.

Das Bild im Buch zeigt, wie mein Bonsai aussehen könnte. Meiner ist dagegen chaotisch, wild, ungeformt. Ich lehne mich vom Baum weg, betrachte seine Höhe, seine Form und wickele dann ein Stück Draht um einen Zweig, ohne recht zu wissen, ob das so richtig ist. Sobald der Zweig ganz umwickelt ist, biege ich das dünne Holz, ermuntere, dränge, überrede die Natur, mit mir zusammenzuarbeiten.

Hinterher fühle ich mich erstaunlich zufrieden, ruhig, kompetent. Ich fülle einen kleinen Krug mit Wasser, rühre den Dünger hinein und gieße das Ganze in die Bonsaischale. Na bitte. Der Baum kommt mir schon glücklicher vor. Ich stelle ihn zurück auf die Fensterbank, kippe den Rest von meinem Wein in die Spüle und gehe zu Bett. Es ist erst neun Uhr, aber mein Körper ist matt vor Übermüdung, und Schlaf zerrt an meinen Gliedern.

Kaum haben sich meine Augen in der Dunkelheit geschlossen, da klingelt mein Handy. Es ist Clancy.

»Noch auf?«

»Klar, bin ich noch auf.«

»Wäre ja auch ein Wunder!« Er seufzt. »Hör mal, wir haben eine weitere Leiche. Ich kann nicht hinkommen. Bin auf so einem dämlichen Jubiläumsfest und hab ein paar zu viel intus. Hört sich ziemlich grässlich an. Also fahr am besten mit leerem Magen hin.«

Ich schiebe meine Beine aus dem Bett. »Alles klar.«

»Und, Frankie?«

»Ja?«

»Es ist nicht weit von deinen Eltern.«

Es dauert einen Moment, bis das richtig bei mir ankommt, und als es so weit ist, fühlt es sich an, als würde sich eine unsichtbare Hand um meinen Hals legen.

Das Feuer schwelt noch, obwohl drum herum eine Wasserlache ist. Eine Lache, die wahrscheinlich wertvolle Beweise enthält und jetzt langsam ins Unterholz sickert, in die warme Erde dringt und das versengte Gras nährt. Der Mann, der für das Halloween-Feuer verantwortlich ist, entschuldigt sich dafür, dass er alles so übereifrig ertränkt hat.

Er war nicht darauf gefasst gewesen, ein Mordopfer zu finden, und ich frage mich, was zum Teufel er sich wohl gedacht hat, als er mitten in seinem Halloween-Feuer einen Körper entdeckte. Ich kann seine instinktive Reaktion nachvollziehen: Er hatte bloß den einen Gedanken, den Menschen retten zu wollen, der da verbrannte, obwohl dieser Mensch zwischen den Resten des Feuers eindeutig tot war.

Der Mann, Mr. Quinn, packt meine Hand, schüttelt sie fest. Ich kenne sein Gesicht ebenso genau, wie ich weiß, dass hinter dem Gras, das meine Beine streift, der Strand ist, wo Irlands letzter Hochkönig die Wikinger besiegte. Ich weiß, dass sich im Winter Scharen von Austernfischern an den Herzmuscheln gütlich tun, die vom Wasser der Dubliner Bucht an Land gespült werden. Ich weiß, dass man bei Ebbe gute Chancen hat, vom südlichen Ende der Promenade aus das verkohlte Wrack der *Windrise* zu sehen, die immer tiefer in dem braunen Sand versinkt. Clontarf. Heimat. Mein Kind-Ich rennt aus der Dunkelheit hinaus in die Sommer der Vergangenheit, stürzt kreischend auf die Wellen der Bucht zu. Ich höre sein Lachen in der Dunkelheit verklingen, bis nur noch der Schmerz der Sehnsucht übrig bleibt.

»Frankie, Kleines, wie geht's dir denn? Ich hab mir gleich gedacht, dass du es bist.« Mr. Quinns Gesicht ist finster.

Ich kenne jeden Meter dieser Küste, jeden schiefen Baum und jede Hecke, die sich gegen den erbarmungslosen Wind von der Irischen See stemmt. Ich weiß, dass Mr. Quinn die zitternde verletzliche Kleine sieht, die so untröstlich weinte, dass sie brechen musste, als mein Bruder mich in den Arm kniff.

Mr. Quinn ist Mechaniker in der Autowerkstatt der Keegans in unserem kleinen Ort. Er kann höchstens Mitte fünfzig sein, aber er arbeitet in der Werkstatt schon, seit er ein pickeliger und schüchterner Junge war. Er hat keine Familie, kaum Freunde, abgesehen von den Keegans, die ihn wie einen Schatten an ihr Leben angeheftet haben: immer da, immer irgendwo in der Nähe.

Seine Hände haben die alte Karre meiner Eltern zwei Jahrzehnte lang am Laufen gehalten. Selbst über den Brandgeruch des gelöschten Feuers hinweg kann ich herb und metallisch das Öl unter seinen Fingernägeln riechen.

Ich erinnere mich an diese Finger. An einem Sommertag hatte ich am Straßenrand ein winziges braunes Kaninchen gefunden. Es hockte zitternd auf dem Bürgersteig neben der Werkstatt. Ich schlich mich näher ran, sah, dass seine Augen rot und geschwollen waren. Es rührte sich nicht, war vor Schmerz erstarrt, die Ohren flach auf den Rücken gelegt. Sein Brustkorb flatterte schwach unter braunem Fell. Ich dachte, es wäre von einem Auto angefahren worden, und weil ich es nicht allein lassen wollte, rief ich den nächstbesten Erwachsenen. Tom Quinn stand über den Motor eines Pick-ups gebeugt, aber er tauchte unter der Haube auf, ölverschmiert und lächelnd.

»Alles klar, Frankie?«, rief er.

Ich blieb in meiner geduckten Haltung und winkte ihn herüber. Sobald er bei mir war, sah er den Grund für meine Aufregung.

»Es hat Myxomatose, Kleines«, sagte er.

Mit einer einzigen raschen Bewegung packte er das kleine Kaninchen und hob es auf. Er merkte nicht, dass ich ihm zurück in die Werkstatt folgte, weil ich meinen neuen Schützling nicht aus den Augen lassen wollte. Schon stellte ich mir das Kaninchen wieder gesund vor und überlegte, wo es in meinem Zimmer am besten schlafen sollte. Ich hatte damals keine Ahnung, was Tom vorhatte.

Wenn ich die Augen schließe, verfolgt mich der Todesschrei des Tieres noch immer. Ich presste die Hände auf die Ohren, zu spät. Der Schrei war kurz, aber sein Echo hallte mir den ganzen Tag durch den Kopf, lähmte mich vor Angst. Hinterher baumelte das Kaninchen von seiner Hand, als er nach draußen ging, um den weichen toten Körper in den Mülleimer zu schmeißen. Er kam zurück und drückte mir die Schulter.

»Du hast ihm viel Leid erspart. Gut gemacht.« Selbst in dem jungen Alter spürte ich schon, dass er das eher zu sich selbst sagte als zu mir.

Viele Leute waren schon da, um am Feuer zu feiern, jetzt jedoch sehe ich noch mehr über die Promenade kommen und sich zu den Gaffern gesellen. Gut möglich, dass meine Eltern dabei sind.

Im Hintergrund rauscht ungerührt die See. Das Geräusch der Brecher, die auf den Strand donnern, ist eine Erinnerung daran, dass sich der Lauf keiner einzigen Welle im Meer verändern wird, ganz gleich, was wir hier Schreckliches entdecken. Der Gedanke macht demütig und ist zugleich seltsam tröstlich. Egal, was für einen Scheiß du gebaut hast, deine Existenz ist Mutter Natur völlig egal. Und das ist verdammt gut so.

Mr. Quinn führt mich zu dem Feuer.

»Es war furchtbar, ehrlich«, sagt er. »Ich hab den Eltern gesagt, sie sollen die Kinder wegbringen, bevor die kapieren, was sie da sehen, aber ich kann nicht versprechen, dass nicht doch ein paar von ihnen was mitgekriegt haben. Furchtbar. Einfach furchtbar.«

Das Halloween-Feuer ist das jährliche Großereignis im Ort, obwohl diese Feuer in und um Dublin schon seit Jahren verboten sind. In Clontarf haben sie die Tradition beibehalten, und die Gardaí lassen fünfe gerade sein. Die Kinder des Ortes bauen es auf der breiten Sandbank auf, die durch Bull Island geschützt ist. Ich erinnere mich gut daran. Manchmal wird schon ab Mitte Oktober alles irgendwie Brennbare gesammelt. Geschäfte und Anwohner stiften alte Autoreifen, trockenes Farnkraut, Büsche, Äste, Holzpaletten. Alles wird für den Halloween-Abend hergeschleppt und zu einem Scheiterhaufen gestapelt. Die Keegans fühlten sich schon immer als die Veranstalter des Ereignisses, und Tom, ihr getreuer Freund und Angestellter, zündet das Feuer um Punkt acht Uhr an und hütet es, bis auch die letzten glimmenden Aschereste erloschen sind.

»Gestern Abend hatten wir einen ziemlich heftigen Regenschauer, und ich hab mir gedacht, dass der Stapel ein bisschen feucht ist, deshalb hab ich zum Anzünden etwas Benzin zu Hilfe genommen.« Er schüttelt den Kopf, wird sichtlich blasser. »Ich hatte doch keine Ahnung. Ich meine, ich hab wirklich nichts im Stapel gesehen. Du kennst das doch selbst, da waren Paletten drin und so Zeug, und das Ganze war ziemlich dicht. Außerdem war es schon dunkel, als ich heute Abend herkam.«

Ich hebe die Hand, drücke seine Schulter, ein Schatten seiner Geste vor vielen Jahren. »Machen Sie sich keine Vorwürfe, Mr. Quinn. Es war nicht Ihre Schuld.«

»Wer macht denn so was? Die Menschen heutzutage, da laufen ein paar echt miese Exemplare rum. Sie war aber doch bestimmt schon tot – oder? Wer auch immer sie ist.«

Er sieht mich flehend an. Will beruhigt werden.

»Sie?«, frage ich. Der Schrei des sterbenden Kaninchens gellt mir durch den Kopf.

Er reibt sich mit einer Hand durchs Gesicht. »Meistens sind's doch Frauen, oder?«

Ich schaue ihn an, versuche, in seinem Blick noch etwas anderes zu finden als nur Verwirrung. »Manchmal«, antworte ich.

Ich hebe das Polizeiabsperrband an, ducke mich drunter hindurch und warte, bis er mir folgt.

»Nachdem Sie das Feuer angemacht hatten, wie lange hat es da gedauert, bis es richtig hohe Flammen schlug?«

»Na ja, wegen des Benzins nicht so lange. Vielleicht zehn, fünfzehn Minuten. Wir hatten ’nen ziemlich starken Nordostwind von der Bucht, und der hat die Flammen irgendwie zur Seite gedrückt. Sonst hätte ich den Körper überhaupt nicht gesehen.«

Ich drehe mich um, mit dem Gesicht in den Wind, und gehe auf die Überreste des Feuers zu. Immer wieder weht mir die salzige Seetangluft den Geruch von verbranntem Fleisch entgegen.

Ein junger uniformierter Officer begrüßt mich. Ich sehe ihm an, dass er sich beherrschen muss, nicht die Hand vors Gesicht zu heben. Er will den Gestank von verkohltem Fleisch nicht in die Nase bekommen. Aber Berufsehre oder Angst halten ihn davon ab.

»Die wären jetzt so weit, Detective.«

Sanitäter stehen unbeschäftigt in der Nähe.

»Sollen wir den Krankenwagen wegschicken?«, fragt der Officer. »Ich schätze, der Wagen des Coroner ist schon unterwegs.«

»Nein. Der Krankenwagen genügt«, antworte ich.

Kriminaltechniker bewegen sich langsam im Umkreis, sammeln, sichern alles Wichtige auf Film, in Beuteln, auf Papier. Große Scheinwerfer sind im Umkreis aufgestellt worden, und ich sehe Keith Hickey, der gerade versucht, um das hintere Ende des Feuers einen Sichtschirm aufzustellen, aber der Wind ist zu stark, und die Plastikplane flattert wild in der Luft.

Ich lächele Tom noch einmal an und drehe ihm dann den Rücken zu. Ich weiß, dass er sich näher ranschleichen wird. Neugier oder morbide Faszination, keine Ahnung, warum Menschen den Tod anstarren wollen, aber heute spielt mir dieser Wunsch in die Karten. Ich kann ihn nicht bitten, sich die Leiche anzuschauen, aber ich will, dass er sie sieht. Es gibt kaum etwas Aufschlussreicheres, als einen potenziellen Verdächtigen dabei zu beobachten, wie er sich das Opfer anschaut. Die Reaktion kann genug Erkenntnisse liefern, um einem ganzen Fall eine neue Richtung zu geben. Meiner Ansicht nach gibt es keinen besseren Gradmesser für Schuld.

Eine weiße Plane wird auf dem Gras ausgebreitet. Ich nehme ein Taschentuch und drücke es mir auf den Mund. Der Geruch wäre nicht so widerlich, wenn ich nicht wüsste, dass ich menschliches Fleisch inhaliere, mikroskopisch kleine Partikel der Leiche, die sich auf die Naseninnenwände legen, in der Kehle haften bleiben. Ich schlucke.

Sie entfernen die äußeren Schichten des Halloween-Feuers, verkohlte Äste, halb verbrannte Paletten, das Skelett einer alten Matratze. Das Forensikerteam untersucht alles unverzüglich, erörtert mit den Feuerwehrleuten den Verlauf der Flammen, die Geschwindigkeit, mit der sie sich ausgebreitet haben. Schließlich ziehen sie die Leiche heraus. Die Arme sind in Boxerhaltung angewinkelt, Schulter-, Ellbogen- und Handgelenke gebeugt. Stickstoff, Sauerstoff, menschliche Gase – die geheimnisvollen Bestandteile, die einen Menschen ausmachen, dehnen sich aus; Druck von innen, das Verkürzen und Zusammenziehen von Muskeln, haben die Arme in diese Verteidigungshaltung gezwungen.

Entlang des Brustkorbs sind lange rosa Streifen, Risse, wo tiefer liegendes Gewebe durch die schrumpfende Haut geplatzt ist. Das subkutane Fettgewebe wurde zum Brennstoff für die Flammen. Das Haar ist weggeschmort. Der Kopf ist geneigt, das Kinn fast auf der Brust. Auch hier haben sich die Muskeln verkürzt, oder aber es ist ein Hinweis darauf, dass das Opfer schon tot war, ehe das Feuer entzündet wurde. Hoffnung regt sich in mir. Es ist eine grausame Art von Hoffnung, aber es wäre eine Gnade für das Opfer, wenn es vor dem Verbrennen gestorben wäre. Die Füße und Unterschenkel sind schwarz verkohlt, aber noch relativ gut erhalten, und sie lassen vermuten, dass das Opfer tatsächlich weiblich war. Die Schuhe haben niedrige Absätze, wahrscheinlich Pumps. Die Fußknöchel sind so dünn, dass man sie mit der Hand umfassen könnte. Das Team legt den Körper behutsam auf die Plane, als könnten die sterblichen Überreste von einem Windstoß davongetragen werden.

Ich gehe näher ran. An einem Handgelenk ist ein dickes Armband, teilweise in die Haut eingesunken. Es ist eines von diesen Bettelarmbändern, die in den letzten zehn Jahren so beliebt geworden sind. Wer auch immer den Körper hier abgelegt hat, er wollte die Identifizierung des Opfers nicht unbedingt erschweren. Ein kalter Schatten gleitet über mich hinweg. Der Täter wollte eine große Show. Möglicherweise hat der Mörder eine Fantasie ausgelebt. Ich seufze. Oder aber es war lediglich eine praktische Möglichkeit, die Leiche loszuwerden.

Ich kann Tom hinter mir spüren, wie er sich auf die Zehenspitzen stellt, den Hals reckt. Ich trete ein kleines Stück zur Seite.

Der junge Officer spricht mich erneut an. »Verzeihung, Detective?«

Er wartet auf Anweisungen.

Ich nicke. »Ja. Bringt sie nach Whitehall. Ich komme nach, sobald ich –«

Ein tiefes Stöhnen direkt neben meinem Ohr. Tom schüttelt den Kopf. Weicht einen Schritt zurück. Er starrt auf das Bettelarmband. Er hebt die Arme, als könnte er das, was er da sieht, irgendwie wegstoßen. Dann verzieht sich sein Gesicht schlagartig, und er stürzt so schnell nach vorne, dass ich ihn festhalten muss, damit er nicht auf die Leiche fällt.

»Amy. Amy. Amy. Amy«, schreit er. Wieder und wieder. Wird mit jedem Mal lauter.

Der junge Officer hilft mir, ihn wegzuziehen, dann hastet er davon, um die Tote abtransportieren zu lassen.

Ein großer stämmiger Mann hat sich unter dem Absperrband hindurchgebückt. Er kommt mit großen Schritten auf uns zu. Sein Gesicht ist blass, die Hände zu Fäusten geballt. Eamon Keegan. Besitzer der Autowerkstatt, Stütze der Gesellschaft, feste Größe im Sonntagsgottesdienst, im Pub, ein Mann, der gerne in Ruhe sein Bierchen trinkt. Seine Hände haben schon vor meiner Geburt in Clontarf Autos repariert.

»Tom«, ruft er. »Wer ist es? Tom?«

Ich sehe Tom an. Frage ihn leise: »Ist das Amy Keegan?«

Ihm bleibt keine Zeit, mir zu antworten. Eamon Keegan hat ihn an den Schultern gepackt. »Tom? Wer ist es?«, brüllt er Tom ins Gesicht, versucht, die Antwort aus ihm herauszuschütteln.

Ich zwänge mich zwischen die beiden.

»Bislang wissen wir noch gar nichts, Mr. Keegan. Bitte treten Sie hinter die Absperrung zurück.«

Doch Eamon Keegan stürmt weiter zu seiner Tochter, und ich bin ein vergessener Gedanke in seinem Kielwasser.

»Amy? Amy?«

Ich laufe ihm nach, ziehe ihn am Arm. »Bitte, Eamon. Bitte, Sie können hier nichts tun.«

Ob aus Angst oder weil er sich der Wahrheit nicht stellen will, jedenfalls bleibt Eamon Keegan stehen, und ich verharre neben ihm, eine Hand schwach um seinen Arm. Das Team breitet ein Tuch über die Leiche, hebt sie routiniert an und legt sie auf die Trage.

Eamon knicken die Knie weg, und er sinkt auf den klammen Sand.

»Amy?«, flüstert er. Tränen rinnen ihm übers Gesicht, glänzen nass in der Dunkelheit.

Hinter der Absperrung drängen sich Anwohner, starren herüber, erschüttert von dem Bösen, das ihren Ort getroffen hat. Ich habe das Gefühl, dass der Mörder unter ihnen sein könnte. Ich kann die Bewegungen ihrer Augen so deutlich spüren, als wären es meine eigenen. Der Krankenwagen rollt mit Blaulicht, aber ohne Sirene über den Strand und biegt dann langsam auf die Straße Richtung Dublin.

Ich lege eine Hand auf Eamons Schulter, spüre die Wucht der Trauer unter meinen Fingern beben. Amy. Amy Keegan. Seine Tochter. Ich erwecke sie aus meinen Erinnerungen wieder zum Leben. Rundes Gesicht, blass, eine ordentliche Portion Sommersprossen auf Nase und Stirn. Dunkles Haar, Farbe und Glanz wie von flüssiger Schokolade. Ich muss daran denken, wie ich sie später, älter, mal zu Weihnachten hier im Pub gesehen habe. Ich hatte Urlaub, besuchte meine Eltern. Fast dreißig und schon mit einiger Berufserfahrung als Detective. Ich war dünn, lässig mit Schlabberpullover und ausgebeulter Jeans bekleidet. Aber ich weiß noch, wie mir Hitze in die Wangen stieg, als Amy hereinkam. Sie kann damals nicht älter als zwanzig gewesen sein, aber sie strahlte vor Eleganz. Das pausbäckige Mädchen in Gummistiefeln, das ich in Erinnerung hatte, war verschwunden. Stattdessen sah ich eine zierliche, schmale junge Frau mit modischer Kurzhaarfrisur und hübschen Grübchen in den Wangen, wenn sie lächelte.

Mein Mund ist trocken. Die Sache geht mir unter die Haut. Ein wehes, schauderndes Entsetzen. Ich lege den Kopf in den Nacken. Nur für eine Sekunde. Atme ein.

Meine Lunge, meine Kehle sehnen sich nach Luft, die nicht mit dem Geruch von verbranntem Fleisch durchsetzt ist, aber ich bekomme den Geschmack des Todes nicht von der Zunge. Amy. Ich überlege, was sie beruflich gemacht hat. Irgendwas Kaufmännisches. Ich erinnere mich, dass meine Mutter mir am Telefon erzählte, Amy habe wieder zu ihren Eltern ziehen müssen. Ein frühes Opfer der Wirtschaftskrise. Entweder es war ihr seitdem nicht gelungen, wieder in eine eigene Wohnung zu ziehen, oder sie war nur zu Besuch hier.

Warum sollte jemand sie töten wollen? Und warum ihren sterblichen Überresten das hier antun? Leichenschändung. Eleanor Costello lächelt mich an. Sie dreht sich um, der Wind weht ihr das weißblonde Haar in die Augen. Lachen, dann nichts. Amy. Peter Costellos Geliebte. Mätresse. Opfer. Affäre. Amy. Amy Keegan.

Ich führe den zitternden Mr. Keegan zu der Reihe von Nachbarn.

Tom wankt hinterdrein. »O Gott. O Gott«, stammelt er. »Moira. O Gott.«

Als wir näher kommen, hebt sich Moira Keegans Gesicht in der Menge ab, weiß und angespannt vor Angst. Panik bebt in ihrer Stimme.

»Eamon? Was ist denn?«, flüstert sie. Sie schluckt. »Eamon?«

Der junge Officer kommt mit ernstem Gesicht dazu. Ich bin ihm dankbar. Er bringt es ihr bei. Leise und traurig. Kurzes Schweigen, dann dringt ein langes zittriges Heulen aus Moira Keegans Kehle. Sie sinkt auf die Knie, genau wie ihr Mann kurz zuvor, bricht zusammen wie ein Kartenhaus.

Ich wende mich ab. Beim Weggehen höre ich den Officer hinter mir sagen: »Mr. Keegan, es tut mir leid, aber sobald

Sie sich dazu in der Lage fühlen, müssten Sie beide uns einige Fragen beantworten.«

Ich lasse die Szene hinter mir und gehe zu meinem Wagen, schließe die Tür, lege die Arme aufs Lenkrad. Es ist dunkel, eine sternlose Nacht mit steifem Ostwind, der am Wagen rüttelt und einen dünnen Regenfilm auf die Windschutzscheibe peitscht. Der Geruch nach verbranntem Fleisch hängt mir in der Nase, in den Haaren. Ich streiche mir mit unsicherer Hand übers Gesicht, öffne das Fenster einen Spalt und atme die kalte Luft ein, die ins Auto pfeift. Mein Handy leuchtet auf, wirft einen weißen Schein aufs Armaturenbrett.

»Sheehan«, sage ich und drehe den Zündschlüssel.

Keine Antwort.

»Hallo?«

Ich warte, dass sich jemand meldet, Baz oder Clancy, der wissen will, was Sache ist, aber am anderen Ende bleibt es still. Ich schließe das Fenster, drücke das Handy fester ans Ohr und spähe in die Dunkelheit, blicke über die Hecke zu der Stelle, wo Amy gefunden wurde. Beobachte die Reihen von Menschen, die noch immer auf der Promenade stehen, suche sie instinktiv nach einem Licht ab, einem Handy am Ohr.

»Hallo?«

In die leere Stille hinein ein Atmen, ein Lufthauch.

»Hallo? Wer ist denn –«

Es wird aufgelegt. Die Nummer ist unterdrückt. Ich notiere mir Zeitpunkt und Dauer des Anrufs, dann rolle ich langsam auf die Straße und fahre zum Haus der Keegans. Dort angekommen, parke ich am Straßenrand, lasse das Fenster herunter und stecke mir eine Zigarette an. Es dauert nicht lange, bis Baz eintrifft. Er parkt ein kleines

Stück weiter, steigt aus und kommt zu mir, setzt sich auf den Beifahrersitz.

»Das war grausig«, sagt er.

»Allerdings.«

»Dein Heimatort, he?«

»Malerisch, was?«

»Die Mutter ist zusammengebrochen. Musste ins Krankenhaus gebracht werden.« Er wendet sich mir zu.

Ich blinzele gegen den Rauch an, der von meiner Zigarette aufsteigt, und blicke aus dem Seitenfenster.

»Ich denke, sie könnte die Amy sein, von der Mrs. Fagan geredet hat«, sage ich.

»Die Geliebte?«

»Ja. Obwohl wir rein gar nichts haben, was die beiden miteinander verbindet. Hoffen wir mal, dass Amys Handy sich nicht auch in Luft aufgelöst hat.«

»Mach dir nicht zu viele Hoffnungen«, sagt er.

»Ich weiß.«

Im Rückspiegel sehe ich Eamons breite Gestalt die Straße hochkommen, Kopf gesenkt, Schultern rund und tief. Tom Quinn stützt ihn auf der einen Seite, der junge Officer auf der anderen.

Ich will aussteigen, doch Baz hält mich zurück.

»Frankie, vielleicht sollten wir noch warten? Wenigstens bis morgen früh? Du wirst heute Nacht nicht viel aus ihm rauskriegen. An dem Anblick vorhin kann ein Mensch zerbrechen.«

Ich zögere, starre Mr. Keegan an. Der Mann, von dem ich mal glaubte, er wäre ein Riese, sieht jetzt aus, als könnte ihn der leiseste Hauch umwerfen.

Ich nicke Baz zu. »Ich weiß. Hast ja recht. Das sind meine Nachbarn, Herrgott noch mal. Aber die ersten vierundzwanzig Stunden nach dem Auffinden eines Mordopfers sind entscheidend für einen Fall. Unsere Ohren und unsere Münder arbeiten nur für einen einzigen Menschen, nämlich für das Opfer. Und das hat Vorrang vor allem anderen. Vor Manieren, vor Mitgefühl, vor Nachbarn.«

Er seufzt, ich steige aus und warte auf dem Bürgersteig, bis er bei mir ist, dann gehen wir gemeinsam zum Haus.

Eamon steht an der Tür. Er hält den Schlüssel in der Hand, doch für einen Moment sieht es so aus, als hätte er die Fähigkeit verloren zu sein, zu handeln. Er wirkt benommen und wild zugleich. Seine Augen stieren geradeaus, ohne zu blinzeln, seine Mundwinkel hängen herab, sein Gesicht ist bleich, vor Trauer verzerrt. Dann und wann zuckt ein kleiner Muskel an seinem Unterkiefer, und ich höre den stotternden Klang seines Atems.

»Eamon. Es tut mir so leid«, sage ich.

Ich will es nicht, aber meine Stimme bebt, und ich muss mich zusammenreißen, meine Gefühle unterdrücken. Ich schlucke. Ein heißes Prickeln an meinem Haaransatz. Dann spreche ich aus, was ich nur ungern sage, aber sagen muss. Das Gedächtnis ist unzuverlässig und keineswegs immun gegen die Zeit. Wir brauchen Antworten, sobald wir sie kriegen können.

»Eamon, dürften wir vielleicht reinkommen? Wir haben ein paar Fragen.«

Tom tritt vor, hält eine schützende Hand vor seinen Boss. »Frankie? Kann das nicht warten, Kleines?«

Schamesröte steigt mir ins Gesicht. Mein Verlangen, die Kontrolle zu behalten, mein verzweifeltes Bedürfnis, Antworten zu bekommen, widert mich an, doch ich denke daran, was in Whitehall auf Abigail wartet. Amy, oder das, was von ihr übrig ist.

Ich schaue erst Eamon an, dann Tom. »Nein«, sage ich. »Es tut mir leid, aber das kann es nicht.«

Tom schüttelt den Kopf. »Nicht zu fassen«, murmelt er. Er nimmt den Schlüssel aus Eamons schlaffen Fingern und schließt die Tür auf.

Baz blickt finster. Er spürt die Frustration, die dieser Fall mit sich bringt. Ein verbitterter Teil von mir registriert seine Unzufriedenheit mit einer gewissen Genugtuung. Sein Ohnmachtsgefühl, weil er einen Schritt hinterherhinkt. Was ich gefühlt habe, als ich die ermordete Tracy Ward sah. Einen Menschen sterben zu sehen, weil du die Hinweise einen Moment zu spät enträtselt hast. Ich zucke zusammen. Es ist falsch.

Er lässt sich nach hinten gegen die Kopfstütze sinken. Seufzt.

»Sie könnte überhaupt nichts mit dem Costello-Mord zu tun haben. Wie sollen wir da eine Verbindung herstellen?«, fragt er.

»Handy-Tracker. Hoffentlich. Steve ist an den Telefonanbietern dran. Wir haben Peters und Amys Nummern. Wenn wir einen Sendemast finden, der von beiden Handys gleichzeitig angefunkt wurde, haben wir eine Verbindung. Ob sie das dann auch zu seiner Geliebten macht, steht auf einem anderen Blatt.«

Amy Keegan war erst neunundzwanzig. Eamon hat am 10. Oktober das letzte Mal mit ihr gesprochen. Sie studierte Medizin und hatte einen Aushilfsjob in der Stadt. Sie war viel beschäftigt. Er versuchte, noch mehr von unseren Fragen zu beantworten, doch allmählich wurde seine Stimme immer zittriger, und schließlich saß er in seinem Wohnzimmer nur noch benommen und still da. Konnte sich nur auf sein schlechtes Gewissen konzentrieren, weil er sich nicht noch mal bei ihr gemeldet hatte.

Ihr Handy wurde weder in ihrem Elternhaus noch in ihrer Wohnung gefunden. In den wenigen Stunden seit dem

Auffinden ihrer Leiche konnten wir es nicht lokalisieren. Ihr Portemonnaie, ihre Handtasche und ihr Handy-Ladegerät sind ebenfalls noch nicht aufgetaucht. Ihr Laptop lag auf dem Bett in ihrer Wohnung und war drei Tage zuvor das letzte Mal benutzt worden. Trotz der späten Stunde sind bereits in Dublin Kollegen in Uniform unterwegs und befragen Amys Freunde und Kommilitonen, um möglichst genaue Informationen über ihre letzten Aktivitäten zu erhalten.

»Vielleicht heißt sie ja nur zufällig so wie Peter Costellos Geliebte«, sagt Baz.

»In dieser Phase gibt es keinen Zufall.«

»Dann haben wir es mit einem Serienmörder zu tun«, stellt er fest.

»Möglich«, erwidere ich. »Falls er wieder tötet.«

Im Geiste sehe ich ihn in Aktion. Wie er Schmerz zufügt. Er zerschmettert Eleanor Costello das Handgelenk. Hält ihre Finger mit einer Hand fest; sie sind weiß vor Anstrengung. Der Hammer prallt mit solcher Wucht auf die Knochen, dass er wieder hochfedert. Sie schreit, ein hohler, alles durchdringender Schrei von den Grenzen ihres Seins. Die Nachbarn werden es hören, aber sie wird sie beruhigen. Ein Unfall.

Als sie das Bewusstsein verliert, setzt er sich auf den Küchenboden, ihren Kopf auf seinem Schoß. Seine Finger sind zärtlich, verbinden ihr die schmerzende Hand. Er verzieht das Gesicht, als er das geschwollene Fleisch berührt. Es sieht wund aus, geschunden. Als sie zu sich kommt, bringt er ihr einen Whiskey. Sie nippt daran, stöhnt, wird wieder ohnmächtig. Er trägt sie ins Schlafzimmer, legt sie aufs Bett, streicht ihr die weichen blonden Haare aus der schweißfeuchten Stirn. Er fühlt sich als Held.

Kann Peter Costello seiner Ehefrau, seiner Geliebten das alles angetan haben?

Baz und ich wechseln einen gequälten Blick. »Es sieht nicht gut aus«, sage ich. »Tut mir leid.«

Ich weiß, er will nicht, dass das stimmt. Er mag die Schwester.

»Wie sollen wir ihn finden?«

»Ohne Pass kann er das Land nicht verlassen. Ich hab sämtliche Häfen, Flughäfen und so weiter von Steve verständigen lassen. Zumindest können wir sagen, dass er mit ziemlich hoher Wahrscheinlichkeit bis gestern Abend, als Amys Leiche im Halloween-Feuer deponiert wurde, hier in der Gegend war.«

»Falls er sie getötet hat«, erklärt Baz.

»Wie dem auch sei«, sage ich, dann mit einem Tick mehr Hoffnung in der Stimme: »Er ist nicht mehr unsere einzige Spur.«

»Nein?«

»Wir haben jetzt Amys Computer.« Ich stecke den Schlüssel ins Zündschloss.

Er verdreht die Augen. »Dann wollen wir mal hoffen, dass der uns mehr liefert als der Costello-Computer.«

Meine Nerven flattern, schnüren mir die Luft ab. Der Laptop muss uns weiterbringen.

Es ist weit nach Mitternacht, als wir wieder in der Stadt ankommen, aber im Soko-Raum könnte helllichter Tag sein. Alle Mann sind auf dem schwankenden Deck, verfolgen noch die kleinste Spur, bis wir einen Weg aus dem Sturm finden.

»Hey!«, rufe ich. »Amy Keegans Leiche ist in der Rechtsmedizin, und wir müssten jeden Moment einen ersten vorläufigen Bericht bekommen. Ich möchte die Sache schnell an die Presse geben, die Öffentlichkeit auf unsere Seite bringen, damit unser Verdächtiger, Peter Costello, unter Druck gerät. Helen, du übernimmst Presse und Social Media. Jede Stunde ein paar neue, kurze Infos. Erwähn ihr Alter, dass sie Medizin studiert hat. Die Angehörigen haben uns erlaubt, Amys Namen bekannt zu geben, also gib ihn bekannt. Bitte eventuelle Zeugen, sich zu melden.«

Helen nickt knapp. Sie wirkt kein bisschen müde. Die anderen im Raum haben die Hemdskragen aufgeknöpft, Ärmel hochgekrempelt, nicht so Helen. Ihre Bluse ist trotz der Hitze im Raum bis zum Hals geschlossen.

Ich gehe zu Steve. Obwohl seine Augen vor Erschöpfung rotgerändert sind, wirkt er noch selbstzufriedener als sonst. Offensichtlich hat er mit Handy-Tracker und Amys Handy einen Durchbruch erzielt und meint, ich würde mir angesichts eines Erfolgs erlauben, mich zu entspannen. Da liegt er falsch. Aber ich lasse ihn in dem Glauben. Er hebt einen Arm. Hält einen Zettel hoch, den er aus dem gelben Notizbuch auf seinem Schreibtisch gerissen hat.

»Sie sind mir was schuldig, Chief.«

Ich marschiere an ihm vorbei, schreibe neue Informationen ans Whiteboard.

Opfer: Amy Keegan. Neunundzwanzig Jahre alt, Leiche entdeckt in Halloween-Feuer in Clontarf. Mögliche Verbindung zu Costello-Mord. Studentin am UCD, Medizin. Von Kommilitonen zuletzt gesehen am 23. Oktober.

Tatverdächtig: Peter Costello. Vierundvierzig Jahre alt, italienischer Abstammung, etwa 1,90, schlank. Verschwunden, aber vermutlich noch im Lande.

Ich lächele Steve schief an. »Ich glaube kaum, dass ich Ihnen was schuldig bin, Detective. Sie kassieren schließlich Gehalt. Noch jedenfalls.«

Er wedelt mit dem Zettel durch die Luft. »Handy-Tracker hat was geliefert. In den letzten vier Monaten haben Amy Keegans und Peter Costellos Handys Sendemasten überall in Dublin angefunkt.«

Er beugt sich über seinen Computer.

»Ich hab die Hits hier auf die Karte übertragen. Das letzte Mal einen auf der O'Connell Street vor sechs Wochen. Danach nichts mehr. Aber wir haben mehr als genug Hits, um eine Verbindung zwischen den beiden zu belegen.«

Ich blicke auf den Bildschirm. Ein Durchbruch in einem Fall ist ein Geschenk. »Vor sechs Wochen. Das ist ziemlich lange her.«

»Muss aber nicht heißen, dass sie sich in den letzten sechs Wochen nicht getroffen haben. Vielleicht ist er vorsichtiger geworden. Hat seine Nummer geändert. Den Vertrag gewechselt, ohne jemandem was davon zu sagen.«

Ich greife über ihn hinweg, klicke zurück auf die Listen von Handy-Tracker. Schüttele den Kopf. Seit etwa sechs Wochen ist Peter Costellos Handy von keinem Funkmast mehr registriert worden, Amy Keegans dagegen immer wieder in Clontarf und in der Nähe des UCD, bis sie am 23. Oktober verschwand.

Steve fährt fort: »Sobald wir Eleanors Tod als Mord eingestuft hatten, hab ich die Lokalisierung von Peters Handy über Handy-Tracker gestartet, aber kein Signal in den vierundzwanzig Stunden vor Eleanors Tod oder danach gefunden. Bislang bestand kein Grund, einen längeren Zeitraum abzufragen.«

Ich nicke. »Stimmt.« Schmallippig.

Es ist nicht zu bestreiten, dass sich die Verdachtsmomente häufen, und nichts ist belastender als ein untergetauchter Verdächtiger, aber irgendwo liege ich falsch. Fehler ziehen ihre Spuren durch diese Ermittlungen, und ich kann die Furchen nicht sehen.

»Nun gucken Sie doch nicht so niedergeschlagen, Chief. Wir kriegen ihn. Außerdem hab ich auf Amy Keegans Computer auch noch einen Leckerbissen gefunden.«

Ich sehe Steve in die Augen, und unwillkürlich breitet sich ein zaghaftes Lächeln auf meinem Gesicht aus. »Den Tor-Browser?«

»Noch besser. Ihr Browser-Verlauf war einigermaßen offensichtlich, und das hat mich misstrauisch gemacht. Eine genauere Suche hat eine verborgene Datei zutage gefördert, und die enthielt Lesezeichen und Links zu verschiedenen Chatrooms, in denen sie ziemlich aktiv war.«

Er öffnet ein verkleinertes Unterfenster auf dem Monitor. »Das ist einer davon. Ich hab ihren Benutzernamen nicht, aber ich konnte die IP-Adresse ihres Computers für den 22. Oktober auf diese Seite verfolgen. Das war die Nacht, bevor sie verschwand. In dem Chatroom geht es um Suizid und Todesfantasien, und es ist auch die Rede vom Darknet, besonders von einer Website namens Black Widow.«

Jetzt grinse ich Steve breit an. »Sie sind Ihr Gehalt also doch wert.«

Er grinst zurück. »Hab ich doch gesagt.«

»Installieren Sie bitte den Tor-Browser auf meinem Laptop. Schauen Sie sich diese Black-Widow-Website an, und schicken Sie mir so schnell wie möglich eine Kurzversion, worum es da geht.«

»Bin schon dabei.«

Ich bleibe noch einen Moment zögernd neben seinem Schreibtisch stehen, dann hole ich mein Handy aus der Tasche. »Steve?«

»Sie wollen die Kurzversion am liebsten sofort, was?«

»Sobald Sie können.« Ich tippe auf mein Handy. »Könnten Sie sich mit meinem Serviceprovider in Verbindung setzen? Ich hatte zwei Anrufe, bei denen sich keiner gemeldet hat. Bloß schweres Atmen am anderen Ende. Nummer unterdrückt. Falls der Provider eine richterliche Anordnung braucht, um die Nummer rauszurücken, sagen Sie mir Bescheid. Ich kümmere mich darum.«

»Wird erledigt.« Er notiert sich meine Handynummer, klebt sie unten an seinen Bildschirm.

Ein leises Klopfen an der Tür ist trotz des regen Treibens im Raum zu hören, und plötzlich wird es still. Als ich mich umdrehe, sehe ich, warum. Wir haben eine ungewöhnliche Besucherin: Dr. Abigail James.

Die Aktentasche in der Hand marschiert sie mit raschen Mit-mir-ist-nicht-zu-spaßen-Schritten nach vorne. Alle Augen im Büro folgen ihr, aber sie würdigt niemanden eines Blickes.

Sie stellt ihre Tasche auf einen freien Schreibtisch, klappt sie auf und holt einen Umschlag hervor.

»Detective Sheehan«, sagt sie. »Ich dachte, Sie sollten sich die hier sofort ansehen, deshalb bringe ich sie Ihnen persönlich vorbei.«

Baz tritt neben mich. Ich nehme den Umschlag, reiße ihn auf. Er enthält Fotos von Amy Keegans Leiche während der Obduktion.

Dr. James legt den Kopf schief, betrachtet das erste Foto. »Die Lunge war sauber. Der Kehlkopf ebenso. Keine Rußpartikel«, erklärt sie.

Ich nehme den Blick von dem Foto. »Sie war also schon tot, bevor sie verbrannte?«

»Ich muss noch Bluttests machen, um ganz sicherzugehen, aber ja, es hat ganz den Anschein.«

»Todesursache?«

Abigail hebt eine blasse Hand, zieht ein Foto aus dem Stapel. »Hier.« Sie zeigt auf eine Wunde in Amys verbrannter Haut. »Sie hatte zahlreiche Verletzungen, Schnitte, Messerwunden am ganzen Körper. Ich neige zu der Annahme, dass sie verblutet ist.«

Ich studiere das Gesicht der Gerichtsmedizinerin. Sie hat die Augenbrauen eng zusammengezogen. Ihre Augen gleiten über das Bild, suchen noch immer nach Antworten, nach Anhaltspunkten.

»So ganz sicher hören Sie sich nicht an«, sage ich.

Sie spitzt kurz die Lippen, dann sagt sie: »Wenn ein Körper verbrennt, kann die Haut aufplatzen.« Sie fährt mit einem Finger über Amys Torso. »Aber hier gab es ringsum an den Wundrändern Anzeichen von Vitalreaktionen.« Sie blickt auf, will sehen, ob ich ihr folgen kann. »Die Anfangsphasen des Heilungsprozesses. Es handelt sich um frische Stichwunden oder um bewusst beigebrachte Schnitte.« Sie sieht mir in die Augen. »Es gab siebenundvierzig Verletzungen dieser Art. Zumindest, die ich feststellen konnte. Alle prämortal. Vor Eintritt des Todes. Es könnte noch mehr geben, aber manche Bereiche der Gliedmaßen waren zu stark verbrannt, um sie zu untersuchen. Ich muss mir einige Proben unter dem Mikroskop anschauen, um sicherzugehen.«

»Okay«, sage ich, werfe Baz über die Schulter einen Blick zu. Er zuckt mit den Achseln.

»Wie auch immer«, spricht sie weiter. »Das hier ist mir aufgefallen.« Sie zieht mit Daumen und Zeigefinger ein Foto unten aus dem Stapel, hält es mir hin und schüttelt es leicht, bedeutet mir, es zu nehmen.

Ich nehme es in die Hand und schaue mir das Bild an. Es

zeigt Amy Keegans offenen Mund, die Lippen verkohlt und dünn.

Abigail zeigt auf die Zähne. »Hier. Ich hab einen Abstrich gemacht. Die Tests haben Blausäure ergeben, aber entlang des Zahnfleischrandes sind Reste eines Farbstoffs. Preußischblau. Die Hitze hat eine chemische Reaktion ausgelöst und die Substanz in Blausäure umgewandelt. Hochtoxisch, aber eine Nebenwirkung des Feuers. Der Farbstoff wurde höchstwahrscheinlich postmortal aufgebracht. Keine der beiden Verbindungen konnte in ihrem Blut oder in den Organen nachgewiesen werden.«

Ich schaue auf, erwidere Baz' Blick. »Ich glaube, ab jetzt kann von Zufall keine Rede mehr sein.«

Zwei Opfer, die der Mörder kannte. Das Wort Serienmörder kreist mir durch den Kopf. Mit einem dritten Mord hätte er sich diesen schrecklichen Titel verdient. Haben wir es tatsächlich mit einem Serientäter zu tun? Das Bedürfnis, unseren Tatverdächtigen endlich zu verhaften, bricht sich in mir Bahn. Das Bedürfnis, ihn zu schnappen, bevor er wieder zuschlägt.

Der Bonsai lebt noch, das ist immerhin etwas. Ich habe noch mehr Zweige in Form gebogen, Kupferdraht um die dünnen Ästchen des Baumes gewickelt. Leben dorthin gelenkt, wo ich es haben will, das wahre Potenzial des Bäumchens enthüllt, so wie ich es sehe. Ein paar Äste, die über das kleine grüne Laubdach ragten, habe ich zurückgeschnitten. Ich weiß nicht so genau, ob ich es beunruhigend finden sollte, dass mir der Vorgang Spaß macht. Ich bin gespannt, wie und ob der Baum auch ohne die Zweige gedeiht, die ich als unerwünscht entsorgt habe.

Ich weiß noch, dass ich vor Jahren in einem Kriegsmuseum den Querschnitt eines Baumstamms gesehen habe. Er zeigte eine kleine schwarze Explosion, eingebettet in den konzentrischen Ringen des Baums. Eine schwarze Narbe. Ich erinnere mich, dass ich das Stück Holz lange betrachtete, fasziniert von diesem dunklen Fleck des Leidens, der mich stärker in seine Vergangenheit zog als jedes andere Ausstellungsstück in dem Museum. Ich frage mich, welche Narben mein Bonsai für mich bewahren wird. Welche ich bereits herausgeschnitten habe. Wenn Menschen ihr eigenes Leiden doch auch so leicht herausschneiden könnten.

Tracy Wards Akte liegt auf dem Couchtisch. Offen. Herausfordernd. Es ist über vier Monate her, und ich habe sie noch nicht durchgesehen. Mit Alkohol kann ich mir nur bedingt Mut antrinken. Ein dünner Schild im Angesicht einer furchteinflößenden Armee aus Ängsten. Ich strecke die Hand aus und sehe das Zittern meiner Finger über den Seiten. Ich blättere bewusst über die Tatortfotos hinweg. Überfliege die Zeugenaussagen, meine Aussage. Schaffe es nicht, jedes Detail zu lesen. Ich kann mich nicht daran erinnern, die Aussage gemacht zu haben, aber unter dem letzten Absatz sehe ich meine fast unleserliche Unterschrift.

Die Akte enthält einen Umschlag mit der Aufschrift: »Beweise«. Ich nehme den Inhalt heraus, Fotos von dem Messer, mit Blut überzogen wie brauner Rost; Tracys Blut, mein Blut. Großaufnahmen, die während der Obduktion gemacht wurden und Schürfwunden zeigen, Prellungen, Würgemale, die Hände des Opfers, die Fingernägel. Unter drei Nägeln der rechten Hand ist etwas, das aussieht wie schwarze Erde oder Dreck; verkrustet und bis in das empfindliche Nagelbett reichend. Es könnte Blut sein, geronnen, dunkel. Ich neige das Foto leicht, und da, ich meine, es zu sehen. Eine leicht blaue Färbung entlang des Nagelbetts.

Ich halte das Foto dicht vor die Augen, blinzele, aber ganz gleich, welcher Lichteffekt mir da einen bösen Streich gespielt hat, er ist verschwunden, und ich sehe ihn nicht mehr.

Ich spüre, wie sich mir die Brust zusammenschnürt, spüre das Beben tief in der Lunge. Für einen ganz kurzen Augenblick sehe ich einen anderen Fall, in dem Neary nicht der Killer ist, in dem er nicht das Messer in der Hand hatte und eine junge Frau bestialisch ermordete. Die Akte flattert in meinen Händen, und ich klappe sie zu, wische mir die Handflächen an der Hose ab und stehe auf.

Ich nehme mein Glas und gehe zum Fenster, zünde mir eine Zigarette an. Atme die Angst weg. Ich kann mich an nicht viel nach dem Angriff auf mich erinnern. Clancy und Baz haben die Lücken gefüllt. Die Verhaftung vorgenommen. Aber noch immer kann ich, ohne mich groß konzentrieren zu müssen, das Messer spüren, das durch meine Haut schneidet. Ich betaste die Narbe an meiner Schläfe, eine runzelige Wulst, die irgendein Arzt in der Notaufnahme hastig zusammengenäht hat. Sie musste später neu geöffnet und drainiert werden, um alles Schlechte und Entzündete herauszulassen.

Alle anderen Verletzungen sind von der unsichtbaren Sorte, die Spitze des Dornfortsatzes am Halswirbel C7 ist nicht wieder angewachsen und schwebt zwischen den Muskeln, ein ständiges, schmerzendes Andenken.

Ich schließe die Augen. Erinnere mich. Er rammt mir den Griff des Messers ins Genick. Ich falle, sacke zusammen wie ein Kartenhaus, stürze zu Boden. Letztlich ist das meine Rettung. Dieser Sturz. Beim zweiten Mal stößt er mit der Klinge zu. Er will die Halsschlagader treffen, erwischt aber die Schläfe, knapp über dem Ohr, tief genug, um die Kopfhaut vom Schädel zu lösen, um mir das Knirschgeräusch des

Messers auf Knochen für alle Zeit in den Kopf zu zwingen. Ein Geräusch, das mich immer noch aufschrecken lässt, nachts im Dunkeln, oder tagsüber, sobald ein ruhiger Moment droht.

Danach floh er, keine Zeit mehr, sein tödliches Werk zu vollenden, obwohl er es gern getan hätte. Das konnte ich in seinem frustrierten Stöhnen hören, als die Blaulichter den dunklen Flur erhellten. Der Geruch von Tracy Wards Blut war in meiner Nase; Eisen, Verwesungsgestank, der warm aus dem Schlafzimmer wehte. Der Krankenwagen hielt vor dem Haus, und Clancy kam hereingestürzt.

Ehe ich das Bewusstsein verlor, drehte ich den Kopf nach hinten und sah Tracys aufgeschlitzte Kehle, dunkel und lächelnd am Ende des Betts. Ihre Beine und Arme waren gespreizt, der Kopf hing zur Seite, die Augen panisch aufgerissen. Die Dunkelheit war gnädig, verengte mein Gesichtsfeld, unterdrückte den grässlichen Anblick. Ich war zu spät gekommen. Ich konnte sie nicht retten. Konnte die Sekunden nicht zurückdrehen, obwohl ihre Schreie noch immer im Haus widerhallten.

Das Weinglas zittert in meiner Hand. Meine Finger um den Stiel sind gelblich weiß. Ich stelle es auf die Fensterbank. Meine Aussage. Sie ist zerfahren, voller Wiederholungen, klingt aber erstaunlich professionell.

Ivan Neary, der Verdächtige, der Mörder. Am Tatort festgenommen, Messer noch in der Hand, keine volle Minute, nachdem er die junge Frau abgeschlachtet hatte.

Nichts spricht gegen seine Verurteilung. Sein Täterprofil ist besorgniserregend. Wahrscheinlich war das nicht sein erster Mord.

Clancy hat mich vor vielen Details bewahrt. Ich bin hin- und hergerissen: Einerseits möchte ich alles über diesen

Kerl wissen, wo er zur Schule ging oder in welcher Hand er beim Pinkeln seinen Schwanz hält, einfach alles. Andererseits habe ich zu große Angst, mich damit auseinanderzusetzen.

Er muss so lange wie möglich fest in mir verschlossen und versiegelt bleiben.

Das Team ist sicher, dass wir genug für eine Verurteilung gegen ihn in der Hand haben. Ich bin Augenzeugin, und meine Aussage vor Gericht wird ihn für den Rest seines armseligen Lebens hinter Gitter bringen. Kleine Sätze, große Wirkung. Die Erinnerung an den Angriff ist eine kaum verheilte Wunde, die beim leisesten Kratzen wieder aufgeht. Der Verteidiger wird sich auf die Schwachstellen konzentrieren. Er wird mich, meinen Beruf in Misskredit bringen. Fehler der Vergangenheit wieder ausgraben. Davor habe ich keine Angst. Ich habe Angst davor, Nearys Gesicht zu sehen. Ich will mich ums Verrecken nicht daran erinnern.

Ich bin die einzige lebende Zeugin seiner grauenhaften Schlächterei in jener Nacht. In dieser Wahrheit liegt etwas Verbindendes. Je länger Tracys Tod zurückliegt, desto größer wird für ihn der Reiz sein, die Nähe zu mir zu suchen. Ich bin ein lebendes Andenken an den Mord. Proustsche Erinnerung. Ich bin ein direkter Zugang zur Erregung des Mordens.

Ich schiebe die Akte in meine Tasche. Im Schlafzimmer inspiziere ich den Hosenanzug, den ich für den Gerichtstermin morgen habe reinigen und bügeln lassen. Dunkelblaue Bluse, Hose. Ich werde morgen als Vertreterin der Strafverfolgungsbehörden auftreten, aber ich sage mir, dass ich es für Tracy Ward tue. Ich werde die paar Sekunden zurückdrehen, nachdem er ihr die Kehle aufschlitzte. Ich werde nicht weglaufen.

Ich setze mich aufs Bett, nehme meinen Laptop auf den Schoß und öffne den frisch installierten Tor-Browser. Steve hat mir bereits ein Profil eingerichtet.

Ich bin TeeganRed. Siebzehn. Im letzten Schuljahr. Ich kann's kaum erwarten, endlich von zu Hause auszuziehen. Ich ritze mich und war schon in zwei gewalttätigen Beziehungen, trinke nicht, rauche nicht, nehme keine Drogen. Wenn ich nicht in der Schule bin, was häufig vorkommt, verbringe ich die meiste Zeit im Internet und suche nach Möglichkeiten, den Schmerz, den ich in mir spüre, nach außen zu zerren. Den emotionalen Schmerz mit körperlichem Schmerz zu überdecken.

Ich habe Todesfantasien. Mehrmals täglich. Aber ich bin nicht lebensmüde. Manchmal gehe ich sogar so weit, mir entsprechendes Zubehör zu besorgen. Ich habe eine Kiste unter dem Bett. Sie enthält Stricke, Tabletten, Rasierklingen. Über die verschiedenen Möglichkeiten nachzudenken, wie ich sterben könnte, entspannt mich. Beruhigt mich. Aber ich will nicht sterben.

Das ist die gefiederte Fliege, die ich ins dunkle Wasser werfe. Ein Köder für ein Raubtier. Die fiktive Persönlichkeit zielt speziell auf Amy Keegans Mörder ab. Und es dauert nicht lange, bis mein Web-Ich den ersten Fisch anlockt. Ich frage, ob er oder sie eine Website kennt, auf der ich andere User kennenlernen kann, User mit ähnlichen Sehnsüchten. Prompt wird mir die angeblich beste Website für alle möglichen Fantasien und ungewöhnlichen Wünsche empfohlen. Die Seite heißt Black Widow.

Ich beende das Gespräch rasch und öffne Black Widow mit vorsichtigen Fingern auf der Tastatur. Die Website hat Hunderte von Threads. Ich bin unsicher, wo ich anfangen soll, aber da Eleanor erhängt aufgefunden wurde, entscheide ich mich für einen Chat, bei dem es um Selbstmordfantasien geht.

Es wird über das Cotard-Syndrom diskutiert, darüber, wie es sich wohl anfühlt zu sterben. Ich klicke den ersten Thread an. Es gibt fast zweihundertfünfzig Antworten auf die Anfangsfrage des ersten Posts, die schlicht lautete, ob sein oder ihr Wunsch, eine Todeserfahrung zu machen, aber nicht zu sterben, normal sei. Die User schildern ihre Fantasien, wie sie sich ihren letzten Atemzug vorstellen, die Mischung aus Euphorie und Schmerz, die damit einhergehen würde, wie ihre Verwandten und Freunde um sie trauern würden. Viele antworten, dass der Wunsch, vermisst zu werden, normal ist, aber einige wenige verstehen die Frage. Einige wenige identifizieren sich mit dem ersten Post. Auch sie wollen die Erfahrung des Todes machen, aber sie wollen nicht sterben.

Ich lehne mich in die Kissen zurück und seufze. Vielleicht hilft uns diese Spur nicht bei der Jagd nach Amys Mörder. Die Suche könnte zu zeitaufwendig sein und wenig ergeben. Aber es sind schon Fälle mit weniger gelöst worden, ob es um einen Hautpartikel, eine Haarsträhne oder einen digitalen Fußabdruck geht, alle Spuren müssen bis zum Ende verfolgt werden.

Im Verlauf der nächsten zwei Stunden arbeite ich mich durch die meisten Usernamen, die in dem Chatroom auftauchen. Jedes Mal, wenn ich blinzele, verschwimmen mir Zahlen und obskure Internetnamen vor den Augen. Amy Keegan hat sich nicht leicht verraten.

Es gelingt mir nicht, einen Namen zu finden, der auf sie schließen lässt. Entweder sie war nicht in diesem Chatroom unterwegs, oder ich kann sie einfach nicht sehen. Ich lasse die Hände einen Moment lang über der Tastatur schweben.

Der letzte Post in dem Thread ist einen Tag alt. Ziemlich lang in Cyber-Zeit. Ich tippe rasch eine Antwort. Meine Hände bewegen sich schnell und nervös über die Tasten.

Hey, ich weiß, was du meinst. Ich will irgendwie wissen, wie es sich anfühlt, zu sterben und dann nichts mehr zu sein. Bloß noch leer. Muss echt komisch sein. Aber wahrscheinlich auch irgendwie friedlich.

Ich drücke die Return-Taste. Meine Wangen fühlen sich heiß an. Ich bin verlegen und ängstlich zugleich, als hätte ich eine unsichtbare Gefahr zu mir nach Hause eingeladen. Der Cursor blinkt. Keine neuen Kommentare. Ich schließe das Programm und klappe den Laptop zu.

KAPITEL 8

Kaum bin ich am nächsten Morgen im Büro, steht Steve auch schon vor meinem Schreibtisch. Er hat die Zeit, die er früher da war als ich, dafür genutzt, meinem Mobilfunkanbieter zu entlocken, wer mein anonymer Anrufer ist. Er hält mir ein Stück Papier hin, das zwischen seinen dünnen Fingern zittert: zu viel Koffein oder Aufregung. Beides ist möglich.

»Die Nummer gehört zu einem Prepaid-Handy. Kennen Sie die?«

Ich nehme das Blatt. Schüttele den Kopf. »Gibt's keine Möglichkeit, die jemandem zuzuordnen?«

Er hebt einen Finger. »Die Nummer nicht, aber die meisten Anbieter senden periodisch Signale an Handys und sammeln Informationen, zum Beispiel die IMEI-Nummer.«

Ich überfliege die Seite, sehe am unteren Rand eine fünfzehnstellige Zahl. Die Seriennummer des Handys. »Und?«

»Das Handy gehört Peter Costello. Ich habe schon die Sendemasten herausgefunden, über die er Sie angerufen hat. Der erste Anruf ging über einen Mast am Ormond Quay, der zweite über einen in Clontarf.«

»Das war die Nacht, als Amy gefunden wurde.« Kälte kriecht mir in die Knochen.

»Ich werde die Nummer von Handy-Tracker überwachen lassen.«

Der Gedanke, dass Peter Costello in der Nacht dort war. Zusah, wie sein Werk begutachtet, untersucht, studiert wurde. Die Verwirrung, das Entsetzen in den Gesichtern beobachtete. Die Polizeibeamtin beobachtete, die in ihrem Auto übers Lenkrad gebeugt saß, Übelkeit und Panik niederkämpfte. Dass er der Versuchung nicht widerstehen konnte, sie anzurufen, näher ranzukommen, die Trauer, die Angst zu belauschen.

»Chief?« Steve neigt den Kopf, dreht das spitze Kinn zur Seite.

»Sorry, was?«

»Soll ich Ihre Wohnung überwachen lassen?«

Ich ziehe eine Grimasse, schüttele den Kopf. »Nein. Nicht wegen zwei Anrufen. Ich komme schon klar. Aber bleiben Sie an der Nummer dran. Wenn wir das Handy finden, finden wir auch unseren Mörder.«

»Es war bloß bei diesen zwei Anrufen eingeschaltet, Chief. Ich vermute, er hat die SIM-Karte und den Akku dann sofort wieder rausgenommen.«

»Bleiben Sie trotzdem dran.«

»Klar.« Er nimmt das Blatt und geht zur Tür.

»Steve?«

Er dreht sich um.

»Gute Arbeit. Das ist die erste richtige Spur, die uns verraten könnte, wo Peter Costello ist.«

Baz klopft kurz an meiner Bürotür an und kommt sofort herein. »Was machst du denn hier? Ich dachte, du musst heute zum Gericht?«

»Erst später. Und hier zählt jede Minute.« Meine Kopfhaut juckt, Hitze dringt aus jeder Pore meines Körpers. Ich ziehe meinen Blazer aus, hänge ihn über den Schreibtischstuhl.

»Ich bin Eamon Keegans Aussage durchgegangen, und da ist mir eine kleine Unstimmigkeit aufgefallen«, sagt er. »Laut den Verbindungsdaten von Amys Handy hat sie ihn am 18. angerufen.«

Ich merke auf. »Aber er hat gesagt, er hätte seit dem 10. nichts mehr von ihr gehört.«

»Du weißt ja, das ist das Seltsame bei Mordermittlungen: Die Leute neigen dazu zu lügen. Besonders, wenn sie was zu verbergen haben.«

Ich lege den Kopf nach hinten, puste Luft aus. »Die gottverdammte Natur des Menschen«, sage ich.

Es ist schon eine besondere Art von Bosheit erforderlich, das eigene Kind umzubringen. Das Bild von Amys Hand kommt mir in den Sinn: schwarz verkohlt, Finger nach innen gekrümmt. Nein. Eamon Keegan hätte das seiner Tochter niemals antun können.

»Kein Irrtum möglich?«, frage ich Baz.

Er zeigt mir den Ausdruck des Telefonanbieters. Die Zeile mit Eamon Keegans Nummer ist gelb markiert. Der Anruf dauerte fünfzehn Minuten und sieben Sekunden.

Baz nimmt den Ausdruck wieder an sich. »Ich schätze, damit gehört Eamon Keegan mit auf unsere Verdächtigenliste.«

»Er hatte gerade erfahren, dass seine Tochter ermordet wurde und ihre Leiche in einem Halloween-Feuer verbrannt ist. Nein. Ich kann mir nicht vorstellen, dass er dazu imstande gewesen wäre. Vielleicht hätte ich ihn doch nicht so schnell vernehmen sollen.«

»Er schien sich aber ziemlich sicher zu sein, wann er das letzte Mal mit ihr geredet hatte, Frankie. Ich hab mir die Vernehmung noch mal angehört. Du hast zweimal nachgefragt. Ihre Bekannten an der Uni haben sie am 23. zuletzt gesehen oder mit ihr gesprochen. Eamon behauptet, er habe am 10. zuletzt mit ihr gesprochen, drei Wochen bevor sie tot aufgefunden wurde. Und jetzt stellen wir fest, dass er in Wahrheit nur wenige Tage vor ihrem Verschwinden mit seiner Tochter telefoniert hat. Am 18. Oktober, einen Tag vor dem Mord an Eleanor Costello.«

Ich öffne den Tor-Browser auf meinem Computer, klicke die Black-Widow-Seite an, schaue nach, ob schon jemand an meinem Köder geknabbert hat.

Baz redet weiter: »Also, sollen wir Keegan heute Nachmittag zur Vernehmung herkommen lassen?«

»Nein«, höre ich mich sagen.

»Wir können aber nicht darüber hinwegsehen, dass er gelogen hat. Selbst wenn er vor Trauer nicht klar denken konnte – was natürlich total verständlich wäre, logisch –, dürfen wir diese Diskrepanz im zeitlichen Ablauf nicht einfach ignorieren.«

»Na gut. Schick einen von unseren Leuten hin, um das abzuklären. Ein paar Fragen, mehr nicht. Ich werde ihn deshalb auf keinen Fall in die Mangel nehmen.«

Baz seufzt, wirft seine Notizen auf den Schreibtisch und späht auf den Monitor. »Hat sich bei Black Widow schon irgendwas getan?«

»Nichts, was uns weiterbringen würde.« Ich gehe den Thread durch, eine Hand auf der Maus, massiere mit der anderen den Schmerz in meiner Schläfe. »Diese ganzen Leute wollen den Tod so ein bisschen erleben. Warum?«

Baz geht zu dem Stuhl vor meinem Schreibtisch. Setzt sich hin. »Adrenalinkick? Der Wunsch nach Kontrollverlust?

Er überlegt kurz, die Muskeln in seinem Gesicht entspannen sich, werden weich. »Als wir Kinder waren, gab's da in Glendalough so eine Stelle, wo der Fluss zwischen zwei senkrechten Felswänden durchfloss. Die waren bestimmt knapp fünf Meter hoch. Meine Freunde und ich haben manchmal den ganzen Tag dort verbracht, sind immer wieder von oben runter ins Wasser gesprungen, völlig leichtsinnig. Wir hatten

Muffensausen und haben uns den Arsch abgefroren. Und jedes Mal, wenn ich über die Kante sprang – jedes Mal –, war ich nicht sicher, ob ich wieder hochkommen würde. Ob ich sterben würde. Aber jedes Mal, wenn ich dann auftauchte, Gott, war das toll, und ich war mir nichts dir nichts raus aus dem Wasser, um mein mickriges kurzes Leben erneut den Göttern vorzuwerfen. Es war ein echter Rausch.«

Meine Fingerspitzen gleiten über den dünnen Narbenwulst. Suchen den Schmerz. Streichen ihn weg.

»Vielleicht gibt es in mir auch so einen Teil, der das will.«

Ich starre auf den Bildschirm, die vielen Threads, die Menschen, die um Schmerz betteln, um den Nervenkitzel des Schmerzes. Die mit verzweifelten, verstörten Worten ihre Fantasien und die Verwirrung beschreiben, die damit einhergeht. Ich denke an die Gerichtsverhandlung heute, den emotionalen Zickzack, der mein Nervenkostüm durchschneidet, aber auch den Sog, den Drang, es durchzustehen, den Wunsch, es voranzutreiben, weiterzuverfolgen, festen Boden unter die Füße zu bekommen.

Ich lasse die Hand sinken, meine Schläfe schmerzt immer noch.

Baz legt den Kopf schief. »Wie meinst du das?«

Ich suche nach den richtigen Worten. »Vielleicht suche ich die Angst. Manchmal kommt es mir so vor, als hätte ich immerzu das Bedürfnis, in den Abgrund zu schauen.«

»Schauen ist nicht gleich Springen.«

Ein schüchternes Klopfen an der Tür.

»Chief?« Pauls rundes Gesicht erscheint.

»Wir haben eine E-Mail mit einem Link bekommen«, erklärt er. »Zu einem Video. Anscheinend zeigt es Amy Keegan in großer Bedrängnis.« Seine Stimme ist verzweifelt, fast schon ängstlich.

Baz und ich folgen ihm zu seinem Schreibtisch. Paul ist für die PR-Arbeit zuständig. Bei ihm landet alles, was die Öffentlichkeit an Mist und Pöbeleien für uns auf Lager hat, nur selten irgendwas Gutes. Auf seinem Monitor ist ein Video eingefroren. Ich beuge mich vor, klicke den Bildschirm heller. Baz tritt hinter mich.

»Wann ist das reingekommen, Inspector?«, fragt er.

Ich höre Paul schlucken.

»Wir hatten wahnsinnig viel zu tun. Ich hab mich erst um die Anrufe gekümmert und bin seit einer Stunde an den E-Mails dran.«

Ich wiederhole Baz' Frage: »Wann ist das reingekommen?«

»Fünf nach fünf heute Morgen. Ist in der Hektik ein bisschen untergegangen. Die IP-Adresse ist nicht feststellbar, deshalb vermute ich, die wurde verschlüsselt oder so.«

»Das kommt von einem Darknet-User«, sage ich. »Waren Sie bei unseren Fallbesprechungen dabei, Inspector?«

»Ja.«

»Dann passen Sie demnächst gefälligst besser auf, verdammt noch mal. Haben Sie's schon laufen lassen?«

»Ich wollte lieber warten, Chief. Es sieht aus wie … ich meine, es könnte ein Snuff-Video sein.«

Kälte schleicht sich mir in den Nacken. Ein gefilmter Mord. »Falls dem so ist, Inspector, sehen wir gleich unser wichtigstes Beweismaterial. Also reißen Sie sich zusammen und spielen Sie's ab.«

Amy Keegans Tod wird vor unseren Augen in Szene gesetzt, wie vom Teufel gefilmt. Eine Live-Aufnahme. Das Datum ein weißes Flackern in einer Ecke.

Die letzten Sekunden von Amys Tod, wie der Mörder sie gefilmt hat, widerlegen jeglichen eventuellen Zweifel an der

Echtheit des Videos. Ich höre ihn langsamer atmen, tiefer. Sein Gesicht ist ihrem so nahe, dass er ihr letztes Ausatmen aufsaugen kann. Ihre Pupillen ziehen sich zusammen, dann weitet sich das schwarze Zentrum, träge und unaufhaltsam, breitet sich über das Hellblau der Iris. Lichtstarre Pupillen. Ein fast sicheres Todeszeichen. Die Kamera wackelt ein bisschen, als der Mörder sie etwas unbeholfen ausschaltet, dann wird alles schwarz.

»Scheiße«, murmelt Baz, eine Hand vor dem Mund.

Wir sind alle drei fassungslos. Vor Entsetzen. Vor Schock. Mein Magen rumort, mir ist schlecht. Das Herz pocht mir in den Ohren. Dunkle Punkte gleiten durch mein Gesichtsfeld. Ich blinzele.

Baz dreht sich jäh zu mir um. Ich muss wohl ziemlich blass aussehen, denn er presst die Lippen zusammen, fragt: »Alles in Ordnung, Chief?«

Niemand kann ermessen, wie viel Kraft es mich kostet, den Mund zu einem Lächeln zu verziehen. »Damit wäre der Todeszeitpunkt wohl geklärt«, sage ich.

Baz nickt. »Sonntag, 30. Oktober. Nach Eleanor. Damit bleibt nur ein ziemlich enges Zeitfenster, um die Leiche zu dem Halloween-Feuer in Clontarf zu bringen. Falls die Tat nicht dort irgendwo ganz in der Nähe stattfand.«

Der Raum in dem Video hatte blaue Wände. Ein Schlafzimmer. Das Dekor wirkte ein bisschen unmodern. Altmodisch. Der Mörder hatte es nicht für nötig gehalten, das Design der Bettwäsche zu verbergen, dunkelblaues schnörkeliges Blumenmuster auf weißem Grund. Eine durchsichtige Plastikplane war über Bett und Teppich gebreitet.

Amy war ruhig, als sie sich auf das Bett legte. Ihre Bewegungen wirkten angespannt, aber ihr Mund verzog sich auch ganz kurz zu einem zaghaften Lächeln. Dann kam der

Moment, als die Sache offenbar aus dem Ruder lief. Ihre Gegenwehr immer krampfhafter, ein verzweifeltes Wegzucken, als das Messer näher kam, die Augen weit aufgerissen und weiß vor Angst.

Irgendwo rechts muss ein Fenster gewesen sein, denn ein dünner Streifen weißgoldenes Licht zog sich diagonal über das Bett, von Amys blassen Zehenspitzen über ihren Körper bis dahin, wo ihre linke Hand angebunden war, das Gelenk wund und blutig. Im Laufe des Videos wandte sie, als der Schmerz sie überwältigte, das Gesicht dem Licht zu. Als wollte sie die Welt kraft ihres Willens dazu bringen, sie zu finden, sie zu retten. Dann drehte eine behandschuhte Hand ihr Gesicht zurück zur Kamera, zu noch mehr Qualen, und ihr Körper, Arme angespannt wie Kabelstränge, drückte sich in die Matratze.

Neben dem grässlichen Inhalt des Films ist noch etwas anderes erschreckend offensichtlich: Dieser Raum sieht völlig anders aus als die Zimmer im Haus der Costellos.

»Würde es was bringen, das Haus der Costellos noch einmal unter die Lupe zu nehmen, nach irgendwelchen Ähnlichkeiten mit dem Raum da zu suchen?«, fragt Baz, den Blick noch immer auf das blaue Zimmer gerichtet.

»Sinnlos. Dem Datum auf dem Video nach hatten wir da schon Eleanor Costellos Leiche gefunden. Seitdem wird das Haus von zwei Kollegen in Uniform bewacht.«

»Es sei denn, das Video wurde nicht live aufgezeichnet«, wendet er ein.

»Steve?«

Steve schüttelt den Kopf. »Scheint mir alles ziemlich echt, aber ich überprüfe das noch.«

»Analysieren Sie das Video Bild für Bild. Es muss uns irgendwas liefern«, sage ich.

Ich sehe Steve schlucken.

»Schaffen Sie das?«, frage ich.

Er runzelt die Stirn, macht einen auf harter Mann, stößt ein klägliches Schnauben aus. »Klar, wieso nicht?«

»Na denn. Legen Sie los.«

Ich gehe ans Whiteboard. Die Frustration darüber, dass wir Peter Costello noch immer nicht gefunden haben, ist wie ein verdammtes gigantisches Kugellager, das in meinem Schädel herumpoltert. Er kann sich nicht ewig verstecken. Ich suche seinen Namen auf dem Board. Schreibe darunter: Darknet, laut Handy-Tracker Verbindung zu Amy. Ich hebe den Stift an die Lippen, studiere die Information. Dann schreibe ich die beiden stummen Anrufe von Costellos Handy dazu, mit Ort und Zeit. Ich gehe zur Tür und streife meinen Mantel über, Baz kommt hinter mir her.

»Was ist mit Tom Quinn? Sollen wir ihn vernehmen?«

Tom. Ich sehe das winzige Kaninchen in seinen hohlen Händen, dann den Tierkörper, der in den Mülleimer fällt, weggeworfen wie ein alter Putzlappen. Aber dann sehe ich ihn in Keegans Werkstatt stehen, ein breites Lächeln, das sich weiß von dem Dreck und Öl in seinem Gesicht abhebt, Ärmel hochgekrempelt, Arme verschränkt. Zufrieden. Ein Malocher. Das Gesicht von Zuhause.

»Irgendwo müssen wir anfangen, Frankie«, drängt Baz.

»Lass ihn herkommen, aber die Vernehmung mache ich. Peter Costello bleibt unser Hauptverdächtiger. Die Suche nach ihm hat Vorrang.« Frustration und Zorn pressen meine Hände zu wütenden Fäusten zusammen.

Baz folgt meinem Gedankengang. »Vielleicht hat er die SIM-Karten ausgetauscht oder sich ein neues Handy zugelegt. Eleanor ist hinter seine Affäre gekommen, und er hat das alte entsorgt.«

Ich möchte Ja sagen, möchte ihm beipflichten, aber irgendetwas stimmt nicht ganz.

Ich schließe die Augen, und Amys lebloses Gesicht blickt mich an. Er, der Mörder, schaltet die Kamera ab. Er möchte noch ein bisschen Zeit mit der Leiche verbringen, sein Werk genießen. Der Gestank ihres Todeskampfes, ihres panikgetränkten Atems hängt schwer in der Luft. Er reibt sich den Schweiß aus den Augen, dann geht er, lässt ihren müden Körper ruhen. Er macht sich eine Tasse Tee, raucht eine Zigarette. Überlegt, wie er seine Lust noch verlängern kann.

Die Idee kommt ihm, als er die Gasflamme für den Teekessel anzündet. Er raucht am Fenster zu Ende. Draußen schleppen Kinder Treibholz für das Halloween-Feuer den Strand entlang. Amy hat ihm erzählt, dass in ihrem Dorf ähnlich gefeiert wird. Kinder, Familien, Liebespaare, die sich in der kühlen Herbstnacht am Halloween-Feuer wärmen. Unvermittelt schnürt ihm wilde Eifersucht die Kehle zu, ein bitterer Geschmack erfasst seinen Mund. Er handelt schnell.

Ich schüttele den Kopf. »Nehmen wir an, Peter Costello ermordet sie, verstaut ihre Leiche in einem derzeit noch unbekannten Fahrzeug, fährt damit nach Clontarf, wo er den Stapel für das Halloween-Feuer problemlos findet. Er wartet den günstigsten Zeitraum ab, also die höchstens drei Stunden zwischen Einbruch der Dunkelheit und Entzünden des Feuers. Er schleift den achtundfünfzig Kilo schweren Körper aus dem Auto und nimmt sich in der Dunkelheit die Zeit, ihn tief in dem Stapel zu verstecken. Es regnet leicht, deshalb sind nicht viele auf der Promenade unterwegs, und falls ihn doch irgendwelche Leute sehen, nehmen sie an, dass er noch mehr Brennmaterial dazulegt.

Er steckt sie also mitten zwischen Treibholz, Paletten, Reifen und Ähnlichem. Mischt sich dann unter die Menge, um sich seinen perversen Kick zu holen, und verschwindet, als das Chaos ausbricht?«

Baz reibt sich das Kinn: »Klingt irre genug, um wahr zu sein.«

Er geht seine Jacke holen. »Ich fahr dann mal zum Costello-Haus und schau mich ein bisschen um. Tom Quinn kommt am Nachmittag.«

Wir sind beide von dem Video mental und emotional angeschlagen, und es ist gerade halb elf. In einem normalen Job bekäme man nach dem, was wir gerade gesehen haben, eine Runde Psychotherapie spendiert, doch stattdessen nehme ich meine Tasche, um zum Gericht zu fahren.

»Ich geh mit dir runter«, sage ich zu Baz. »In einer halben Stunde muss ich im Gericht sein. Clancy raucht sich ein Emphysem an, wenn ich mich nicht beeile.« Ich gebe mich locker, um die dünnen Zügel der Selbstkontrolle nicht aus der Hand gleiten zu lassen.

»Von einem Soziopathen zum nächsten«, sagt Baz, als er die Tür aufmacht. Ich trete hinaus auf den Flur.

Als wir den Ausgang erreichen, drückt er meine Schulter. Ich spüre seine langen, kantigen Finger auf meinem Schulterblatt. Ich versuche, nicht zurückzuweichen, belohne ihn mit einem verkrampften Lächeln.

»Ruf mich an, wenn es irgendwas Neues gibt«, sage ich.

»Mach ich, Chief«, antwortet er.

Weiße Vans mit kreisenden Satellitenschüsseln auf dem Dach parken Stoßstange an Stoßstange entlang der Kais. Die Reporter warten unruhig, angespannt, gierig auf eine Aufnahme des Angeklagten oder seines Anwalts. Der

Staatsanwalt bleibt einen Moment auf den Stufen vor dem Gerichtsgebäude stehen, spricht mit den Medien. Clancy und ich sitzen ein Stück die Straße runter im Auto und beobachten den Rummel, den Hype.

»Sollen wir vielleicht den Hintereingang nehmen?«, sagt Clancy hoffnungsvoll.

Ich muss schlucken, ehe ich antworten kann. Meine trockenen Lippen kleben schmerzhaft aneinander, als ich den Mund öffne.

»Nein. Die Bevölkerung soll wissen, dass jetzt wenigstens ein Mörder weniger auf den Straßen herumläuft. Der Fall braucht Öffentlichkeit. PR ist immer gut.«

»Scheiß-PR«, knurrt er.

Ich steige aus und blinzele in den schneidenden Wind, der von der Liffey aufsteigt. »Komm schon, Jack. Du weißt doch, wie so was läuft.«

»Diesmal ist es anders.«

»Warum? Weil ich eine von euch bin? Keine gesichtslose Frau, die wir vom Boden aufgekratzt, von einem Balken abgebunden oder aus einem See gefischt haben? Nach solchen Fällen gibst du immer eine Erklärung ab, und das sollte heute nicht anders sein.«

Er schiebt den Ärmel zurück. Schaut auf die Uhr. Der Staatsanwalt ist im Gebäude verschwunden, die Reporter haben der Treppe den Rücken zugekehrt, zünden Zigaretten an, lehnen sich gegen ihre Vans.

»Wir müssen jetzt rein.«

Ich gehe vom Wagen weg, und die Bewegung erweckt Aufmerksamkeit. Ein Fotograf kniet sich hin, balanciert die Kamera im rechten Winkel. Klick. Sofort bricht ein Blitzlichtgewitter los, und die Reporter beginnen, wild durcheinander Fragen zu schreien. Clancy hat mich rasch eingeholt und will mich mit einem Arm abschirmen, aber ich versuche, immer einen Schritt vor ihm zu bleiben. Ich will aufrecht wirken, selbstbewusst, angstfrei, obwohl ich das Prickeln von Panik in Zehen und Fingerspitzen spüre, das Stocken meines Atems und meine Kehle, die sich immer mehr zusammenschnürt.

Der Saal ist bis auf den letzten Platz gefüllt. Die Presse hat gute Arbeit geleistet, hat die Öffentlichkeit aufgestachelt, ihren Appetit geweckt, den Hunger nach Gerechtigkeit. Hinzu kommt, dass Tracy jung war, erst zweiundzwanzig, gerade ihr Studium antreten wollte. Die Welt stand ihr offen, und sie wollte die ersten Schritte in ihr neues Leben machen. Ihre Eltern haben vor den Medien das Bild einer geschlossenen Front abgegeben: die Mutter rot verweint und gramgebeugt, der Vater heiser vor Trauer und Entschlossenheit.

Kein Ankläger könnte sich einen besseren Fall wünschen. Wenn dann noch ein Angriff auf eine ranghohe Angehörige der Gardaí hinzukommt, wird das Ganze nahezu filmreif. Öffentlichkeit und Strafverfolgungsbehörden vereint auf der einen Seite, der Schurke auf der anderen. Aber Aufgabe des Gerichts ist es, dieses Drama nicht weiter zu bedienen.

In Wahrheit ist so ein Prozess ein monotones Abarbeiten von Fakten und häufiges und langes Schweigen, während Anwälte versuchen, mit ihren Notizen nachzukommen, und Richter Beweislagen und Aussagen studieren. Aber falls überhaupt mal so etwas wie Dramatik aufkommt, dann in Fällen wie diesem. Ein Mörder, der bei dem Versuch, vom Tatort zu fliehen, mit der Waffe in der Hand gefasst wurde, der von einem anderen Opfer identifiziert wurde, aber dennoch seine Unschuld beteuert, zwingt die Anwälte, tief in ihre juristische Trickkiste zu greifen. Durchaus möglich, dass dieses Monster lächeln wird, wenn man es nach einem Freispruch aus dem Saal führt. Und das darf auf keinen Fall passieren.

Mein Kopf schmerzt, meine Stirn fühlt sich an, als wäre sie über den Augen zu bleiernen Falten gefurcht. Der Pulk von Reportern, durch den wir uns schon auf dem Weg ins Gericht zwängen mussten, umringt uns jetzt wieder, als wir aus dem Gebäude kommen, aber Clancy pflügt durch die Menge hindurch und verscheucht Kameraleute, als wären sie Fliegen.

»Das war ja wohl ein Scheißwitz. Für wen arbeiten wir eigentlich, he?«, faucht er. »Ein Haufen Lachnummern in Anzügen.«

Ich kann nicht antworten.

»Ehrlich, wir waren schließlich da. Oder etwa nicht? Notwehr, so ein Schwachsinn«, wettert er weiter über die Schulter. »Wir waren verdammt noch mal da. Haben ihn mit eigenen Augen gesehen.« Er zieht eine Packung Zigaretten aus der Tasche und klemmt sich eine zwischen die Lippen. »Ein Riesenhaufen Scheiße ist das.«

Ich schiebe mich vor, bis ich direkt neben ihm bin, sage irgendwas, damit er endlich den Mund hält. »Das hat überhaupt nichts zu bedeuten. Natürlich sagt er, dass er unschuldig ist.«

Er wirft mir aus den Augenwinkeln einen erbosten Blick zu. »Wir haben den Wichser auf frischer Tat ertappt. Der erzählt doch gequirlte Scheiße.« Er gestikuliert wild in der Luft herum. »Vier Monate Warterei, und dann so ein Schwachsinn. Und das bei der Beweislage!«

»Der Richter muss ja nun mal beide Seiten anhören. Immerhin ist die Kaution abgelehnt worden. Reg dich nicht auf. So was kommt doch in fast allen Verhandlungen vor.«

»Es ist eine verdammte Beleidigung, nichts anderes. Da lang.« Er deutet mit dem Kopf zu einem Wagen auf der anderen Straßenseite. Ein paar Reporter stehen gegen die Kühlerhaube gelehnt.

Wir lassen das Gedränge vor dem Gericht hinter uns und treten auf die Straße. Die Leute hoffen darauf, den Angeklagten zu Gesicht zu bekommen, der schon längst aus dem Saal geführt und unbemerkt durch einen Seitenausgang aus dem Gebäude gebracht worden ist.

Clancy eilt durch den fließenden Verkehr über die Straße, wedelt dabei mit den Armen, als würde der Wille Gottes die Autos für ihn stoppen. Das Dunkelblau seines Mantels umflattert ihn, während er auf der anderen Seite auf mich wartet. Gerade will ich vom Bürgersteig auf die Straße treten, als die Reportermeute, die Nearys Anwalt entdeckt hat, mich erneut umwogt. Ich kann kaum das Gleichgewicht halten, werde fast auf die Straße gestoßen. Jemand packt mich, hält mich im letzten Moment fest. Bleibt dicht hinter mir.

Eiseskälte kriecht mir über den Rücken. Ich drehe mich um, aber wer auch immer das war, hat sich wieder unter die Menge gemischt. Ich sehe nur Rücken und gegen die Kälte hochgeschlagene Mantelkragen. Alle Gesichter sind Nearys Anwalt zugewandt, der auf den Stufen stehend eine dramatische Ansprache hält.

Ich haste über die Straße und bleibe vor dem Wagen stehen. Von diesem Blickwinkel aus kann ich den Wahnsinn, der sich da vor dem Gerichtsgebäude abspielt, besser sehen. Niemand schaut in meine Richtung.

»Alles klar?«, blafft Clancy. Die Ungeduld in seiner Stimme ist nicht zu überhören.

»Ja«, sage ich. »Bestens.«

Ich steige ins Auto, spähe noch immer über die Straße, ohne genau zu wissen, nach wem oder was ich eigentlich Ausschau halte. Wir fahren los, und ich betrachte die feuchten Dubliner Straßen, die durch das bleiche Spiegelbild meines Gesichts gleiten. Hand auf den Mund gepresst. Peter Costellos Name hallt mir durch den Kopf. Er vermischt sich mit dem von Tracy Ward und Amy Keegan. Einen Moment lang denke ich, es könnte die Möglichkeit bestehen, dass Neary es nicht war. Dass der Mörder, den ich jetzt jage, vielleicht auch Tracy Wards Mörder ist. Ich atme tief durch. Fröstele. Nein. Neary ist schuldig. Kein anderer könnte den Mord begangen haben. Ich blinzele kräftig, verwerfe den Gedanken und sehe im Geist, wie Eleanor Costellos Lächeln breiter wird.

KAPITEL 9

Tom Quinn kommt mit hängendem Kopf in unseren Soko-Raum, er trägt einen schweren schwarzen Dufflecoat. Seine Füße schlurfen über den Teppich, als wollte er die Festigkeit des Bodens testen, ehe er sich weiter vorwagt. Als er näher kommt, schaut er sich unauffällig um, nimmt die Schreibtische wahr, die vielen Leute, die telefonieren oder an ihren Rechnern arbeiten.

Er hat einen grauen Anzug an, der zu enge Hemdkragen zwängt den Hals ein, und stoppelige Hautröllchen quellen über die steife Kante. Tom wirkt völlig verängstigt. Ich hantiere an der Kaffeemaschine herum, glaube zwar nicht, dass Koffein ihm helfen wird, aber etwas Hochprozentiges kann ich ihm nicht anbieten. Jedenfalls nicht vor der Vernehmung.

»Möchten Sie eine Tasse Kaffee, Tom?«

Ich höre das Beben in meiner Stimme und merke, dass auch ich Angst habe.

Er nimmt den Kaffee, zwei Stück Zucker – Minimum für einen Malocher wie ihn – mit reichlich Milch.

Während er umrührt, registriere ich dankbar, dass jemand das Whiteboard abgedeckt hat, und mache eine ausladende Armbewegung in den Raum.

»Das sind die Leute, die alles tun, um Amys Mörder zu schnappen.«

Als ich das Wort *Mörder* ausspreche, zuckt Toms linkes Auge kurz, als würde er einen Schlag aus der Richtung erwarten. Ich wende mich Richtung Tür. Steve bewegt sich parallel zu mir auf der anderen Seite des Soko-Raums. Er wird die Vernehmung beobachten, aufzeichnen, die entsprechenden Unterlagen vorbereiten.

»Jedenfalls vielen Dank«, sage ich, dass Sie hergekommen sind, Tom.«

Er zupft an seinem Hemdkragen. »Amy war wie eine Tochter für mich, ich will euch helfen.«

Ich nicke, deute zur Tür. »Ich glaube, der Vernehmungsraum ist jetzt frei.«

»Na denn«, sagt er. Ich sehe ihm an, dass er sich zusammenreißt, die letzten Adrenalinreserven aufbietet, um die kommenden zwei Stunden zu überstehen.

Das Band läuft. Tom nippt an seinem Kaffee und lässt seine massige Gestalt auf dem Plastikstuhl mir gegenüber sinken. Er schaut sich um, starrt das verspiegelte Fenster an.

»Genau wie im Fernsehen«, sagt er.

»Tja, manchmal kriegen die auch was richtig hin.«

Er lächelt mich vorsichtig an. »Was willst du mich denn fragen, Frankie?«

Ich lächele zurück. Hebe einen Finger und zeige dann auf die laufende Kassette. »Mittwoch, 2. November, vierzehn Uhr. Vernehmung von Mr. Tom Quinn, Angestellter bei den Eltern des Opfers, durch Detective Sheehan.«

Ich sehe Tom in die Augen. Sein Gesicht ist ernst.

»Mr. Quinn, Sie haben das Recht auf einen Anwalt. Sie sind nicht festgenommen, aber es handelt sich um eine Mordermittlung, und somit wird alles, was Sie sagen, aufgezeichnet und schriftlich festgehalten und kann als Beweismittel gegen Sie verwendet werden. Haben Sie das verstanden?«

Er beißt die Zähne zusammen. Faltet die Hände. »Ja.«

Ich komme direkt zur Sache. »Wann haben Sie Amy das letzte Mal gesehen?« Eine beruhigende, leichte Frage. Eine Lockerungsübung.

Er fährt sich mit der Hand durchs Haar. »Och, ich weiß nicht mehr. Vielleicht irgendwann im Sommer.«

Ich gebe ihm noch etwas Zeit. Lasse eine Lücke, warte, dass er sie füllt.

»Sie ist manchmal von der Uni nach Hause gekommen, aber in der Werkstatt war sie nicht so oft«, schiebt er nach.

»Eamon war doch bestimmt sehr stolz darauf, dass seine Tochter Medizin studierte, oder?«

Er stößt einen tonlosen Pfiff aus. »Gott. Ja. Amy war sein Augenstern. Und ehrlich, sie hatte richtig Grips. Aber kaum hatte sie bei so einem großen Unternehmen angefangen, da kam die Wirtschaftskrise und hat ein Riesenloch in ihre Zukunft geschossen.« Er schüttelt den Kopf. »Aber Amy hat sich nicht unterkriegen lassen. Sie hat ihren Stolz runtergeschluckt, ist nach Hause gekommen und hat von vorn angefangen.« Er sieht mir in die Augen. »Dazu gehört echter Mumm, weißt du.«

Ich weiß. »Sie ist also wieder bei ihren Eltern eingezogen.« Ich bringe ihn zurück zum Thema.

»Ja. Moira hat sich natürlich mächtig gefreut, und letztes Jahr hat Amy einen Studienplatz am UCD gekriegt, und alles war wieder im Lot. Sie hat sich dann ein kleines Apartment in der Stadt genommen. Aber es war nicht leicht für sie. Geldmäßig, meine ich.«

»Ach nein?«

»Amy konnte nicht besonders gut mit Geld umgehen. Irgendwie war sie immer knapp bei Kasse, und Eamon hat ihr andauernd finanziell unter die Arme gegriffen.« Er runzelt die Stirn. »Das klingt jetzt irgendwie schlecht. Aber sie war ein nettes Mädchen. Richtig nett. Als sie heranwuchs, war sie wie eine Tochter für mich.«

Er nickt, schnieft. Reibt sich mit der Faust unter der Nase, trinkt dann einen schlürfenden Schluck Kaffee. Er atmet tief ein.

»Ich war genauso stolz auf die Kleine wie die beiden«, sagt er.

Ich gebe dem Gespräch behutsam eine andere Richtung, als würde ich vorsichtig ein Pflaster ablösen.

»Kommen wir zum 31. Oktober. Wissen Sie noch, was Sie da gemacht haben? Können Sie mir Ihren Tag schildern?«

Er begreift, worauf ich hinauswill, starrt blicklos auf einen Punkt irgendwo über meiner Schulter.

»Ich bin wie üblich um sieben aufgestanden und in die Werkstatt gegangen. Es war viel zu tun, das ist um diese Jahreszeit immer so. Alle wollen auf einmal Winterreifen aufgezogen haben und so weiter. Eamon und Moira waren nicht da. Die machen an Halloween immer ganze Teller voll mit Süßigkeiten für die Kinder. Kandierte Äpfel und so Sachen. Die waren unterwegs, haben einen Großeinkauf gemacht.«

Ich schmunzele, sehe die kandierten Äpfel beim jährlichen Halloween-Feuer vor mir, den glänzenden dicken Zuckerguss, verziert mit Liebesperlen. Sie sind ein Highlight meiner kindlichen Halloween-Erinnerungen.

Tom redet weiter. »Nach der Arbeit, so gegen vier, hab ich nachgesehen, wie feucht der Stapel fürs Feuer war. Ich hab gedacht, dass ich wohl ein bisschen nachhelfen muss, das weiß ich noch. Ich kontrolliere auch immer, dass das Anzündholz richtig fest unten und in der Mitte liegt, deshalb verschiebe ich manchmal ein paar Reifen, damit der Wind vom Meer das Feuer nicht auseinandertreiben kann.«

Er blickt auf, die Stirn schuldbewusst gerunzelt. »Dann bin ich noch schnell auf ein Bier in den Pub, und da war ich dann so bis acht.«

Er sichert sich ab.

Ich nicke aufmunternd.

»Es war schon ziemlich dunkel.« Seine Stimme bricht, und für einen kurzen Moment fürchte ich, er könnte zusammenbrechen und losheulen. Aber er hustet nur, trinkt einen Schluck und fährt dann fort. »Ich hab nachgesehen, ob alles in Ordnung war. Und es sah ganz okay aus. Wir haben die Thermoskannen mit Kakao und die kandierten Äpfel geholt, wie jedes Jahr. Und wir haben ein paar Feuerwerkskörper aufgestellt. Als langsam Leute eintrudelten, hab ich den ersten Autoreifen angezündet, alles ganz normal, und dann hab ich ihn mit der Mistgabel so weit wie möglich auf den Stapel gelegt.« Er sieht mich an. »Wie ich das schon seit über zwanzig Jahren mache.«

Das Bild, das er beschreibt, ist ein Bild aus meiner Kindheit. Die mondlose Oktobernacht, der lodernde Ring des Autoreifens, der sich dem Feuerstapel nähert. Eine Seite von Tom Quinns Körper wird von den orange flackernden Flammen erhellt, und hin und wieder sehe ich schwarze Rauchschwaden über die Feuerzungen aufsteigen. Der Reifen wird auf den Stapel gelegt, und es scheint, als würde alles schlagartig in Flammen aufgehen, Hitzewellen und glitzernde Funkenschauer ausstoßen, die in den dunklen Nachthimmel steigen.

Ich räuspere mich. »Tom, wissen Sie, ob Amy irgendwelche Feinde hatte? Gab es jemanden, der sie bedroht hat?«

Er blickt nach unten auf seine Hände. »Nee. Amy hatte ihre schwachen Seiten. Aber eigentlich nur, wenn es um ihre eigenen Dämonen ging. Sie ließ sich nicht herumschubsen. Die Leute haben sie irgendwie respektiert.«

»Hatte sie mit jemandem Streit? Irgendwelche Auseinandersetzungen?«

Seine Hände kneten sich gegenseitig auf dem Tisch. Er schüttelt den Kopf.

»Fällt Ihnen irgendwas ein? Selbst wenn es Ihnen unwichtig vorkommt. Es könnte uns helfen aufzuklären, wie es dazu kommen konnte, Tom. Irgendwas?«

»Vor ein paar Wochen hab ich mitbekommen, dass sie sich gestritten haben. Am Telefon.«

»Wer?«

»Eamon und Amy.«

»Konnten Sie hören, worum es ging?«

Er fährt sich mit der Hand übers Gesicht. »Familienangelegenheiten, hauptsächlich. Sie war seit Wochen nicht mehr zu Hause gewesen, und Eamon hat gesagt, sie sollte endlich mal wieder ihre Mam besuchen. Aber Amy hat gern schon mal ziemlich provozierende Sachen gesagt, wenn sie sich in die Ecke gedrängt fühlte.«

»Provozierende Sachen?«

»Selbstmordgedanken, dass sie sich was antut, und manchmal –« Er bricht ab, schaut zur Decke. Seine Wangen laufen rot an. Er sieht mir kurz in die Augen. »– manchmal so Sachen von wegen, mit wem sie gerade zusammen war und so. Sie wusste genau, womit sie ihren Dad auf die Palme bringen konnte. Ich glaube, sie konnte einfach nicht anders.«

»Was wurde sonst noch gesagt?«

Er pustet Luft nach oben, schüttelt den Kopf. »Weiß ich nicht genau. Eamon war jedenfalls hinterher ganz schön aufgebracht. Hat mir erzählt, wieso. Sie hat sich darüber ausgelassen, dass sie eine Affäre mit einem verheirateten Mann hatte und dass er sie liebte, aber seine Frau wäre eine Dozentin von ihr. Sie wollte mit ihm auf irgendein Konzert gehen, eine Coverband von einer Folksängerin, die sie mochte, und dafür brauchte sie Geld.«

Ich schiele zum Fenster. »Hat sie vielleicht auch gesagt, mit wem sie die Affäre hatte? Einen Namen genannt?«

Er schüttelt den Kopf. »Davon hat Eamon nichts gesagt, nein.«

»Wissen *Sie*, wer der Mann gewesen sein könnte?«

Er lächelt. »Wohl kaum, wo ich doch so gut wie nie aus der Werkstatt rauskomme.«

Ich lasse nicht locker, will unbedingt irgendwas über Peter Costello aus ihm rausholen. »Erinnern Sie sich noch an irgendwas anderes aus diesem Gespräch?«

Er zieht die Augenbrauen nach unten, schüttelt den Kopf. »Nur noch, dass die Frau Bescheid wusste und es ihr nichts ausmachte.«

»Sie haben gesagt, Amy war wie eine Tochter für Sie.« Ich belohne ihn mit einem leisen Lächeln. »Die letzten Male, die Sie sie gesehen haben, wirkte sie da glücklich?«

»Glücklich?«

»Ja. Glücklich. Zufrieden. Welchen Eindruck hat sie auf Sie gemacht?«

Seine Unterlippe schiebt sich vor. Nachdenklich. »Sie kam mir einigermaßen glücklich vor, ja. Aber vielleicht auch ein bisschen verschlossen.«

»Verschlossen?«

»Das kennst du doch sicher auch. Übers Wochenende von der Uni nach Hause, wahrscheinlich wollte sie nur schnell wieder zurück in ihr eigenes Leben oder so.«

»Was war mit Freundinnen? In Clontarf. Oder vielleicht Expartnern?«

»Also dazu kann ich wirklich nichts sagen, Frankie. Ich meine, für mich klingt das, als wäre sie in der Hinsicht mit diesem anderen Kerl voll ausgelastet gewesen.«

»Hat sie zu Hause nie Besuch bekommen? Ist nie mal abgeholt worden?«

Er blickt einen Moment nach unten auf seine Hände,

dann schüttelt er wieder den Kopf. »Ich glaube nicht. Tut mir leid. Ich glaub, ich kann dir nicht groß weiterhelfen, Frankie.«

»Ist schon okay, Tom. Sie machen das prima.«

Seine Mundwinkel beginnen zu zucken. Seine Augen werden feucht. Er schaut sich um, kurz Panik im Gesicht, dass er vor mir in Tränen ausbrechen könnte. Er hustet in seine Faust, blinzelt ein paarmal, hustet erneut.

»Tut mir leid«, sagt er.

Ich greife über den Tisch, mein Finger verharrt über dem Aufnahmeknopf.

»Vernehmung beendet um vierzehn Uhr fünfundzwanzig.« Ich stoppe das Band.

Er sieht zu mir hoch. »'tschuldigung.«

Ich strecke ihm meine Hand entgegen. »Schon gut, Tom. Sie haben Ihr Bestes getan.«

Er packt meine Finger und drückt sie, als wollte er mich stärken, mir Mut machen, mich antreiben.

»Ich hoffe, ihr findet den, der das getan hat. Eamon Keegan ist ein gebrochener Mann, er will nichts mehr, als dass dieser Mensch gefasst wird.«

Mir ist, als würde mir eine Faust in die Magengrube schlagen. Ich hole tief Luft. Nicke.

»Das wollen wir alle.«

Kaum habe ich Tom Quinn verabschiedet, da bin ich schon bei Steve im Beobachtungsraum.

»Überprüfen Sie Amys Finanzen. Bankauszüge, Kreditkarten, Bonität, falls möglich. Woher kam ihr Geld? Hatte sie Schulden?«

Er lehnt sich auf seinem Stuhl zurück. »Ist er verdächtig?«

Ich hebe einen Finger an die Lippen. »Nein. Er war's nicht. Vielleicht lügt er, aber er ist kein Mörder. Nein. Er hat angedeutet, dass Amy möglicherweise Geldsorgen hatte. Da könnte sich ein Motiv verbergen. Und wo ein Motiv –«

»Da ein Mörder«, beendet Steve den Satz.

Zurück im Soko-Raum fische ich meine Zigaretten aus der Tasche und gehe zur Kaffeemaschine.

Steve folgt mir. »Der Vater, Eamon, hat zugegeben, am 18. mit ihr gesprochen zu haben.«

Ich spüre einen Ruck in der Brust. Er fährt mir bis hoch in die Kehle. Im Geiste kreuze ich die Finger. Hoffe, dass es zu dem passt, was Tom Quinn mir gerade erzählt hat.

»Und?«

»Sie haben sich gezofft. Weil sie nicht oft genug nach Hause kam, und als der Streit eskaliert ist, hat sie ihm erzählt, sie habe eine Affäre mit einem verheirateten Mann.«

Ich lasse die Luft aus der Lunge entweichen. »Dann decken sich die Aussagen von Eamon und Tom. Helen?«

Sie blickt von ihrem Rechner auf. »Ich gehe die Aufnahmen von Überwachungskameras durch, auf der Suche nach Peter Costello«, sagt sie schnell.

»Können Sie die Black-Widow-Website übernehmen? Username ist TeeganRed. Ich hab schon angefangen, aber ich denke, wir müssen uns mit anderen Usern auf der Seite befassen.«

»Wie das?« Sie greift nach ihrem Notizblock.

»Schauen Sie es sich an. Dann verstehen Sie, was ich meine. Falls irgendwer anbeißt, sagen Sie mir sofort Bescheid. Steve gibt Ihnen die Passwörter. Wenden Sie sich an ihn, wenn Sie irgendwelche Probleme haben.«

Wenn ein Fall Fahrt aufnimmt, wird eine Arbeitszeit von neun bis fünf zum abstrakten Begriff. Nach dem Auffinden von Amy Keegans Leiche und dem Horrorvideo steigt der Druck, alle Beweise aufzuspüren, jeder Spur des Verbrechens so schnell wie möglich nachzugehen. Mit jedem Tag, der vergeht, können wertvolle Hinweise im gefräßigen Maul der Zeit verschwinden, DNA-Proben zersetzen sich, Körper verwesen, Aussagen widersprechen einander, werden geändert, Ereignisse anders erinnert.

Aber irgendwie ist es wieder still und ruhig geworden. Irgendwie ist wieder ein Tag zu Ende gegangen, und mein Körper stellt den Dienst ein, weil er nach Schlaf verlangt. Ich beschließe, mich auszuruhen, ein paar Notizen mit in meine Wohnung zu nehmen, vielleicht ein oder zwei Stündchen zu schlafen und mir die Rückstände des Ward-Falles aus dem Gesicht zu waschen.

Baz hat angeboten, mich nach Hause zu fahren, und wartet schon mit laufendem Motor. Stinkende weiße Abgaswolken quellen aus dem Auspuff.

Ich schiebe mich auf den Beifahrersitz, während ich ein Telefongespräch beende. Baz sieht mich an.

»Schon wieder Priscilla Fagan?«

Ich nicke. »Sie hat eine Website und eine Facebook-Seite angelegt. Sieht so aus, als wäre sie bei der Suche nach ihm einfallsreicher als wir.«

Er reibt sich mit einer Hand das Kinn. »Merkwürdig.«

Ich schnalle mich an. »Eigentlich nicht. Sie fühlt sich schuldig. Genauer gesagt, sie fühlt die Schuld ihres Bruders.«

»Meinst du?«

Ich zucke mit den Achseln. »Sie kann sich denken, dass es nicht gut für ihn aussieht.«

Baz beugt sich vor, lässt den Motor an. »Gott. Die arme Frau.«

Ich starre aus dem Fenster auf die grauen Granitwände, die die Liffey säumen. »Stimmt.«

Seit Mrs. Fagan ihre Aussage gemacht hat, ruft sie fast täglich an, um sich nach dem Fortgang der Ermittlung zu erkundigen. Sie ist der Meinung, wir sollten eine Vermisstensuche nach ihm starten. Wo bleiben die Suchaufrufe in den Medien?, fragt sie. Wieso macht sich keiner Sorgen um ihn? Sie hat gedroht, sich an das Lokalradio zu wenden. Mir ist nicht klar, wie uns das auf ihre Seite bringen soll, aber seltsamerweise tut es das, nur nicht aus den Gründen, die sie sich vorstellt.

Ich möchte, dass sie eine Erklärung vor der Presse abgibt. Wenn sie und ihr Bruder wirklich so ein enges Verhältnis hatten, wie sie behauptet, könnte ihn das dazu veranlassen, sich zu stellen. Manchen von uns mag es an Gewissen mangeln, aber Scham ist immer da. Die überregionale Presse hat so gut wie gar nicht über den Costello-Mord berichtet. Eleanors Profil war steril und unpersönlich und hat im öffentlichen Bewusstsein keinerlei Eindruck hinterlassen.

Dagegen lächelt Amy Keegans Gesicht von jeder Titelseite. Der Hollywood-Horror der Entdeckung ihrer Leiche war so sensationell, dass die Presse sich mit Heißhunger darauf gestürzt und jedes reißerische Detail ausgeschlachtet hat.

Mrs. Fagans Angst um ihren Bruder wirkt dringlich. Echt. Es ist jetzt fast zwei Monate her, dass sie ihn zuletzt gesehen hat. Sie hatte sich nicht groß Gedanken gemacht, doch dann wurde seine Frau tot aufgefunden, und jetzt beteuert sie, dass das völlig untypisch für ihn ist. Sie belagert uns regelrecht, und irgendwie drängt sich mir der Gedanke auf, dass sie weiß, was wir vermuten, und nur darauf wartet, dass wir uns mit unserem Verdacht ihm gegenüber outen. Bestimmt hat sie sich die Verteidigung ihres Bruders schon genau überlegt.

Ich lasse den Kopf gegen die Kopfstütze sinken und seufze: »Was für ein Tag.«

»Lust auf einen Drink?«, fragt Baz.

In seiner Stimme schwingt mehr als nur ein bisschen Hoffnung mit, und ich begreife, dass er nicht allein trinken will. Amy Keegans öffentlicher Tod ist ihm also doch an die Nieren gegangen.

KAPITEL 10

Das Bettzeug ist zwischen meinen Knien zusammengeknüllt, um meine Füße geschlungen. Ein nagender Schmerz zwischen den Schulterblättern verrät mir, dass ich mich in der Nacht nicht bewegt habe. Ich habe geschlafen. Oder eher: Ich war praktisch komatös. Meine Mutter hat immer gern was von reinem Gewissen und sanftem Ruhekissen erzählt. Wie sich herausstellt, ist Alkohol ein guter Ersatz, wenn das Gewissen nicht unbedingt das reinste ist.

Schweiß kühlt meinen Nacken, meine Poren dünsten Alkohol aus. Es ist spät geworden, gestern im Pub. Baz und ich haben die Probleme dieser Welt gelöst, sind dann zu meiner Wohnung getorkelt und regelrecht umgekippt. Ich kann sein Schnarchen durch die Wand hören. Er hat sich aufs Sofa geschmissen, die Augen auf Halbmast, und war Minuten später schon weggetreten. Seine letzten, schlaftrunkenen, kaum verständlichen Worte: »Wir kriegen diesen kranken Wichser.«

Ich denke an das Whiteboard im Soko-Raum: Es füllt sich allmählich, alles um einen Namen herum gruppiert. Sämtliche Spuren führen zurück zu ihr. Es ist ein Jammer, dass sie nicht mehr reden kann, aber ich glaube, selbst eine lebende Eleanor Costello würde ihre Geheimnisse nicht ausplaudern.

Das Bild ihres makellosen Hauses drängt sich mir auf. Sauber, neue Fußleisten. Das absolute Fehlen von Unordnung, keine Schuhe unter dem Couchtisch. Die weichen Polster des Sofas zeigten keine Abdrücke von Gesäßen, die sich doch tagtäglich darauf niedergelassen haben müssen. Ich denke an meine eigene Couch, wie sie aussieht, wenn ich meinen steifgelegenen Körper morgens von ihr hochquäle, wie die Kissen in den Ecken zusammengedrückt sind.

Alles an Eleanor Costello verrät Kontrolle bis hin zur Zwanghaftigkeit. Wenn die Kunstbücher, von denen wir jetzt wissen, dass sie Peter gehören, ihre gewesen wären, hätten sie alphabetisch geordnet und kerzengerade irgendwo in einem staubfreien Regal gestanden. Es wäre Besuchern nicht erlaubt gewesen, sie aufzuschlagen, die ausführlichen Anmerkungen am Rand zu lesen, auf den ersten Seiten den gelben Kranz zu sehen, den eine Morgentasse Tee hinterlassen hat.

Ich werde das Gefühl nicht los, dass Eleanor, obwohl Opfer, die Fäden hinter der Kulisse ihres Todes gezogen hat.

Ich gehe zum Wohnzimmerfenster, bin verkatert, und mir brummt der Schädel. Es ist schon recht spät. Acht Uhr. Meine Finger umschließen einen wärmenden Becher heißen Tee. Die Grafton Street ist ein einziges Gewimmel von Menschen auf dem Weg zur Arbeit: dicke Pullover, bunte Schals und Pudelmützen in allen möglichen Grün-, Blau- und Brauntönen. Die Sonne leitet einen hellen Tag ein, und die gesenkten Köpfe der Menschen lassen eine frische Brise vermuten.

Baz wacht ruckartig auf. Seine Füße rutschen von der Couch, sein Körper schnellt in eine sitzende Position hoch. Sofort senkt er den Kopf bis zwischen die Knie und massiert sich die Schläfen.

»Was für einen Mist haben wir gestern Nacht getrunken? Zyankali?«

Ich lache. »Ich glaub, die dritte Flasche Merlot war wohl schlecht.«

Er blickt nicht auf, reckt aber einen Zeigefinger in die Luft. »Aha. Das erklärt alles.« Er hält sich den Kopf. »Meine Fresse.«

Ich bringe ihm einen Tee, stelle den Becher auf den Couchtisch. »Bitte sehr.«

Dankbar schielt er zu mir hoch und runzelt dann die Stirn, als er sieht, dass ich schon angezogen und startklar bin. »Wie spät ist es?«

Ich nehme meine Aktentasche. »Kurz nach acht. Ich wollte dich nicht wecken. Wir brauchen beide einen klaren Kopf, und wir mussten mal ausschlafen. Ich fahre jetzt ins Büro und beschäftige mich mit der Black-Widow-Seite.«

Er stöhnt. »Gib mir ein paar Minuten, ich bin gleich so weit.«

Ich stocke, zögere. Was ich ihm jetzt sage, wird ihm nicht gefallen. »Eigentlich …«

Fragend sieht er mich an. »Was ist?«

Ich reiche ihm einen Zettel mit den Namen von Eleanors Therapeuten. »Würdest du mal mit ihm reden? Vielleicht kann er uns ja irgendwas Interessantes erzählen. Rückt vielleicht sogar seine Unterlagen über sie raus.«

Seine Augen nehmen einen flehenden Ausdruck an. »Bitte nicht. Ist das dein Ernst? Für so was bin ich nicht geeignet.«

Baz hasst Seelenklempner, wie er sie nennt. Seine Mutter zwang ihn während der gesamten Pubertät, eine Therapie zu machen, und zwar bloß, weil sie meinte, es wäre gut für ihre Jungs, wenn sie Zugang zu ihren Gefühlen hätten. Baz sagt, dass er hinterher mehr Probleme hatte als vorher, und er ist ziemlich sicher, dass er seinem Therapeuten das Leben schwer gemacht hat.

»Du schaffst das schon«, sage ich und gehe zur Tür.

»Ich kann nicht. Ehrlich, ich kann das nicht. Warum müssen die immer so reden, wie sie reden? Mit den vielen Pausen?« Er wirft die Hände in die Luft. »Was soll das? Wer ist denn so blöd und quatscht in solche Pausen rein. Zum Kotzen.«

»Ach, komm. Betrachte es als eine Art ausgleichende Gerechtigkeit. Diesmal bist du es, der die peinlichen Fragen stellt und bedeutungsschwangere Pausen macht.«

Er seufzt. »Scheiße. Manchmal hasse ich diesen Job.«

»Prima! Er erwartet dich gegen Mittag, also lass dir Zeit. Und trink am besten noch ein paar Tassen Kaffee.«

Ich werfe ihm ein Lächeln zu und gehe aus der Wohnung, blinzele ins Morgenlicht.

Steve hat es geschafft, in einer der versteckten Dateien auf Amy Keegans Rechner einen E-Mail-Account zu finden. Ich starre auf seinen Hinterkopf.

»Waren Sie schon mal im Darknet unterwegs, Steve?«

Er wirft mir einen verblüfften Blick zu. »Ja, klar. Ich arbeite bei der Polizei, Chief. Da lass ich doch keinen in meinem Suchverlauf rumschnüffeln.«

Ich lache. »Ist der so schlimm?«

»Schamlos langweilig, aber er geht nur mich was an. Meiner Meinung nach ist das Darknet die einzige wahre Plattform der Redefreiheit, die wir noch haben.« Er streckt die Hand aus, trinkt irgendwas Sprudelndes und Grellgelbes. Ein Hauch von warmen Früchten steigt über seine Schulter.

Ich nicke Richtung Monitor. »Und so was da? Schon mal solche Websites besucht?«

Er richtet die Aufmerksamkeit wieder auf den Laptop, schüttelt den Kopf. »Nee. Aber jeder, wie er es mag.«

Wir sind in Amys E-Mail-Account. In einem Ordner mit dem Titel *Wunschliste*. Er enthält ungefähr dreißig Mails.

»Von wann ist die erste?«

Er klickt sie an. »27. Dezember 2010.« Irgendwas in dem Text lässt ihn aufmerken. »Oha!«

Die Mail ist an TrustMe57 adressiert. Bei dem Namen sträuben sich mir sofort die Nackenhaare. Amy hat die Mail um sieben Uhr abends geschrieben:

Danke, dass du mir deine Mail-Adresse geschickt hast. Ich habe sonst niemanden, mit dem ich reden kann, und du scheinst mich zu verstehen. Ich muss immerzu an den Tod denken. Ich habe Todesfantasien. Er reizt mich, aber ich hab zu viel Angst. Ich bin so ein Feigling. Lol. Du könntest mir helfen. Ich merke, dass du das möchtest. Falls ich dich total falsch verstanden habe, sag's einfach. Wäre nicht das erste Mal, dass ich mit irgendwas falschliege. Aber du kommst mir nett und verständnisvoll vor. Ich glaube, mit dir könnte ich es machen.

Aber ich nehm's dir auch nicht übel, wenn du nicht willst.

A

Es gibt keine Antwort, aber irgendwann muss TrustMe57 zurückgeschrieben haben, denn die nächste Mail, nur einen Tag später, lautet:

Wow. Überhaupt kein Problem. Das kann ich machen. Gott, ich fühl mich heute so mies. Hab mich den ganzen Tag in meiner Wohnung verkrochen, und ich glaube, die Medikamente wirken nicht mehr. Bitte hilf mir. Die Fantasie lässt mich nicht los. Deine Mail war für mich das Beste seit Monaten. Als wäre ich schon fast da. Nirwana.

A

Wir gehen die Mails einzeln durch. Sie werden von Mal zu Mal detaillierter, schildern Amys Wunsch, den Tod zu spüren oder wirklich zu sterben. Nach dem 4. Januar werden sie weniger, aber ab Anfang Mai wird ihre Korrespondenz regelmäßiger und intensiver als zuvor.

Steve schüttelt den Kopf. »Das kann doch nicht wahr sein, oder? Ich meine, gibt es tatsächlich Chatrooms, wo solche Leute Kontakt zueinander aufnehmen? Der Typ ist doch ein kranker Perverser.«

»Schauen wir mal in den Papierkorb«, sage ich. »Vielleicht sind da ja noch Mails von ihm.«

Steve öffnet den Ordner, aber der ist so programmiert, dass er seinen Inhalt alle zwei Tage löscht, und wir finden nichts.

Er dreht sich zu mir um. »Ich könnte versuchen, mithilfe dieser Mail seine IP-Adresse rauszukriegen. Die Chancen stehen zwar schlecht, aber es ist einen Versuch wert. Wenn wir eine IP haben, könnten wir ihn eher mit der Black-Widow-Seite in Verbindung bringen.«

»Wir wissen doch noch nicht mal, ob er überhaupt bei Black Widow ist. Außerdem wäre seine IP-Adresse im Darknet sowieso verschlüsselt.«

Wir sind in einer Sackgasse. Der Zeitaufwand für solche Arbeiten ist enorm, aber im Grunde bleibt uns nichts anderes übrig. Nach kurzem Schweigen gebe ich nach.

»Na schön, versuchen Sie's, aber falls Sie merken, dass es hoffnungslos ist, hören Sie auf und machen irgendwas Produktiveres.«

Paul schiebt seinen Stuhl vom Schreibtisch weg und dreht sich zu uns um. »Ich hab die Pressekonferenz für Mrs. Fagan am Nachmittag vorbereitet«, sagt er.

»Gut. Falls Costello sich bei einem Freund versteckt oder vielleicht bei einer anderen Geliebten, bringt die Pressekonferenz vielleicht jemanden dazu, uns einen Tipp zu geben. Oder unseren Verdächtigen dazu, einen Fehler zu machen. Ich wette, ihm wird allmählich langweilig in seinem Versteck. Machen wir ihm Feuer unterm Hintern.«

Im ganzen Büro schnappen einige geräuschvoll nach Luft. Angesichts von Amy Keegans Ableben war meine Wortwahl ziemlich unglücklich. Ich hebe beide Hände. »Sorry.«

Steve wendet sich an mich. »Sie werden ihn auf der Pressekonferenz outen, nicht? Als unseren Hauptverdächtigen. Ist das ethisch vertretbar?«

»Peter Costello hat jede Ethik in den Wind geschossen, als er seiner Frau die Schlinge um den Hals legte.« Ich seufze. »Sie haben recht, das ist nicht die übliche Vorgehensweise, und nein, ich werde ihn nicht outen. Ich werde Eleanor outen.«

»Eleanor?«

»Ja. Ihr Tod hat kaum Schlagzeilen gemacht, ich werde bloß das Scheinwerferlicht ein bisschen mehr auf sie richten. Ich werde erklären, dass ihr Tod als Mord eingestuft wird. Ich werde das unmittelbar nach dem Aufruf seiner Schwester bekannt geben und dann sagen, dass wir im Zusammenhang mit ihrem Tod unbedingt mit Peter Costello reden müssen.«

Steve nickt. »Und den Rest sollen die Medien sich zusammenreimen?«

»Richtig. In solchen Fällen können die Medien ein großartiges Hilfsmittel sein, Detective.«

Helen ist hinter mich getreten. Ich spüre ihre nervöse Energie in Wellen von ihr abstrahlen. Als ich mich umdrehe, hält sie mir einen Stoß Blätter hin, noch warm vom Drucker.

»Chief. Steve hatte gesagt, ich soll mir Amy Keegans Bankkonto anschauen. Ich glaube, das hier wird Sie interessieren.«

»Danke, Helen.« Ich nehme die Seiten, und sie redet weiter.

»Kein schlechter Kontostand für eine Studentin. Besonders für eine Medizinstudentin.«

»Das sind fast zehn Riesen.« Ich überfliege die Seiten. Suche nach Einzahlungen. Suche nach der vierteljährlichen Überweisung von Mams und Dads Bank. Helen hat zwei Kontonummern markiert. Von beiden geht per Dauerauftrag regelmäßig Geld auf Amys Konto. Von einem monatlich, von einem wöchentlich.

Sie lächelt, zeigt auf das gelb markierte. »Das ist Daddys Konto. Bescheidene achtzig pro Woche.«

Ich deute auf das andere Konto. »Ist das von ihrem Aushilfsjob? Oder ein Stipendium?«

Ihr Lächeln schwindet ein wenig. »Nein. Das ist …« Sie zögert, als hätte sie fast Angst, es mir zu sagen. »Das ist das Konto von Tom Quinn.«

Ich starre auf die Nummer. »Tom?« Das kann nicht sein. Ich schüttele den Kopf.

Helen räuspert sich. »Sollen wir ihn noch mal vernehmen?«

In meinen Ohren beginnt es zu klopfen. Mein Atem klingt laut, Helens Stimme windet sich durch meinen Kopf. Die Wörter lang und stachelig.

»Detective?«

Ich presse die Finger auf die Augen und atme tief durch. »Nein. Noch nicht. Erst müssen wir diese Pressekonferenz hinter uns bringen. Costello finden.«

Steve schaut von seinem Computer auf. »Aber, Chief,

Tom Quinn hat Amy offenbar für irgendwas bezahlt. Sollten wir dem nicht nachgehen?«

»Lasst ihn überwachen. Falls er was zu verbergen hat, werden wir es finden, aber ich kenne Tom Quinn schon mein Leben lang. Er ist kein Mörder.«

Steve greift zum Telefon, um die Überwachung anzuordnen. »Mit dem richtigen Motiv ist jeder ein Mörder«, sagt er in Anspielung auf unser früheres Gespräch.

»Machen Sie einfach weiter Ihre Arbeit, und Helen, behalten Sie Amys Konto im Auge. Sagen Sie mir Bescheid, falls und wenn der Dauerauftrag gekündigt wird.«

Ich massiere mir das Kreuz. Mein ganzer Körper fühlt sich verspannt an. Die empfindliche Haut an der Schläfe juckt, und mir pocht der Schädel. Noch nicht mal Mittag, und die Erschöpfung macht meine Gliedmaßen schwer, zieht mich runter.

Die Presse wartet. Die meisten im Raum schauen nach unten, richten ihre Monitore aus, tippen, twittern – #EleanorCostello. Ein Blick auf meinen Twitter-Account und ich sehe, dass die Nachricht allmählich durchsickert, sich verbreitet wie ein Blutstropfen in Wasser. Ich hoffe darauf, dass sie bis morgen früh auf den Titelseiten gelandet ist. Auch wenn die Öffentlichkeit heute abgestumpft auf Mord reagiert, ein Mord, bei dem der Ehemann vermisst wird, könnte interessant genug sein, um Zeitungen zu verkaufen.

Ich sehe Steve den Flur herunterkommen, gefolgt von Priscilla Fagan. Ihr Gang wirkt selbstsicher und ruhig, doch ihr Gesicht ist grimmig und blass, und ich spüre ein kurzes schuldbewusstes Rumoren in mir, weil ich sie benutze. Aber die Costellos haben nun mal nicht viele Blutsverwandte, die sich für sie einsetzen würden, und die Öffentlichkeit ist immer eher gewillt, uns Informationen zu liefern, wenn sich ein Familienmitglied an sie wendet.

Zum Teil möchte ich sehen, wie Priscilla Fagan sich hält. Trotz ihrer offenkundigen Sorge um den verschwundenen Bruder besteht die Möglichkeit, dass sie weiß, wo Costello sich aufhält. Sie standen sich nahe. Vielleicht war sie sogar der Mensch, der Peter am nächsten stand, abgesehen von seiner Ehefrau und seiner Geliebten. Ganz hinten im Raum sehe ich ein Gesicht, das ich kenne. Der Nachbar, Neil Doyle, sieht im flimmernden Neonlicht des Raums kalkweiß aus. Ich beobachte, wie er sich einen Platz in der letzten Reihe sucht und den Hals reckt, um auch ja alles mitzubekommen.

Jack nähert sich von hinten.

»Wir sind so weit«, sagt er. »Ich fange an.«

Die Kameras sind aufgestellt, Mikros getestet. Ich bleibe neben den versammelten Pressevertretern stehen. Jack führt Mrs. Fagan, Baz und Steve nach vorne. Ich schiebe mich auf einen freien Platz. Meine Aufgabe ist es zu beobachten, Priscillas Verhalten zu studieren, darauf zu lauern, dass sie einen Fehler macht. Ihren Bruder verrät.

Jack wartet, bis alle Platz genommen haben, gibt der Presse Zeit, ihre Geräte einzuschalten, einsatzbereit zu machen. Mrs. Fagan setzt sich, trinkt einen Schluck Wasser aus einem der bereitgestellten Gläser, räuspert sich und schaut dann mit erhobenem Kinn und herausforderndem Blick in die wartenden Objektive. Wäre sie nicht real, würde ich sie für eine Comicfigur ihrer selbst halten, insofern als sie genau so ist, wie sie sich gibt. Durch und durch solide, körperlich, moralisch und emotional.

Jack beugt sich vor, nimmt ein Blatt Papier in die Hand.

»Ich danke Ihnen allen, dass Sie heute hergekommen sind«, sagt er mit gewichtiger Stimme ins Mikrofon. »Wie einige von Ihnen vielleicht wissen, wurde am 20. Oktober dieses Jahres eine Frau in Bray, Wicklow, erhängt in ihrem Haus aufgefunden. Wir gehen davon aus, dass die Frau am Vorabend verstarb, und stuften ihren Tod anfänglich als Suizid ein. Bei dieser Frau handelt es sich um Eleanor Costello. Inzwischen wissen wir, dass sie einem Mord zum Opfer fiel. Ich weise ausdrücklich darauf hin, dass wir zum jetzigen Zeitpunkt einige Spuren verfolgen, die uns hoffentlich weitere Erkenntnisse zu den Umständen ihres Todes liefern werden.«

Ein Raunen geht durch die Menge, Überraschung, Neugier. Mir wird fast schlecht vor Ekel. Die Reporter gehen in die Startlöcher, malen sich aus, wie sie Eleanors Story erzählen, die Tragödie ihres Todes breittreten werden. Ich rufe mir in Erinnerung, dass sie uns dadurch helfen werden. Eleanor Costello muss in die Schlagzeilen kommen, um ihren Mann aus seinem Versteck zu scheuchen.

Jacks Stimme hebt sich, und es wird wieder still im Raum. »Außerdem fanden wir am 31. Oktober dieses Jahres die sterblichen Überreste von Amy Keegan, einer jungen Medizinstudentin aus Clontarf. Unsere Ermittlungen haben ergeben, dass sie eine Bekannte von Eleanor Costellos Ehemann Peter war.«

In der ersten Reihe schießt eine Hand in die Luft. Ihr Besitzer wartet nicht erst ab, bis er aufgefordert wird zu sprechen.

»Haben wir es hier mit einem Serienkiller zu tun?«

Das ist die beste Reaktion, die wir uns erhoffen konnten. Ich habe ein flaues Gefühl im Magen, wenn ich an Mrs. Fagan denke, die von dem neuen Fall völlig überrumpelt wird.

Wir haben ihr nichts von einer Verbindung zu dem Mord an Amy gesagt, aber sobald Jack Amys Namen aussprach, sah ich ihr an, dass sie denselben Schluss zog, den ich an dem Abend mit Eamon Keegan in Clontarf gezogen habe.

Jack geht über die Frage des Journalisten hinweg. Vorläufig gehen wir noch nicht von einem Serientäter aus. Es gibt nicht genug Opfer; selbst Killer müssen gewisse Kriterien erfüllen.

Er redet weiter: »Wir bitten alle um Mithilfe, die im Umfeld dieser beiden Fälle ungewöhnliche Beobachtungen gemacht haben oder die Eleanor Costello beziehungsweise Amy Keegan in den Tagen unmittelbar vor ihrem Tod gesehen haben. Zudem möchten wir dringend mit Peter Costello sprechen, Eleanor Costellos Ehemann. Wir gehen davon aus, dass er wichtige Informationen hat, die für unsere Ermittlungen äußerst hilfreich sein könnten.«

»Ist der Ehemann tatverdächtig?«, ruft jemand.

Priscilla Fagan spitzt empört die Lippen. Sie sieht aus, als würde sie den Reporter am liebsten nach draußen schleifen und ihn ordentlich zusammenstauchen wollen.

»Nein. Peter Costello ist nicht tatverdächtig. Wir glauben aber, dass er im Besitz von Informationen ist, die für unsere Ermittlungen äußerst hilfreich sein könnten. Wir sind ebenso wie seine Schwester«, er nickt Priscilla zu seiner Rechten zu, »in großer Sorge um ihn. Wir bitten ihn dringend, sich zu melden oder nach Hause zu kommen.«

Es entsteht eine Pause, in der sich sämtliche Kameras im Raum auf Priscilla Fagan richten und Mikrofone aggressiv und fordernd in ihre Richtung gestreckt werden. Sie behält die Nerven.

Als sie ins Mikrofon spricht, ist nicht das leiseste Zittern in ihrer Stimme zu hören.

»Peter. Was auch immer du getan oder nicht getan hast, komm nach Hause. Ich bin schon ganz krank vor Angst um dich. Du hast dein Medikament nicht dabei, und ich weiß, dass du es unbedingt brauchst. Komm nach Hause.« Sie hustet in ihre Hand, und als sie den Blick wieder hebt und in die Kamera blickt, kann ich die Anspannung in ihren Augen sehen. »Komm nach Hause. Ich brauche dich.«

Es fühlt sich echt an. So echt, dass ich mir für einen ganz kurzen Moment tatsächlich Sorgen um Peter Costello mache.

KAPITEL 11

Obwohl ich meine ganze Aufmerksamkeit auf Amy konzentriere, fühlt sich ihr Tod doch an wie ein Nebenschauplatz des Grauens, der auf ein dunkleres Böses verweist. Eleanor Costellos Gesicht geistert durch alle meine Gedanken. Irgendetwas stimmt nicht an dem Rätsel, das sie uns aufgibt. Ihr Haus passt nicht, fügt sich nicht in ihr Leben ein. Selbst für jemanden, der zwanghaft ordentlich war, klingt in diesen Räumen etwas Trostloses nach. Ungelebt. Ungeliebt.

Priscilla Fagans Appell an ihren Bruder ist heute Morgen auf den Titelseiten. Einige Zeitungen bringen kurze Artikel über Eleanor und ihre tragische Vergangenheit. Etwas, das sie ganz sicher verabscheut hätte. Oder verspottet. Vielleicht hätte sie sich selbst bemitleidet? Zweifellos litt sie zeitweise unter Selbstmitleid und Selbsthass. Diese Emotionen waren wahrscheinlich die Ursache für ihren Leistungswillen, aber sie haben auch große Hohlräume aus Schwäche und Passivität in ihr geöffnet, was zu Ess-Brech-Anfällen und heimlichen Momenten der Verzweiflung führte. Es gibt keinen besseren Grund, Mitleid zu hassen, als wenn es in dir selbst steckt, dich beherrscht.

Ich steige aus meinem Wagen und weiß nicht recht, was mich erneut hierhergeführt hat. Zum Haus der Costellos. Zwei Gardaí sind vor der Haustür postiert. Ich unterschreibe im Logbuch, und sie nicken, als ich mich unter dem Absperrband hinwegducke und ins Haus trete. Selbst nachdem die Spurensicherer hier überall rumgelaufen sind, sieht es noch immer aufgeräumt aus.

Wenn ich einen Tatort in einem Privathaus aufsuche, fühle ich mich normalerweise wie ein unbefugter Eindringling. Ich habe den Impuls, meinen Leuten zu sagen, sie sollen leise sein, als wären sie in einer Bibliothek. Die Wände und Böden des Hauses sind durchdrungen von den Erinnerungen der Bewohner, und wir sollten achtsam und respektvoll vorgehen. Aber als ich über die Schwelle des Hauses der Costellos trat, blieb dieses Gefühl aus. Die Bewohner haben hier nicht gelebt, sie haben existiert. Hier war nichts spürbar außer einer alles durchdringenden Schwermut.

Ich kann mir nicht vorstellen, wie Peter und Eleanor einander gegenüber auf dem Sofa liegen und fernsehen, mit angezogenen Beinen, die sich in der Mitte berühren, oder sie vielleicht mit ihrem Kopf auf seinem Schoß, während seine Finger über die elegante Linie ihres Kinns streichen.

Ich wandere langsam durch die Räume. Ich kann mich nicht überwinden, noch mal ins Schlafzimmer zu schauen. Es ist schon später Nachmittag, und meine Fantasie wird bestimmt wieder das Bild heraufbeschwören, wie Eleanor an dem Balken baumelt. Stattdessen gehe ich ins Arbeitszimmer. Ich durchsuche noch einmal die Schubladen, schaue hinter die Vorhänge. Spähe hinaus in den dämmrigen Himmel.

»Kann ich Ihnen irgendwie helfen, Detective?«

Ich erschrecke mich fast zu Tode. Einer der Polizisten steht im Türrahmen.

Ich antworte, eine Hand an der Kehle: »Nein. Danke. Waren inzwischen Leute hier und haben irgendwelche Fragen gestellt? Rumgeschnüffelt?«

Er schüttelt den Kopf. »Keine Menschenseele. Die meisten kümmern sich auf einmal sehr gern um ihren eigenen Kram, wenn eine Mordermittlung im Gange ist.«

Ich schmunzele. »Ja. Danke Ihnen. Ich schau mich nur noch ein bisschen um.«

Er salutiert und lässt mich allein.

Mein Blick wandert zu dem Post-it. Das Passwort des Computers in runden schmucklosen Buchstaben auf gelbem Papier. *Chagall.* Ich weiß selbst nicht, was mich daran so fesselt, aber ich zupfe den Zettel unwillkürlich von dem Kalender und betrachte ihn genauer. Nach einem Moment kommt mir die Erkenntnis. Eilig kehre ich ins Wohnzimmer zurück und haste so schnell zum Couchtisch, dass ich fast gegen das Sofa laufe. Ich schlage das Chagall-Buch auf, das ich mir an dem Tag, als Eleanor aufgefunden wurde, nur kurz angesehen habe. Ich blicke mehrmals von dem Zettel, der an meinem Zeigefinger klebt, auf die Anmerkungen im Buch und wieder zurück.

Die Handschrift ist eine andere. Eindeutig. Das »a« im Buch ist schnörkelig, elegant, altmodisch. Auf dem Post-it ist der Buchstabe ein fetter runder Kreis mit einem geraden, knappen Strich an der Seite. Hat der Computer vielleicht doch Eleanor gehört?

Ich lege den gelben Zettel neben die Anmerkungen am Rande des Buches, mache ein paar Fotos mit meinem Handy und schicke sie an Steve mit der Anweisung, die Handschriften analysieren zu lassen.

Danach gehe ich durch die Hintertür in den Garten. Direkt am Haus ist eine Betonfläche, auf der in einer Ecke unbequem aussehende, verrostete Metallmöbel stehen, wie eine einsame Familie. Der übrige Garten ist verwildert und erstickt fast unter Unkraut. Ich spähe über die Hecke. Der Garten des Nachbarn, Mr. Neil Doyle, ist makellos gepflegt.

Gerade will ich zurück ins Haus gehen, als jemand hinter mir mich ruft. Meine Muskeln spannen sich an vor Angst. Neil Doyle kommt aus dem hinteren Teil des Gartens auf mich zu.

»Hallo. Sie haben mich erschreckt.« Mein Herz hämmert. Wumm. Wumm. Wumm. Wumm. Wumm.

»Detective Sheehan. Ich leite die Ermittlung im Fall Costello.«

Er deutet auf ein Gartentor in der Hecke zwischen den beiden Grundstücken, kaum sichtbar in der Dunkelheit zwischen den wuchernden Büschen. »Sorry. Ich hab Sie gesehen und wollte nur mal fragen, ob es Ihnen inzwischen gelungen ist, Peter zu erreichen.«

Ärger brodelt in mir auf. Wie konnten wir diese Verbindung zwischen den beiden Grundstücken übersehen?

Der Nachbar redet im Flüsterton weiter. »Scheiße. Ich meine, Verzeihung. Ich fluche sonst nie, aber, Sie verstehen. Scheiße. Dann hat er sie also umgebracht?«

»Wir tun alles, um herauszufinden, wer für Eleanors Tod verantwortlich ist. Mr. Costello ist ein wichtiger Zeuge.«

Ich lege den Kopf schief. »Hätten Sie gerade Zeit für ein paar Fragen?«, sage ich mit einem leicht flehenden Unterton. Das würde uns unheimlich weiterhelfen, hört er heraus.

Er lächelt und sagt dann: »Klar.«

»Danke. Mr. Doyle, richtig?«

»Genau. Neil Doyle.« Er dreht sich um und zeigt mir mit ausgestreckter Hand den Weg. »Hier entlang.«

Wind peitscht den Regen in breiten Bändern über die Abbey Street. Ich fröstele und haste mit gesenktem Kopf zu unserer Stammkneipe, wo Clancy, bewaffnet mit einem großen Bier und scharfer Zunge, darauf wartet, den neuesten Stand der Ermittlungen zu erfahren.

Gruppen von Theaterbesuchern, die auf die Premiere von *Richard III.* im Abbey Theatre warten, drängen sich unter kaputten Regenschirmen. Ich muss vom Bürgersteig runter, um an den Warteschlangen vorbeizukommen, und trete prompt in eine der kalten, tiefen Pfützen, die Dublins Straßen säumen. Als ich den Pub erreiche, sind meine Haare klatschnass und an den Schädel gekleistert, die Spitzen kleben mir am Kinn. Meine Schuhe sind aufgeweicht und kalt, und Wasser läuft innen an meinem Blazer herunter, rinnt mir eiskalt über den Rücken.

Ich begrüße Enda mit einem Nicken und gehe zu Clancy und Baz, die an unserem üblichen Platz sitzen.

»Wie siehst du denn aus?«, sagt Clancy. Sorge liegt in seinen Augen, auch wenn sein Mund sie nicht äußern kann.

»Alter Charmeur«, sage ich nur.

Als ich sitze, stampfe ich unter dem Tisch mit den Füßen auf den Boden, in dem vergeblichen Bemühen, die Kälte aus meinen Knochen zu vertreiben.

»Los. Setz dich verdammt noch mal hierhin.« Clancy steht auf. Bietet mir den besten Platz an, direkt am Kamin.

Das lasse ich mir nicht zweimal sagen. Ich grinse Baz an und nehme schleunigst den heiß begehrten Platz ein. Sofort spüre ich die wohltuende Wärme des Feuers im Rücken und sehe förmlich, wie Dampf von meiner Kleidung aufsteigt.

»Wieso darf sie da sitzen?«, quengelt Baz.

Clancy gibt seinen Platz sonst nie her. Als Ranghöchster hat er keine Hemmungen, seine Autorität spielen zu lassen, und wenn wir zusammen was trinken, beharrt er stets darauf, direkt am Kamin zu sitzen.

Ich strecke Baz die Zunge raus. Wir sind Kinder, Geschwister, die um die Zuneigung unseres Dads zanken.

»Weil ich es mir offensichtlich verdient habe«, sage ich.

Baz hebt die Augenbrauen. »Auf jeden Fall ist dein Gehirn ganz schön aufgeweicht.«

Clancy stöhnt. »Himmelherrgott. Du kommst einen Drink zu spät, Frankie.« Er blickt zu Enda hoch, der mir ein ziemlich volles Glas mit dunkelrotem Wein hinstellt. »Noch zwei Whiskey, mein Freund«, fügt er hinzu, bevor der lange, dünne Barkeeper wieder verschwinden kann.

Ich streife meinen Mantel ab, hänge ihn über die Rückenlehne des Stuhls. »Whiskey? Ist heute mal wieder Whiskey angesagt?«

Baz kippt den Rest seines Whiskeys, vom Geruch nach Jameson, in sich hinein. Dann kommen die obligatorische Grimasse und das Spitzen der Lippen. Seine Augen scheinen ein bisschen zu schmelzen, sein Kiefer entspannt sich.

»Klar, warum nicht?«

»Ich war heute Nachmittag noch mal im Haus der Costellos«, sage ich.

Clancys Kopf fährt zu mir herum: »Allein?«

Ich sehe ihn nicht an. »Ich hab mich mit dem Nachbarn unterhalten. Neil Doyle.«

»Allein?«, fragt Clancy wieder.

Ein Schluck Wein. »Es war kein Problem. Entspann dich.«

»Verdammt noch mal, Frankie. Hast du denn in diesem Jahr überhaupt nichts gelernt?«

»Ich bin Detective Chief Superintendent, Jack. Wie sieht das aus, wenn ich noch nicht mal einen Tatort besichtigen kann? Außerdem waren zwei Gardaí vor dem Haus. Also alles in Ordnung.«

Er schnaubt.

Kurze Stille tritt ein. Baz rutscht auf seinem Stuhl nach vorne. Er möchte fragen, was ich herausgefunden habe, möchte wissen, welche Ergebnisse der Tag gebracht hat, aber wir müssen beide warten, bis Clancy seinen Zorn runtergeschluckt hat, bevor wir weitermachen können.

Endlich sieht er von seinem Drink auf. »Na, dann erzähl schon, ehe wir alle zu schlaftrunken sind, um dir noch folgen zu können.«

»Mr. Doyle ist ein echter Widerling. Der Typ ist total fixiert auf seine Nachbarn.«

»Spanner?«, fragt Jack.

»Das nicht gerade, aber er scheint zu glauben, dass Peter in der Ehe das Opfer war.« Ich lache kurz auf. »Die ganze Zeit hat er versucht, mir in die Bluse zu gucken. Der alte Macho. Wahrscheinlich glaubt er, dass eine Frau, die offensichtlich noch ein Leben abseits von Küche und Herd hat, als Ehefrau der reinste Albtraum sein muss.«

Jack hebt eine Hand. »Nun mal langsam, Frankie. Immer schön sachlich bleiben.«

Baz lacht.

Jack trinkt einen kräftigen Schluck Whiskey. »Vorurteile können einem leicht das Urteilsvermögen trüben.«

»Ach, hör doch auf, Jack«, entgegne ich. »Ich kann sagen, dass der Typ ein Widerling war, weil er einer war, und letztlich hatte seine Aussage einen ganz schön frauenfeindlichen Beigeschmack, aber –« Ich strecke meine Hände Richtung Kamin. »Er hat so einiges gesagt, das mich ins Grübeln gebracht hat. Wir wissen, dass Eleanor Costello für sich selbst sorgen konnte und dass Peter Costello gesundheitlich angeschlagen ist. Es könnte also was dran sein an Mr. Doyles Vermutung. Nicht leicht vorzustellen oder zu glauben, dass ein Mann von Peters Statur, ob nun krank oder nicht, sich von einer so grazilen Frau wie Eleanor verprügeln lässt, aber emotionale Manipulation ist eine starke Waffe.«

Baz zieht die Stirn kraus. »Soll das heißen, dass Eleanor Costello ihren Mann möglicherweise geschlagen hat?«

»Häusliche Gewalt gegen Männer kommt vor, und wir können nicht abstreiten, dass Peter Costello damit ein Motiv hätte«, sage ich.

»Weil er von seiner besseren Hälfte vermöbelt wurde? Klar. Aber ich glaube kaum, dass ein Richter da großes Verständnis aufbringen würde«, meint Baz.

Jack unterbricht uns: »Was genau hat dieser Neil Soundso ausgesagt?«

»Ich habe ihn gefragt, warum er glaubt, dass die Ehe angeschlagen war. Er hat gesagt, er vermutet stark, dass Costello von seiner Frau geschlagen wurde. Er behauptet, dass er im Laufe der Jahre oft gehört hat, wie sie sich lautstark stritten, und dass ihre Stimme immer stärker war als seine. Er hat gesagt, dass Peter Costello, wenn er ihn dann am nächsten Morgen sah, oft stark humpelte. Oder wenn er ihn ein paar Tage nicht gesehen hatte, kam er mit verbundener Hand aus dem Haus. Einmal hat Doyle auch gesehen, dass er eine aufgeplatzte Lippe hatte. Aber die Frau – und das sind seine Worte, nicht meine – kam am nächsten Morgen immer frisch wie eine Gazelle aus dem Haus gehüpft. Völlig unbekümmert.«

»Okay«, sagt Jack. »Wir haben also ein mögliches Motiv für den Mord an Eleanor. Aber was ist mit dem Keegan-Fall? Und wie sollen wir Doyles Aussage untermauern, wenn wir den Ehemann nicht finden?«

Ich wische mir einen Schweißfilm von der Stirn, und ein Frösteln durchläuft mich. »Mann. Muss ich denn die ganze Arbeit alleine machen?« Ein würgender Hustenanfall raubt mir den Atem.

»Du gehörst nach Hause. Ins Bett. Du bist krank«, stellt Jack fest.

Ich übergehe ihn, trinke einen Schluck Wein. »Außerdem ist mir aufgefallen, dass die Handschrift auf dem Post-it im

Büro eine andere ist als die in dem Kunstbuch.« Ich sehe Baz an, dessen Augenbrauen in die Höhe schnellen.

»Du denkst, es war ihr Laptop?«, fragt er.

»Ich hab Steve Fotos von beiden Schriften geschickt. Der Handschriftenspezialist müsste also bald Ergebnisse haben.«

Clancy hebt mürrisch sein Glas. Seine Lippen zucken kaum, als er einen kräftigen Schluck trinkt.

Wir schweigen lange. Clancy und ich warten darauf, dass Baz uns erzählt, was sein Tag ergeben hat. Schließlich blickt er auf, überrascht, dass wir beide ihn ansehen.

»Was ist?«, fragt er.

»Wow, du wirst langsam alt«, antworte ich. »Du hast heute gearbeitet. Schon vergessen? Ist irgendwas dabei rumgekommen?«

Leider nein, wie sich herausstellt. Der blöde Therapeut, den er befragen sollte, hat einen Blick auf Baz' Dienstmarke geworfen, sich zurückgelehnt und erklärt, er könne unmöglich bestätigen, dass Eleanor Costello seine Patientin war.

»Verdammte ärztliche Schweigepflicht«, endet Baz, und in seinem Gesicht zeigt sich ein frischer Hass auf den Berufsstand der Psychologen. »Er hat sogar die Fingerspitzen unterm Kinn zusammengelegt. Der Wichser.«

Ich sehe es deutlich vor mir. Ein unsichtbarer Kampf um die Oberhand. Ich frage mich, ob es nicht doch klüger gewesen wäre, Baz als angeblichen Patienten hinzuschicken.

»So ein Arschloch«, brummt Clancy. »Wir müssen uns einen Gerichtsbeschluss besorgen.«

Aber bis dahin hat der Therapeut, Dr. Burke, vierundzwanzig Stunden Zeit, sich gründlich mit Eleanor Costellos Akte zu beschäftigen. Selbst der ehrlichste Arzt wäre nicht dagegen gefeit, das ein oder andere Wort hinzuzufügen, das ein oder andere Wort zu streichen, damit seine Notizen auch wirklich schlüssig aussehen. Das Beweismittel wird manipuliert, ruiniert werden. Ich merke gar nicht, dass ich die Fäuste balle, bis sich meine Fingernägel in die Handflächen bohren.

Baz knallt sein Glas auf den Tisch.

»Egal. Wenn wir den Beschluss haben, werde ich persönlich sein gesamtes Büro durchforsten.« Er grinst uns beide triumphierend an.

Aber das wird er nicht. Er wird Burkes Büro nicht durchforsten. Richterliche Anordnungen sind sehr präzise, wenn es um Patientenakten und medizinische Einrichtungen geht. Das Recht auf Privatsphäre und die ärztliche Schweigepflicht erschweren uns jeden Tag die polizeiliche Arbeit. Die Leute wollen, dass wir die Bösewichte schnappen, aber sie sind nicht bereit, uns auch nur den kleinsten Einblick in ihr Leben zu geben, damit wir das tun können. Und für Eleanor Costello scheint das ganz besonders zu gelten.

Die Narbe an meiner Schläfe beginnt zu pochen, vom Wein bekomme ich einen trockenen Mund. Ich muss ziemlich mies aussehen, weil Clancy sagt, ich soll machen, dass ich nach Hause komme, mir was Trockenes anziehen.

Ich nehme meine Jacke. Nicht, weil ich auf Clancy höre, sondern weil ich spüre, wie sich der Fall in meinem Kopf ausdehnt, seine vielen Zweige entfaltet, mir eine Ahnung des Endprodukts zeigt, aber ich kann nicht mehr denken. Meine Augen jucken und brennen. Ich habe ein Kratzen im Hals, meine Haut fühlt sich wund und empfindlich an.

»Hör auf, mich zu verhätscheln, Jack. Du weißt, es gibt nichts, was mich schneller auf die Palme bringt.«

»Red keinen Scheiß. Von wegen ›verhätscheln‹. Ich seh dir doch an, dass du eine Erkältung ausbrütest, und deine

Schnieferei verleidet mir den Whiskey. Ich will bloß nicht, dass du hier rumniest und uns beiden deine ekeligen Bazillen verpasst. Das wär doch was, oder? Die drei leitenden Ermittler in dem Scheißfall liegen zu Hause flach.«

Ich muss lachen. Clancy hat in seinem ganzen Leben noch keinen Tag krankgemacht.

»Sämtliche Bazillen, die ich verbreiten könnte, würden auf halbem Weg zu euch von euren Whiskeyfahnen abgetötet.« Ich schlüpfe in meine Jacke, ziehe den feuchten Wollstoff fest um mich und wickele mir den Schal um den Kopf. »Bis morgen dann.«

Einer der winzigen Zweige meines Bonsais wird allmählich braun. Seine Blätter kräuseln sich golden an den Rändern, und in der Mitte bekommen sie dunkelbraune Flecken. Es ist ein krasser Unterschied zum übrigen Baum. Ich muss den Impuls niederringen, ihn zu entfernen, abzuschneiden. Ich lockere den Kupferdraht ein wenig. Und hoffe, dass ein ordentlicher Schuss Wasser ihn wiederbelebt, neues Wachstum befördert, kleinere Zweige, kleinere Blätter entstehen lässt.

KAPITEL 12

Sehr zu meinem Ärger behält Clancy recht. Am nächsten Morgen ist mir schwindelig, die Haut an meiner Schläfe fühlt sich an, als wäre sie verbrannt, als hätte jemand mitten in der Nacht einen glühenden Schürhaken daraufgepresst. Ich hebe die dünnen Haarsträhnen dicht über meinem Ohr an. Zwischen giftig rot vernarbter Haut fängt das Haar gerade erst wieder an zu wachsen. Die Ärzte meinten, die Verfärbung würde abklingen, in Bezug auf den Schmerz konnten sie das nicht versprechen. Bei manchen Menschen pochen selbst gut verheilte Schnittwunden noch jahrelang. Ungesagt blieb, dass sie den Schmerz für psychosomatisch hielten. Falls er wirklich nur in meinem Kopf ist, bin ich schwer beeindruckt von der Kraft meiner Gedanken.

Ich lese den Beipackzettel der Paracetamol-Schachtel und gönne mir dann zwei mehr als die empfohlene Tageshöchstdosis. Und noch einen Kaffee. Ich habe eine Sprachnachricht auf dem Handy. Aufgrund des Zeitpunkts, zu dem sie hinterlassen wurde, und der Tatsache, dass es eine unbekannte Nummer ist, muss sie von meinem Anwalt sein. Anklagevertretung. Er will mir sagen, wann der Prozess gegen Ivan Neary weitergeht.

Auf der Liste mit verpassten Anrufen stehen anschließend gleich vier Anrufe von meiner Mutter. Die Bestätigung, falls ich noch eine gebraucht hätte, wer die Nachricht hinterlassen hat. Die Opferschutzbeamtin hält auch meine Familie über den Fortgang des Verfahrens auf dem Laufenden. Ich bin ein Opfer. Für den Fall, dass ich versuche, das zu vergessen.

In unregelmäßigen Abständen bekomme ich eine SMS von meiner Mailbox, die mich auffordert, mir die Nachricht anzuhören. Mich geradezu drängt. Jedes Mal, wenn mein Handy piepst, spüre ich, dass mein Herz schneller schlägt, stolpert. Ich sollte die Mailbox abhören. Aber ein irrationaler Teil von mir hofft, wenn ich das Abhören möglichst hinausschiebe, wird sich der Inhalt der Nachricht irgendwie ändern. Die Vergangenheit wird sich irgendwie ändern, und ich wache eines Tages auf und stelle fest, dass dieser ganze Albtraum in Wahrheit jemand anderem widerfahren ist und ich doch nicht sterblich bin, dass ich nicht so leicht durch einen Messerhieb niedergestreckt werde oder vor Angst wie gelähmt sein kann.

Ich sollte mich bei meinen Eltern melden. Ich hebe den Kaffeebecher an den Mund, genieße die Wärme des Porzellans am Kinn. Meine Eltern sind an meine Schweigephasen gewöhnt. Mein Dad hat gesagt, ich wäre als Kleinkind zwar super sensibel gewesen, hätte aber unbedingt ohne Hilfe gehen wollen. Ohne an der Hand gehalten zu werden. Ich war nicht gerade eine Rebellin, aber ich setzte mich sehr bestimmt für die Werte ein, die ich zu haben glaubte. Leidenschaft. So nannte das mein Vater. So nennt er es noch immer. Als wäre es eine ungewöhnliche, exotische Eigenschaft.

Ich denke daran, was ich über Eleanors Kindheit weiß. Der kurze Vermerk, den irgendein besorgter, wohlmeinender Sozialarbeiter seinen Vorgesetzten zukommen ließ, beleuchtet, wie schlimm ihr Familienleben gewesen sein muss.

Es gibt keinen Beleg dafür, dass sich das Jugendamt mit ihrer Familie befasst hat, und meine Anfrage, ob irgendwelche Unterlagen dazu vorliegen, was aus ihren Eltern geworden ist, wurde abschlägig beantwortet. Anscheinend entschied sich Eleanor, sobald sie alt genug war, zu ihrer Tante nach Kilcullen zu ziehen. Sie wird alles, was irgendwie mit ihren Eltern zu tun hatte, vernichtet haben. Sie war eine beruflich erfolgreiche Frau, und genau dieses Bild wollte sie der Welt vermitteln. Für jemanden wie Eleanor konnte alles, was nicht hundertprozentig perfekt war, ausgemerzt werden.

Ich gehe zum Couchtisch, räume benutzte Taschentücher und leere Wasserflaschen beiseite und klappe meinen Laptop auf. Ich klicke durch die paar Fotos, die ich von Eleanors Büro gemacht habe, vom Inhalt ihrer Schubladen, den Aktenschränken und ihrem Labor. Alles sauber und sehr aufgeräumt. Schon öfter habe ich mit Wissenschaftlern zusammengearbeitet; so anspruchsvoll ihre Arbeit auch ist, sie zählen zu den unordentlichsten Menschen, die mir je begegnet sind. Sie können darüber diskutieren, ob eine Petrischale einen halben Millimeter zu dick ist, aber es macht ihnen nicht das Geringste aus, an einem Schreibtisch zu arbeiten, auf dem sich die Sandwichverpackungen der letzten Woche türmen.

Meine Stirn legt sich in nachdenkliche Falten. Eleanor Costello hat ihr Leben von allem Unerwünschten gereinigt. Wie Bulimikerinnen das tun. Vielleicht ging ihr Bedürfnis nach dieser Art von Kontrolle weit darüber hinaus, nur ihren eigenen Körper zu malträtieren.

Ich lege meine Aktentasche auf die Knie und hole Lorcan Murphys Visitenkarte heraus. Solche Fragen stelle ich nicht gern am Telefon. Wenn man jemandem nicht in die Augen sieht, bekommt man nur die halbe Wahrheit. Aber vielleicht ist er ja in der Lage, mir diese eine Seite von Eleanors Persönlichkeit zu erklären. Könnte jemand nach ihrem Tod ihr Büro aufgeräumt haben? Wenn ja, wer hatte Zugang dazu? Ihr Mann? Irgendwelche Kollegen? Oder vielleicht hielt sie es mit ihrem Arbeitsplatz wie mit jedem anderen Aspekt ihres Lebens – immer alles akkurat und unter Kontrolle.

Ich wähle die Nummer auf der Karte, und während es klingelt, schaue ich nach oben zur Wanduhr. Halb neun. Seine erste Lehrveranstaltung fängt erst um neun an, und tatsächlich meldet er sich.

Seine Stimme klingt unsicher. »Hallo. Lorcan Murphy am Apparat.«

»Mr. Murphy! Hi. Detective Chief Superintendent Sheehan.«

Schweigen am anderen Ende, dann sagt er leise zu irgendwem: »Gehen Sie schon mal rein, ich komme gleich«, ehe er sich wieder an mich wendet.

»Tut mir leid, Detective. Ich habe um neun meine erste Lehrveranstaltung.« Ihm ist nicht ganz wohl zumute. Die Visitenkarte war eine Geste. Er hat nicht damit gerechnet, dass ich ihn anrufe, dass er weiter in die Sache hineingezogen wird. Ich will nicht, dass er auf der Hut ist.

»Ich hab nur eine ganz kurze Frage, wenn es Ihnen nichts ausmacht.« Ich niese in meine Hand. »'tschuldigung. Sie sagten ja, Sie würden uns gern auf jede erdenkliche Art behilflich sein.«

»Ja, ja. Natürlich«, bestätigt er hastig, will unbedingt seinen guten Willen zeigen.

»Die Frage mag Ihnen ein bisschen zusammenhangslos erscheinen, aber ich erstelle von Opfern immer gern ein Profil. Dadurch können wir leichter ermitteln, welcher Typ Mensch am ehesten als Täter infrage kommt.«

»Das klingt einleuchtend.« Noch mehr Lärm im Hintergrund. Stimmengewirr, das durch Flure hallt. »Was kann ich für Sie tun?«

»Ich denke, wir können inzwischen mit Gewissheit sagen, dass Eleanor ein sehr durchorganisierter Mensch war.«

Er lacht. »Vorsichtig ausgedrückt.«

Ich lache ebenfalls. »Ja, offenbar hatte sie ein ziemlich streng geregeltes Leben.«

Ich höre, wie er zischend Luft durch die Zähne saugt. »Ähm. Das würde ich nicht unbedingt sagen.«

»Ach nein?«

»Verstehen Sie mich nicht falsch, sie war wirklich sehr gut organisiert, aber sie konnte auch spontan sein. Das war einer der Gründe, warum ihre Lehrveranstaltungen so gut waren. Es konnte vorkommen, dass sie von ihrem haarklein ausgearbeiteten Seminarplan abwich, weil sie plötzlich eine neue Idee hatte, die sie dann mit so viel Energie umsetzte, dass sich ihr keiner entziehen konnte. Die Studenten fanden das toll. Bei ihr war es nie langweilig.«

»Und außerhalb der Arbeit?«

Sein Tonfall wird leiser, verschlossener. »Wie sie zu Hause war, kann ich natürlich nicht sagen, aber auf Empfängen und ähnlichen Veranstaltungen konnte sie ebenfalls sehr unberechenbar sein. Es ist mehr als einmal vorgekommen, dass ich ihr am Ende des Abends in ein Taxi helfen musste.« Er lacht, erinnert sich offenbar an einen solchen Abend.

»Aber der Schreibtisch in ihrem Büro. Es ist auffällig, dass da überhaupt nichts drauf rumliegt, wo sie doch so oft und bis spätabends dort gearbeitet hat.«

»O ja.« Ich sehe förmlich, dass er nickt. »Ja. Ich dachte mir schon, dass Sie mich darauf ansprechen würden. Dass Sie sich fragen würden, warum da keine Topfpflanze oder Ähnliches rumsteht. Sie hat jeden überflüssigen Kram gehasst. Hatte ein echtes Problem damit. Sie hat immer gesagt, sie habe keine Lust, irgendwelches Zeug, Dinge, Deko, Pflanzen oder so mit sich rumzuschleppen, als wäre es wichtig. Sie wollte nichts so lange um sich haben, dass sie sich daran gewöhnen konnte. Und deshalb hat sie … wie hat sie sich noch mal ausgedrückt …« Er schnalzt mit der Zunge, dann: »Genau, ihr Leben entrümpelt. Alles entfernt, was nicht unmittelbar mit ihrer aktuellen Arbeit zu tun hatte. Ich fand das immer ganz erstaunlich.«

»Danke für Ihre Hilfe, Mr. Murphy.«

Er ist froh. Erleichtert. »Gern geschehen.«

Ich lege auf.

Baz wartet schon, als ich ins Büro komme. Ich fühle mich hundeelend. Mein ganzer Körper ist in kalten Schweiß gebadet, und ich friere. Ich schlage meine behandschuhten Hände zusammen und stampfe mit den Füßen auf, um mich nach der Kälte draußen aufzuwärmen. Die Maßnahme ist erfolgreicher, als mir lieb ist, und in dem warmen Raum spüre ich eine Hitzewelle, die rasch von den Füßen aufwärts durch meinen Körper steigt, bis mir richtig schwindelig wird. Baz schiebt eine Hand unter meinen Ellbogen.

»Findest du es nicht auch zum Kotzen, wenn Clancy recht hat?«

Ich stoße ein kurzes Lachen aus, das prompt in einen Hustenanfall übergeht. Drohend hebe ich einen Zeigefinger. »Sag ihm ja nicht, dass ich erkältet bin, sonst bist du der nächste Todesfall, den wir untersuchen müssen.«

Er lacht. »Einverstanden. Aber mal im Ernst, denkst du wirklich, du solltest hier sein?« Er sieht sich im Raum um.

Ich nehme Haltung an, zwinge meinen schwitzenden, schlappen Körper, verdammt noch mal zu funktionieren. »Wir sind hier kein Kindergarten, Baz.«

Er hebt beide Hände. »Ich mein ja nur.«

»Tja, red gefälligst nicht so laut, sonst haben wir das nächste Mal, wenn sich hier einer ein bisschen überfordert oder gestresst fühlt, haufenweise Krankmeldungen und keine Leute mehr, die die Arbeit machen.«

Er salutiert zackig. »Alles klar.«

Ich schleppe mich in mein Büro, sinke in den Schreibtischsessel und leide einen Moment vor mich hin. Das Klischee, die Whiskeyflasche in meiner mittleren Schreibtischschublade, ist schrecklich verlockend, aber als ich danach greife, merke ich, dass Baz mir gefolgt ist.

»Was ist?«

»Störe ich dich in deinem Elend? Du gehörst ins Bett.«

»Was ist?«

Er schiebt mir ein Fax über den Tisch.

»Das hier ist Eleanors Handschrift«, sagt er. Sein Finger zeigt auf den Namen Chagall von dem Post-it. Den runden dicken Buchstaben *a*.

Baz greift meine Gedanken auf, verknüpft sie. »Der Computer ist also höchstwahrscheinlich ihrer.«

Ich greife nach dem Laptop. Ein kräftiger Ruck, und der Monitor löst sich von der Tastatur und wird zum Tablet mit Touchscreen, wie Steve uns vor Wochen erklärt hat.

Ich blicke auf. Seufze.

»Was?«, fragt Baz.

»Selbst wenn der Laptop ihr gehört hat. Wusste sie wirklich, welche Funktion dieses Programm hat? Vielleicht hat er den Tor-Browser auf ihrem Rechner installiert, um seine Fantasien auszuleben. Selbst seine eigene Schwester hat das geglaubt. Eleanor hätte doch mit dem Darknet gar nichts anfangen können.«

»Wieso nicht? Weil sie eine Frau war? Ich dachte, das hätten wir gestern Abend geklärt.« Er hebt die Augenbrauen, sieht mich herausfordernd an.

»Ja, schon. Aber ich kann es mir einfach nicht vorstellen.«

Er schmeißt sich in den Sessel mir gegenüber. »Ist dir eigentlich klar, wie sexistisch du dich anhörst? Noch dazu deinem eigenen Geschlecht gegenüber?«

»Es passt einfach nicht.«

»Ihr Profil? Du versetzt dich zu sehr in sie hinein, Frankie. Versuch, neutral zu bleiben.«

Ich bin zu vernebelt, zu krank, um zu antworten. Hab ich wirklich von Anfang an falschgelegen?

Baz reibt sich das linke Ohr, ein Zeichen von Stress. »Liegt's an ihrem Profil? Komm, wir gehen es noch mal zusammen durch, okay?«

Ich starre ihn an. »Ist dir klar, wie sexistisch *du* dich jetzt anhörst?«, sage ich mit einem Seufzen und versuche, meine Gedanken zu sortieren. »Baz, wir haben sie erhängt aufgefunden. Die Tatumstände besagen, dass es kein Selbstmord war. Sie ist hier das Opfer. Vergiss das nicht.«

Er schüttelt den Kopf. »Und was ist mit Amy Keegan? Und wo ist Eleanors Mann? Er ist seit fast zwei Monaten verschwunden. Vielleicht ist unsere gut organisierte Eleanor in irgendeine üble Sache hineingeraten, vielleicht ist sie ja nicht bloß das Opfer, sondern auch die Schuldige.«

Ich beuge mich vor. Mir ist nicht wohl bei dem Gedanken. Ich lasse ihn mir durch den Kopf gehen, versuche, ihm in meiner Vorstellung von Eleanor Costello Raum zu geben.

»Aber was ist mit dem Preußischblau? Das Pigment wurde sowohl an Eleanors als auch an Amys Leiche gefunden. Eine Künstlerfarbe. Postmortal aufgebracht, hat Dr. James gesagt. Peter Costello ist der Kunstliebhaber.«

Seine Schultern sinken herab. »Ich geb auf.«

Ich hieve mich aus meinem Schreibtischsessel und hole mir einen Kaffee. Werfe noch zwei Paracetamol ein. »Wie schon gesagt, Eleanor kann nicht schuldig sein, weil sie schon tot war, als Amy ermordet wurde, vergiss das nicht.«

»Das heißt nicht, dass sie unschuldig ist«, sagt Baz.

»Ach nein? Denn was diese beiden Morde betrifft, ist sie es nun mal. Beim ersten war sie das Opfer, beim zweiten war sie tot. Ich glaube, ich kann dir nicht ganz folgen.«

»Meinst du, wir sollten nicht auch Tracy Ward mit einbeziehen?«

Ich habe plötzlich ein kaltes Gefühl in der Magengrube.

Baz fährt fort: »Hör mal zu, ja? Denk an die Brutalität, mit der sie ermordet wurde, denk an die Schnittwunden. Und Nearys Festnahme wirft schon einige Fragen auf. Er behauptet, er wollte nur nachsehen, ob sie in Gefahr ist. Er hat dich für den Eindringling gehalten. Vielleicht waren wir voreilig. Seine Geschichte könnte stimmen.«

»Scheiße. Natürlich muss er das sagen. Was denn sonst? Zweifelst du jetzt an den Beweisen? Beweise, die du und Clancy zusammengetragen habt, schon vergessen?«

»Nein, aber wer weiß, vielleicht ist ja doch was an Nearys Aussage dran.«

Ich werde wütend. »Ivan Neary ist aus dem Zimmer gekommen, in dem Tracy Ward buchstäblich Augenblicke zuvor ermordet worden war. Er hatte die Mordwaffe in der Hand. Er hat versucht, mich umzubringen.«

Die Luft bleibt mir im Hals stecken. Husten bellt aus meiner Lunge hoch. Frischer Schweiß perlt mir auf der Stirn. Ich brauche einen Moment, um meinen Körper wieder zu beruhigen.

Ich weiß, dass ich nicht fair bin. Seit Eleanor Costellos Tod gehen mir dieselben Fragen durch den Kopf. Dieselben Gedanken. Sie nagen an meiner Erinnerung, machen mich unsicher, was wirklich passiert ist.

»Tut mir leid«, murmele ich.

Er zuckt die Schultern. »Nein, mir tut's leid. Ich weiß auch nicht genau, worauf ich eigentlich hinauswill. Irgendwie hab ich das Gefühl, dass noch mehr hinter dem Ganzen steckt. Dass wir irgendwas übersehen haben. Keine Ahnung, was.«

Ich nehme meinen Stift, setze mich wieder an den Schreibtisch. Wappne mich innerlich. »Und, ist da was? Glaubst du, ihr habt irgendwas übersehen?«

Ein Schatten gleitet über sein Gesicht, aber er schüttelt den Kopf. »Er stand mit dem Messer in der Hand über dir. Ich hab den Ausdruck in seinen Augen gesehen. Da war keine Angst oder Panik, da war Wut. Pure Wut.«

Verzweiflung ist ein Detective, der das Gefühl hat, ein Mörder ist ihm durchs Netz gegangen. Fast eine ganze Woche ist seit der Pressekonferenz verstrichen, hat unsere Versuche verhöhnt, die Zeit zu verlangsamen oder verlorene Zeit aufzuholen. Die Flut von Anrufen, die wir nach der Pressekonferenz mit Priscilla Fagan hatten, ist abgeebbt.

Vielleicht war es unklug, Peter als einen möglichen Mörder darzustellen. Irgendwie ist die Botschaft bei der Öffentlichkeit anders angekommen als geplant. Mit einem solchen Menschen will offenbar niemand etwas zu tun haben. Und deshalb sind keine brauchbaren Tipps bei uns eingegangen.

Noch immer drucken die Zeitungen Fotos von dem Fall ab. Neben einem Bild von Amy Keegan unter anderem auch Eleanor Costellos Hochzeitsfoto. In diesem neuen Licht betrachtet, wirkt Peter Costello, dieser gut aussehende dunkle Typ, plötzlich bedrohlich. Die Nacht der brennenden Toten, schreien die Schlagzeilen. Der Killer lässt Messer sprechen, spekuliert eine andere sensationslüstern.

Alle wollen möglichst viel mitbekommen, aber keiner will irgendwas mit Peter Costello zu tun haben. Nach der Pressekonferenz war Mrs. Fagan fuchsteufelswild. Ihr Mann musste sie zurückhalten, während ich versuchte, ihr meine Beweggründe zu erklären. Aber in all ihrer Wut beteuerte sie immer noch, ich würde mich irren. Peter wäre viel zu krank, um diese Verbrechen zu begehen, sagte sie. Mit bebenden Händen kramte sie in ihrer Handtasche herum und holte einige Rezepte hervor, die auf ihren Bruder ausgestellt waren.

»Da«, sagte sie und hielt sie mir unter die Nase. »Diese Medikamente musste er nehmen, Antidepressiva und Schmerzmittel. Haben ihm aber auch nicht viel geholfen.«

Ich dankte ihr, und sie ließ sich von ihrem Mann wegziehen. Inmitten der vielen Menschen, die aus dem Presseraum strömten, musste ich mich einen Moment sammeln. Irgendwie hatte sich ein eigenartiges Schuldgefühl in mir breitgemacht. Ein nagender Zweifel, der mir unter die Haut ging und fragte, ob ich Peter Costello falsch eingeschätzt hatte.

»Irgendwas?«, blafft Jack.

Wir schieben uns durch die Passanten entlang der Kais. Es ist Mittagszeit, und in der eisigen Kälte sind viele Berufstätige unterwegs, die Gesichter versteinert, Kragen hochgeschlagen und Köpfe gesenkt, um rasch irgendwo etwas Warmes zu essen oder vielleicht schon erste Weihnachtseinkäufe zu tätigen.

»Zu Peter Costellos Rezepten haben wir nichts Neues«, antworte ich. »Ich find's ja seltsam, dass sie seine Rezepte hat.«

»Sie sagt, seinem Miststück von Ehefrau konnte er sie nicht anvertrauen.« Er schielt im Gehen zu mir rüber. »Ihre Worte, nicht meine.«

»Denkst du wirklich, sie war ein Miststück?«

»Möglich. Wir müssen jedoch davon ausgehen, dass Priscilla Fagan ihrer Schwägerin gegenüber nicht wirklich objektiv ist«, sagt er mit einem kurzen, tiefen Lachen. »Aber ich würde sagen, das liegt bloß daran, dass sie eifersüchtig war.«

»Meinst du?«

Er sieht mich wieder an. »Du nicht?«

»Ich denke, Priscilla Fagan zählt zu den Frauen, die unbeirrt an ihrer Meinung festhalten, wenn sie sich erst mal eine gebildet haben. Aber ich glaube, gerade aus diesem Grund wägt sie sorgfältig ab, bevor sie sich eine Meinung bildet.«

»Acht Jahre können ihr viele Gründe geliefert haben, wenn sie glaubt, dass die Frau ihres Bruders ihn nur des Geldes wegen geheiratet hat.«

»Stimmt.«

Wir kaufen uns an einem Straßenstand zwei Kaffee und gehen zur Tiefgarage. Sobald ich hinterm Steuer sitze, lege ich beide Hände um den Styroporbecher und wärme mir die Finger. Ich trinke einen Schluck und stecke ihn dann in den Getränkehalter neben mir.

»Er hat Neil Doyle als Referenz genannt«, sage ich halb zu ihm, halb vor mich hin.

»Wie bitte?«

»Der Nachbar, Neil Doyle. Peter Costello hat ihn in seinem letzten Bewerbungsschreiben als Referenz genannt. Der Mann war auf der Pressekonferenz. Ich hab ihn gesehen. Hat sich hinten reingeschlichen.«

»Neugier? Sensationslust?«

Ich schüttele den Kopf. »Glaub ich nicht. Ich glaube, er könnte tatsächlich ein Freund von Peter sein.«

»Willst du noch mal zu ihm? Oder ihn zu einer offiziellen Vernehmung einbestellen?«

Ich lege den Rückwärtsgang ein, setze vorsichtig aus der Parklücke und beschleunige dann die Rampe hoch in das graue Licht Dublins.

»Nein. Ich überlege, ihn beschatten zu lassen. An dem Tag, als Eleanor gefunden wurde, hat er erwähnt, dass er als Berater arbeitet, ist aber nicht genauer geworden. Mal angenommen, er ist Finanzberater, prima, das würde Sinn ergeben, aber falls nicht, wieso um alles in der Welt sollte Peter ihn dann als Referenz angeben?«

Jack hält den Kaffee wie eine Waffe in einer Hand vor sich, stützt sich mit der anderen am Armaturenbrett ab.

»Costello ist ja wohl kaum *Everybody's Darling*, oder? Und jeder, der in der Rezession irgendwie sozial abgestürzt ist, gerät schnell in die Isolation.«

»Ja. Aber wie sich herausgestellt hat, stimmt Priscilla Fagans Darstellung, wie Peter seinen Job verloren hat, zumindest teilweise, nämlich wegen der verlustreichen Investition in Eleanors Medikament.«

Jack nickt. »Das könnte erklären, warum sie trotz seiner Arbeitslosigkeit so lange bei ihm geblieben ist.«

»Tja, Liebe scheint jedenfalls nicht der Grund gewesen zu sein.«

Er trinkt geräuschvoll einen Schluck Kaffee und wischt ein paar unsichtbare Flecken von seinem Hemd. »So viel scheint klar.« Er seufzt. »Worauf willst du hinaus, Frankie, ich fühle mich nämlich allmählich wie Alice im Wunderland, als hätte ich ein weißes Kaninchen gesehen und fiele in ein dunkles Loch.«

Ich schneide eine Grimasse. »Haha. Ich will auf gute alte Polizeiarbeit hinaus. Vielleicht ist es ja Zeitverschwendung, aber ich möchte gern genau wissen, welche tolle Empfehlung Neil Doyle einem möglichen neuen Arbeitgeber gegeben hätte. Er behauptet, nur eine Firma hätte ihn wegen dieser Referenz angerufen.«

»Meinst du, Doyle hatte keinen Grund, Costello wärmstens zu empfehlen?«

Ich werfe ihm einen zynischen Blick zu. »Ich bitte dich. Neil Doyle kennt seine Nachbarn längst nicht so gut, wie er glaubt.«

Jack prustet los. »Zweifelsohne.«

»Du weißt, was ich meine. Nicht bloß wegen Eleanor Costellos Tod, sondern auch, weil er so wenig über die Persönlichkeiten der beiden sagen konnte und weil er nie mal auf einen Drink oder zum Essen bei ihnen war. Was an sich schon eigenartig ist. Und jetzt, wo Eleanor tot ist und Peter vermisst wird, ist er auf einmal ein Leumundszeuge? Außerdem war er auf der Pressekonferenz total fasziniert. Entweder er ist krankhaft neugierig, oder er weiß, wo Peter ist.«

Ich halte vor unserem Gebäude, und wir steigen beide aus, sehen uns über das Autodach hinweg an.

»Du könntest recht haben. Mal sehen, was diese Firma dazu meint, falls sie überhaupt reagiert.«

»Fragen hat noch nie geschadet.«

Als ich mich umdrehe, sehe ich Steve am Eingang. Sein Gesichtsausdruck beschwört uns, endlich reinzukommen. Ich werfe Jack einen Blick zu und haste los.

»Was ist? Haben wir ihn gefunden?«

Steve geht mit raschen Schritten den Flur entlang Richtung Soko-Raum. »Nein. Aber wir haben was über Tom Quinn rausgefunden. Was Wichtiges.«

Ich folge Steve zu den Aufzügen. Er redet im Gehen über die Schulter.

»Tom?«

»Ich fürchte, Sie werden ihn wieder herbestellen müssen, Chief.«

Clancy drängt sich neben uns in den Aufzug. »Tom Quinn? Der für die Keegans arbeitet?«

»Ja«, sage ich. »Was habt ihr rausgefunden?«

Clancy redet mir dazwischen. »Hast du nicht gesagt, der wäre sauber, Frankie?«

»Er hat seit einem Jahr Geld auf Amys Konto überwiesen«, antworte ich. Der Aufzug hält, und ich trete hinaus auf den Flur.

»Was? Seit wann weißt du das? Wieso hast du ihn nicht wieder herkommen lassen?«, will Clancy wissen.

Ich bleibe vor der Bürotür stehen. »Ich fand, das reichte nicht aus, um ein ganzes Leben als Musterbürger zunichtezumachen, deshalb lasse ich ihn seit gestern beschatten.«

Clancy sinkt ein bisschen in sich zusammen. »Du kannst einen potenziellen Verdächtigen nicht mit Samthandschuhen anfassen, nur weil er in denselben Pub geht wie deine Eltern. Hol ihn zur Vernehmung. Hör auf rumzuhampeln. Ist verdammt noch mal besser für unser Budget.«

Ich presse die Lippen zusammen, aber ich nicke.

Er zieht seinen Mantelärmel zurück, späht auf die Uhr. »Ich muss los. Behalt die Kontrolle, Detective.«

Er marschiert den Gang hinunter, und ich starre ihm wütend nach.

Ich folge Steve ins Büro, ziehe den Mantel aus, streiche meinen Blazer glatt.

»Was haben wir?«

»Gestern Abend um neun ist er in die Stadt gefahren und hat auf der Drury Street geparkt. Unsere Leute sind ihm zu Fuß zu einem Underground-Club im Keller einer Bar gefolgt. Der Club heiß *Rialú* und veranstaltet seit fünf Jahren BDSM-Partys für Mitglieder.«

»BDSM? Sadomasochismus?«

»Genau. Normalerweise würde ich ja sagen, jeder hat das Recht, sich die Kicks zu holen, die er will. Aber angesichts von Amys und Eleanors Vorlieben und Neigungen könnte das eine Verbindung sein.«

Ich stoße einen langen Seufzer aus. Schließe die Augen. »Okay. Holt ihn her. Schaffen wir Klarheit. Tom Quinn ist nicht unser Mann.«

»Ich hab noch was«, sagt Steve schnell. »Unsere Leute haben mit einem von den Türstehern geredet.« Er reibt

Daumen und Zeigefinger aneinander, deutet an, dass sie für diese Information bezahlt haben. »Das Event gestern Abend wurde von einer Underground-Sadomaso-Website namens Black Widow gesponsert.«

Er macht einen Schritt nach hinten, breitet die Arme aus.

Ich spüre den Moment, in dem mir das Blut aus dem Gesicht weicht. Das Bild des jungen Kaninchens regt sich in meinem Kopf: Ohren angelegt, flatterndes Herz unter braunem Fell.

Ich hole tief Luft. »Danke. Sie wissen, was zu tun ist.«

KAPITEL 14

Tom Quinn wartet im Vernehmungsraum. Es ist eine Seltenheit, dass Zeugen sich so bereitwillig ein zweites Mal vernehmen lassen, ohne Anwalt, aber Tom ist vom alten Schlag. Er hat ein reines Gewissen und ein naives Vertrauen in das System. Ich gehe die Berichte auf meinem Schreibtisch durch. Immer mehr Indizien zeigen mit dem Finger auf ihn. Ich will nicht, dass das wahr ist. Schlimm genug, dass meine Arbeit die Filmrolle meiner Kindheit zurückgespult und meine Erinnerungen mit Amys schrecklichem Tod vergiftet hat, aber es scheint mir einfach zu grässlich, dass ein so vertrautes Gesicht zu etwas so Bösem fähig sein soll.

Der Türsteher des *Rialú* hat bestätigt, dass Tom Stammgast bei ihnen ist. Die Überprüfung von Toms Bankkonto hat ergeben, dass er Amy etwa ein Drittel seines Lohns überwiesen hat. Jeden Monat musste er seinen Dispo in Anspruch nehmen. Er hat keinerlei Ersparnisse. Die Verbindung zu Black Widow hat die Waage der Gerechtigkeit gegen ihn gesenkt, die Last der Schuld auf Toms Schultern geladen.

Es klopft an der Tür zu meinem Büro, und Baz kommt herein. »Wir wären dann so weit. Bist du sicher, dass du es nicht selbst machen willst?«

Ich stehe auf. »Ja. Ganz sicher. Ich kann nicht an dem Tom Quinn vorbeisehen, den ich kenne. Ich kann ihn nicht als Verdächtigen sehen. Und deshalb kann ich nicht die Antworten aus ihm herausholen, die wir brauchen.«

»Ich hab noch nie erlebt, dass dir bei der Arbeit Gefühle in die Quere kommen.«

Ich seufze. »Es geht darum, dass Tom eine echte Chance bekommt, sich zu entlasten. Ich würde ihn möglicherweise nicht hart genug in die Mangel nehmen, und damit tun wir weder uns noch ihm einen Gefallen.«

Er hält den Mund und nickt bloß.

Ich packe die Berichte zusammen. »Hast du alles, was du brauchst?«

Er klopft auf eine zusammengerollte Mappe in seiner Jacketttasche. »Ja.«

Auf der anderen Seite des Sichtfensters sitzt Tom Quinn kerzengerade, die Füße um die Stuhlbeine gehakt, das Gesicht so grau wie sein Anzug. Diesmal schaut er nicht zu der verspiegelten Scheibe hinüber. Er starrt stur geradeaus, die Mundwinkel hängen herab. Ich suche nach dem Mörder in ihm, aber ich kann ihn nicht finden. Als Baz den Raum betritt, blickt Tom erwartungsvoll auf, und dann sacken seine Schultern herab, seine Brust sinkt nach innen, als hätte jemand einen Schalter umgelegt.

»Detective.« Er streckt eine Hand aus.

Baz schüttelt sie. »Mr. Quinn. Ich bin Detective Harwood. Danke, dass Sie gekommen sind.«

Tom nickt. »Ist doch klar. Obwohl ich Frankie beim letzten Mal schon alle Fragen beantwortet habe.«

»Die Ermittlungen gehen weiter, und wir haben noch ein paar Details, die wir gern abklären würden.«

Ich sehe, wie angespannt Tom ist.

»Okay.«

»Wir haben ja bereits festgestellt, dass Sie Amy gut kannten.«

»Als wäre sie mein eigen Fleisch und Blut.«

»Haben Sie sich gut mit ihr verstanden?« Baz sieht ihn nicht an, als er die Frage stellt, doch als Tom nicht sofort antwortet, schaut er seinem Zeugen in die Augen.

»Ich weiß nicht, was Sie meinen.«

»Haben Sie sich gut mit ihr verstanden? Mochten Sie sie, hatten Sie was gegen sie, gab's irgendwelche Meinungsverschiedenheiten?«

Tom schiebt einen Fuß unter den anderen, wird auf seinem Stuhl noch ein bisschen kleiner.

»Mr. Quinn?«

»Wir haben uns gut verstanden.«

»Wann haben Sie sie zuletzt gesehen?«

Tom schüttelt den Kopf. »Im Sommer, glaube ich.«

»Im Sommer? Während der Ferien?«

»Ich glaube schon.« Überzeugter. »Ja.«

Baz schaut in seinen Notizen nach. »Ist sie während des Semesters nicht nach Hause gekommen? Vielleicht mal übers Wochenende?«

Augenbrauen gehen hoch. Ein Lächeln. »Doch, Moment. Ich hab mich geirrt. Ich habe sie mal nach Dublin gebracht, vor ungefähr einem Monat. Eamon hatte gefragt, ob ich sie fahren kann, weil er sich einen Hexenschuss geholt hatte, als er eine Batterie rausheben wollte.« Er schüttelt den Kopf, denkt an den Moment zurück. »Also hab ich das übernommen.«

»Haben Sie sie zu ihrer Wohnung gebracht? Oder zur Uni?«

»Zu einem anderen Studenten nach Hause, glaube ich. In Sandyford. Er sah ziemlich schnieke aus. Und auch ein bisschen älter als sie. Ich glaub, Eamon hätte er nicht gefallen, aber Sie wissen ja, wie die jungen Leute so sind.«

»Name?«

»Hab ich mir nicht gemerkt. Sie hat ihn mir aber gesagt. Ich glaub, Larry oder so ähnlich.«

Baz macht sich eine Notiz, lehnt sich zurück. »Aus Amys

Kontoauszügen geht hervor, dass Sie ihr vierhundert Euro im Monat überwiesen haben. Können Sie uns das erklären?«

»Sie brauchte ein bisschen Knete für die Uni, mehr nicht. Wie gesagt, sie war wie eine Tochter für mich.«

»Tochter?«

Toms Augen gleiten zum Tisch. »Ja.«

»Wir glauben, sie hat Sie erpresst.«

Schweigen.

»Mr. Quinn? Hat Amy Keegan Sie erpresst?«

Tom hebt den Kopf. Rosa Flecken erscheinen auf seinen Wangen, sein Hals läuft rot an. Er schaut zum Fenster herüber, als würde er mich durch die Scheibe hindurch sehen, mich direkt ansprechen, mit flehender Stimme.

»Es ist nicht so, wie Sie denken.«

»Sie hat Sie also nicht erpresst?«

»Nein. Ich meine, ja und nein. Sie … sie war nicht immer nett zu mir. Sie war nicht immer ein netter Mensch.«

Baz lässt ihm Raum, um weiterzureden. Es dauert einen Moment.

Tom lockert seine Krawatte, zerrt an seinem Hemdkragen. Schließlich blickt er auf, streicht sich das grau melierte Haar aus der Stirn.

»Sie hat gesagt, sie erzählt es Eamon, wenn ich ihr kein Geld gebe. Der hätte das nicht verstanden. Ich hätte meine Arbeit verloren.« Seine Augen wirken verzweifelt. »Die Keegans sind doch meine Familie. Ich hab sonst niemanden.«

Ich lege die Hand an den Fensterrahmen. Die Angst, der Groll in seiner Stimme genügen schon fast als Motiv.

»Was hätte sie ihrem Vater erzählen können, Mr. Quinn?«, hakt Baz nach.

»Sie hat mich gesehen, in einem Club, in dem ich öfter bin. Das ist nicht die Norm. Das verstehen die wenigsten.«

Er hebt die geöffnete Hand. »Da wird keinem was getan, aber es ist was Privates.«

»Ein Sexclub.«

»Ja«, bestätigt er leise. »Sie war natürlich auch da, aber für Eamon konnte sie ja nichts falsch machen. Ich dagegen … Wenn Eamon wüsste, dass ich auf so was stehe, könnte er mir nicht mehr in die Augen sehen.«

Baz zieht ein Foto aus der Akte auf dem Tisch. »Ist das der Club?«

Tom blickt kurz auf das Foto, weicht dann zurück. »Ja.«

»Kennen Sie eine Website namens Black Widow?«

»Black Widow? Nein.« Klare Antwort.

»Ganz sicher?«

»Ja.« Er zerrt wieder an seinem Hemdkragen. »Bitte sagen Sie Eamon nichts davon, ja? Der versteht das nicht. Ich kann meine Arbeit nicht verlieren.«

Baz schiebt das Foto zurück in die Mappe. »Mr. Quinn, haben Sie Amy Keegan ermordet?«

Toms Mund klappt auf. »Was?«

»Haben Sie Amy Keegan ermordet?«

»Ich? Ich könnte niemals … Ich würde niemals. Die Keegans –«

»Amy hat Sie erpresst. Der Gedanke muss Ihnen doch gekommen sein. Amy loszuwerden, hätte viele Ihrer Probleme gelöst. Durch die Überweisungen haben Sie sich allmählich immer mehr verschuldet.«

Tom springt auf. Sein Stuhl fliegt nach hinten. Er streckt einen Arm aus, zeigt auf Baz.

»Sie. Sie sind krank. Ich könnte so was nicht tun. Niemals. So was könnte ich keinem Menschen antun.« Er blickt sich fast suchend nach der Tür um. »Ich will jetzt gehen.«

»Mr. Quinn, bitte setzen Sie sich wieder. Manchmal müssen wir Fragen stellen, die … geschmacklos sind. Ich bitte um Entschuldigung, wenn das jetzt ein bisschen ungehobelt rübergekommen ist. Bitte.« Baz steht auf, geht um den Tisch herum und hebt den Stuhl auf, klopft auf die Sitzfläche. »Setzen Sie sich. Ich lasse nur noch rasch Ihre Aussage tippen.«

Tom nähert sich dem Stuhl, als wäre er ein Klippenrand, aber schließlich nimmt er vorsichtig wieder am Tisch Platz und beäugt Baz argwöhnisch.

Baz lächelt ihn dankbar an. »Wird nicht lange dauern.«

Sobald er den Beobachtungsraum betreten hat, herrsche ich ihn an: »Was sollte das?«

»Der Mann hat ein dickes, fettes Motiv.« Er klopft auf die Mappe in seiner Hand.

»Du hättest ihn nicht so bedrängen müssen.«

Baz stutzt. »Ich hab mich an die Vorschriften gehalten, und das weißt du auch.«

Ich stocke, schließe die Augen und zähle langsam bis fünf. »Tut mir leid. Hast ja recht. Hast ja recht.« Plötzlich ist es im Zimmer zu warm, zu eng. Ich ziehe meinen Blazer aus, werfe ihn über einen Stuhl.

Baz seufzt. »Soll ich es den Keegans sagen?«

»Nein. Das übernehme ich, aber eines noch.« Ich halte ihm mein Handy hin.

Er starrt auf das Display, das Bild von Lorcan Murphy, der mit Eleanor Costello den Campus verlässt. »Was ist damit?«

»Frag ihn, ob das der Mann war, bei dem er Amy Keegan in Sandyford abgesetzt hat.«

Müdigkeit, Erschöpfung liegen in seinen Augen. Er nimmt das Handy.

Ich beobachte durchs Sichtfenster, wie Tom auf das

Display blickt, sehe seine Miene von Unsicherheit in Gewissheit übergehen. Er nickt. Ja.

Baz kommt wieder in den Beobachtungsraum. »Ich werde dem nachgehen. Eigentlich nicht erstaunlich, dass die beiden sich kannten. Wahrscheinlich war sie auch in seinen Lehrveranstaltungen.«

Ich versuche, das Flehen in meiner Stimme zu verbergen. Versuche, meine Erinnerungen an Tom von dem Fall zu trennen.

»Ich glaube, wir liegen mit ihm falsch, Baz. Wir sollten noch einen Mann mehr auf ihn ansetzen. Abwarten, was dabei herauskommt. Seine Vernehmung wirft mehr Fragen auf, als sie beantwortet. Wie soll Tom Quinn an Eleanor rangekommen sein? Warum sollte er sie umgebracht haben? Wo ist da das Motiv?«

»Im Moment haben wir einen Tatverdächtigen für den Mord an Amy Keegan. Mehr nicht. Wenn wir ihn nicht festnehmen, geht er uns durch die Lappen.«

»Tom würde nicht abhauen.«

Baz starrt seinen Verdächtigen an. »Das kannst du nicht wissen. Und wir dürfen es nicht riskieren. Hinter diesem Club steckt noch mehr. Hinter der Black-Widow-Website. Wir werden das alles rausfinden, aber bis dahin reicht das, was wir gegen Quinn in der Hand haben, für einen Haftbefehl. Fälle mit verbrannten Opfern sind besonders schwierig, Frankie. Das weißt du doch. Todeszeitpunkt, DNA des Täters, alles im Brand vernichtet. Wir brauchen ein Geständnis.«

Er gibt mir mein Handy zurück. »Ich lasse ihn seine Aussage unterschreiben und nehme ihn fest. Dann schicken wir Keith und die Spurensicherung zu ihm nach Hause«, erklärt er und geht aus dem Raum.

Als er zurückkommt, habe ich inzwischen den verzweifelten Keegans mitgeteilt, dass sie noch ein weiteres Familienmitglied an diese Horrorgeschichte verloren haben. Ich lege auf, kappe die Verbindung zu Eamons heiserem Zorn und Moiras leisem Weinen im Hintergrund.

Baz steht vor Tom Quinn und schiebt ihm einen Ausdruck seiner Aussage hin. Sobald Tom unterschrieben hat, wird Baz ihn wegen des dringenden Verdachts, Amy Keegan ermordet zu haben, festnehmen.

Tom, der offensichtlich keine Ahnung hat, wie schnell seine Zukunft den Bach runtergehen wird, lächelt Baz dankbar an.

»Wenn Sie mit der Aussage so einverstanden sind, datieren und unterschreiben Sie das Formular bitte unten auf dem Blatt«, weist Baz ihn an.

Tom greift nach dem Stift, und meine Atmung verlangsamt sich. Ich trete näher ans Fenster. Tom unterschreibt unbeholfen und langsam, unsichere Schleifen und ein abruptes Abbrechen am Ende.

Irgendwas an der Art, wie er den Kuli hält, kommt mir seltsam vor. Die Rundung der Hand um den Stift, die Bewegung, die eine Rechtsneigung der Buchstaben andeutet. Baz streckt schon die Hand aus, als Tom noch das Datum schreibt, und nimmt die kostbare Aussage an sich. Und dann fällt bei mir der Groschen. Ich schnappe nach Luft, keuche auf und stürme in den Vernehmungsraum.

»Baz. Kann ich dich mal kurz sprechen?«

»Hallo, Frankie«, sagt Tom. Seine Stimme ist ein erschöpftes Seufzen.

Ich nehme mir die Zeit, ihn kurz anzulächeln, dann sehe ich Baz in die Augen. »Jetzt sofort.«

Baz entschuldigt sich und folgt mir aus der Tür. Er sieht mich an, als wäre ich nun endgültig übergeschnappt.

»Was willst du?«, fragt er.

»Tom ist Linkshänder.«

»Und?«

»Der Mörder in dem Video mit Amy war Rechtshänder. Tom Quinn hat Amy Keegan nicht getötet.«

KAPITEL 15

Die Opferschutzbeamtin kommt morgen, um noch mal den Fall Tracy Ward mit mir durchzugehen. Sie hat vorgeschlagen, dass wir das zu Hause bei meinen Eltern machen sollen, damit auch sie beide darauf vorbereitet sind, was im Prozess alles zur Sprache kommen kann. Es ist eine Gelegenheit, wieder Kontakt zu ihnen aufzunehmen, und mir graut davor.

Mittlerweile schlafe ich fast nur noch auf dem Sofa. Abends bin ich auf der Black-Widow-Website unterwegs, strecke die Fühler in andere Chatrooms aus und starre die Akten von Amy Keegan und Eleanor Costello an, hoffe inständig, dass mir etwas, irgendetwas Neues ins Auge springt. Wochen sind vergangen, und Zeugen und Spuren so selten wie warme Tage. Wir stecken in einem dunklen Loch fest, ohne den kleinsten Lichtstrahl, der uns einen Ausweg weisen könnte.

Clancy hat zwar noch nichts gesagt, aber ich merke ihm an, dass der Commissioner allmählich darüber nachdenkt, ob der Fall weiterhin den hohen Einsatz von Ressourcen rechtfertigt. Was natürlich bedeutet: Geld. Ich seufze, ziehe die Füße unter den Körper und checke mein Handy. Es hat keine weiteren wortlosen Anrufe mehr gegeben. Steve ist immer noch wachsam, aber Peter Costellos Handy war nicht mehr aktiv.

Ich starre lethargisch auf die Unordnung in meiner Wohnung. Schmutziges Geschirr stapelt sich in der Spüle. Mein Mantel hängt noch immer über dem Sessel, wo ich ihn gestern Abend hingeworfen habe.

Dennoch, trotz des Chaos scheint der Bonsai zu gedeihen. Es ist gar nicht so schwer, wie ich dachte, das Leben in einem Bereich des Baums zu unterdrücken und in einem anderen zu fördern. Seine Blätter heben sich trotzig dunkelgrün vor dem eisig grauen Dezemberhimmel ab.

Es ist einer dieser Tage, an denen die Sonne nie richtig hinter den Wolken hervorkommt und es sich schon dunkel anfühlt, obwohl es noch hell ist. Noch keine sechzehn Uhr, aber die Lampe neben mir brennt schon seit zwei Stunden. Der Fernseher flackert stumm vor sich hin. Ein Wetteransager schwenkt die Hände fächerförmig über Dublin, und auf ein Fingerschnippen von ihm erscheint ein Schneeflocke-Icon. Für die nächsten zwei Nächte ist Frost angesagt, und nur am frühen Nachmittag soll die Temperatur über null steigen. Obwohl ich in eine Decke eingewickelt bin, fröstele ich unwillkürlich.

Ich gehe meine Kontakte durch und rufe Baz an.

Er meldet sich nach dem ersten Klingeln. »Hallo!«

»Hey. Irgendwas Neues?« Er ist dabei, sich systematisch durch Eleanor Costellos Patientenakte von ihrem Psychiater zu arbeiten, und inzwischen können wir davon ausgehen, dass Burke sie stellenweise abgeändert hat, vermutlich, um seine eigenen beruflichen Fehler zu vertuschen.

»Ich dachte, du wärst bei deinen Eltern?«

»Morgen erst.«

»Ich kann die Begeisterung in deiner Stimme hören«, sagt er lachend. »Familie, he?«

»Kennst du ja selbst.«

»Und ob.« Ich höre Papier rascheln und stelle mir vor, dass er Burkes Notizen aufschlägt. »Bislang nichts Auffälliges in den Notizen, wie schon vermutet. Es wäre besser, wenn wir seinen Kalender hätten, dann könnten wir abgleichen, ob auch wirklich alle Termine hier ausgewiesen sind. Es ist fast unmöglich festzustellen, ob er Unterlagen hat verschwinden lassen.«

Ich strecke die Beine, stehe auf und gehe vom Sofa weg. Das Telefon zwischen Ohr und Schulter geklemmt, setze ich Wasser für Tee auf.

»Kannst du dir den Kalender nicht besorgen?«

»Das stand nicht in der richterlichen Anordnung. Der Richter meinte, das könnte er nicht genehmigen, weil es die Privatsphäre der anderen Patienten verletzen würde.«

»Irgendwas musst du doch gefunden haben, das uns weiterbringt.«

»Hier gibt's zum Beispiel rein gar nichts über ihre Eltern. Ich meine, falls dieser Psychotyp nicht auf eine andere Denkschule gegangen ist, als die übrige Mischpoke seines Berufsstands, muss das doch was bedeuten. Meiner wollte praktisch über nichts anderes reden als über meine Eltern.«

Meine Mundwinkel heben sich zu einem Lächeln. »Vielleicht bist du ja viel kaputter als die meisten Menschen.«

»Sehr lustig. Ich finde auch keine Erwähnung von Missbrauch oder Misshandlungen in ihrer Kindheit.«

»Na ja, vielleicht gab's das ja auch nicht. Und selbst wenn, über so etwas spricht man nicht so einfach. Vielleicht konnte sie mit ihm nicht darüber reden.«

»Wahrscheinlich hast du recht. Ich bin einfach kein Fan von diesem Kerl, das ist alles. Ich glaube, der wird es uns so schwer machen, wie er nur kann.«

»Dann wird er in dir eben seinen Meister finden. Gibt's sonst noch was?«

Ein zischender kurzer Seufzer am anderen Ende. »Die endgültigen Obduktionsergebnisse für beide Fälle liegen jetzt vor.«

»Irgendwas Neues?«

»Mir ist nichts aufgefallen. Aber vielleicht solltest du auch mal drüberschauen.«

»Irgendwas zu Lorcan Murphy?«

»Ich hab mit ihm gesprochen. Er konnte sich an den Abend erinnern. Hat gesagt, einige Studenten mit schwachen Leistungen haben Seminararbeiten mit ihm besprochen. Amy war eine von ihnen. Er hat mir ein paar andere Namen genannt. Die haben das bestätigt.«

Das Wasser kocht. Dampf steigt mir ins Gesicht.

»Stimmt, ja. Die waren am selben Institut.«

»Hab ich doch gleich gesagt.«

»Ich kann förmlich sehen, wie du selbstzufrieden grinst.«

»Genialität ist eine Bürde, Sheehan, kein Geschenk.«

Meine Lippen verziehen sich zu einem Lächeln. »Kann ich nicht beurteilen.«

Er lacht. »Helen hat was zu dem Job in Erfahrung gebracht, auf den Peter Aussichten hatte, nachdem Doyle ihn empfohlen hat.«

»Die Firma, bei der er sich beworben hat?«

»Ja«, sagt er. »Und jetzt halt dich fest: Er hatte einen Termin für ein Vorstellungsgespräch und ist nicht erschienen.«

»Vielleicht war er ja mit ganz anderen Dingen beschäftigt. Zum Beispiel damit, seine Frau umzubringen.«

»Das könnte zeitlich sogar genau hinkommen. Der Termin für das Vorstellungsgespräch war der 19. Oktober.«

»Wir müssen ihn finden.«

»Hör mal, ich bin hier fast fertig. Was hältst du davon, wenn ich unsere gute Abigail aufspüre und mit beiden Obduktionsberichten zu dir rüberkomme, anstatt sie mit irgendeinem unzuverlässigen Boten zu schicken.«

Ich rühre den Tee in der Tasse um und trage sie zum Tisch. Der Sprecher der Lokalnachrichten macht ein ernstes Gesicht. Seine Mundwinkel sind nach unten gezogen, während er irgendwas kommentiert, das sich gerade im Hintergrund abspielt.

Am unteren Bildschirmrand verkündet ein Ticker: Live-Bericht. Auf der gesamten Ha'Penny Bridge über der Liffey stehen Einsatzfahrzeuge mit kreisenden Blaulichtern, und Massen von Schaulustigen halten ihre Handys hoch, fotografieren irgendetwas im Wasser.

»Frankie?«

»Ja, klingt gut. Mach das.« Ich lege auf und greife nach der Fernbedienung. Ich habe den Fernseher gerade erst lauter gestellt, als mein Handy schon wieder klingelt.

»Sheehan«, melde ich mich.

»Frankie, Clancy hier.«

Ich entdecke Clancy im Fernsehen, ein großer, grauhaariger Mann, der sich von der Menge wegbewegt, eine Hand am Ohr. Gardaí drängen die Leute vom Rand der Brücke, stellen Metallgitter auf, um die wachsende Menschenansammlung zurückzuhalten. Die Ebbe hat den Fluss mitgezogen, und die grün verfärbten Mauern des Betonkanals liegen frei. Auf der linken Seite des Bildschirms klettern zwei Taucher die Treppe hoch, die vom Fluss hinauf zur Straße führt. Sie haben die Köpfe gesenkt, auf ihren Neoprenanzügen glänzt das dunkle, dreckige Wasser der Liffey.

»Was ist da los, Jack?«

»Schon wieder eine Leiche.«

Ich schmecke Angst auf der Zunge, bitter, säuerlich, klebrig. Ein Mundvoll Tee, ein kümmerliches Stärkungsmittel.

»Weiblich?«

Er dreht sich um, scheint über das Brückengeländer zu spähen. »Schwer zu sagen, aber anhand der Kleidung tippe ich auf männlich.«

Ich brauche einen Moment, um das zu verarbeiten. So viel Tod. So viel Versagen unsererseits.

»Sieht nach Selbstmord aus«, erklärt Jack.

Ich wundere mich, dass er das von seinem Standort aus beurteilen kann.

»Wie kommst du darauf?«

»Er könnte seine Kleidung beschwert haben. Die gute alte ›Stopf dir Steine in die Taschen und spring in einen Fluss‹-Nummer.«

»Okay. Soll ich hinkommen?«

»Noch nicht. Aber halte dich bereit. Ich warte noch auf die Rechtsmedizin. Falls sie Fremdeinwirkung vermutet –«

»Komme ich sofort.« Ich kann die Schwäche in meiner Stimme hören. Eine Welle Niedergeschlagenheit brandet über mich hinweg.

Eine halbe Stunde später ist Baz da. »Sorry, der Verkehr war mörderisch.« Er grinst über seinen eigenen Witz.

»Gerade wird eine Leiche aus der Liffey gezogen. Kann sein, dass Clancy noch anruft und wir hinmüssen«, sage ich.

»Dann lass uns direkt anfangen.« Er setzt sich und reicht mir die Berichte. »Das wird dich mit Sicherheit interessieren. Ich hätte Eleanors toxikologische Enthüllung fast übersehen, weil ja schon Preußischblau auf ihrer Haut festgestellt worden war, aber das hier ist bedeutsamer. Eine echte Spur.«

Ich schlage die Ergebnisse der toxikologischen Untersuchung auf. Lese sie überrascht, aber nicht völlig fassungslos. Systemische Dosen des Wirkstoffs Eisenhexacyanoferrat, auch bekannt als Preußischblau.

»Und das kann nicht von ihrem Arm gekommen sein?« Ich blicke auf.

Baz schüttelt den Kopf. »Laut Abigail kann die kleine Menge in der Schnittwunde an Eleanors Arm diese Testergebnisse unmöglich erklären.«

Ich nehme den Bericht von Amys Obduktion, denke daran, was Abigail mir über den Farbstoff in Amys Mund gesagt hat. »In Amys Blut wurde das Zeug nicht festgestellt.«

»Ich denke, wir haben hier einen gewissen Modus Operandi. Der Mörder will uns irgendwas sagen.«

»Soll das heißen, Eleanor hat dieses Preußischblau zu sich genommen? Absichtlich? Regelmäßig?«

»Scheint so. Ich meine, es ist oder war so. Die Tests sind eindeutig. Die Frage ist bloß, warum.«

Ich lese mir noch einmal den gesamten Obduktionsbericht durch. Die Narben an Eleanors Unterleib, die einzeln betrachtet von der Größe her von einer Blinddarm-OP hätten stammen können, sind alte Stichwunden. Die jüngere Fraktur des linken Handgelenks wird als geschlossener Bruch beschrieben, die Folge einer schweren Quetschverletzung. In einem Handwurzelknochen hatte sich eine schwere Infektion entwickelt, die die Heilung verlangsamte.

Die venöse Struktur der Speiseröhre war erweitert, über die gesamte Länge hatten sich Krampfadern gebildet. Ein häufiger Befund beim Tod durch Ersticken, aber es wurde zudem auch beträchtliches Narbengewebe festgestellt. Narbengewebe, das sich über Jahre hinweg aufbauen konnte, Jahre, in denen sich der weiche Muskel immer wieder krampfartig zusammenzog, was beweist, dass Eleanor Bulimikerin war.

Baz hebt jedes Blatt auf, das ich lese und weglege, während ich die Informationen langsam verarbeite.

»Preußischblau. Unser kleiner Freund taucht einfach immer wieder auf«, murmelt er.

Am Ende des Berichts werden anhand einer Grafik die üblichen Anwendungsbereiche für das Pigment aufgezeigt und dargelegt, wie viel davon in der Regel im Blut von Malern festgestellt wurde. Eleanors Blut wies annähernd 300 Milligramm auf, weit mehr, als ein Maler normalerweise allein durch die Verwendung der Farbe aufnimmt.

Baz streicht über sein iPad, dessen Display sein Gesicht in weißes Licht taucht. Nach einer Weile reicht er es mir.

»Schau dir das an. Unser Freund Chagall war auch ganz vernarrt in dieses Preußischblau.«

Ich nehme meine Teetasse, lese den Artikel durch, präge mir die Informationen ein. Preußischblau ist ein äußerst sattes Pigment, das in der Malerei für kräftige tiefblaue Farbtöne sorgt. Es spielte eine revolutionäre Rolle in der japanischen Kunst, vor allem bei einem Holzschnitt von Hokusai: *Die große Welle vor Kanagawa*. Die Geschichte des Pigments steckt voller interessanter Anekdoten. Ich hebe den Blick und schaue Baz an.

»Hier steht, es wird zur Behandlung von Menschen eingesetzt, die besonderen Strahlenbelastungen ausgesetzt waren?«

Er schüttelt den Kopf. »In ihrer Krankengeschichte findet sich aber nichts, das auf eine Strahlenbelastung hindeutet.« Er klopft auf den Bericht. »Abigail hat die entsprechenden Tests gemacht.«

»Keine Kosten und Mühen gescheut«, sage ich trocken.

»Mal ehrlich, sie hat verdammt gründlich gearbeitet. So was fällt nicht unter die üblichen toxikologischen Untersuchungen. Ihr sind beim Blut ungewöhnliche Reaktionen aufgefallen, und zuerst hat sie an Blausäure gedacht, aber dann sind ihr Amys Ergebnisse eingefallen und sie hat die Suche eingegrenzt.«

»Hätte sie Symptome zeigen müssen? Es kann ja wohl nicht gesund sein, so viel von dem Zeug zu sich zu nehmen.«

Er pustet Luft zwischen den Lippen hervor. »Stimmt. Aber ich sehe hier keine Nebenwirkungen aufgeführt.«

»Wenn es ganz allmählich in kleinen Dosen zugeführt wird, wenn der Körper Zeit hat, es abzubauen, vielleicht merkt man dann ja nichts.«

»Abigail meint, sie muss schon täglich eine ordentliche Menge geschluckt haben, sonst wären die Werte im Blut nicht so hoch. Eleanor Costello muss also gewusst haben, dass sie Preußischblau eingenommen hat, aus welchen Gründen auch immer. Das war Absicht.«

Wut braut sich in mir zusammen. Ich bin wütend auf mich selbst, weil ich nicht erkennen kann, in welche Richtung die Ermittlungen laufen, wütend auf Eleanor Costello, weil sie so gottverdammt kompliziert ist. Am liebsten würde ich den Bericht, die Akte quer durchs Zimmer pfeffern. Schon wieder ein unerklärlicher Faktor, der uns Rätsel aufgibt. Ich bin wütend auf Eleanor, auf Amy, auf Tracy, auf mich. Ich bin wütend, weil wir nicht weiterkommen.

»Alles in Ordnung mit dir?«

Ich fahre mir mit der Hand durchs Haar. »Ja. Das ist alles ein Riesenscheiß. Ich hab das Gefühl, als würde uns ein Rätsel nach dem anderen serviert und nie mal eine Erklärung.«

»Ich weiß. Aber wir haben zumindest ein grobes Bild. Das ist doch immerhin etwas.«

Ich stehe auf, schalte den Wasserkocher wieder ein.

»Wenn ich nicht morgen zu diesem verdammten Treffen mit meinen Eltern müsste, würde ich mich bestimmt nicht so aufregen.«

Er mustert mich aus schmalen Augen. »Du könntest den Tag nutzen. Falls du Lust hast, sprich mit Keegan und vielleicht auch mit ein paar Nachbarn.«

Ich knalle Teebeutel in zwei Tassen, gieße kochendes Wasser darüber. »Ich weiß nicht. In der Hinsicht ist Eamon Keegan ganz ähnlich wie Priscilla Fagan. Er will keinen Besuch von uns, solange wir keine neuen Informationen haben, und damit meint er den Namen von Amys Mörder.«

Baz zieht einen großen Notizblock unter dem Couchtisch hervor. Lässt seinen Kugelschreiber klicken.

»Darf ich?«, fragt er, und als ich nicke, schlägt er den Block auf.

Oben auf die Seite schreibt er *Ablauf*.

»Wir nehmen an, dass Peter Costello und Amy Keegan sich online kennenlernen, auf irgendeiner unbekannten Darknet-Website, möglicherweise Black Widow?«

Ich stelle die Teetassen zwischen uns und setze mich ihm gegenüber auf den Boden, ziehe die Beine an. Ich nicke: »Ist noch nicht bestätigt, aber davon gehen wir derzeit aus.«

Er notiert Stichpunkte, während er weiterredet.

»Okay. Priscilla Fagan hat ihren Bruder jetzt seit zwölf Wochen nicht mehr gesehen. Er war krank. Sie hat versucht, ihn anzurufen, sich aber keine großen Sorgen gemacht, bis seine Frau tot aufgefunden wurde. Sein Handy war häufig zeitgleich mit Amy Keegans in denselben Bereichen rund um Dublin. Vieles deutet darauf hin, dass sie eine Affäre hatten. Während eines Streits mit ihrem Vater gesteht Amy, dass sie eine Affäre mit dem Mann einer ihrer Dozentinnen hat. Zwei Tage später wird Eleanor Costello erhängt in ihrem Haus aufgefunden. Noch immer keine Spur von Peter.

Dann nimmt der Mörder Amy mit zu einem unbekannten Ort, wo er sie filmt und brutal ermordet und das Ganze live im Internet streamt. Danach bringt er Amys Leiche in einem bislang noch nicht identifizierten Fahrzeug in ihren Heimatort Clontarf –«

Ich hebe eine Hand. »Er könnte auch selbst in Clontarf wohnen. Vielleicht hatte er keinen weiten Weg. Das Haus, in dem er sie getötet hat, könnte überall sein.«

Baz nickt. »Okay. Er wartet, bis es dunkel ist, um Amys Leiche im jährlichen Halloween-Feuer des Ortes zu deponieren. Stunden später wird ihr Körper dort von dem Angestellten ihres Vaters, Tom Quinn, entdeckt. So weit alles richtig?«

Meine Augen sind geschlossen, ich lausche. Lausche auf die Antworten, die irgendwo in dieser Geschichte verborgen sind. Ich nicke und bedeute ihm weiterzumachen.

»Die Vernehmungen von Priscilla Fagan und Tom Quinn erhärten diesen mutmaßlichen Ablauf der Ereignisse, wenngleich Priscilla Fagan beteuert, dass ihr Bruder unschuldig ist. Costellos Nachbar, Neil Doyle, hat durchblicken lassen, dass Peter öfter von seiner Frau frustriert war, aber er meint auch, er könnte ein Opfer häuslicher Gewalt gewesen sein. Priscilla Fagan konnte Eleanor Costello offensichtlich nicht leiden und hat womöglich Verständnis für Peters Unzufriedenheit mit seiner Frau.

Wie wir wissen, litt Peter Costello wahrscheinlich wegen seiner anhaltenden Arbeitslosigkeit unter Depressionen, und eine Tageslichtlampe in seinem Arbeitszimmer legt die Vermutung nahe, dass diese Jahreszeit für ihn besonders schwierig war.« Er hält inne, seufzt, blättert die Seite auf dem Notizblock um.

Ich umfasse meine Teetasse mit beiden Händen, fülle die verbliebenen Leerstellen.

»Peter ist der Sohn italienischer Einwanderer, hat im Finanzwesen Karriere gemacht und wurde vor vier Jahren arbeitslos. Keine Kinder. Für jemanden italienischer Abstammung könnte das bedeutsam sein und einen weiteren Grund für Enttäuschung darstellen. Um sich zu beschäftigen, ist er so was wie ein Amateurkunsthistoriker und Gelegenheitsmaler geworden. Der Mörder hat ein bekanntes Malerpigment auf beide Leichen aufgebracht. Bei der Obduktion wurde das Haar eines Pinsels in einer Wunde am linken Arm von Peters ermordeter Frau entdeckt.

Laut Aussage seiner Schwester war er seit mindestens einem Jahr in schlechter gesundheitlicher Verfassung. Sogar seinem Nachbarn ist aufgefallen, wie geschwächt er war. Anscheinend hat er im Laufe des letzten Jahres kaum berufliche Kontakte gepflegt, sodass in seinem Lebenslauf lediglich sein Nachbar Neil Doyle als Referenz angegeben ist.« Ich trinke einen Schluck aus meiner Tasse, genieße den starken bitteren Teegeschmack, seufze dann. »Und wir haben noch immer keine Ahnung, wo er sich aufhält.«

Mein Handy leuchtet auf und vibriert über den Couchtisch auf uns zu. Ich bin fast dankbar für die Unterbrechung.

»Sheehan«, melde ich mich.

»Frankie, Jack hier.«

Ich richte mich auf. »Und?«

»Die Leiche, die sie aus der verfickten Liffey gefischt haben«, sagt er beredt wie immer, »ist die von Peter Costello.«

KAPITEL 16

Meine Neurologin Vicky bewegt die Stiftlampe vor meinen Augen hin und her. Erst das linke. Pause. Dann das rechte. Sie knipst die Lampe aus, steckt sie in die Tasche. Unbewusste Bewegungen. Mehrmals täglich durchgeführt. Sie hält ihren ausgestreckten Zeigefinger vor mein Gesicht. Ich fixiere ihn, verfolge ihn, als sie ihn vor meinem Gesicht bewegt, ein Kreuzzeichen in die Luft malt. Ein ärztlicher Segen.

»Preußischblau. Schon mal gehört?«

»Preußischblau? Hmm. Ich weiß nicht. Warum fragen Sie?« Sie hat sich abgewendet, macht Notizen.

»Nur so.«

Sie blickt auf, den Mund skeptisch verzogen. »Nur so?«, sie schüttelt den Kopf. Lacht.

»Na schön, meinetwegen. Ein Fall. Aber keine Sorge, ich werde Sie nicht zitieren«, sage ich.

Sie stellt sich vor mich, bedeutet mir, ebenfalls aufzustehen. Sie hebt meine beiden Arme mit den Fingerspitzen an, bis sie auf Schulterhöhe gerade ausgestreckt sind. Ich kenne diesen Test. Habe ihn schon oft gemacht. Ich schließe die Augen.

Sie tippt mir auf die Hand.

»Hinsetzen«, befiehlt sie und macht sich weiter Notizen. Nach einer Weile unterschreibt sie das ausgefüllte Blatt.

»Erstens, Ihre Genesung macht weiterhin große Fortschritte. Keinerlei Anzeichen bleibender traumatischer oder pathologischer Folgen. Die Narbe verheilt gut, obwohl ich weiß, dass sie Ihnen noch Schmerzen bereitet. Aber die werden mit der Zeit ebenfalls abklingen. Das Messer hat einen kleineren kutanen Sinnesnerv durchtrennt, und der heilt jetzt, was das Brennen und Prickeln erklären könnte, das Sie beschrieben haben. Schlimmstenfalls noch achtzehn Monate. Ansonsten alles bestens.«

Ich muss unwillkürlich lächeln. Teils aus Freude, teils aus Zynismus. Mein Körper ist das weniger langwierige Problem.

»Danke, Doc«, erwidere ich.

Eleanor Costello lässt meinem Kopf keine Ruhe. Peter Costello war in einem furchtbaren Zustand. Es wurde kein Handy bei ihm gefunden, aber er hätte mich ohnehin nicht anrufen können. Er hat ungefähr zwei Monate im Wasser gelegen. An dem Morgen, an dem seine Leiche entdeckt wurde, sorgte eine Springtide für einen extrem niedrigen Pegelstand in der Liffey, und ein Spaziergänger hatte Costellos dunklen Kopf erspäht, der wie eine mit Seegras behängte Boje im Wasser schaukelte.

Anfangs hatte sich der Spaziergänger nichts dabei gedacht, doch dann hatte sich die gespenstische Form von Peters Gesicht in der dunklen Tiefe abgezeichnet. Der Spaziergänger hatte unverzüglich die Gardaí verständigt. Wie schon bei Eleanor wurde zunächst Selbstmord vermutet.

Es lässt sich unmöglich feststellen, ob Peter Costello noch lebte, als er in den Fluss fiel. Auch die forensische Medizin hat ihre Grenzen, aber die Obduktion konnte eindeutig nachweisen, dass er ermordet worden ist. Seine Verletzungen – sieben Messerstiche in der Brust – beweisen die Fremdeinwirkung.

Kurz gesagt, er bot einen grässlichen Anblick, aber eigentlich nicht so grässlich, wie das nach so langer Zeit im Wasser zu erwarten gewesen wäre. Das verfrühte Einsetzen der winterlichen Kälte hatte sich dieses eine Mal zu unseren Gunsten ausgewirkt.

Abigail führte einige vorgezogene toxikologische Untersuchungen durch. Die Zeit arbeitet gegen uns, und jetzt, da unser einziger Tatverdächtiger nach zwei Monaten tot im Wasser aufgetaucht ist, hat sich unser Wettlauf mit der Zeit noch verschärft. Falls sich in Costellos Blut Preußischblau oder irgendwas anderes Ungewöhnliches befand, wollte ich das so schnell wie möglich wissen.

»Ich klär das später mit der Finanzabteilung«, hielt ich Clancys fassungslosen Protesten entgegen. »Ich will nicht riskieren, noch mal was zu übersehen, es sei denn, du willst dich in einem Jahr immer noch an diesem Fall abarbeiten, nachdem die Presse uns in Grund und Boden geschrieben hat und wir knietief in Leichen waten.«

Er hielt den Mund und ging. Ließ mich machen. Also machte ich. Stürzte mich hinein.

Abigail machte die Tests, und voilà, nicht Preußischblau, aber ein Giftstoff namens Thallium.

Vicky beantwortet meine Frage schließlich doch noch. »Wir benutzen Preußischblau hauptsächlich zur Behandlung von Patienten, die mit radioaktivem Material in Berührung gekommen sind. Es ist äußerst wirksam. Aber es gibt auch noch andere Verwendungen. In der Vergangenheit wurde es als Gegenmittel bei Vergiftungen mit dem Schwermetall Thallium eingesetzt, das als Gift heute nicht mehr sonderlich beliebt ist. Keine Ahnung, wieso. Es wäre höchst effektiv.«

»Woher wissen Sie das?« Ich trete hinter den Sichtschirm in ihrem Untersuchungszimmer, verlasse meine Rolle als Patientin, als Opfer, und ziehe meine Arbeitsklamotten wieder an. Meine Rüstung.

Sie lacht. »Steh ich hier wirklich nicht vor Gericht?«

»Ich frage lieber nicht nach Ihren anderen Vergehen, Doc, aber in diesem Fall sind Sie aus dem Schneider.«

»Dann bin ich ja beruhigt. Also, um ehrlich zu sein, Thallium ist verdammt schwer nachzuweisen. Nicht von ungefähr nennt man es auch das Gift des Giftmörders. Aber generell ist es deshalb so effektiv, weil es anders als einige andere«, sie seufzt, »beliebte Gifte farblos und geruchlos ist und man es in kleinen, langsam wirkenden Dosen verabreichen kann. Ein Täter könnte also längst über alle Berge sein, wenn das Opfer schließlich stirbt. Die Symptome fallen zum Teil ganz unterschiedlich aus, je nach Stoffwechsel oder Körperbau der betreffenden Person, aber es ist auf jeden Fall ein grausamer Tod.«

»Verstehe. Aber es müsste nicht unbedingt eine gezielte Vergiftung sein, oder? Ich meine, könnte jemand das Gift aus Versehen aufnehmen?«

Ich komme um den Sichtschirm herum, ziehe den Kragen meines Blazers gerade, schiebe die Ärmel hoch. Gewinne die Kontrolle zurück.

»Alles ist möglich. Aber bei den Mengen, die erforderlich sind, um jemanden zu töten«, sie drückt ein paar Tasten an ihrem Rechner, dreht sich dann zu mir um, »kann ich mir das nicht vorstellen.«

Ich hake noch ein wenig nach. »Symptome?«

Sie hebt den Blick zur Decke. »Oh, jetzt stellen Sie mich auf die Probe. Überwiegend neurologisch. Glaube ich. Haarausfall. Ist lange her, dass ich mich damit beschäftigt habe. Moment.« Sie streckt den Arm aus und zieht ein dickes medizinisches Lehrbuch aus dem Regal über ihrem Schreibtisch. Gleitet mit dem Zeigefinger über das Inhaltsverzeichnis und blättert dann ein paar Seiten um. »Ja, genau. Alopezie. Hier.« Sie knickt die Ecke der Seite um und reicht mir das Buch. »Können Sie mir zurückgeben, wenn Sie's nicht mehr brauchen.«

Ich klemme es mir unter den Arm. »Danke.«

Ich verlasse das Ärztezentrum und gehe an den Kais entlang. Die Liffey fließt neben mir her. Ich wappne mich gegen den kalten Dezemberwind und beuge mich über die Mauer. Der Fluss bewegt sich träge zwischen viel befahrenen Straßen, das Wasser braun, durchsetzt mit Schlick und Schlamm. Die Strömung leckt an den Betonwänden.

Lange starre ich ins Wasser. Stelle mir die Kälte vor, die seinen Körper umhüllt haben muss. Kann eine Frau ihrem Mann so etwas antun? Kann Eleanor ihrem Mann das angetan haben?

Unten in der Tiefe ist er eiskalt, die Haut schlaff und aufgedunsen. Sein Haar bewegt sich wie Seegras, der Kopf wird von der Kraft des Wassers mal nach links, mal nach rechts gezogen, sein Körper ist in Richtung der Strömung gelehnt, dem Meer entgegen, dem Nichts entgegen.

Unwillkürlich läuft mir eine Gänsehaut vom Nacken die Arme herunter. Sie hat nichts mit der Kälte zu tun. Ich bekomme das Bild von seinem Passfoto nicht aus dem Kopf. Er war gut aussehend. Attraktiv. Der perfekte Partner für seine Frau. Und jetzt liegt er in einem Leichensack, verwüstet vom schlammigen Wasser der Liffey.

Es gibt ein Café, in das ich vor Jahren oft ging, als ich noch eine frisch gebackene, treuherzige Garda war und arglos glaubte, ich müsste mir nur eine saubere Weste und Seele bewahren, um für die Gerechtigkeit eintreten zu können und zu erleben, dass sie durch alles Schlechte hindurchschnitt, wie das sprichwörtliche warme Messer durch Butter. Recht und Unrecht. Eine simple Moral. Aber ein Kompass zeigt nicht nur in zwei Richtungen. Es gibt vier Pole. Zwei deutliche und klare Wege zwischen Nord und Süd. Das Dazwischen – das ist die Welt, in der ich lebe.

Ich überquere den Fluss, entferne mich von den Kais. Auf der Lime Street, nicht weit von den ehemaligen *Windmill Lane Studios*, befindet sich das Café. Die Gegend hat sich verändert, seit ich das letzte Mal hier war. Die Studios sind verkauft, renoviert, in einem rezessionsgebeutelten Dublin zu etwas Geschäftstüchtigerem umgewandelt worden, aber das Café ist noch da. Das graue Ladenschild, Aluminium. Ein Café, das sich mit Plastikstühlen und glänzenden, leicht abzuwischenden Tischen begnügt, aber nicht beim Kaffee spart, und wo du dir dein Essen leisten kannst, ohne vorher einen Kredit aufzunehmen.

Jetzt, am späten Nachmittag, ist es angenehm leer. Drei oder vier einzelne Gäste suchen im Inhalt ihrer Tassen nach Antworten. Am Fenster sitzt niemand, die hohen Hocker sind frei; manche können sich nicht entspannen, wenn sie mit dem Rücken zum Raum sitzen. Ich bestelle einen Filterkaffee, der mir prompt aus einer schon fertig aufgebrühten Kanne serviert wird. Die Bedienung weist mich darauf hin, dass mir für nur 30 Cent mehr kostenlos nachgeschenkt wird. Eine kostenlose Option, für die man bezahlen muss. Ich unterdrücke ein Lächeln und schüttele den Kopf. Nein, danke.

Ich suche mir hinten im Raum einen Platz und schlage die Seite auf, die Vicky markiert hat. Peter Costello hätte nicht sofort Symptome seiner Thallium-Vergiftung gezeigt. Möglicherweise litt er unter Übelkeit, Magenkrämpfen, Durchfall und sogar Erbrechen, falls die Dosierung hoch genug war, was aber auf den ersten Blick nicht der Fall gewesen zu sein scheint. Abigail untersucht noch immer, wie das Gift sich in seinem Körper ausgewirkt hat.

Seine Patientenakte ist freigegeben worden, und das problemloser, als wir dachten. Entweder sein Arzt hatte großes

Mitgefühl mit Peter, oder aber er fürchtet eine Anzeige wegen Fehlbehandlung. Er hat kaum einen Blick auf den Gerichtsbeschluss geworfen und die Akte ohne großes Tamtam herausgegeben.

Peter war fast ein Jahr krank gewesen. Sein Hausarzt scheint ihn nahezu auf alles untersucht zu haben, von Borreliose bis zu psychosomatischen Störungen. Schließlich gelangte er zu der schwachen Diagnose einer diffusen Autoimmunerkrankung in Verbindung mit einem chronischen Erschöpfungs- und einem Reizdarmsyndrom. Er hatte immer wieder von einer Sekunde auf die andere eine Schwäche in beiden Beinen erlitten. Einmal war er auf der Straße gestürzt, weil er keinerlei Gefühl mehr im Fuß gehabt hatte. Dabei hatte er sich böse den Knöchel verstaucht und eine tiefe Verletzung an der Hand zugezogen, die sogar genäht werden musste, dennoch blieb der Hausarzt unbeirrt bei seiner Diagnose.

Es ist davon auszugehen, dass er durch die anhaltende Belastung mit Thallium dauerhafte Schäden davongetragen hätte, selbst wenn die richtige Diagnose gestellt worden wäre. Möglicherweise wäre er letzten Endes sowieso gestorben. Wir durchsuchen das Haus der Costellos erneut, um herauszufinden, wie Peter Costello in Kontakt mit so einem tödlichen Gift gekommen ist. Aber mein Gefühl sagt mir, dass er es über die Nahrung eingenommen hat, von der natürlich längst nichts mehr da ist.

Schuldgefühle gären in meiner Brust und erfüllen mein Inneres mit ihrem Gestank. Wenn Peter Costello schon so lange in seinem nassen Grab gelegen hat, wer hat dann sein Handy benutzt? Wer ist mein Anrufer, der Atem in der Dunkelheit, die Präsenz am anderen Ende der Leitung? Im Geiste sehe ich Eleanor, die sich umdreht, mich anschaut, lächelt. Und ich kenne dieses Lächeln inzwischen, sie weiß etwas. Hat ein Geheimnis. Hatte ein Geheimnis. Sie hatte die ultimative Kontrolle über ihren Mann übernommen. Ihm in kleinen Dosen Gift gegeben. Ihn geschwächt.

Ich hoffe, irgendwo im Haus der Costellos eine Erklärung zu finden. Eine einfache, die die Waage wieder ausgleicht. Mich zurück auf festeres Terrain führt, wo er irgendwie doch der Täter ist, den wir suchen. Aber das kann nicht sein. Bestenfalls kann ich darauf hoffen, dass Eleanor ihn vergiftet hat, um sich selbst zu schützen. Das Preußischblau, das wir in ihrem Blut nachgewiesen haben, wäre ein zu großer Zufall. Nein, überhaupt kein Zufall, wie Abigail mir in Erinnerung ruft. Wie Baz mir in Erinnerung ruft. Das Preußischblau beweist, dass Peter Costellos Frau versuchte, ihn zu ermorden, oder zumindest mit dem Gedanken spielte.

Ich finde die Passage in dem Lehrbuch. Überschrift: Dekontamination. Da. Preußischblau oder Eisenhexacyanoferrat soll bei Verdacht auf eine Thalliumvergiftung verabreicht werden. Es bindet das Gift im Dickdarm, sodass es aus dem Körper ausgeschieden werden kann. Irgendwann muss Eleanor gefürchtet haben, selbst in Kontakt mit Thallium gekommen zu sein, oder aber sie hatte sich in das Thema eingelesen. Thallium ist hochgiftig und führt allein durch Kontakt mit der Haut zu Krankheit oder Tod. Vielleicht meinte sie, ihrem Mann zu nahe gekommen zu sein. Oder vielleicht traten bei ihr selbst einige der Symptome auf, die er durchmachte.

Letzten Endes beschloss sie, die Dinge in die Hand zu nehmen, ihr Leben wieder in den Griff zu bekommen. Was hatte er getan, um sie auf diese Idee zu bringen? Bis wohin kann ein Mensch den anderen treiben? Offenbar bis zu einem zertrümmerten Handgelenk oder bis zu einer Affäre mit einer jüngeren Frau.

Als Baz anruft, ernüchtert mich seine Mitteilung nicht. Ich habe mich mit dem Gedanken abgefunden, dass Eleanor ihren Mann bestrafen oder töten wollte. In Peter Costellos Deo ist Thallium nachgewiesen worden, sagt er. Etwas, von dem sie wusste, dass er es praktisch täglich benutzte. Ein Spray. Hautresorption. Er kann weder seine Frau noch seine Geliebte getötet haben. Er war schon länger tot als die beiden. Und das eröffnet das Feld.

Ich schließe die Augen. Denke über die Opfer nach, überlege, was für ein Mensch sie auf diese Weise töten wollte. Der Mörder wird sie alle drei gekannt haben. Nicht unbedingt besonders gut. Es könnte eine oberflächliche Bekanntschaft gewesen sein, ein Geschäft oder ein Restaurant, das sie regelmäßig besuchten, oder jemand, der sie aus der Anonymität des Darknet beobachtete.

Ich klappe das Buch zu, nehme mein Handy und rufe die Opferschutzbeamtin an, um ihr mitzuteilen, dass ich unser Treffen mit meinen Eltern absagen muss.

Zurück im Büro sehe ich, dass sich das Whiteboard mit immer mehr Informationen füllt. Ich nehme den Schwamm und wische das Wort *tatverdächtig* unter Peter Costellos Namen weg. Ich bin wütend auf mich, weil ich so nachlässig war, an das Stereotyp zu glauben. Ein Mann ermordet seine Frau, tötet dann seine Geliebte aus Wut, aus Eifersucht, als Ausdruck von Macht. Ich habe es schon zu häufig gesehen, und deshalb hätte ich erkennen müssen, dass diese Morde nicht ins Bild passen.

Diese Taten wurden kaltblütig von jemandem geplant und ausgeführt, der kein Gewissen hat. Eine leise Stimme in meinem Hinterkopf flüstert: *jemand wie Eleanor*.

Baz tritt zu mir, zieht einen Stuhl für mich ran. Ich lächele ihn schwach an.

»So sieht das also aus, wenn man wieder am Nullpunkt ist«, sagt er mit Blick auf das Whiteboard.

»So ungefähr«, sage ich.

»Ändert aber nichts an der Tatsache, dass Costello ein brutales Arschloch war, oder? Ich meine, das verrät uns doch die Leiche seiner Frau. Sie hatte Narben am Körper.«

Ich seufze. »Es ändert auch nichts an der Tatsache, dass seine Frau wahrscheinlich versucht hat, ihn umzubringen. Preußischblau ist das Gegenmittel bei einer Thallium-Vergiftung, und sie hat es regelmäßig genommen.«

Er stößt einen leisen Pfiff aus. Lehnt sich gegen die Wand. »Nicht zu fassen.«

»Da haben wir's mal wieder. Die vielen Grautöne einer Ermittlung«, sage ich.

»Und kein Handy?«

Ich schüttele den Kopf. »Irgendwer muss sein Handy an sich genommen und die SIM-Karte ausgetauscht haben. Seit Costello gefunden wurde, hat es keinen Mucks mehr von sich gegeben.« Zur Sicherheit hole ich mein Handy hervor und schaue aufs Display. Im kühlen, beruhigenden Tageslicht schüchtert mich kein anonymer Anruf ein. »Nichts.«

Der Bonsai hat seine übergroßen Blätter abgeworfen, und über der Mini-Baumkrone breitet sich filigranes Laubwerk aus. Meine Psychologin wird erfreut sein. Schulbuchmäßig.

Auf der Küchentheke liegt die Akte Tracy Ward neben meiner Tasche. Ich gehe zum Fenster, öffne es und starre hinunter in die dunkle Straße. Ich zünde mir eine Zigarette an. Die orangefarbenen Lichtkreise von den Straßenlampen dehnen sich aus in die Finsternis. Der Himmel ist wolkenlos, die Lichter von Dublin schaffen es nicht ganz, das kühle Glitzern der Sterne oder den ruhigen weißen Glanz des Mondes zu verschleiern. Ich rauche die Zigarette schnell zu Ende. Dann drehe ich mich um, fahre mit der Hand über das steife Blattwerk des Bonsais und gehe ins Bett.

Meine Gliedmaßen sind schwer. Die wochenlange Jagd nach einem Geist hat mich erschöpft. Trotz des Horrors der letzten paar Tage glaube ich, dass ich heute Nacht schlafen werde und mein Gehirn sich all den entsetzlichen Bruchstücken öffnen wird, die ich in den letzten sechs Monaten erlebt habe.

KAPITEL 17

Baz fällt in einen Laufschritt, um mich einzuholen. Ich haste gegen die Kälte, den Wind und die Zeit an. Der Morgen hat den ersten richtigen Frost des Winters gebracht. Raureif. Die Bäume auf dem Campus stehen reglos vor dem frostigen blauen Himmel, ihre Äste weiß gefiedert mit weißen, harten Stacheln. Ich spüre den kühlen Lufthauch, als ich den Ärmel meines Mantel ein Stück hochziehe und auf die Uhr sehe.

»Wir müssen uns sputen, sonst verpassen wir ihn«, sage ich.

»Ich brech mir hier noch das Genick«, antwortet Baz, der am Rand des Fußwegs entlangtrabt.

»Ein bisschen Schwund ist immer. Nun komm schon«, sage ich.

Lorcan Murphy hält sich noch immer an Eleanors Stundenplan und gibt gerade ein Biochemie-Seminar für Drittsemester, das in knapp dreißig Minuten zu Ende geht. Damit bleibt uns ungefähr eine halbe Stunde, um inoffiziell mit der Cafeteria-Mitarbeiterin zu reden, bevor Murphy aus seiner Lehrveranstaltung kommt.

Ich gehe durch den Eingang und dieselben Flure entlang, durch die Eleanor Costello jeden Morgen eilte. Obwohl ich mir nicht richtig vorstellen kann, dass sie je zu einer Veranstaltung oder einem Meeting zu spät gekommen ist. Ich sehe sie selbstsicher, zügig vor mir hergehen, sehe ihren Blazer bei jedem Schritt flattern, eine Mappe unter einen Arm geklemmt, eine Aktentasche in der anderen Hand. Ich zögere vor der Cafeteria, in der ich in den Tagen nach Eleanors Tod mit Mr. Murphy gesprochen habe. Baz bleibt neben mir stehen.

Mein Instinkt sagt mir, dass Nicole Duarte – die junge Frau hinter der Theke – mit einer förmlichen Vernehmung nicht gut klarkäme. Sie wollte mir an dem Tag irgendetwas sagen, überlegte es sich aber anders, als sie erfuhr, dass Eleanor Costello ermordet wurde. Ein bisschen Druck und ihr Wunsch, es sich nicht mit uns zu verderben, könnten sie dazu bringen, mit der Sprache herauszurücken. Sie ist alleinerziehende Mutter einer zweijährigen Tochter. Ein paar Nachforschungen haben ergeben, dass sie Arbeitslosengeld kassiert, obwohl sie hier arbeitet.

Sie steht mit dem Rücken zu uns, als wir zu ihr gehen. Ihre Hände sind beschäftigt, stapeln Tassen auf der Kaffeemaschine, treffen Vorbereitungen für den Ansturm von Studenten und Lehrpersonal in einer halben Stunde.

»Hallo«, sage ich.

Sie zuckt zusammen, dreht sich um, eine Hand am Hals.

»Tut mir leid, ich wollte Sie nicht erschrecken«, entschuldige ich mich.

Sie lacht, aber ich merke ihr an, dass sie schon jetzt verunsichert ist. »Detective! Da sind Sie ja wieder.«

Ihre Augen spähen über meine Schulter, blicken an Baz vorbei in die Cafeteria und den Gang dahinter.

Ich lache. Lockere die Stimmung auf. »Wir warten bloß darauf, dass Lorcan Murphy aus seiner Lehrveranstaltung kommt. Wir sind zu früh. Könnten wir vielleicht noch schnell einen Kaffee bekommen?«

Sofort sinken ihre schmalen Schultern herab. Sie lächelt. »Klar. Normaler Kaffee oder Cappuccino?«

»Zwei normale Kaffee bitte.«

Ich signalisiere Baz mit einem Nicken, dass er sich weiter hinten in der Cafeteria an einen Tisch setzen soll, dann drehe ich mich wieder zu Nicole Duarte um.

»Heute ist aber wenig los.« Ich schaue mich übertrieben um.

Sie schüttelt den Kopf. »Sieht nur so aus. Während der Lehrveranstaltungen ist es immer ruhig. Da kommen nur ein paar Nachzügler.« Sie geht zu der Maschine, knipst einen Schalter an, dreht den Siebträger ab.

Sie wirft mir einen Blick über die Schulter zu, lächelt erneut. »Die sind meistens verkatert und so, Sie wissen ja, wie Studenten sind. Und übrigens Dr. Costello. Die war auch oft spät dran.« Sie lacht. »Oder lebte gefährlich, hat sie gern gesagt.«

Der Boden unter meinen Füßen gerät leicht ins Wanken. Ich habe Mühe, meinen Tonfall locker zu halten. Wieder finde ich es eigenartig, dass sie so schnell auf Eleanor zu sprechen kommt.

»Eleanor spät dran? Hätte ich nicht von ihr gedacht.«

Sie sieht mich an, blickt gespielt verwundert. »Eleanor? Aber das war typisch für sie. Ich meine, die meiste Zeit war sie pünktlich, aber es kam mindestens einmal die Woche vor, dass ich gehört hab, wie ihre Absätze den Flur runtergetrappelt kamen. Ich hatte dann ihren Kaffee schon fertig, sie hat ihn sich praktisch im Laufen geschnappt, gelacht und ist weiter zu ihrer Veranstaltung.«

Ich stutze. Eleanor. Eine Typ-A-Persönlichkeit, Überflieger. Zielstrebig. Perfektionistisch. Ich denke an ihre Kindheit, Ladendiebstahl, Bagatelldelikte und setze »risikofreudig« mit auf die Liste. Ich denke an den Inhalt ihres Laptops.

»Hat sich schon mal wer über sie beschwert?«

Nicole atmet laut aus. »Nie. Eleanor war eine der besten Dozentinnen, die die Universität je hatte. Studenten aus dem ganzen Land sind extra hergekommen, um ihre Vorlesungen zu besuchen. Sie war im Hörsaal sehr charismatisch. Strahlend. Ihre Studenten hätten drei Stunden gewartet, um nur zehn Minuten von einer ihrer Vorlesungen mitzubekommen.«

Ich beuge mich vor. »Haben Sie auch mal eine besucht?«

Sie blickt nach unten. Ihre Wangen röten sich. »Ich hab sie mir angehört. Ein Student hat sie immer auf seinem Diktafon aufgenommen.«

»Aha.« Ich schaue wieder auf die Uhr. Noch fünfzehn Minuten.

Sie stellt zwei Tassen unter den Auslauf der Maschine.

Ich lege noch zwei Euro auf die Theke. »Hier, trinken Sie auch einen. Sie können sich gern zu uns setzen, wenn Sie mögen. Uns ein bisschen mehr über Eleanor erzählen.«

Sie nickt, sieht mir in die Augen, und ich habe das Gefühl, dass sie die ganze Zeit schon reden wollte. Über Eleanor reden wollte.

»Setzen Sie sich schon mal, ich komme dann mit dem Kaffee.«

»Danke.«

Ich drehe mich um, fange Baz' Blick auf. Er sieht mich vorwurfsvoll an, was ich ignoriere. Was ich mache, ist nicht gerade astrein, einer potenziellen Zeugin Informationen abzuluchsen, ohne dass das Gespräch aufgenommen wird, ohne eine förmliche Vernehmung, ohne dass die Zeugin weiß, worum es geht. Eigentlich müssten wir uns an strenge Regeln halten. Es ist nicht richtig, aber in dieser Situation ist es auch nicht falsch.

Nicole bindet ihre Schürze ab, steckt das Geld ein, das ich auf die Theke gelegt habe, und füllt ein Glas mit Wasser. Bescheiden. Gute Mutter. Sie schiebt sich auf einen Platz an unserem Tisch, sitzt auf der Stuhlkante, die Knie fest zusammengepresst, die Finger um das Glas auf ihrem Schoß geschlungen, als würde sie daraus Kraft ziehen.

Sie schielt auf meinen Kaffee, sieht mir dann in die Augen. »Sorry, ich mag Kaffee nicht besonders.«

Ich lächele sie beruhigend an. »Bestimmt ist Wasser sowieso gesünder.«

Ich trinke einen Schluck und stelle meinen Kaffee sachte zurück auf die Untertasse. Ich schaue ganz bewusst aus dem Fenster, hinunter auf den Sportplatz, wo schon wieder einige Mannschaften auf dem eisigen weißen Untergrund trainieren.

»Wow. Die sind mutig!« Ich richte meine Aufmerksamkeit wieder auf Nicole. »Ich wette, Sie freuen sich schon auf die Weihnachtsferien.«

Ihre Schultern entspannen sich, und sie stellt das Wasserglas auf den Tisch, schlägt die Beine übereinander. »Und wie! Ich liebe Weihnachten. Gabe und ich machen es uns immer richtig schön.«

»Gabe?«

Sie lächelt. »Gabriella. Meine Tochter.« Sie holt ein Foto aus der Hosentasche.

Ich schaue es mir an. Ein strahlendes Kleinkind in die Arme seiner Mutter geschmiegt. Zöpfchen mit rosa Schleifen, Pausbacken, schüchternes Lächeln.

»Sie sieht aus wie Sie«, sage ich.

»Danke.«

»Wann fangen die Ferien an? Müsste doch bald sein.«

»Erst am 22., aber wir haben dann bis zum 8. frei, das gleicht sich also aus. Ehrlich gesagt, ich arbeite gern hier.«

Ich nicke. »Das verstehe ich. Gibt's auch eine Weihnachtsfeier für Mitarbeiter?«

»Die war schon. Letzte Woche. Findet jedes Jahr früher statt.« Sie lacht. »Ich geh aber nicht oft hin.«

»War bestimmt schwierig dieses Jahr. Ich meine, mit Eleanor und so. Und Peter.«

»Peter?«

Ich ziehe eine Braue hoch. »Eleanors Ehemann.«

Ihre Augen weiten sich, als sie begreift. »Stimmt. Ich bin ihm nie begegnet. Glaube ich jedenfalls. Vielleicht war er mal hier, und ich wusste nicht, wer er ist, obwohl ich –« Sie verstummt, wird rot. »Nein. Nichts.«

Baz blickt jetzt richtig finster. Vom Flur her werden Geräusche lauter, und ich weiß, dass die Lehrveranstaltung zu Ende ist. Ich will nicht, dass Lorcan sieht, wie ich mit Nicole rede.

»Nicole, alles, was Sie wissen, könnte uns weiterhelfen.«

Sie blickt überrascht auf. »Aber ich weiß doch nichts …«

Ich hasse mich selbst dafür, dass ich das tue, aber ich lege meine Hand auf ihre, drücke sie leicht und bringe so viel Traurigkeit in meine Stimme, wie ich nur kann.

»Nicole, bitte. Sie müssen nicht aufs Präsidium kommen und eine förmliche Aussage machen, wenn Sie das nicht wollen, aber wir brauchen mehr Informationen, um Eleanors Tod aufzuklären.«

Sie blickt zu Boden. Das Geräusch nähert sich den Gang herauf, und die ersten Studenten kommen herein, bleiben vor der Theke stehen und schauen nach oben auf die Speisekarte. Lorcan Murphy wird nicht mehr lange auf sich warten lassen.

Als Nicole aufblickt, stehen ihr Tränen in den Augen.

»Ich will meinen Job nicht verlieren.«

Baz richtet sich auf und macht zum ersten Mal den Mund auf. »Eine Frau hat ihr Leben verloren, Nicole. Helfen Sie uns, ihren Mörder zu finden.«

Eine Träne rollt über ihre Wange, und sie wischt sie mit der Fingerspitze weg. »Ich wollte sagen, ich glaube, dass Mr. Murphy und Dr. Costello was miteinander hatten.« Sie blickt auf, das Gesicht blass vor Panik. »Ich weiß es nicht genau. Aber es sah so aus, als würde er auf sie stehen, ich weiß nur nicht, ob es bei ihr auch so war.«

Ich bedeute Baz wortlos, nach Lorcan Murphy Ausschau zu halten. Er steht auf, geht zum Eingang der Cafeteria und passt auf, ob Murphy im Anmarsch ist. Ich widme meine Aufmerksamkeit wieder Nicole.

»Woher wissen Sie das? Haben Sie die beiden zusammen gesehen?«

Sie zieht die Nase hoch, schüttelt den Kopf. »Nein. Ich … wir haben uns geküsst, auf einer Party hier an der Uni. Wir sind ein paarmal ausgegangen, ins Kino und so. Nichts Ausgefallenes. Ich mag ihn. Mochte ihn. Sehr. Aber er hat sich nicht mehr gemeldet. Auf der Semesterabschlussfeier hab ich mir Mut angetrunken und ihn zur Rede gestellt. Er hat gesagt, es tue ihm leid, aber er sei in Eleanor verliebt, und es wäre mir gegenüber nicht fair, das mit mir weiterzuverfolgen.«

Sie atmet tief durch, nimmt die Schultern zurück, wischt sich mit dem Handrücken durchs Gesicht. »Wow. Ich hör mich ziemlich jämmerlich an, was?«

Ich drücke wieder ihre Hand. »Überhaupt nicht. Aber Sie wissen nicht mit Sicherheit, dass die beiden ein Verhältnis hatten?«

»Sie haben ein bisschen geflirtet, aber eigentlich hatte ich immer nur den Eindruck, dass er in sie verknallt war. Ich weiß nicht. Ich hab so was noch nie besonders gut einschätzen können.«

Baz winkt.

Ich seufze. »Da geht's mir genau wie Ihnen.«

Baz nickt Richtung Flur, und ich stelle Nicoles Wasserglas auf einen Nebentisch.

Ich lächele sie ein letztes Mal an. »Ich glaube, Lorcan ist gleich da.«

Wieder wird ihr Gesicht blass, und sie springt auf, hastet nach vorne zur Theke.

Baz zeigt jetzt seine Dienstmarke und schüttelt jemandem die Hand. Sekunden später kommen sie beide auf mich zu.

KAPITEL 18

Lorcan begrüßt mich mit Handschlag.

»Detective! Was für eine nette Überraschung. Ich hoffe, Sie sind mit den Ermittlungen in dem Mord an Eleanor weitergekommen.«

Ich halte seinen Blick eine Sekunde länger als normalerweise üblich. Es ist erstaunlich, wie schnell sich manch einer verunsichern lässt. Sein Lächeln erstirbt.

»Mr. Murphy –«

»Bitte, sagen Sie doch Lor –«

»Mr. Murphy«, falle ich ihm ins Wort. »Ich muss Sie leider bitten, mit aufs Präsidium zu kommen und eine Aussage zu machen.«

»Wie bitte?« Er sieht mich fragend an, sein Blick huscht zu Baz hinüber, dann zurück zu mir. »Ich kann nicht«, sagt er kategorisch.

»Es ist wichtig, dass Sie uns begleiten, Mr. Murphy.«

»Ich hab den ganzen Tag Lehrveranstaltungen.«

Ich ziehe mein Handy aus der Tasche und scrolle durch Eleanors alten Semesterterminplan. »Das ist seltsam. Ich dachte, Sie hätten jetzt frei oder zumindest keine Veranstaltungen mehr. Jedenfalls laut Vorlesungsverzeichnis.«

Ich halte ihm das Handy hin, sodass er die Einträge für heute sehen kann.

Er seufzt. »Ich gebe Tutorien. Mit einzelnen Studenten. Das mache ich immer gegen Semesterende, und die stehen nicht im Vorlesungsverzeichnis.« Er strafft die Schultern, als hätte er einen Entschluss gefasst. »Worum geht's denn eigentlich? Ich meine, ich möchte Ihnen ja helfen, aber ich hab Ihnen alles gesagt, was ich weiß.«

»Wir müssen über Ihre Beziehung zu Eleanor reden.« Ich

lasse den Satz einen Moment wirken, lange genug, um zu sehen, dass sich seine Augen weiten, dann füge ich hinzu: »Wie war die Zusammenarbeit mit ihr, wie professionell war sie? Gab es Fehlzeiten? War sie freundlich?«

Er schluckt. »Aber das wissen Sie doch alles schon, oder falls nicht, bin ich gern bereit, jetzt mit Ihnen einen Kaffee zu trinken.«

Ich trete zur Seite. Lasse ihm Bewegungsraum. »Ich fürchte, wir müssen das alles nach Vorschrift machen. Ganz offiziell zu Protokoll nehmen. Sie sind wirklich einer unserer wichtigsten Zeugen, wenn es um Eleanors Persönlichkeit geht. Sie haben jahrelang als ihr Assistent gearbeitet, und sie hat noch dazu Ihre Dissertation betreut.«

Die Furchen in seiner Stirn glätten sich, er schließt kurz die Augen. Dann: »Okay.« Er tritt in den freien Raum, den ich ihm gelassen habe, und Baz ist sofort an seiner Seite, führt ihn durch die Gänge der Universität und hinaus in die frostige Dezemberluft.

Baz neigt den Kopf, massiert sich die Schläfen. Seine Knöchel sind rot und weiß marmoriert.

»Jetzt bleib mal locker«, sage ich.

»Murphy könnte Nicole das Leben richtig schwer machen. Sie könnte ihren Job verlieren. Du musst ihn dazu bringen, dass er es dir selbst erzählt. Wenn du ihn wegen seiner Beziehung zu Eleanor in die Mangel nimmst, wird ihm klar sein, dass die Info von Nicole kam.«

»Das wusste sie, als sie es mir erzählt hat.«

Er bläht die Backen auf. »Ach ja? Wirklich? Und keine Spur von schlechtem Gewissen? Menschen wie sie sind sinnlose Opfer in solchen Fällen. Sie hat ein Kind, verdammt noch mal.«

Ich schaue ihn mit hochgezogenen Augenbrauen an. Meine Hände sind sauber. Ich arbeite in der Grauzone. Tu, was getan werden muss, ohne allzu großen Schaden anzurichten. Das ist meine Sorgfaltspflicht. Entweder wir spielen mit den miesen Karten, die wir haben, und verlieren, riskieren einen weiteren Mord, oder wir betrügen, um zu gewinnen, und schnappen das Arschloch. Ich weiß, womit ich nachts besser schlafen kann. Ein ungelöster Fall macht uns alle zu übernächtigten Zombies.

»Nicole Duarte hat gewusst, worum es mir ging. Schon als sie mich das erste Mal angesprochen hat, wollte sie mir dieses kleine pikante Detail über Murphy erzählen. Sie ist lieb, und sie meint es gut, aber sie ist auch nur ein Mensch. Gekränkt. Abgewiesen. Irgendwie will sie, dass Murphy in die Sache reingezogen wird.«

Er lässt die Arme sinken, legt den Kopf in den Nacken. »Herrje, das weißt du doch gar nicht. Wir sind nicht alle so emotional verkorkst wie du, Frankie.«

Ich knalle die Fallakte zu. Ich bin es satt, mir jedes Mal, wenn ich eine Entscheidung treffe, die sein zartes Gewissen quält, diesen Scheiß von ihm anzuhören.

»Detective, wir ermitteln in einem Mord. Für den Fall, dass du das vergessen hast, eine junge Frau, sogar ein paar Jahre jünger als du, wurde live im Internet abgeschlachtet, damit irgendwelche kranken Typen sich dabei einen runterholen können. Eine andere Frau wurde erhängt, und unser einziger Verdächtiger wurde in der Liffey gefunden, weggeschmissen wie ein kaputter Einkaufswagen. Wir sind hier nicht in Disneyland. Es gibt kein Happy End. Aber hin und wieder wird ein Geschenk, wenn das Wort nicht zu pervers ist, zurückgelassen, damit wir es auspacken. Wenn du darüber einfach hinwegsehen kannst, schön für dich. Aber lüg dich nicht selbst in die Tasche. Glaub ja nicht, dass du damit jemandem hilfst. Das tust du nämlich nicht.«

Ich klemme mir die Akte unter den Arm und will aus dem Büro gehen, doch Baz stellt sich mir in den Weg. Murphy wartet schwitzend hinten im Vernehmungsraum. Wir haben ihn erst vor zehn Minuten dorthin gebracht, aber zehn Minuten allein in einem Raum können sich anfühlen wie eine Stunde, und ich möchte, dass er zumindest am Anfang noch entspannt ist.

»Frankie, warte.« In Baz' Stimme schwingt eine Entschuldigung mit. »Ich hab nicht gemeint –«

»Ist mir scheißegal, was du gemeint hast. Ich hab was zu erledigen. Wenn du mir dabei nicht helfen kannst, dann geh mir aus dem Weg.«

Ich dränge mich an ihm vorbei.

»Frankie!« Er will bei der Vernehmung dabei sein. Aber egoistischerweise ertrage ich den Gedanken nicht. Ich hab schon genug Teufel auf den Schultern hocken, da brauch ich nicht auch noch einen eins achtzig großen Engel des Gewissens, der über mich wacht.

»Ich habe immer noch nicht deinen Bericht über den Psychiater. Ich erwarte, dass er auf meinem Schreibtisch liegt, wenn ich zurückkomme«, verlange ich.

Lorcan Murphy weint. Dicke, rotzige Tränen, die von seiner Nase auf den Tisch tropfen. Er wischt sie hastig mit einem Ärmel weg.

»Entschuldigung, Detective«, stammelt er. »Diese ganze Scheiße macht mich irgendwie völlig fertig.«

Seine Wangen laufen rot an. Scham, weil er weint. Scham, weil er ein Mann ist und weint. Angst oder Trauer um seine Arbeitskollegin. Denn das war Eleanor, wie er beteuert. Ich habe ihm noch nicht gesagt, was Nicole erzählt hat. Zeugen und Verdächtige gleichermaßen werden am besten frisch ausgequetscht. Ich strecke die Hand aus, nehme sein Glas. »Ich hol Ihnen mal etwas Wasser.«

Er blickt auf, und ein weiterer Tropfen platscht auf den Tisch. »Danke.«

Im Beobachtungsraum reiche ich Steve das Glas, und er füllt es aus dem Wasserspender in der Ecke. Ich beobachte Murphy, der die Arme verschränkt.

Tom Quinn hatte Lorcan als einen Freund von Amy identifiziert. Er könnte dem Profil entsprechen. Er ist intelligent, hat einen gewissen schuljungenhaften Charme. Er ist im richtigen Alter. Lebt allein. Die Art, wie er sich präsentiert, ist irgendwie unvollständig. Er wischt sich die Tränen vom Gesicht. Legt den Kopf nach hinten, schnieft. Könnte alles gespielt sein. Er kann sich denken, dass ich ihn beobachte.

Er dreht sich um, lässt den Blick durch den Raum wandern, registriert die Kamera oben an der Wand, über seiner rechten Schulter. Für einen Moment wirkt er erschrocken, überrascht. So reagieren die meisten Menschen, wenn sie merken, dass sie beobachtet werden, als Nächstes blicken sie dann zu dem verspiegelten Fenster, hinter dem ich stehe. Und wie aufs Stichwort wendet Lorcan Murphy den Kopf und sieht mir schuldbewusst in die Augen.

»Und?«, fragt Steve. »Was denken Sie?«

Ich seufze. »Er ist ein starkes Vielleicht. Falls das, was Nicole Duarte gesagt hat, stimmt, hat er uns praktisch angelogen.«

»Ich finde, er wirkt irgendwie suspekt.«

»Das ist es ja gerade. Wer auch immer unser Täter ist, er würde nicht offensichtlich suspekt wirken. Er wäre ruhig.

Beherrscht. Er würde die Aufmerksamkeit ebenso genießen wie das Wissen, dass wir fast nichts gegen ihn in der Hand haben.«

»Unsinn! Ich halte nichts von diesem Quatsch. Er macht uns was vor. Sehen Sie ihn sich an.«

Ich tue wie geheißen. Murphy hat den Kopf auf die Arme gelegt. Versteckt sich.

Ich wende mich vom Fenster ab. Nehme Steve das Glas aus der Hand. »Hat Baz sich blicken lassen?«

»Er hat gesagt, er müsste einen Bericht schreiben.«

Ich kann mir ein dünnes Lächeln nicht verkneifen. »Stimmt.«

Als ich den Vernehmungsraum erneut betrete, meide ich Murphys Blick. Ich setze mich ihm gegenüber hin und schiebe das Glas Wasser über den Tisch. »Geht's wieder?«

Er trinkt einen kräftigen Schluck, nickt dann. Ich drücke den Aufnahmeknopf, und die Kassette setzt sich in Bewegung.

»Schildern Sie bitte Ihre Beziehung zu Eleanor.«

»Beziehung?«

Ich gönne ihm ein schwaches Lächeln. »Ja. Wann haben Sie sich kennengelernt und so weiter.«

Ich starre auf seine Hände. »Ach so, okay. Wir kannten uns schon eine Weile, bevor ich angefangen hab, für sie zu arbeiten.« Er blickt auf, wird lockerer. »Sie hat auf irgendeiner Benefizveranstaltung eine Rede gehalten. Großkonzerne aufgefordert, Geld lockerzumachen, um ländliche Gegenden in Indien mit Medikamenten zu versorgen. Sie schien keine Angst zu kennen.

Hinterher an der Bar hat mein Studienleiter uns miteinander bekannt gemacht. Von Nahem war sie ziemlich furchterregend. Ich meine natürlich nicht körperlich. Sie war eine sehr attraktive Frau. Ich meine, dass sie so selbstsicher wirkte, so souverän, dass sie ziemlich forsch rüberkam.« Er lacht. »Als ich sie dann näher kennenlernte, wurde mir klar, dass das bloß eines ihrer vielen Gesichter war. Im Beruf hatte sie diese strenge Fassade, aber wer sie besser kannte, bekam hin und wieder auch ihren Humor mit.«

»Humor?«

»Ja. Sie hatte einen herrlichen Humor. Er war nie offensichtlich oder frivol. Ich würde ihn als verschmitzt beschreiben, und er war gerade deshalb so köstlich, weil man ihn nur mitbekam, wenn man sie gut genug kannte. Sie war eine Meisterin des Hintersinns, und ihre subtilen Anspielungen hätte sogar ein Pastor in seine Predigt einbauen können, ohne dass die Gemeinde sie mitbekommen hätte.«

Vor meinem geistigen Auge läuft Eleanor von mir weg, das Gesicht seitlich ins Sonnenlicht gedreht. Die Mundwinkel zu einem lautlosen Lachen verzogen.

Er blickt mich an. »Sie sehen ihr ähnlich, wissen Sie? Ein bisschen.«

Ein bisschen. Soll heißen, ich bin nicht ganz so schön. Obwohl Eleanor, als sie aufgefunden wurde, natürlich nicht mehr so schön war wie zu Lebzeiten, bevor jemand sie ins Jenseits beförderte. Erhängen ist kein Tod, der gutes Aussehen bewahrt.

Ich lege den Kopf schief. »Und dann haben Sie wie lange für sie gearbeitet?«

»Fast vier Jahre.«

»Worüber schreiben Sie Ihre Doktorarbeit?«

Der jähe Themenwechsel lässt ihn kurz stutzen. »Laienhaft ausgedrückt, über den Einsatz von Staphylococcus aureus gegen Tumorzellen durch Manipulation der Temperatur.«

Ich runzele die Stirn. »Sie heilen Krebs?«

Er wird verlegen. Ein zartes Rosa steigt ihm ins Gesicht bis hinauf zu den Ohrspitzen. »Wohl kaum. Es hört sich revolutionärer an, als es ist. In Wirklichkeit ist jede wissenschaftliche Arbeit grob und schwerfällig. Derzeit impfe ich Petrischalen mit Staphylokokken und beobachte, wie sie bei unterschiedlichen Temperaturen und in unterschiedlichen Umgebungen reagieren.«

»Umgebungen?«

Er zuckt die Achseln und breitet die Hände aus. »Wenn sie mit Blut, Licht, Pigmenten in Kontakt kommen. Ob Sie's glauben oder nicht, selbst nach so vielen Jahren stehen wir noch am Anfang.«

Ich versuche, bei dem Wort »Pigmente« nicht zusammenzuzucken. »Und?«

Er seufzt. »Es ist ein langwieriger Prozess. Anscheinend wachsen die Staphylokokken unter jeglichen Bedingungen ungehemmt.«

»Nicht gut?«

»Prinzipiell nein. Ungehemmt nehmen die Staphylokokken überhand und können für immunsupprimierte Organismen tödlich sein. Daher ist das derzeit nicht gerade die beste Methode, einen Tumor zu behandeln. Nach Möglichkeit sollten Patienten am Ende der Behandlung ja noch leben. Wir brauchen Kontrolle, Sichtbarkeit und Aggression.« Entschlossenheit spiegelt sich in seinem Gesicht. »Eine Armee ist nutzlos, wenn wir sie nicht dirigieren und in die richtige Richtung schicken können.«

»Und deshalb brauchen Sie die Pigmente, um beobachten zu können, in welche Richtung Ihre Armee marschiert?«

Er nickt. »Ganz genau.«

»Wie bringen Sie ein Pigment dazu, die richtigen Bereiche einzufärben? Gelangt es nicht einfach in den Blutkreislauf und verteilt sich überall?«

Er hebt einen Finger. »Wir verwenden ein Pigment, von dem wir wissen, dass es von Zellen aufgenommen wird, die Strahlung ausgesetzt waren. Damit haben wir eine Substanz, die an den behandelten Bereichen anhaftet. Zumindest eine gewisse Zeit lang.«

»Sehr beeindruckend. Wer hätte gedacht, dass ein einfaches Pigment so etwas leisten kann?«

»Preußischblau. Ist schon sehr lange bei Malern beliebt.«

Ich beuge mich näher zu ihm, lasse aber das Pigment-Thema fallen. »Erklären Sie mir bitte, wie die Betreuung einer Doktorarbeit so abläuft. Ich schätze, da gibt es keine strengen Regeln.«

»Ich schreibe und forsche. Sie liest, macht Vorschläge, gibt Anregungen zu Struktur, Bibliografie und Sprache. Allerdings hat sie es nicht leicht mit mir. Ich lasse mich zu oft von der Forschung ablenken. Dann bringt sie mich wieder auf Kurs.«

»Brachte«, verbessere ich.

»Sorry«, sagt er leise.

»Im Laufe der Jahre ist es bei Ihnen beiden doch bestimmt auch öfter mal spät geworden. Wenn sie zusammen im Büro hockten und ein Aufsatz oder ein Vortrag oder so fertig werden musste.«

Er blickt auf. »Nein. Meine Güte. Hätte ich mir manchmal gewünscht. Aber Eleanor ist immer pünktlich nach Hause. Immer. Punkt fünf Uhr packte sie ihre Sachen und machte, dass sie zurück nach Bray kam.«

»Sie haben nie …?«

Er sieht mir in die Augen. »Nie was?« Dann begreift er, was ich meine.

»Sie hatten keine Affäre?«

»Nein.« Mit Nachdruck.

»Ich frage das nur, um mir ein umfassendes Bild zu machen, Mr. Murphy. Haben Sie Eleanor Costello je geküsst?«

»Nein.« Seine Hände zucken unter dem Tisch, wie mir die Bewegung seiner Schultern verrät.

»Hätten Sie es gern mal getan?«

Für einen kurzen Moment blickt er wirklich gequält. »Gott verzeih mir. Ja.«

Ich unterdrücke ein Lächeln, kaschiere meinen Triumph, dann: »Das muss sehr schwer für Sie gewesen sein.«

Feine, helle Augenbrauen ziehen sich zusammen. »Inwiefern?«

»Mit ihr zusammenzuarbeiten«, ich stocke, verwende seine eigenen Worte, »mit so einer attraktiven Frau, und nicht in der Lage zu sein, diesem Verlangen nachzugeben.«

Seine Nasenflügel weiten sich. »So war das nicht.«

»Ach nein?«

»Nein.«

»Wie war es dann? Haben Sie's versucht? Hat sie Sie zurückgewiesen? Das muss sehr schmerzlich gewesen sein, Lorcan.« Ich spreche seinen Vornamen leise aus, sanft.

Er weicht zurück. »Sie war verheiratet«, sagt er. Wütend.

Ich halte seinen Blick fest. »Ja«, sage ich. »Ja, das war sie.«

Ich lasse ihm etwas Zeit, sich zu sammeln, einen Schluck Wasser zu trinken. Er wischt sich mit den Fingerspitzen über den Mund. Auf seinen blassen Wangen zeichnen sich jetzt rosa Flecken ab. Ich nehme den Druck raus. Ich will ihn nicht zu sehr bedrängen. Niemand will in die Sackgasse einer Kein-Kommentar-Vernehmung geraten.

»Kommen wir noch mal auf Ihre Forschung zurück. Dieses von Ihnen verwendete Pigment, in welcher Form setzen Sie das ein?«

Er wartet einige Sekunden, ehe er antwortet. Er ist misstrauisch, überlegt, in welche Ecke ich ihn jetzt drängen will.

»In flüssiger Form«, sagt er. »Aber wir stellen es aus Pulver her.«

»Dieses Pigment, Preußischblau, wird auch als Gegenmittel bei Thallium-Vergiftungen verwendet. Wussten Sie das?«

Er richtet sich auf seinem Stuhl auf, schaut sich um. Ich habe ihn überrascht. »Was hat das mit Eleanor zu tun?«

»Das Pigment, mit dem Sie arbeiten, wurde an den Mordopfern Eleanor Costello und Amy Keegan gefunden, und in Peter Costellos Blut befand sich Thallium. Können Sie mir dazu irgendwas sagen?«

Sein Mund ist weit offen. Er stottert. Springt auf, streckt die Hand aus und droht mir mit dem Finger.

»Ich weiß, was Sie hier versuchen. Weil Peter als Verdächtiger nicht mehr infrage kommt, wollen Sie es mir in die Schuhe schieben. Ich hab das nicht getan. Ich hab Eleanor nicht getötet und Peter auch nicht.«

»Beruhigen Sie sich, Mr. Murphy. Ich stelle Ihnen eine einfache Frage. Können Sie sich erklären, wie Preußischblau, ein Pigment, mit dem Sie fast täglich arbeiten, an die Leiche von Eleanor Costello kam?«

»Nein.« Er geht zur Tür. »Das muss ich mir nicht bieten lassen. Ich wollte Ihnen helfen, aber das muss ich mir nicht bieten lassen. Lassen Sie mich gehen.«

Ich stehe langsam auf, ziehe meinen Blazer gerade und mache einen Schritt auf ihn zu. Er weicht von der Tür zurück wie ein verängstigtes Tier, aber in seinen Augen lodert der Hass. Ich öffne die Tür, strecke ihm die Hand entgegen.

»Helen braucht dann noch eine Unterschrift von Ihnen. Danke, dass Sie sich die Zeit genommen haben, Mr. Murphy.«

Er geht davon, ohne mir die Hand zu schütteln, und ich kann das Lächeln nicht unterdrücken, das an meinen Mundwinkeln zupft.

Gleich darauf kommt Steve aus dem Beobachtungsraum.

»Wieso haben Sie ihn gehen lassen?«

»Weil die Beweislage nicht ausreicht, um ihn festzuhalten. Helen wird ihn beschatten lassen. Wollen mal sehen, ob er versucht abzuhauen.«

Steve fährt mit einer Hand durch sein kupferrotes Haar. »Gott, wenn er abhaut, hätten Sie sicher Spaß daran, was? Wieder ein Verschwundener mehr, den Sie suchen können.«

Ich sehe ihm in die Augen. »Meiner Erfahrung nach tauchen sie nur unter, wenn sie was zu verbergen haben.«

Lorcan Murphys nächster Schachzug wird am nächsten Morgen deutlich. Clancy kommt in mein Büro gestürmt und klatscht mir den *Dublin Herald* auf den Schreibtisch.

»Diese verdammte Ratte«, sagt er.

Die Schlagzeile lautet: Mord in Blau. Ein ganzer Artikel erläutert das Pigment Preußischblau, seine bewegte Geschichte, die düsteren und positiven Verwendungsmöglichkeiten und liefert obendrein eine erneute Beschreibung unserer Fälle. Der Verfasser geht ausführlich auf das Thema Thallium ein und versetzt seine Leser zurück in die Zeit, als das Schwermetall eingesetzt wurde, um lautlos zu töten.

»Murphy«, flüstere ich. »Er hat geplaudert.«

»Dieser verdammte Klugscheißer. Aber der Arsch hält sich für klüger, als er ist.«

»Er war gestern ziemlich sauer, als er ging. Damit zeigt er uns den Stinkefinger.« Ich überfliege den Artikel. Er beschreibt kurz, wie unsere Opfer den Tod fanden und dass Thallium in Costellos Leiche gefunden wurde. Unerwähnt bleibt, wo das Pigment an Eleanor oder Amy gefunden wurde, aber in einem Punkt widerlegt Lorcan Murphy sozusagen selbst seine Unschuldsbehauptung.

»Hier«, sage ich und zeige auf die Stelle. »Genau das haben wir uns gewünscht. Ich hab ihm nämlich nicht erzählt, dass Eleanor das Pigment zu sich genommen hat. Damit hat er sich verraten.«

Clancy schaut mir über die Schulter. »Tja, jetzt kann er sich seinen Stinkefinger sonst wo hinstecken. Wie schon gesagt, Frankie. Der Mistkerl könnte mir fast leidtun. Wirst du ihn festnehmen?«

Ich schüttele den Kopf. »Nein. Soll er ruhig glauben, dass er diesmal davongekommen ist. Ich hab das Gefühl, dass wir mehr von ihm erfahren, wenn er frei rumläuft, als wenn er im Vernehmungsraum sitzt. Wenn wir ihn festnehmen, müssen wir wirklich jeden Zweifel ausgeräumt haben.«

Zu dem Artikel ist das Foto von Eleanor und Peter an ihrem Hochzeitstag abgedruckt. Weiche blonde Haare akkurat kinnlang geschnitten, die Strenge der Frisur durch einen kleinen Pony gemildert, der locker in die Stirn fällt. Rosaroter Lippenstift, die sanfte Andeutung von Rouge auf den Wangenknochen. Auf dem Foto lehnt sich Eleanor gegen die rechte Seite ihres Mannes. Sie halten sich an den Händen, die zwischen ihren Hüften eingeklemmt sind. In der rechten Hand hält Eleanor einen kleinen Brautstrauß aus weißen Rosen. Ich stelle mir vor, dass in jeder Blüte eine Perlennadel steckt.

Peter ist der klassische gut aussehende dunkle Typ. Mit ihren hohen Absätzen ist sie ein bisschen größer als er. Sie stehen einander halb zugewandt, und sie sieht ihm in die Augen. Sein Haar ist voll, pechschwarze Wellen, der Haaransatz fast genau wie bei seiner Schwester. Sein linkes Bein ist gestreckt, die Fußspitze in der Luft, als ob er gerade einen Schritt hätte machen wollen und für das Foto zurückgezogen worden wäre. Sein argloses Gesicht zeigt ein verlegenes kleines Lächeln. Eleanors ist dagegen theatralisch: Sie strahlt übers ganze Gesicht.

KAPITEL 19

Es ist Mitte Dezember, und Noah Dillon kniet am Ufer der Liffey, die durch Newbridge im County Kildare rauscht. Sein Vater wirft mit Leckerchen gefüllte Dummys ins Wasser und schickt dann mit einem raschen Handzeichen seine Hunde hinterher. Es sind große Tiere, gut für Wasser und fürs Apportieren geeignet. Sie fegen an Noah vorbei und springen in die starke, kalte Strömung.

Normalerweise würde Noah zusehen. Er findet es toll, wenn die Hunde sich den Dummy schnappen, in dem schnell fließenden Wasser umdrehen und dann mit kräftigen Beinschlägen und nass glänzendem Fell mühelos wieder ans Ufer schwimmen. Aber heute Morgen hat Noah Wichtigeres zu tun.

In Ufernähe, wo der Fluss flach ist und kleine Büsche und verschlungene Wurzeln umspült, sieht er den Rand einer roten Tasche, deren Riemen sich am Ast eines umgekippten Baums verfangen hat. Er versucht schon seit einer halben Ewigkeit, sie loszubekommen. Er hätte ja nach den ersten paar Versuchen aufgegeben, weil seine Hände von der Kälte schon ganz steif werden und seine Jeans an den Knien durchnässt ist, aber der Reißverschluss der Tasche steht ein Stückchen auf, und Noah meint, irgendwas Metallisches darin glänzen zu sehen.

Die Hunde schütteln sich, und sein Vater wirft den Dummy wieder weit in den Fluss hinein. Noah reckt den Arm mit seiner provisorischen Angel. Seine Zunge drückt von innen gegen die Wange, während er zum x-ten Mal versucht, an die Tasche zu kommen. Die Spitze des Stocks in seiner Hand verhakt sich an der Tasche, und es gelingt Noah, sie so nah heranzuziehen, dass er sie mit der Hand herausfischen könnte, wenn er sich flach auf den Bauch legen würde. Er blickt auf. Wenn er seine Jacke schmutzig macht, wird sein Dad bestimmt ärgerlich. Doch der ist beschäftigt, ruft die Hunde zurück ans Ufer.

Rasch streckt Noah sich lang auf dem Boden aus, schiebt seinen Ärmel zurück und greift nach unten. Er packt die Tasche und kann sie problemlos aus dem Wasser heben. Er wirft sie hinter sich aufs Ufer und versucht mit beiden Händen, sich den Schmutz von der Jacke zu wischen.

»Noah! Deine Jacke!« Sein Dad schaut ihm über die Schulter. »Was ist das?«

»Eine Tasche.«

Sein Dad seufzt. »Das sehe ich. Wo hast du die her?«

Noah deutet ins Wasser. »Die lag da unten, ich hab sie gerade rausgefischt. Ich glaub, da ist ein Schatz drin.«

Sein Dad schüttelt den Kopf. Er glaubt nicht an Schätze.

»Ich hab's aber gesehen. Was Silbernes.«

Gary Dillon lächelt seinen Sohn an. Er befiehlt den Hunden, sich hinzusetzen, zu warten, dann geht er neben der Tasche in die Hocke.

»Ein Schatz also? Menschenskind, das wär was.«

Noah hockt sich aufgeregt neben ihn. Seine Finger ziehen die Tasche näher, greifen schon nach dem Reißverschluss, doch sein Vater stoppt ihn.

»Lass mich das machen.«

Gary Dillon hat plötzlich ein mulmiges Gefühl in der Brust.

»Es gibt nämlich nicht nur gute Schätze.«

Er öffnet den Reißverschluss und späht vorsichtig in die Tasche. Er weiß nicht, was er erwartet hat, ist aber irgendwie erleichtert, als er den Inhalt sieht.

»Lass mich mal gucken«, ruft Noah und packt den Rand der Tasche, um hineinzuschauen.

Es befinden sich ein Schlüsselbund mit zwei Schlüsseln und ein Handy darin.

Noah ist sichtlich enttäuscht. »Ich hab gedacht, da wär ein Schatz drin.«

Gary Dillon zerzaust seinem Sohn die Haare, überlegt, ob sie die Tasche in der Nähe an einen Ast hängen sollen. Wer auch immer sie verloren hat, vielleicht kommt die Person zurück, um sie zu suchen. Er steuert schon auf einen Baum zu, als er es sich, ohne recht zu wissen, warum, anders überlegt. Er nimmt seine Hunde an die Leine, fasst seinen Sohn an der Hand und geht zurück zu ihrem Van.

Zu Hause angekommen, zeigt er die Tasche seiner Frau, die ebenso wie er der Meinung ist, dass er den Fund morgen auf dem Weg zur Arbeit auf dem nächsten Gardaí-Revier abgeben sollte. Irgendein Pechvogel wird sich bestimmt freuen, wenn er seine Schlüssel zurückbekommt, auch wenn das Handy hinüber ist. Als ihr kleiner Sohn friedlich im Bett liegt, machen sie es sich vor dem Fernseher gemütlich und schauen die Nachrichten mit den neuesten Meldungen über die Mordfälle Costello und Keegan.

Hin und wieder rappeln sich die Götter der Gerechtigkeit aus ihrer Apathie hoch und werfen einem resignierten Ermittlerteam doch noch einen Knochen hin. Im übertragenen und manchmal auch im wörtlichen Sinne. Dieses Mal bekommen wir ein Handy und einen Schlüsselbund. Oder werden beides bekommen. Heiße Kaffeetropfen rinnen mir über die Hand, als ich mich hastig auf den Fahrersitz schiebe. Baz sitzt schon im Auto, erwartet, dass wir zurück zum Büro fahren und bei Helen nachhören, ob TeeganRed online irgendwelche Freundschaften schließt. Ich reiche ihm den Papphalter mit den zwei Bechern Kaffee und schnalle mich an.

»Jetzt wird's spannend«, sage ich. »Ich hab vorhin, als ich auf den Kaffee gewartet hab, einen sehr interessanten Anruf bekommen. Entweder wir erleben gleich die größte Enttäuschung in diesem verflixten Fall, oder wir steuern gerade dem Durchbruch entgegen.«

Baz sagt klugerweise nichts. Er hebt nur die Augenbrauen und greift nach seinem Kaffee.

Der Officer, der uns auf dem Revier in Kildare begrüßt, war so umsichtig, Gary Dillon zu bitten, die rund eine Stunde zu warten, die wir von Dublin bis hierher gebraucht haben. Nachdem er uns geschildert hat, wie sein Sohn die Tasche entdeckt hat, ruft er seine Frau an, die sich bereit erklärt, uns zu der Fundstelle zu führen, damit ihr Mann zur Arbeit fahren kann. Vor Ort angekommen, bittet sie ihren Sohn, uns ganz genau zu zeigen, wo er die Tasche aus dem Wasser gezogen hat.

Ich danke den beiden, und sobald sie weg sind, lasse ich die Umgebung abriegeln und beauftrage ein Team der Kriminaltechnik, das Gebiet gründlich zu durchkämmen.

»Ist ziemlich weit draußen, nicht?«, sagt Baz auf dem Weg vom Fluss zurück zum Wagen.

»Soll heißen?«

Ich höre seinen Mantel rascheln, als er mit den Schultern zuckt. »Weit draußen. Entfernungsmäßig. Von Dublin aus gesehen. Von Bray, von Clontarf.«

Ich steige über einen halb vermoderten Ast, ziehe meinen Mantel in der nasskalten Luft enger um mich. »Ja.«

»Ist vielleicht nicht ihr Handy. Könnte Gott weiß wem gehören.«

»Ja.« Ich verziehe keine Miene.

»Und das Wasser wird es restlos zerstört haben.«

Ich marschiere weiter. »Es ist Eleanors Handy, Baz. Ich weiß es. Hör auf, mich auf einen Rückschlag vorzubereiten, der nicht kommen wird.«

»Tu ich gar nicht. Wir sollten uns bloß keine falschen Hoffnungen machen. Ich glaube kaum, dass das Handy wieder funktioniert, wenn wir es eine Weile in Reis legen, mehr nicht.«

Ich stoße ein bellendes Lachen aus. »Zum Glück war der Officer auf dem Revier so klug, es schon mal ein bisschen vorzutrocknen. Aber du unterschätzt die Möglichkeiten der modernen Technik, Baz, genau wie dieser mörderische Vollidiot es getan hat.«

Ich spüre eine wohlige Wärme in der Brust. Der dunkle böse Schatten, den wir jagen, wäre uns fast entwischt, fast wäre sein Vorsprung zu groß geworden, aber jetzt sind wir wieder ganz nah dran.

Unsere Telefonspezialistin Emer O'Neil beäugt das Handy, das vor ihr liegt. Auch sie ist neu, nicht bloß in unserer Abteilung, sondern in ihrem Fachgebiet. Sie sieht aus, als hätte sie gestern noch die Schulbank gedrückt, aber ihre selbstbewusste Haltung, ihre entspannten Bewegungen verraten mir, dass sie bei der Aufgabe, die ich ihr gestellt habe, ganz in ihrem Element ist. Sie nimmt den Beweismittelbeutel, schiebt das Handy darin hin und her, zieht die schmale Nase kraus.

Hinter ihr scharrt Steve mit den Hufen, den Rücken gegen das Fenster gedrückt, Arme verschränkt. Er ist sauer, dass ich für das Handy eine andere Spezialistin angefordert habe, aber Helen baut das Profil von TeeganRed immer weiter aus, und ich will, dass er sie dabei unterstützt.

TeeganRed hat in dem Chatroom bislang noch keinen richtigen Treffer gelandet. Anscheinend neigen Leute, die auf der dunklen Seite des Internets unterwegs sind, zur Übervorsicht. Wer hätte das gedacht. Helen will versuchen, einige Bilder, die sie sich irgendwo besorgt hat, mit Photoshop zu bearbeiten. Ein paar Köder auszuwerfen, damit TeeganRed neue Freundschaften schließen kann.

»Kann ich es anfassen?«, fragt Emer. Sie streicht sich den Fransenpony aus den Augen.

»Keine Fingerabdrücke. War zu lange im Wasser, vielleicht schon über sechs Wochen.«

Diese Information scheint sie nicht zu beeindrucken. »Könnte eine Weile dauern.«

Mein Blick huscht zu Baz hinüber. Er wirkt schockiert.

»Soll das heißen, Sie können tatsächlich noch irgendwas da rausholen?«, frage ich. Es gelingt mir nicht, die Aufregung in meiner Stimme zu kaschieren.

»Ich kann's nicht garantieren, aber andererseits, wieso nicht? Liegt ein Handy längere Zeit im Wasser, geht zwar eine beträchtliche Menge an Daten verloren, aber«, sie zuckt mit den Achseln, »die Klebstoffversiegelung des Speicherchips sorgt für eine gewisse Wasserdichtheit. Wir können den Chip ablöten und gründlich reinigen.«

Sie legt das Handy mit dem Display nach unten hin, streift sich Handschuhe über und entfernt dann mit einem Werkzeug, das aussieht wie ein High-Tech-Zahnstocher, die rückwärtige Abdeckung.

»Vom ersten Eindruck her würde ich sagen, dass wir auf jeden Fall einiges wiederherstellen können. Die SIM-Karte ist intakt, kaum korrodiert, wir können bestimmt ein paar Hundert Nachrichten, E-Mails, vielleicht sogar Bilder retten.«

Ich blinzele. »Ein paar Hundert.«

Sie betrachtet das Handy. »Ich weiß. Ist nicht viel, aber mehr kann ich nicht versprechen.«

Baz schüttelt den Kopf. »Aber es hat wahrscheinlich ziemlich lange im Wasser gelegen.«

Ich habe ein seltsames Déjà-vu-Gefühl, als sie fast wortwörtlich wiederholt, was ich früher am Tag zu ihm gesagt habe: »Unterschätzen Sie nicht die Möglichkeiten der modernen Technik, Detective«, und ihm dabei ein Lächeln zuwirft.

Vor lauter Begeisterung habe ich einen Kloß im Hals. Ich könnte heulen. Oder lachen. Wir haben einen Durchbruch. Ich meine, wie von Ferne Eleanor Costellos klingendes Lachen zu hören, und sehe, wie sich Amy Keegans müde Augen langsam schließen. Wir sind einen Schritt weiter.

Kaum sitze ich an meinem Schreibtisch, da ruft der Empfang an. Nach fast zwei Wochen ist Peter Costellos Obduktionsbericht endlich abgeschlossen. Ich eile nach unten, um den Erhalt zu quittieren, und reiße den Umschlag schon auf, als ich gerade wieder im Soko-Raum bin, vergewissere mich, dass es auch wirklich die richtige Akte ist, und klemme mir dann die Mappe unter den Arm. Wieder zurück in meinem Büro schließe ich die Tür.

Die Menge an Thallium in Peter Costellos Blut ist fatal: Er ist zwar nicht daran gestorben, aber letztlich hätte es ihn getötet. Er muss starke Schmerzen gehabt haben. Erstaunlich ist die Länge des Zeitraums, in dem er das Gift aufgenommen hat. Fast zwei Jahre, vermutet Abigail, und seine Patientenakte bestätigt das.

Vor neunzehn Monaten hat er seinen Arzt zum ersten Mal aufgesucht, weil er unter Nervenschmerzen und Haarausfall litt. Außerdem wies sein Körper alte Frakturen auf:

zwei Finger, Unterarm – die Elle, linke Schläfe oder Augenbrauenwulst. In seiner Patientenakte werden sie nicht erwähnt.

Ich reibe die allmählich abschwellende Narbe an meiner Schläfe. Die Haut ist noch zart, aber nicht mehr so schmerzempfindlich. Peters Leben endete, bevor seine Frau ermordet wurde. Es ist also durchaus möglich, dass seine eigene Frau ihn getötet hat. So geschwächt, wie er offenbar war, hätte Eleanor ihn schlagen können, aber selbst eine große Frau wie sie hätte es nicht allein geschafft, seine Leiche mit Steinen zu beschweren und in die Liffey zu werfen.

Ein Klopfen an der Tür lässt mich zusammenfahren.

Ich schließe die Akte und setze mich aufrecht hin. »Herein.«

Baz öffnet die Tür. »Ich weiß, du hast dich gerade erst hier niedergelassen, aber TeeganRed hat eine private Nachricht erhalten. Helen ist unsicher, wie du vorgehen willst.«

Ich reiche ihm den Obduktionsbericht. »Schau dir das schon mal an. Heute Abend müssen wir eine Teambesprechung abhalten.«

»Das wird ihnen gefallen«, sagt er und nimmt die Akte. »Lass mich raten: Peter war der Misshandelte, nicht der Misshandler.«

»Sieht so aus«, sage ich leicht angespannt.

Er überfliegt die Zusammenfassung der Ergebnisse, hält einen Moment inne, als würde er überlegen, ob er etwas sagen soll oder nicht, entscheidet sich rasch.

»Frankie, ich sage das jetzt nur zu deinem Besten.«

»Das ist nie ein vielversprechender Auftakt für ein Gespräch. Also?«, entgegne ich.

»Du musst das Erlebte hinter dir lassen. Nicht alle Männer sind schlecht.«

»Ach, hör doch auf. Himmelherrgott noch mal. Wer macht das Ganze denn hier persönlich? Entschuldige, wenn ich Tatsachen hervorhebe.«

Er stützt sich auf die andere Seite des Schreibtischs. »Tatsachen? Wohl eher Vorurteile. Deine eigene Angst macht dich blind. Der Fall Tracy Ward vernebelt dir den Blick, und du siehst nicht mehr, was direkt vor deiner Nase ist, weil du immer nur Tracy Wards Mörder vor Augen hast, deinen Angreifer, der zufällig ein Mann war.« Er wirft Costellos Obduktion auf den Tisch zwischen uns, stößt seinen Zeigefinger darauf. »Das hier hat jemand gemacht, der Kontrolle braucht. Eine Person, die exakt und skrupellos genug war, um Gift und Gegenmittel in präzisen Dosierungen über einen Zeitraum von zwei Jahren zu verabreichen, um ihr Opfer zu kontrollieren. Eine Person, die manipuliert hat, die verbal übergriffig war, die sogar das Fremdgehen ihres Opfers genossen hat, weil dessen Schuldgefühle sie in die Lage versetzten, noch mehr Macht auszuüben.

Diese Person ist nicht geschlagen oder vom Leben niedergedrückt worden, sie wurde nicht von Wut oder Frustration oder Zorn angetrieben, sie hat fröhlich und mit geduldiger Hand gefoltert. Sie hat sich in ihrer Macht gesonnt, hat den Schmerz genossen, den sie verursacht hat. Diese Person ist dein Täter, und aufgrund unserer Ermittlungen weiß ich, auf wen von den beiden Costellos dieses Profil besser passt, und Peter ist es nicht.«

Während seiner Tirade ist mein Mund ausgetrocknet. Mir klingeln die Ohren. Ich schlucke mühsam, fahre mir dann mit der Zunge über die trockenen Lippen.

»Du hast recht.«

Er wirft die Hände in die Luft. Dreht sich um. »Ich fass es nicht.«

»Scheiße, Harwood. Was willst du jetzt hören?« Meine Stimme ist ein Flüstern. »Glaubst du denn, ich sehe das nicht selbst, Baz? Ich bin eine von diesen Frauen geworden, die ich hasse. Aber ich kann nicht *nicht* wissen, was ich weiß. Ich kann die Erfahrung nicht rückgängig machen, mich schwächer zu fühlen, ein … ein Opfer zu sein.« Ich murmele das Wort. Verbittert.

Er sieht mich überrascht an.

»Aber davon mal abgesehen.« Ich zeige auf den Bericht. »Dieser Mörder. Die Person, die am Ende Peter Costello getötet hat, die Eleanor Costello und Amy Keegan getötet hat, die ist ein Mann, und der ist extrem gefährlich. Darauf würde ich mein Leben wetten.«

Der Hauch eines Lächelns. Er legt eine Hand auf die Türklinke. »Na, um Gottes willen, das lass mal schön bleiben. Einmal reicht.«

»Du bist manchmal ein echter Spaßvogel, Harwood.«

»Ich bin eben ein Mann. Was soll ich machen?« Er lächelt, geht dann aus meinem Büro.

Sobald die Tür sich hinter ihm schließt, setze ich mich hin. Denke zurück an Tracy Ward. Meine Schultern erstarren, alle Muskeln verspannen sich. Tracy Ward. Scheiße. Emotionen sind unehrlich, sie suchen die Wahrheit, können aber nicht auf sie hören. Baz hat recht, jedes Mal, wenn ich an Tracy denke, spüre ich, dass irgendwo in dem Fall etwas nicht stimmt, etwas übersehen wurde. Mein Bedürfnis herauszufinden, was genau das ist, ist ebenso groß wie meine Angst davor. Ivan Neary hat mich angegriffen. Mit einem Messer. Ich habe es gespürt. Ich spüre es. Dessen bin ich mir sicher, aber ich bin mir immer weniger sicher, ob Ivan Neary die Quelle meiner Angst ist oder jemand anderes.

Ich greife zum Telefon. Abigail meldet sich nach dem zweiten Klingeln.

»Dr. James.«

»Abigail, ich bin's, Frankie. Sind Sie in Whitehall?«

»Ja. Worum geht's?«

Ich nicke ins Telefon. »Könnten Sie einen Obduktionsbericht für mich checken?«

»Ich bin an meinem Schreibtisch. Fallnummer?«

»Drei-null-eins. Tracy Ward.«

Ich höre das Klickern ihrer Tastatur. »Der Fall ist schon bei Gericht, Detective.«

Ich beiße die Zähne zusammen. »Können Sie nachschauen, ob man Proben von ihren Fingernägeln genommen hat?«

»Davon gehe ich aus. Moment. Ja.«

Ich kann mich kaum überwinden, es auszusprechen, aber da ist er, der Stein im Schuh. »Unter den Fingernägeln der rechten Hand war eine dunkle Substanz. Geht aus dem Bericht hervor, was das war? Vielleicht Blut oder Schmutz?«

Abigail murmelt, ich soll kurz warten, dann: »Nein. Es war Farbe.«

Ich schlucke. »Hat man die analysiert? Welcher Typ? Welcher Farbton?«

»Nicht im Rahmen der Obduktion, nein. Hier steht nur, dass es Farbe war.«

»Könnten Sie die Proben aus dem Archiv holen lassen? Und wenn sie wirklich ein Pigment unter den Nägeln hatte, machen Sie damit bitte dieselben Tests, die Sie in den Fällen Costello und Keegan gemacht haben.«

Sie schnappt nach Luft. »Preußischblau?«

»Ja. Den Papierkram unterschreib ich heute Abend.«

»Okay.«

»Wie lange wird es dauern, bis Sie das Ergebnis haben?«

»Es ist ein chromatografischer Test.« Sie stockt. »Sobald ich die Proben aus dem Archiv hier habe, ein paar Stunden. Frankie? Ist alles in Ordnung mit Ihnen?«

Ich schließe die Augen. »Danke, Abigail.«

KAPITEL 20

TrustMe57: Hallo! Wie fühlst du dich heute?

TeeganRed: Wie immer. Allein. Denkt denn hier außer mir keiner ans Sterben?

TrustMe57: Andauernd. Nur meistens andersrum. Lol.

TeeganRed: Andersrum?

TrustMe57: Ich mein, ich bin nicht derjenige, der stirbt!

TeeganRed: Okaaaaaaay. Vielleicht sollten wir uns mal treffen? Lol. Obwohl, ich will ja nicht richtig sterben, ich will es nur mal irgendwie fühlen.

TrustMe57: Es?

TeeganRed: Wie es sich anfühlt zu sterben. Oder dem Tod ganz nahe zu kommen.

TrustMe57: Neugier ist der Katze Tod.

TeeganRed: Ich hoffe nicht.

TrustMe57: Wie auch immer.

Helen lehnt sich auf ihrem Stuhl zurück, legt die Hände in den Schoß.

»Könnte das unser Mann sein?«, frage ich. »Der Username ähnelt dem auf Amys Laptop.«

»Genau genommen wissen wir nicht, ob es ein Mann ist, und wir haben alles versucht, um seine IP rauszufinden, aber das ist unmöglich. Er ist ein gottverdammter Geist. Ich hab richtig fette Köder auswerfen müssen, damit er sich meldet«, sagt sie.

»Fette Köder? Steve, Erklärung bitte.«

Er blickt betreten. »Wir haben irgendwas Drastischeres gebraucht, damit die mit uns chatten, Chief. Wochenlang war Funkstille. Deshalb haben wir ein paar Bilder zusammengeschustert.« Er klickt einen Ordner an.

»Große Kunst«, sage ich angewidert.

Er schließt den Ordner schnell wieder. »Das ist der Geschmack von dem Mistkerl, okay, nicht meiner.«

Ich seufze. »So was nennt man sich die Hände schmutzig machen.« Ich verdränge die Bilder aus meinem Kopf und falte die Hände. »Wir müssen irgendwie ein Treffen inszenieren. Mit ihm.«

Helen und Steve reißen beide entsetzt den Kopf herum. »Ist nicht Ihr Ernst?«

»Im Darknet werden wir ihn nicht kriegen. Solange er nicht mehr von sich verrät, haben wir keine Möglichkeit, seine IP rauszufinden. Gibt's irgendwelche Fotos oder Videos? Vielleicht könnten wir sie genauer unter die Lupe nehmen, den Hintergrund analysieren?« Kopfschütteln von beiden.

Emer hat still an ihrem Schreibtisch in der Nähe gearbeitet. Ich registriere, dass sie während unseres Gesprächs langsam aufgestanden und herübergekommen ist. Jetzt starrt sie auf den Bildschirm. Zunächst denke ich, sie ist einfach nur neugierig, doch dann schiebt sie sich zwischen uns, zieht einen Latexhandschuh aus und scrollt den Bildschirm zurück. In diesem Moment plingt der Computer, signalisiert eine neue Nachricht. Sie ist kurz und knapp:

TrustMe57: *Anscheinend liebäugelst du mit dem Tod. Falls ja, E-Mail:* Trustme@minimail.com.

»Interessant«, murmelt Emer.

Ich schaue sie an. »Was denn?«

»Das müssen Sie sich ansehen.« Sie läuft zu ihrem Schreibtisch zurück. Sie ist aufgeregt. Sogar hibbelig. Ungeduldig.

Sie hebt ein schwarzes Teil neben ihrem Computer auf. Es sieht fast aus wie eine externe Festplatte.

»Die SIM-Karte aus ihrem Handy war nahezu intakt. Nur minimal beschädigt, und nach einer kurzen Trocknungszeit konnte ich ziemlich viel wiederherstellen. Mit dem Speicherchip hab ich noch nicht angefangen.«

Sie zeigt auf einen Notizblock neben dem Computer, auf dem eine Handynummer steht.

»Das ist Eleanor Costellos Nummer, wie sie auf ihrer Handy-Rechnung stand. Ihr Anbieter hat bestätigt, dass diese SIM-Karte zu diesem Handy ausgegeben wurde.«

»Dann ist es also wirklich Eleanors Telefon?«

»Ohne jeden Zweifel«, sagt Emer.

Sie zeigt auf den Computer. Auf dem Bildschirm ist irgendein Datensalat. Digitale Codes oder Nullen und Einsen, die für mein ungeübtes Auge aussehen wie Kästchen und Leerstellen.

Emer drückt auf die Bild-rauf-Taste, und die Zeilen auf dem Monitor gleiten rückwärts.

»Das Programm ist noch dabei, Daten abzurufen und zu entschlüsseln, aber –«

Da. Ich sehe es. Wörter. Buchstaben in dem Chaos aus Strichen und Kästchen. Ich beuge mich näher.

»Sind das SMS?«

»Und wir haben E-Mails. Hier.« Sie scrollt hoch.

Was macht dein Zögling? Hast du ihm gezeigt, wer der Boss ist? Hab unsere Sitzung gestern wirklich genossen. Bald wieder. Nächstes Mal probieren wir neue Spiele aus.
X

Die E-Mail-Adresse ist dieselbe wie auf der Black-Widow-Seite. Die Nachricht ist von TrustMe57. Ich schaue Emer an, sehe mein eigenes Fieber in ihren Augen gespiegelt.

»Das ist er.«

Ich lege den Kopf in den Nacken und hauche ein stummes Dankeschön an die Götter, dass dieses Kind vor ein paar Tagen die Tasche aus dem Fluss gefischt hat.

»Schwein gehabt«, flüstere ich, nicke dann Emer zu. »Superarbeit. Ich möchte bitte so schnell wie möglich einen Ausdruck sämtlicher Daten von SIM und Handy auf meinem Schreibtisch haben.«

Sie reißt die Augen auf, als wäre das das Selbstverständlichste auf der Welt. Die Anweisung war unnötig.

Helen winkt mich zu sich. »Er hat sich aus dem Chatroom abgemeldet.«

»Er wartet auf eine Antwort. Jetzt kommt's für ihn drauf an. Er will ein Opfer, das nur ihm gehört. Antworten Sie. Er wird nicht direkt sagen, was er will. Sie müssen es andeuten.«

Sie starrt mich verständnislos an.

»Menschenskind, Helen. Fragen Sie ihn, ob er BDSM gut findet. Dann sind Sie dabei. Fragen Sie ihn, ob er Lust auf ein Treffen hat.« Ich seufze, denke nach. »Sagen Sie ihm, dass Sie Verzögerungstaktiken nicht mögen. Sie hatten schon mal einen Partner, der gesagt hat, er würde drauf stehen, aber dann hat sich rausgestellt, dass das gar nicht stimmte. Sie wollen nicht bloß ein bisschen den Hintern versohlt bekommen, Sie brauchen mehr.«

Helen und Steve wechseln Blicke.

»Wie Sie schon sagten, es ist der Geschmack von diesem Mistkerl. Nicht meiner.«

Ich verlasse das Büro, um mich mit Clancy zu treffen. Ich sollte mich beschwingt fühlen, glücklich, stattdessen bin ich erschöpft und gereizt. Der Vorhang ist halb zurückgezogen, aber der Raum ist noch immer zu dunkel, um das Monster zu sehen. In gewisser Weise wird er dadurch noch unheimlicher. Er fühlt sich nah an. Zu nah.

Er könnte irgendwo in den Weiten des Landes sein und seine Fantasien auf den Bildschirm richten, aber die Unmittelbarkeit seiner Antworten vermittelt das Gefühl, als würde er direkt hinter mir stehen und mir mit warmem Atem tödliche Drohungen ins Ohr flüstern. Tatsächlich ist er wahrscheinlich hier in der Region. Vielleicht irgendwo an der Ostküste. Aber Irland ist so klein, dass er auch in Cork wohnen könnte, hierherkommt, um seine Morde zu begehen, und dann wieder in eine sterile Umgebung weit weg von seinem Spielplatz zurückkehrt.

Der Kerl ist arrogant, selbstsicher, und er wird jede öffentliche Anstrengung genießen, die meine Leute und ich unternehmen, um ihn zu schnappen. In seiner Vorstellung ist er unbesiegbar. Herr über das Schicksal seiner Opfer. Er wird wieder töten, falls er das nicht schon getan hat.

Clancy wartet neben seinem Wagen, als ich herauskomme.

»Na?«

»Na«, antworte ich.

»Verdammt noch mal, Sheehan. Was ist los?«

»Wir haben wieder eine Spur. Emer ist ziemlich erfolgreich mit den Handydaten.« In diesem Moment kommt eine E-Mail auf mein Smartphone. Im Betreff steht eine kurze Nachricht von Emer. »Das sollten Sie sich ansehen.«

Clancy wartet, dass ich genauer werde. Die Verhandlung im Fall Tracy Ward wartet auf mich, Ivan Neary wird wahrscheinlich gerade aus seiner Zelle geholt, den Kopf geneigt. Sie werden ihn zu einem gepanzerten Fahrzeug führen und an den Dubliner Kais entlang zum Gericht fahren, wo die gierigen Medien und der Urteilsspruch auf ihn warten.

Die E-Mail enthält einige SMS zwischen Eleanor und einem anderen User.

Die erste wurde am 2. September um vierzehn Uhr geschickt. *Ich hab den ganzen Tag an dich gedacht.*

Eleanor antwortet: *Klingt langweilig. Ab vier hab ich Zeit.*

Die nächste SMS kommt über eine Stunde später: *Du kannst für heute Nachmittag zwischen zwei Waffen zum Spielen wählen. Schmerz oder Atemkontrolle?*

Eleanors Antwort erfolgt prompt: *Rate mal.*

Also Schmerz.

Du kennst mich. Bis später bei dir.

Vielleicht machen wir ein Feuerspiel. Ich warte auf dich.

Ich habe mein Handy so gehalten, dass Clancy mitlesen konnte. »Scheiße. Sie hat also auch rumgevögelt. Mannomann, wieso ist denn heute kein Mensch mehr seinem Partner treu?«

Ich scrolle nach unten. »Ihr Treffpunkt könnte die Wohnung sein, in der Amy ermordet wurde. Falls er unser Mann ist.«

»Das gibt's nicht«, flüstert Clancy mit Blick auf mein Handy. Am Ende der E-Mail hat Emer einen Nachtrag angefügt und fett formatiert. Sie hat die Nummern aller in diesen Fall verwickelten Personen mit der von den SMS abgeglichen und eine Übereinstimmung gefunden: Lorcan Murphy.

Ich lächele.

»Wo ist sein Stinkefinger jetzt, he?«, fragt Clancy.

»Ja. Wer hätte gedacht, dass er eine mörderische Ader hat?«

Wir setzen uns ins Auto, und Clancy lässt den Motor an. »Regel Nummer eins«, flötet er herablassend. »Mit dem richtigen Motiv haben wir alle eine mörderische Ader.«

Wir fädeln uns in den Nachmittagsverkehr ein, fahren zum Gericht. Ich maile Emer, dass wir einen Durchsuchungsbeschluss für Murphys Haus brauchen. Sie soll ein Team zusammenstellen und das Haus beobachten lassen; Helen und Baz sollen Wache stehen. Morgen früh werden wir ihn abholen, sein Handy, seine Brieftasche, sein Auto beschlagnahmen. Jeder Millimeter seiner Existenz wird durchsucht und katalogisiert werden. Justitia hat uns den kleinen Finger gereicht, und wir dürfen ihn nicht mehr loslassen. Unsere Aufgabe in den kommenden Stunden wird sein, einen unwiderlegbaren Zusammenhang zwischen Lorcan Murphy und entweder Amys, Eleanors oder Peters Tod herzustellen.

Ich will dabei sein, will Lorcan Murphys Aussage nach Antworten durchforsten, aber dass Tracy Ward Gerechtigkeit widerfährt, hat im Moment Vorrang. Ich stecke mein Handy ein und denke an die kommenden Stunden. Schon habe ich das Surren der Angst in den Ohren. Ivan Neary ist schuldig, sage ich mir. Ich sage es mir wieder und wieder, bis wir schließlich am Gericht ankommen.

KAPITEL 21

Der Blick meines Bruders ruht unverwandt auf mir, als ich in den Zeugenstand trete. Seine Augen sind zwei kleine besorgte Punkte. Sein Mund ist verkniffen; fast strafend. Er ist wütend. Möglicherweise auf mich. Die Hand meiner Mutter ruht tröstend auf seiner.

Abigail hält Wort. Sie hat nur eine Stunde gebraucht, um die Proben von Tracy Wards Fingernägeln zu finden und die Farbe darunter zu analysieren. Erste Tests haben ergeben, dass das Pigment eisenbasiert ist, eine ähnliche Zusammensetzung hat wie das Blau an den Leichen von Costello und Keegan. Die Information hat sich in meinem Kopf festgesetzt wie eine Zecke, und ich würde am liebsten aus dem Gerichtssaal flüchten. Das heißt nicht, dass er unschuldig ist. Er hat mich angegriffen. In Notwehr? Ich presse die Augen zusammen, atme tief ein. Clancy sitzt ganz hinten und blickt besorgt. Ob meinetwegen oder wegen des Falls, kann ich nicht sagen.

Ich lege die linke Hand auf die Bibel und hebe die rechte.

»Ich schwöre feierlich, dass ich nach bestem Wissen und Gewissen die reine Wahrheit, die ganze Wahrheit und nichts als die Wahrheit aussagen werde.«

Die Bibel wird weggenommen.

»Setzen Sie sich«, sagt die Richterin.

Ich schaue kurz zu Neary hinüber. Er ist groß, aber sehr dünn. Er ist im Hungerstreik, beteuert seine Unschuld. Vielleicht ein Versuch, Kontrolle auszuüben. Wäre typisch für einen Mörder. Wenn die Zeitungen seine ausgemergelte Gestalt ablichten, wird es nicht lange dauern, bis sich im kollektiven Bewusstsein Mitleid für ihn breitmacht. Er hält den Kopf gebeugt, aber aus meinem Blickwinkel kann ich den feuchten Schimmer auf seiner Stirn und über der Oberlippe sehen, das krampfhafte Schlucken, um einen vor Nervosität trockenen Hals zu befeuchten. Alles Anzeichen von Angst.

Ein warmer Schauer durchläuft mich. Ich reiße den Blick los, schaue nach vorne. Offenbar bin ich ins Schwanken geraten, denn die Stimme der Richterin reißt mich aus meinen Gedanken.

»Detective Sheehan. Möchten Sie vielleicht ein Glas Wasser?«

Schluck. Ich schüttele den Kopf. »Nein, danke, Euer Ehren.«

Sie hebt eine Augenbraue. »Nun denn.«

Sie schaut zur Anklagevertretung hinüber, für die ich die Hauptzeugin bin. Ich weiß, dass praktisch nur meine Aussage zwischen der Freiheit für Neary und der Gerechtigkeit für Ward steht.

»Ihre Zeugin, Mr. Tanner. Bitte halten Sie sich an die Vorgaben des Gerichts«, ermahnt sie ihn.

Mike Tanner steht von seinem Platz auf, den Blick noch immer auf seine Unterlagen gerichtet. Falls das überhaupt möglich ist, wirkt er noch angespannter als ich. Seltsamerweise hat seine offensichtliche Nervosität den Effekt, dass sie meine eigene lindert. Er bleibt vor mir stehen, eine Hand auf seinen Bauch gelegt.

Ich huste, löse den Kloß in meinem Hals.

»Detective Sheehan«, beginnt er. »Sie arbeiten schon sehr viele Jahre äußerst erfolgreich bei der Gardaí. Ist das richtig?«

»Ja.«

Er drückt sich die Fingerspitzen auf die Lippen, als wäre ihm speiübel. »Wären Sie so nett, uns ihren glanzvollen Werdegang zu schildern?«

Ich runzele die Stirn.

Er weicht meinem Blick aus, winkt aufmunternd.

Meine Atmung beschleunigt sich. »Ich habe in der Kriminaltechnik angefangen und mich allmählich hochgearbeitet, bis ich vor zwei Jahren zum Detective Chief Superintendent befördert wurde. Derzeit bin ich in der Abteilung für Kapitalverbrechen tätig. Mein unmittelbarer Vorgesetzter ist Assistant Commissioner Mr. Jack Clancy.«

Ich halte kurz inne. »Die Abteilung ist eine Sondereinheit für besonders schwere Straftaten.«

Endlich scheint Tanners Übelkeit abzuklingen. Er schluckt, nimmt Haltung an und bringt ein deutlicheres Lächeln in meine Richtung zustande.

»Sie verfügen also über sehr viel Berufserfahrung.« Er wirft einen Blick in seine Unterlagen. »Wissen Sie noch, wo Sie sich am Freitag, dem 4. Juni 2011, um zweiundzwanzig Uhr befanden?«

Ich versuche, die Gänsehaut zu ignorieren, die mir über die Arme wandert, die Hitze in den Achselhöhlen, das dumpfe Ziehen, wie Zahnschmerzen, von der Schläfe bis runter zum Hals.

»Ja.« Ich fahre mir mit der Zunge über die Lippen. »Ich habe auf einen Notruf reagiert.«

»Einen Notruf?«

»Die Zentrale erhielt einen Notruf aus dem Haus von Tracy Ward.«

»Wurden Sie in Ihrem Büro von der Zentrale verständigt?«

»Nein. Ich war in meinem Auto, auf dem Rückweg von einer Besprechung mit meinem Vorgesetzten.«

»So spät?«

»Wir haben über einen Fall gesprochen. Einen versuchten Mord.«

»Würden Sie dem Gericht sagen, wer das Opfer dieses versuchten Mordes war?«

Sheridan, Nearys Verteidiger, ergreift das Wort. »Euer Ehren, ich sehe da keinen Zusammenhang mit dem hier verhandelten Fall. Mr. Neary steht nicht wegen dieser anderen Straftat vor Gericht, daher erhebe ich Einspruch gegen die Frage.«

Die Richterin schaut in ihre Notizen, mustert Tanner über ihre Brille hinweg. »Gibt's einen Zusammenhang?«

»Ja, Euer Ehren.«

»Na schön. Beantworten Sie die Frage, Detective Sheehan.«

»Bei der Besprechung ging es um den Angriff auf eine junge Frau namens Rachel Cummins.«

»Wen hat Ms. Cummins schließlich als ihren Angreifer identifiziert?«

»Nachdem wir Mr. Neary für den Mord an Tracy Ward festgenommen hatten, wurde er von Ms. Cummins als ihr Angreifer identifiziert.« Ich kann nicht aufsehen.

Tanner bedrängt mich. »Ist Mr. Neary heute hier im Saal?«

»Ja.«

»Würden Sie Mr. Neary für das Gericht identifizieren, Detective?«

Ich schließe kurz die Augen, hebe dann den Kopf und sehe ihn direkt an. »Er sitzt in der ersten Reihe, weißes Hemd, offener Kragen.«

»Fürs Protokoll, die Zeugin hat den Angeklagten, Mr. Neary, identifiziert.«

Die Richterin blafft: »Zur Kenntnis genommen.«

»Bei der Besprechung haben Sie einige interessante Feststellungen zu Ms. Cummins' Verletzungen gemacht.«

Er reicht mir ein Blatt Papier. Es ist die Kopie eines Ausdrucks von meinem Computer mit genauen Angaben zu Ms. Cummins' Verletzungen und einigen vagen Vermutungen zum Täterprofil, die auf ihrer Aussage beruhten.

»Würden Sie uns das bitte vorlesen, Detective?«

Ich räuspere mich, beuge mich näher zum Mikrofon und versuche, das Blatt möglichst ruhig zu halten.

»Ms. Cummins erlitt eine schwere Verletzung ihrer rechten Halsschlagader, die ohne das Eingreifen ihres Nachbarn zweifellos zum Tode geführt hätte. Der Täter hat sie von hinten angegriffen, ihr einen Schlag versetzt, der sie wehrlos machte, aber nicht dazu führte, dass sie völlig das Bewusstsein verlor.

Der Täter schleifte sie dann in ihr Schlafzimmer, wo er versuchte, ihre Arme am Bett festzubinden. Es gelang ihm, den linken Arm zu fesseln, doch dann kam Ms. Cummins wieder zu sich und begann zu schreien. Es kam zu einem Kampf, in dem er versuchte, ihr die Kehle durchzuschneiden. Sie konnte ihm zwar das Messer aus der Hand treten, doch da hatte er ihre Schlagader bereits verletzt.«

Ich unterbreche kurz, meine Wangen glühen. Ich konzentriere mich wieder und verlese weiter meine Einschätzung des Angriffs auf Rachel Cummins.

»Der Täter floh durchs Fenster, als er einen Nachbarn herbeieilen hörte. Meiner bisherigen Einschätzung nach ist der Angreifer ein kräftiger Mann mit ungewöhnlichen sexuellen Vorlieben, die durch die Überwältigung seiner Opfer noch verstärkt werden.

Die plumpe Ausführung der Tat legt die Vermutung nahe, dass es sich um seinen ersten Mordversuch handeln könnte. Mit großer Wahrscheinlichkeit wird er sich über kurz oder lang ein neues Opfer suchen.« Das Blatt beginnt, in meiner Hand zu beben. »Beim nächsten Mal wird er besser planen. Mit dieser besseren Planung geht vermutlich eine größere Arroganz und Kontrolle einher. Das nächste Opfer könnte verstümmelt werden, bevor es schließlich getötet wird.«

Während ich lese, hat Tanner den Kopf gesenkt. Als ich fertig bin, nickt er. Dann liest er selbst noch einen Absatz aus meinen Fallnotizen zu Rachel Cummins vor.

»Des Weiteren stellen Sie fest, dass der Täter wahrscheinlich intelligent ist, mindestens einen durchschnittlichen IQ hat, dass er charmant ist, möglicherweise verheiratet, eine optimistische Ausstrahlung hat, dass er manipulativ ist und sich anscheinend sehr gut in die Regeln der Gesellschaft einfügt.«

»Ja. Das ist richtig.«

»Mr. Neary ist Rettungssanitäter, hat einen IQ von 98, scheint glücklich verheiratet zu sein und sitzt sogar im Vorstand seiner Kirche. Würden Sie sagen, dass er der Beschreibung entspricht?«

Sheridan springt auf. »Euer Ehren, es ist nicht Aufgabe der Zeugin, das zu entscheiden.«

»Beruhigen Sie sich, Mr. Sheridan.« Die Richterin funkelt Tanner drohend an. »Sie bewegen sich hier auf dünnem Eis. Ich habe keine Lust, mich zu wiederholen. Noch so ein Versuch, und Sie sind raus.«

»Verzeihung, Euer Ehren.«

Tanner geht zurück zu seinem Tisch. »Als Sie von dem Notruf aus Tracy Wards Haus erfuhren, was haben Sie da gemacht?«

Ich straffe die Schultern. Versuche, meine Nervosität unter Kontrolle zu bringen. Ich schaue zu Clancy hinüber, schöpfe Kraft aus seiner Präsenz. Ich darf Tracy Ward nicht im Stich lassen. Ein langes Seufzen, dann versetze ich mich zurück in jene Nacht.

»Ich habe die Meldung über Funk gehört. Wegen des Angriffs auf Ms. Cummins waren wir ohnehin schon in Alarmbereitschaft, und ich hatte die Vermutung, dass der Täter es erneut versuchen würde. Gleich nach der Funkdurchsage rief ich in der Zentrale an. Man nannte mir die Adresse und sagte, dass die Telefonverbindung mit der Frau unterbrochen worden war. Ich antwortete dem diensthabenden Kollegen, ich würde hinfahren und er solle mein Team informieren. Die Wohnung lag in einer kleinen Sackgasse in Drumcondra.

Als ich vor Ort eintraf, war im Haus alles dunkel, und ich dachte schon, ich hätte die falsche Anschrift. Ich wollte gerade aus dem Auto steigen, da rief Assistant Commissioner Jack Clancy an und sagte, ich solle nicht allein hineingehen, sondern auf Verstärkung warten. Ich antwortete, ich würde warten, doch dann hörte ich einen Schrei, der offenbar aus dem Haus kam. Er klang bedrohlich. Ich stieg aus und ging zur Vordertür, aber sie war verschlossen. Die Hintertür war zu, aber nicht abgeschlossen.

Ich gelangte in einen Flur, an dessen anderem Ende die Haustür war. Ich sah niemanden, nahm aber den Geruch von Blut wahr. Weiter vorne auf der rechten Seite war eine offene Tür, und ich schlich mich den Flur entlang. Ich wusste, dass in dem Raum wahrscheinlich jemand schwer verletzt war.

Durch die offene Tür wehte ein starker Luftzug, und als ich um die Ecke spähte, sah ich, dass das Fenster weit offen stand. Ich vermutete, dass der Angreifer geflohen war, doch als ich in das Zimmer trat, stürzte sich eine dunkle Gestalt mit einem Messer auf mich. Ich wollte zur Haustür fliehen, stolperte aber und fiel hin. Als ich nach oben schaute, sah ich Ivan Nearys Gesicht. Das Messer war in seiner Hand. Er traf mich erst am Halsansatz und dann an der Schläfe. Kurz bevor ich das Bewusstsein verlor, sind Jack Clancy, Detective Baz Harwood und ein Streifenpolizist eingetroffen. Bei Tracy Ward konnte nur noch der Tod festgestellt werden. Mr. Neary wurde festgenommen.«

Ein dumpfes Pochen setzt in meinen Ohren ein. Die Richterin klopft mit ihrem Stift auf die Unterlagen vor ihr. Jedes Mal, wenn die Spitze auf das Papier trifft, hallt das Geräusch durch meinen Kopf. Eine Frau beugt sich vor, hustet in ihre Hand, jemand rutscht auf seinem Platz hin und her, ein Scheuern von Jeansstoff, das langsame Einatmen warmer Luft durch einen gähnenden Mund.

»Detective?« Tanner schaut mich an.

Ich bohre mir die Fingernägel in die Handflächen, spüre den stechenden Schmerz. »Verzeihung.«

Tanner nickt. »Vielen Dank, Detective.« Dann wendet er sich der Richterin zu. »Keine weiteren Fragen, Euer Ehren.«

Ich studiere meine geballten Fäuste, versuche, die Fassung zurückzugewinnen. Als ich aufschaue, sehe ich, dass mein Bruder Justin mich beobachtet.

Er wirkt noch besorgter als zuvor, und ich wundere mich einen Moment lang darüber, bis ich sehe, dass der Verteidiger seine Notizen zusammensucht. Ich bin noch nicht fertig. Das war erst die Aufwärmphase.

Tanner kehrt zu seinem Platz zurück.

Die Richterin macht sich einen Vermerk und spricht dann den Verteidiger an. »Ihre Zeugin, Mr. Sheridan.«

Sheridan steht auf.

Ich versuche, nicht hinzusehen, nicht zu schauen, aber ich kann die Augen nicht von Ivan Neary losreißen. Er starrt mich mit einem flehenden Gesichtsausdruck an.

Sheridans Stimme holt mich zurück. »Detective, stimmt es, dass Sie allein in Tracy Wards Haus eingedrungen sind?«

»Ja«, antworte ich.

Ich kann den Luftzug spüren, der den Flur herunterweht, spüre ihn auf der Haut. Ein kühler Sommerwind, ungewöhnlich für Juni, der durch das offene Schlafzimmerfenster dringt. Das Geräusch meines Atems, nahe, vorsichtig, ein Arm erhoben, verteidigungsbereit.

»Detective?« Sheridan wartet.

»Verzeihung, könnten Sie die Frage wiederholen?«

»Gern.« Er lächelt. »Würden Sie bestätigen, dass zum Zeitpunkt des Angriffs auf Sie keine anderen Zeugen in der Nähe waren?«

Im Geist sehe ich Tracys Fingernägel, wie sie auf dem Foto aussahen, Farbe unter den Rändern verkrustet. Dann die kurze geradlinige Wunde in der weißen Haut von Eleanors Arm, die dunkle Höhle von Amy Keegans Mund. *Mord in Blau,* schrieben die Zeitungen.

Die Richterin beugt sich über ihren Tisch. »Detective, könnten Sie bitte die Frage beantworten?«

Ich lecke mir die Lippen. Clancy blickt mich mahnend an.

»Ja«, stammele ich. »Ich war die einzige Zeugin.«

Sheridan macht weiter. »Hätten *Sie* angegriffen, wenn Sie einem Mörder begegnet wären? Hätten Sie sich verteidigt?«

»Spekulativ!«, zischt Tanner.

Ich zucke auf meinem Stuhl zusammen, meine Hand knallt gegen das Geländer.

»Die Zeugin kann unmöglich vorhersagen, was sie in dieser Situation getan oder nicht getan hätte«, erklärt Tanner.

»Stattgegeben«, sagt die Richterin. »Mr. Sheridan, wir haben hier unsere Regeln. Halten Sie sich daran.«

»Ich bitte das Gericht um Verzeihung«, erwidert Sheridan glattzüngig, aber seine Frage hat schon gewirkt, hat sich mit den Zweifeln in meinem Kopf verbündet.

Ich hätte angegriffen. Ohne jeden Zweifel.

»Ist es richtig, dass Sie kurz nach dem Angriff auf Sie das Bewusstsein verloren?«

»Erst als mein Team eintraf.«

Er lächelt. »Ach ja, Ihr Team.« Er sieht mir in die Augen. »Hat Ihr Team die Festnahme vorgenommen?«

Das Messer trifft auf meinen Schädel, ich höre das wilde Stöhnen in Nearys Atem, als er zuschlägt, ein Schrei – aus Wut oder aus Angst? Der Geruch nach Blut, so viel Blut, das warme Rinnsal an meinem Hals, das zähe Tröpfeln von meinen Fingern. Kein Schmerz, eine seltsame Taubheit, Schwere in meinem Arm, ein dumpfes Pochen im Hals, im Kopf, und dann falle ich. Nearys Gesicht über mir, das Messer in seiner Hand zittert.

»Detective, fühlen Sie sich nicht gut?« Die Richterin durchbricht meine Erinnerung. »Brauchen Sie eine Pause?«

Ich schrecke kurz zusammen. »Danke, es geht schon.«

Sheridan nickt. Öffnet den Mund, schließt ihn wieder. Er schielt kurz zur Richterin hinüber, dann:

»Detective, angesichts Ihrer Erfahrung mit Mordermittlungen, sind Sie der Meinung, dass Tracy Wards Mörder sich in dem Haus befand, als Sie von Ivan Neary angegriffen wurden?«

Tanner steht auf. »Spekulativ!«

»Mr. Sheridan, letzte Warnung«, entgegnet die Richterin.

Aber ich höre meine Stimme. Leise, brüchig, aber sicher: »Nein.«

Tanner ist stinksauer. Er stürmt die Stufen vor dem Gericht hinunter, wohl wissend, dass ich ihm wegen des Tsunamis aus Journalisten und Paparazzi nicht nach draußen folgen kann. Die Presse wartet auf seine Stellungnahme. Ivan Neary wird mindestens über Nacht in Gewahrsam bleiben.

»Das ist ein Shitstorm.« Baz tigert im Vorraum des Gerichtssaals auf und ab. Er starrt auf sein Handy, auf Abigails abschließende Analyse des Pigments unter Tracys Nägeln. Preußischblau.

»Nicht so laut«, zischele ich.

Ein Journalist kommt aus dem Flur, der zu den Toiletten führt. Er durchquert den Vorraum und verschwindet, ohne sich auch nur einmal umzuschauen.

»Sorry«, murmelt Baz. »Machen wir, dass wir wegkommen.«

Er dreht sich auf dem Absatz um und fegt durch den Hinterausgang des Gebäudes nach draußen, wo Clancy im Wagen wartet. Die Ausfahrt zur Straße ist abgesperrt, um die Presse daran zu hindern, Zeugen zu belagern, Schuldige und Unschuldige gleichermaßen.

Baz und ich wollen beide nicht auf den Beifahrersitz und nehmen lieber auf der Rückbank Platz. Clancy sagt nichts dazu. Er fährt mit quietschenden Reifen los und bremst jäh, als er die Absperrung erreicht.

Sofort werden Kameras über die Windschutzscheibe gereckt. Ich lehne mich nach vorne gegen die Kopfstütze, um die aufdringlichen Schnappschüsse zu vermeiden.

»Tja, Frankie, da hast du uns richtig schön in die Scheiße geritten«, bellt Clancy. Er klingt ähnlich frustriert wie Baz.

Ich schüttele den Kopf. »Ich hatte keine Zeit, es dir zu sagen. Als ich Abigails Nachricht bekam, warst du schon reingegangen.«

»Kleiner Tipp vom Profi für dich: Wie wär's, wenn du dein Team darüber auf dem Laufenden hältst, was in deinem Schädel so vor sich geht. Du hast die Tests angeordnet.«

Er schielt zu Baz hinüber.

»Guck mich nicht so an. Ich hatte keine Ahnung«, ruft Baz. »Ich hab in den letzten Wochen kaum mal Zeit gehabt, was zu essen oder zum Klo zu gehen, weil ich nämlich mit den aktuellen Fällen schon genug zu tun hab. Da muss ich nicht noch welche von gestern ausgraben.«

»Die Tests sind nicht eindeutig«, sage ich. »Aber wir können die Verbindung zwischen den Fällen nicht ignorieren, wir können nicht zulassen, dass ein Mann für eine Tat verurteilt wird, die er vielleicht gar nicht begangen hat.«

Clancy fährt im Zickzack durch den Verkehr, bremst und hupt abwechselnd, um sich durch das Dubliner Gedränge zu kämpfen.

»Jetzt kriegen wir das Schwein ganz sicher nicht mehr dran. Das war's. Unschuldig oder nicht. Wir würden vor Gericht ausgelacht.«

Ich blicke aus dem Fenster. Möchte mich in Luft auflösen.

Clancy ist noch nicht fertig. »Er ist mit dem Messer auf dich los, Frankie. Warum würde ein Unschuldiger eine Polizistin an einem Tatort angreifen? Mit der Mordwaffe noch dazu. Fasern von seiner Kleidung wurden reichlich auf Tracy Wards Leiche gefunden. Fingerabdrücke! Überall. Ganz zu schweigen von der Identifizierung durch Rachel Cummins.«

»Ich glaub nicht, dass überall Fingerabdrücke waren«, sagt Baz halblaut.

»Cummins hat ihn anhand eines digitalen Fotos identifiziert. Sie war aufgewühlt. Wollte unbedingt, dass er der Schuldige ist«, schiebe ich nach.

Clancy öffnet das Fahrerfenster einen Spalt, klemmt sich eine Zigarette zwischen die Lippen, zündet sie an.

»Verdammte Sauerei«, sagt er. Er fängt meinen Blick im Rückspiegel auf, sieht mich absolut frustriert an. »Als Detective bist du großartig, Frankie, aber du hast ein verdammt beschissenes Timing.«

Ich wende mich ab, schaue wieder aus dem Fenster. Meine Stimme klingt weit weg, als ich antworte.

»Das ist das Problem.«

KAPITEL 22

Schweigen. Anspannung. Die besten Nährböden für Groll. In den zwanzig Minuten, die wir zurück zum Büro brauchen, hat sich ein großes Knäuel aus Wut in meiner Magengrube zusammengeballt. Wut auf mich selbst. Auf meine Angst, die lähmende Kraft, die jede Bewegung hinter sich herzieht. Ich will sie wegfegen. Will dem Mistvieh sagen, es soll die Klappe halten, damit ich wieder frei denken kann.

Im Büro angekommen, bleiben Baz und ich am Kopfende des Raumes stehen. Irgendjemand hat einen kleinen Plastikweihnachtsbaum ans Fenster gestellt, und ein paar strähnige Girlanden baumeln von der Decke. Nichts davon kann die Stimmung aufheitern. Die Anspannung ist uns vom Auto hierher gefolgt und breitet sich jetzt im gesamten Team aus. Wir fassen kurz zusammen, was sich vor Gericht abgespielt hat. Erklären, dass Neary freigelassen wird und dass wir Tracy Ward wahrscheinlich auf unsere Opferliste setzen müssen. Nervosität flirrt in dem überhitzten Raum, jedes Gesicht sieht bedrückt aus. Die Maschinerie einer Ermittlung basiert auf Vertrauen. Sie haben dem Prozess vertraut, und wir hätten fast den Falschen hinter Gitter gebracht.

Ich zeige auf das Whiteboard und sage: »Unsere Hauptaufgabe ist jetzt, so viel wie möglich über Lorcan Murphy herauszufinden. Ich will alles über ihn wissen, wann er laufen gelernt hat, welches Auge er morgens zuerst aufschlägt, einfach alles.«

»Sie meinen also, dass Neary definitiv nicht der Mörder von Tracy Ward ist?«

Ich werfe Baz einen resignierten Blick zu. »Nein. Wir meinen, es ist unwahrscheinlich, dass er Tracy Ward ermordet hat. Wards Fall weist Ähnlichkeiten mit unserer laufenden Ermittlung auf.«

Das Team murmelt und seufzt, Stimmen werden laut, einige schütteln den Kopf, verschränken die Arme. Allgemeine Unzufriedenheit. Keiner mag einen Rückschlag.

Helen steht ganz vorne, Notizbuch in der Hand, Stift gezückt. »Ist jetzt vielleicht eine blöde Bemerkung«, sagt sie.

»Die wäre?«

»Na ja, sollten wir nicht froh sein? Ich meine, wir wollen doch nicht den Falschen ins Gefängnis schicken.«

Ich denke daran, was wir verloren haben, wie weit uns der Mörder voraus ist, viel weiter, als wir geahnt hatten.

Ich seufze. »Nein. Das wollen wir nicht.«

Sie öffnet den Mund, um weiterzureden, hebt ihren Stift, doch ich bremse sie mit hochgehaltener Hand.

»Kümmert euch weiter um die E-Mail-Spur. Besorgt euch eine richterliche Anordnung für Murphys Nummer. Ich will laufende Informationen über Handy-Tracker, wo sein Handy von Funkmasten in der Stadt geortet wird. Zeitliche Lücken, die darauf hindeuten, dass er übers Wochenende oder nur für einen Abend weggefahren ist. Macht euch mit seinen Angewohnheiten, seiner Routine vertraut. Wir brauchen so viele Infos wie nur möglich für seine Vernehmung.«

»Okay, Chief«, sagt sie.

Das Team macht sich an die Arbeit, und ich gehe in mein Büro. Tracy Wards Akte liegt offen auf meinem Schreibtisch. Ich nehme die Mappe und mache mich auf den Weg zu meinem Treffen mit Clancy. Er will eine Nachbesprechung zu dem Fall. Um es mit seinen Worten auszudrücken, er will sich nicht wie ein *dämlicher Volltrottel* anhören, wenn er morgen mit dem Commissioner redet. Letzten Endes, sagt er, geht es auch ums Geld, und der Commissioner kann dem Fall die Luft abdrehen, wenn er das Gefühl hat, dass wir achtlos mit der Kreditkarte umgegangen sind.

Der Pub ist gut besucht, an der Theke herrscht großer Andrang. Ich ordere per Handzeichen ein Wasser. Clancy sitzt in der hintersten Ecke, hat es sich an seinem Lieblingsplatz bequem gemacht. Er hat auf sein übliches Bier verzichtet und trinkt stattdessen Kaffee – kein gutes Zeichen.

Er blickt auf, als ich näher komme, ein gequältes Lächeln im Gesicht.

»Da schau her, da kommt ja unsere Doppelzeugin. Anklage *und* Verteidigung in Personalunion.«

Ich setze mich, lege die Akte auf den Tisch zwischen uns. Mir tut die Schläfe weh, der Nacken. Die Akte enthält Aussagen von Tracy Wards Angehörigen. Vor sechs Monaten brachte ich es nicht über mich, sie zu lesen.

»Sie ist das perfekte Opfer für unseren Täter«, erkläre ich mit einem Blick auf die Unterlagen.

Clancy seufzt. »Ich möchte dir ja zustimmen. Scheiße, keiner will, dass ein Unschuldiger verurteilt wird, aber bist du dir wirklich sicher?«

Ich atme tief aus. »Ja.«

Er runzelt die Stirn. »Wir haben den Kerl erwischt, als er gerade mit dem Messer in der Hand abhauen wollte.« Er zeigt auf seinen Handteller. »Er hatte es in der Hand, Frankie. Noch warm von deinem Blut.«

Ich massiere mir die Schläfe. »Er hat ausgesagt, er habe Tracy schreien hören. Vielleicht ist er tatsächlich nachschauen gegangen, hat den wahren Täter verscheucht und gedacht, ich wäre der Mörder.« Ich seufze. »Es war so dunkel in dem Haus. Ich hab seinen Schatten gesehen, er ist vorgesprungen, ich wollte fliehen und …« Ich zucke die Achseln.

Clancy lehnt sich zurück, legt den Kopf in den Nacken und schließt die Augen. »Scheiße.«

Ich trinke einen Schluck Wasser, brauche einen klaren Kopf. Nach einer Weile beugt Clancy sich wieder vor. Seine Stirn in Sorgenfalten gelegt.

»Falls Ivan Neary unschuldig ist und dieser Typ noch immer da draußen rumläuft, könnte er dich im Visier haben, Frankie.« Er fährt sich mit der Hand durchs Gesicht. »Wäre nicht das erste Mal. Du warst damals nah an ihm dran, und jetzt bedrohst du ihn erneut.« Er sieht mir in die Augen. »Du bist davongekommen.«

Panik macht sich in mir breit, doch ich ringe sie nieder. »Solide Schlussfolgerung, Clancy. Hat dir schon mal jemand gesagt, dass du einen prima Detective abgeben würdest?«

Er schüttelt den Kopf. »Wir müssen noch mal mit Rachel Cummins sprechen. Sie muss wenigstens gewarnt werden. Sie ist das einzige andere überlebende Opfer. Was, wenn er es bei ihr noch mal versucht?«

Ich schlucke. »Das wird er nicht.«

»Was macht dich da so sicher?«

»Rachel war ein Anfängerfehler. Für ihn. Sie hat gewonnen. Sie hat seinen stümperhaften Angriff überlebt. Der Killer hat sein Spiel gelernt, und es gibt für ihn kein Zurück.«

Das Team verströmt die Energie von Hunden auf einer Blutspur. Alle sitzen um das Whiteboard herum, Notizblöcke und Stifte in den Händen. Vor Lorcan Murphys

Name steht jetzt der Titel des Verdächtigen. Als ich hereinkomme, stellt Baz gerade für sich einen Stuhl in die hintere Reihe.

Die Nachrichtensender haben sich bereits auf die Meldung gestürzt, dass Ivan Neary wieder auf freiem Fuß ist. Dass wir Mist gebaut haben. Reporter spekulieren darüber, ob Tracys Leiche exhumiert und auf neue Beweise untersucht werden wird. Aasgeier.

Es ärgert mich maßlos, dass wir wieder mal überrumpelt worden sind, aber ich darf nicht zulassen, dass Angst diesen Fall aushöhlt. Nach dem Angriff auf mich ist schon so viel Zeit vertan worden. Schuldgefühle sind nicht gut mit entschlossenem Handeln vereinbar. Ich muss mit gesenktem Blick auf der Spur bleiben und den Kopf erst heben, wenn ich die Füße des Mörders sehe.

Seit Lorcan Murphy sein Verhältnis mit Eleanor Costello geleugnet hat, spüre ich einen neuen Antrieb. Und ich habe beschlossen, dass sich der Wurm diesmal nicht vom Haken winden wird.

Ich gehe nach vorne und fasse den Stand der Ermittlungen zusammen.

»Wie ihr wisst, müssen wir wahrscheinlich Tracy Ward in unsere Ermittlungen miteinbeziehen. Tracy war siebenundzwanzig Jahre alt und unverheiratet. Sie arbeitete in einer Bar auf der Leeson Street; ich denke, es wäre ratsam, ihre Privatadresse und die Adresse ihrer Arbeitsstelle bei der Erstellung eines geografischen Täterprofils zu berücksichtigen.

Am 4. Juni 2011 wurde Tracy Opfer einer brutalen Gewalttat; sie verblutete, nachdem ihr die Kehle durchgeschnitten worden war. Bei der Obduktion wurde unter ihren Fingernägeln das Pigment Preußischblau festgestellt, wodurch eine eindeutige Verbindung zu unseren anderen Opfern besteht.

Opfer Nummer zwei: Peter Costello, vierundvierzig Jahre alt, chronische Schwermetallvergiftung, über neunzehn Monate hinweg wurde ihm Thallium verabreicht. Das genaue Todesdatum ist aufgrund der kalten Wassertemperaturen in der Liffey schwierig zu bestimmen, aber wenn wir uns an der Sichtbarkeit im Fluss und an den Gezeitenströmungen orientieren, irgendwann zwischen dem 9. und 12. Oktober.

Eleanor Costello wusste, dass ihr Mann seit einigen Tagen vermisst wurde. Das mit Thallium versetzte Deospray, das im Haus der Costellos gefunden wurde, sowie das in Peter Costellos Blut und Gewebe festgestellte Gift sprechen dafür, dass Eleanor Costello ihren Mann vergiftet hat.

Bedenkt man außerdem, dass Eleanor Costello regelmäßig das Thallium-Gegenmittel Preußischblau zu sich nahm, wird diese These weiter untermauert. Zudem zeigte Peter Costello Anzeichen von über lange Zeit erlittenen körperlichen Misshandlungen, und nach Aussage seiner Schwester könnte er auch Opfer verbaler und emotionaler Misshandlungen durch seine Frau geworden sein.«

Ich lege eine Pause ein. Lasse das sacken. Dann mache ich weiter:

»Opfer Nummer drei: Eleanor Costello, neununddreißig Jahre alt, Tod durch Erhängen. Eines der Rätsel um Eleanors Tod ist die Tatsache, dass sie alte Verletzungen aufwies, die ebenfalls auf körperliche Misshandlungen zurückzuführen sein könnten. Wir vermuten inzwischen, dass ihr diese Verletzungen bei der Ausübung alternativer Sexualpraktiken zugefügt wurden. Wir hoffen, dass wir das morgen aus Lorcan Murphy herausbekommen.

Opfer Nummer vier: Amy Keegan, neunundzwanzig Jahre alt. Eine verletzliche und labile junge Frau, die verzweifelt versuchte, am Leben zu bleiben. Wir haben inzwischen ermittelt, dass sie Peter Costellos Geliebte war.

Eine kurze Affäre, über die wir sehr wenig wissen, doch angesichts einer Website namens Black Widow, die Amy Keegan besuchte, glauben wir, dass es dabei um ungewöhnliche Fantasien ging, Todesfantasien und extreme BDSM-Praktiken.«

Einige schnappen nach Luft, als ich das sage. Es wundert mich, dass die Wendungen in diesem Fall sie noch immer schockieren können.

»Amy Keegans Ermordung wurde am 30. Oktober live im Internet übertragen. Der Täter stach auf sie ein, bis sie schließlich verblutete. Anschließend, wahrscheinlich am folgenden Tag, wurde sie in ihren Heimatort Clontarf verbracht, wo der Mörder versuchte, ihre Leiche im alljährlich stattfindenden Halloween-Feuer verbrennen zu lassen. Wir müssen zur Kenntnis nehmen, dass der Täter möglicherweise Aufmerksamkeit auf seine Morde lenken will. Amys brutale Ermordung im Internet deutet auf eine narzisstische Persönlichkeit hin.«

Ich blicke aus dem Fenster. »Irgendwelche Fragen? Anmerkungen?«

Nichts. Alle kehren zu ihren Schreibtischen zurück. Rund zwanzig Leute, die Informationen über Lorcan Murphy sammeln. Ich hole tief Luft und gehe dann zu Helen.

»Helen, könnten Sie rausfinden, wieso Rachel Cummins das digitale Foto so eindeutig identifiziert hat, und ihr vielleicht noch eine Reihe anderer Fotos mit einem von Murphy darunter vorlegen?«

Helen nickt. »Wird gemacht, Chief.«

»Gut.«

Ich wandere zu Steves Schreibtisch hinüber. Er arbeitet sich durch die Black-Widow-Website, stellt Kontakte her, schließt Freundschaften. Sein Gesicht ist teilnahmslos, die Augen sind starr auf den Bildschirm gerichtet, dann und wann fliegen seine Finger über die Tastatur, antworten jemandem oder beginnen einen neuen Thread. Ich weiß nicht, wie er das aushält.

»Steve? Können Sie ein Team zusammenstellen, das Lorcan Murphy morgen herholt? Nur unsere Besten, er soll nichts merken, bevor wir ihn uns schnappen.«

Er klickt über den Bildschirm, scrollt eine Excel-Tabelle runter. »Ja. Ich hab schon mit den Officern gesprochen.«

»Sehr gut. Also, es wird folgendermaßen ablaufen …«

Lorcan Murphy wohnt ganz in der Nähe von Priscilla Fagan, fast könnte man sagen, sie sind Nachbarn. Die Backsteinsiedlung ist still, langweilig. In den Einfahrten stehen zuverlässige, solide Autos, nichts Protziges. In der morgendlichen Dunkelheit kann man förmlich spüren, wie die Bewohner warm und geborgen unter ihren Dächern schlummern. In einigen wenigen Häusern brennt schon Licht, Frühaufsteher, die das letzte Einkaufswochenende vor Weihnachten ausnutzen wollen.

Ich stelle den Motor ab und schaue auf die Uhr. Sieben. Im ersten Stock von Murphys Haus brennt Licht. Gelegentlich sehe ich einen Schatten hinter den Fenstern vorbeihuschen. In seiner Einfahrt steht ein gepflegter Renault Megane; mir läuft das Wasser im Munde zusammen, als ich an die Beweise denke, die wir möglicherweise darin finden. Das Licht im ersten Stock wird ausgeschaltet, und nach ein paar Sekunden geht das Licht im Parterre an.

Baz und Steve parken hinter einer Kurve am Ende der Straße. Ich habe ziemlich dicht an Murphys Haus geparkt. Das Funkgerät knistert, und ich greife danach.

»Sheehan.«

»Sind wir so weit? Die Spusi ist in ein paar Minuten hier.«

»Dann mal los.«

Im Rückspiegel sehe ich Baz und Steve die Straße entlangkommen. Ich warte, bis sie fast am Haus sind, dann steige ich ebenfalls aus. Der Morgen ist dunkel und feucht, aber erstaunlich mild und mit einem warmen Wind, der den Schweiß, der mir auf der Stirn steht, nicht kühlen kann.

Ich nicke meinen Kollegen zu und gehe gefolgt von ihnen über den kurzen Plattenweg zu Murphys Haustür. Baz schleicht sich seitlich am Haus entlang, vorbei an dem abgeschlossenen Seitentor, und springt über die Mauer zum Nachbarn, um von dort hinters Haus zu gelangen.

Sobald wir in Lorcan Murphys Nähe sind, wird er keine Chance mehr haben, durch die Hintertür abzuhauen, aber wir wollen kein Risiko eingehen. Der Van der Spurensicherung rollt die Straße hoch, hält an, und das Team kommt in einem lauten Gewirr aus Türenknallen, Hustern und Geplapper herausgeklettert. Ich lasse ihnen einen Moment Zeit, um ihre Ausrüstung zusammenzusuchen, dann hebe ich die Hand und drücke auf die Klingel.

Kollektives Luftanhalten, ein paar Sekunden Stille, als wir alle darauf lauschen, was wohl drinnen vor sich geht. Endlich sind Schritte im Haus zu hören, und ich ziehe den Durchsuchungsbeschluss aus der Tasche.

Lorcan Murphy öffnet die Tür. Er ist schon fertig angezogen, trägt aber noch ein Paar weiche braune Pantoffeln an den Füßen. Sein Gesicht wird blass, blickt erst fragend und verfinstert sich dann, als er zunächst mich wahrnimmt und dann den Blick hebt, die vier Spurensicherer sieht, die darauf warten, sein Leben auseinanderzunehmen.

»Mr. Murphy, ich habe hier einen Durchsuchungsbeschluss für Ihr Haus und jedes Fahrzeug in Ihrem Besitz. Würden Sie bitte das Haus verlassen?«

Sein Mund öffnet sich, klappt zu, öffnet sich wieder.

»Detective, was soll das?«

Die Spurensicherer warten nicht, sie drängen an ihm vorbei in die Diele und schwärmen im Haus aus.

Instinktiv tritt Murphy zur Seite.

»Darf ich mir vielleicht vorher noch Schuhe anziehen?«, fragt er.

Ich schüttele den Kopf. »Ihre Schuhe bekommen Sie später.«

»Später?«

»Lorcan Murphy, ich nehme Sie unter dem dringenden Verdacht des Mordes an Eleanor Costello fest. Sie haben das Recht zu schweigen, aber es kann Ihrer Verteidigung schaden, wenn Sie bei Ihrer Vernehmung etwas unerwähnt lassen, auf das Sie sich später vor Gericht berufen. Alles, was Sie sagen, kann gegen Sie verwendet werden.«

»Detective? Ist das Ihr Ernst? Ich habe Eleanor nicht getötet.«

Ich nicke einem Officer in der Nähe zu, der Murphy Handschellen anlegt und ihn zu einem wartenden Gardaí-Wagen führt. Der Himmel wird allmählich hell, und einige Nachbarn sind aus ihren warmen Häusern getreten, um das Drama zu beobachten, das sich auf ihrer stillen, sicheren Straße abspielt.

Ich trete ins Haus, gehe durch die Küche, wo noch Dampf aus dem Wasserkocher steigt. Ein Teebeutel wartet in einer Tasse darauf, aufgebrüht zu werden. Eine Scheibe Brot steckt im Toaster. Ich gehe zur Hintertür und entriegele sie.

Baz kommt herein. »Wie hat er's aufgenommen?«

»Geschockt, fassungslos, das Übliche.«

»Seine Unschuld beteuert?«

»Allerdings. Obwohl sie ja theoretisch alle unschuldig sind, bis wir das Gegenteil beweisen können.«

»Wir kriegen ihn dran, Chief. Er kann die Verbindung zu Eleanor nicht mehr abstreiten, wo wir jetzt ihr Handy haben. Da steht es schwarz auf weiß.« Er sieht mir in die Augen, spürt, wie wichtig mir das nach Neary ist.

»Ich weiß. Immer mit der Ruhe.«

Die Spurensicherer tragen Kisten mit Murphys Habseligkeiten aus dem Haus und verstauen sie im Van, damit sie ins Labor gebracht werden. Jede Kiste ist ein potenzieller Schuldspruch, aber jede von ihnen kostet Geld. Kostet die Abteilung Geld, kostet den Staat Geld, kostet den Steuerzahler Geld.

»Ich habe keinen Schimmer, wie ich die da oben dazu bringen soll, das alles zu genehmigen.«

»Mal sehen, wie er sich bei der Vernehmung hält, wir haben auch so schon ziemlich viel gegen ihn in der Hand. Eigentlich muss er nur das bestätigen, was wir haben.«

Ich starre auf den wartenden Teebeutel. »Wir müssen diesen anderen Tatort finden. Das blaue Zimmer in Amys Video. Wenn wir das finden ...« Ich verlasse die Küche, schiebe mich an den Officern, Teammitgliedern, Spurensicherern vorbei.

Ich beginne, fieberhaft Türen zu öffnen, spähe in jedes Zimmer, prüfe den Lichteinfall durch die Fenster, die Farbe der Wände. Ich suche in Wäscheschränken nach dem blauen

Blumenmuster, das Amy Keegans Totenbett zierte. Ich laufe die Treppe hinauf, gefolgt von Baz.

Oben auf dem Flur gehen drei Türen ab, alle stehen offen, in allen drei Zimmern sind Spurensicherer in weißen Schutzanzügen bei der Arbeit. Keines sieht so aus wie der Raum, in dem Amy Keegan ermordet wurde. Ein ungutes Gefühl breitet sich in mir aus.

KAPITEL 23

Lorcan Murphy ist aufsässig. Wenn Blicke töten könnten, müssten wir ihn auf der Stelle wegen Mordes verhaften. Zorn macht seine Bewegungen zittrig, seine Finger umklammern die Tischkante, als könnte er sie zerbrechen.

»Mr. Murphy, ich weise Sie darauf hin, dass Sie das Recht auf einen Anwalt haben.«

»Ich brauche keinen Anwalt. Ich habe nichts verbrochen.«

»Okay, wenn das so ist, fangen wir an. Bei unserem letzten Gespräch erwähnten Sie, dass Sie für Ihre Forschung ein spezielles Pigment verwenden. Um welches handelt es sich da noch mal?«

»Ich habe Eleanor nicht getötet.«

»Würden Sie bitte die Frage beantworten?«

»Eisenhexacyanoferrat«, sagt er mürrisch. »Warum haben Sie mich hierhergebracht? Ich hab mit Eleanors Tod nichts zu tun.«

Ich warte.

»Geht's um die Geschichte mit der Zeitung? Die sind zu mir gekommen und wollten eine Story. Ich hab ihnen nur erzählt, was ich wusste.«

»Ja, das haben Sie. Auch, dass Eleanor das Pigment zu sich genommen hat.«

»Hab ich das?«

»Diese Information hatten Sie nicht von mir, Mr. Murphy.«

Er zuckt die Achseln. »Ich hab's mir einfach gedacht. Schließlich bin ich Wissenschaftler.«

»Okay. Dr. Costello muss das blaue Pigment irgendwo hergehabt haben. Sie verwenden es bei Ihren Versuchen.

Können Sie sich vorstellen, wie sie Zugang dazu bekommen hat?«

»Es wird nicht besonders gesichert aufbewahrt, falls Sie das meinen. Sie hatte jederzeit Zugang dazu. Sie hätte es auch selbst bestellen können, genauso wie sie eine Packung Objektträger für die Mikroskope bestellen konnte, wenn sie wollte.«

»Gut. Nun schildern Sie mir bitte, wie Sie die Woche bis zum Donnerstag, dem 20. Oktober, dem Tag nach Eleanors Ermordung, verbracht haben.«

»Abgesehen von der Arbeit?«

»Alles, einschließlich Ihrer Arbeit.«

Er blickt auf seine Hände. Ich kann förmlich sehen, wie es in seinem Kopf arbeitet. »Also, ich bin jeden Tag zur Uni gefahren, habe meistens gegen vier Feierabend gemacht, bin anschließend ins Fitnesscenter auf dem Campus und bin zwischen fünf und sechs wieder nach Hause. An dem Mittwoch hatte ich nach der Arbeit noch ein Tutorium mit Eleanor. Wir haben die Uni gemeinsam um kurz nach fünf verlassen.«

Ich blättere meine Unterlagen durch. Einige SMS, die zwei Tage vor Eleanors Tod an ihr Handy und von ihrem Handy gesendet wurden, waren um ungefähr fünf Uhr nachmittags über einen Funkmast in Uni-Nähe gegangen. Es gab eine SMS mit Murphys Vorschlag für ein Treffen in seinem Haus um vierzehn Uhr am Dienstag, also einen Tag vor ihrer Ermordung, und die Antwort von Eleanors Handy mit ihrer Zusage.

»Gehen Sie jeden Tag nach der Arbeit ins Fitnesscenter?«

»So gut wie jeden. Es sei denn, es kommt was dazwischen.«

»Mit Ausnahme von Mittwoch haben Sie also die ganze Woche an der Universität gearbeitet und waren anschließend bis ungefähr sechs im Fitnesscenter?«

Er nickt, schüttelt dann den Kopf. »Nein. Sorry. Am Dienstag bin ich früher nach Hause.«

»Ach ja? Und warum?«

Er zuckt die Achseln. »Mein Heizungskessel war defekt, und ich hatte einen Klempner bestellt. Die Firma heißt *Fortune Heating* und sitzt in Sandyford. Sie können das überprüfen.«

»Um wie viel Uhr sollte der kommen?«

»Er war gegen Mittag da.«

»Und ansonsten hatten Sie während der Woche außer in der Uni keinerlei Kontakt mit Eleanor?«

Er schüttelt den Kopf. »Nein.«

Wir machen eine Viertelstunde Pause. Ich bewaffne mich mit einer weiteren Tasse Kaffee, während Baz mir kurz mitteilt, was sie in Murphys Haus gefunden haben. Eleanors Fingerabdrücke waren auf der Schlafzimmertürklinke, dem Nachttisch, dem Kopfende des Bettes, der Toilette und in Murphys Auto. Auf einigen Laken im Schrank wurde Blut gefunden. Die Spürhunde haben Leichengeruch im Kofferraum seines Autos gewittert.

Steve hatte keine Schwierigkeiten, in Murphys Computer zu kommen, und hat nicht nur Artikel über Mikrobiologie, Muskelaufbau und Forschung gefunden, sondern auch Ordner mit pornografischem Material, das teilweise auf die Black-Widow-Website zurückverfolgt werden konnte, Screenshots von BDSM-Websites, gefesselte Opfer, Messer an Kehlen, Käfige und Sklavenverträge. Übelkeit schnürt mir die Kehle zu. Ich muss mich schwer beherrschen, damit ich ihm nicht alle unsere Beweise vorhalte, aber es ist wichtig, dass das letzte Puzzleteil von ihm kommt, dass er sich in Widersprüche verstrickt.

Steve blickt auf. »Können wir ihm nicht einfach das Amy-Video vorspielen, ihn unter Druck setzen? Oder ihn damit konfrontieren, was wir in seinem Auto gefunden haben?«

»Nein, er soll uns so viele Informationen wie möglich liefern. Dann können wir ihm das entgegenhalten, was wir haben.«

Steve gibt nicht nach. »Er hat doch schon zugegeben, dass er an dem Dienstag zu Hause war. Wir haben die SMS, mit denen sie sich für den Nachmittag verabredet haben. Damit haben wir ihn in der Tasche.«

»Das sind nur Indizien. Die reichen nicht für eine Verurteilung. Wir müssen nachweisen, dass er an einem der Tatorte war. Darum geht's mir.« Ich mache mich bereit für Runde zwei.

Als ich in den Vernehmungsraum zurückkehre, lächele ich Murphy an. Ich sehe eine wachsende Verunsicherung in seinen Augen.

»Möchten Sie noch etwas Wasser?«, frage ich mit Blick auf sein leeres Glas und fülle es, ohne seine Antwort abzuwarten, aus der Karaffe, die mitten auf dem Tisch steht.

Er schaut hoch zur Uhr. »Ich nehme mal an, dass Sie die Universität benachrichtigt haben. Wir sind nämlich knapp an Dozenten in der Mikrobiologie«, sagt er einigermaßen schneidend. »Dauert das hier noch lange?«

Ich reagiere mit einem dünnen Lächeln. »Ich hoffe nicht. Hatte Eleanor Costello je privaten Umgang mit ihren Studenten?«

Er seufzt. »Ich hab Ihnen doch schon gesagt, dass sie nach Feierabend immer prompt nach Hause gefahren ist.«

»Ja, aber sie war nur Lehrbeauftragte und hatte nicht viele Lehrveranstaltungen. Wahrscheinlich hat ihre Forschung mehr Zeit in Anspruch genommen, aber damit blieb ihr immer noch viel Freiraum, um sich mit Studenten zu treffen.«

»Nein.«

»Glauben Sie, dass sie einige von ihnen mit Namen kannte?«

»Selbstverständlich. Es geht hier um Miss Keegan, nicht wahr?«

»Amy Keegan, ja. Hat Eleanor sie gekannt?«

»Bei einer Lehrveranstaltung, an der ich teilgenommen habe, ist Miss Keegan anschließend zu ihr gekommen und hat um eine Fristverlängerung für eine Hausarbeit gebeten, weil sie irgendwelche privaten Probleme hatte und den Abgabetermin nicht einhalten konnte.«

»Wissen Sie noch, wie lange das ungefähr her ist?«

Er zuckt die Achseln. »Zehn Monate oder so.«

»Hat sie die Fristverlängerung bekommen?«

»Nein. Eleanor hat immer gesagt, wer aus irgendwelchen Gründen sein Medizinstudium nicht schafft, der hat in der Medizin nichts verloren. Sie wollte keine Ärzte auf die Menschheit loslassen, die nicht mit dem Druck umgehen können.«

Ich habe plötzlich einen bitteren Geschmack im Mund. »Fanden Sie die Entscheidung fair?«

Erneutes Achselzucken. »Es war nicht meine Entscheidung, die lag ganz bei ihr, aber, ja. Wahrscheinlich.«

»Sie wissen, dass Amys Tod gefilmt und online gestellt wurde?«

»Ich weiß nur, was in den Zeitungen stand, mehr nicht.«

Ich blicke nach unten auf die Notizen, die Steve mir gegeben hat. Ich lese sie langsam durch, lasse mir Zeit.

»Wissen Sie, was die Spürhunde der Gardaí mit ihrer feinen Nase so alles wittern können, Mr. Murphy?«

Er setzt sich aufrechter hin. »Nicht genau.«

»Unsere Spürhunde erschnüffeln eine ganze Menge.« Ich verstumme, zähle im Kopf bis fünf, lasse meine Worte ankommen. »Zum Beispiel einen Tropfen Blut an Kleidung oder Bettwäsche, selbst wenn sie in der Waschmaschine gewesen ist. Oder ob sich in jüngster Vergangenheit eine Leiche in Ihrem Haus befunden hat, Ihrem Auto. Oder auch Gegenstände, die einem Toten abgenommen wurden, vielleicht als Trophäe.«

Alle Farbe weicht aus seinem Gesicht, er wird kreideweiß.

»Eine Trophäe? Ich war das nicht. Ich schwöre.« Er blickt jäh auf, breitet die Hände aus. »Ich weiß nicht, wie das Blut dahingekommen ist«, sagt er. »Hören Sie, sie wurde doch in ihrem Haus ermordet. Wieso sollte dann auf meinen Laken Blut von ihr sein? Und Amy? Ich könnte … ich würde das niemals jemandem antun. Sie müssen mir glauben.« Er presst die Hände zusammen, öffnet sie wieder.

Ich schaue nach unten auf den Tisch. »Wir haben das Handy gefunden, Lorcan. Eleanors Handy. Es ist erstaunlich, was unsere forensischen Computerfreaks heutzutage so alles bewerkstelligen können. Wussten Sie, dass sich selbst auf einer SIM-Karte, die ewig lange im Wasser gelegen hat, noch Nachrichten wiederherstellen lassen?« Ich lächele ihn breit an. »Und der Handy-Speicher? Ich war baff, dass über fünfhundert Nachrichten auf Eleanors Handy gespeichert waren. Und wissen Sie, von wem einige davon waren?«

Sein Atem geht flach und stoßweise vor Panik. Er blickt sich im Raum um, sucht nach einer Fluchtmöglichkeit.

Plötzlich schlägt er die Hände vors Gesicht. Er stöhnt und sieht mich dann durch die Finger hindurch an.

»Ich kann Eleanor nicht getötet haben. Ich war gar nicht in der Nähe ihres Hauses und auch nicht bei mir zu Hause.«

Er lässt die Hände vom Gesicht gleiten, legt den Kopf zurück und stößt einen langen Seufzer aus.

»Ich denke, ich würde jetzt gern mit einem Anwalt sprechen.«

»Besorgt ihm einen Anwalt«, blaffe ich Steve an, als ich zurück in den Soko-Raum komme. »Er sagt, er hat ein Alibi. Hat eine von seinen bescheuerten Studentinnen gevögelt.« Ich klatsche Murphys Aussage auf Steves Schreibtisch. »Gott im Himmel«, schäume ich.

»Du hast mich gerufen?« Baz blickt von seinem Schreibtisch auf.

»Sehr lustig«, sage ich.

Helen kommt näher, trommelt sich mit ihrem Stift gegen den Oberschenkel, während sie wartet, bis ich einmal durchgeschnauft habe.

»Was Neues auf der Black-Widow-Website?«, frage ich.

Ein knappes Kopfschütteln. »Chief, Moira Keegan hat ein paarmal angerufen und gefragt, wie wir in Amys Fall vorankommen.«

Moira Keegan, die verzweifelt auf eine Prise Hoffnung wartet. Auf irgendwas, das ihr Bedürfnis nach Antworten stillt. Und prompt geht mein Schuldgefühl zum Angriff über, schlägt wuchtige Haken in die Teile von mir, die eigentlich längst gegen so einen Scheiß abgehärtet sein sollten.

»Helen, ich kann nicht mit ihr über den Fall reden. Das wissen Sie. Setzen Sie sich mit der Opferbeamtin der Keegans in Verbindung.«

»Alles klar, Chief.«

»Was haben Sie über Rachel Cummins herausgefunden?«

Sie dreht die Spitze ihres Stifts herum. »Sie ist sehr deprimiert, besonders jetzt, nach dem Prozess. Die Ärzte haben ihr Medikamente verschrieben, deshalb war sie ziemlich benebelt. Aber sie hat gesagt, sie wäre völlig erschöpft gewesen, als man ihr das digitale Foto von Ivan Neary gezeigt hat. Sie war nicht sicher, ob sie den Richtigen ausgesucht hatte, aber nachdem Sie dann ausgesagt hatten, war sie beruhigter.«

»Fragen Sie sie, ob sie zur Vernehmung herkommen würde.«

»Chief, sie ist wirklich nicht gut drauf.«

»Tun Sie's einfach.«

Ich drehe mich zur Kaffeemaschine um. »Scheiße.« Ich runzele die Stirn. »Wieso hat Lorcan uns nicht früher von seinem Alibi erzählt? Irgendwas stimmt da nicht.«

Baz blickt auf. »Dir macht bloß dein schlechtes Gewissen zu schaffen, mehr nicht.«

Zweifel nagen an mir.

»Falls sich sein Alibi bestätigt, kann er gehen. Kein Beinbruch.« Er schiebt seinen Stuhl zurück. »Ich hab nachgedacht.« Er grinst mich an. »Heute Morgen, bei Lorcans Festnahme, da hat was die Mäuse im Laufrad auf Trab gebracht.« Er macht mit dem Zeigefinger eine Kreiselbewegung neben seinem Kopf. »Das blaue Zimmer. Ich hab darüber nachgedacht. Überlegt, wo es sein könnte.«

»Falls das dabei rauskommt, wenn du mal nachdenkst, ist Einstein gegen dich ein Volltrottel.«

Er seufzt. »Du hast gesagt, wir müssen den *anderen Tatort* finden. Als läge der ganz woanders. Nicht in Clontarf. Nicht in Bray. Vielleicht nicht mal in Dublin. Das hast du doch gemeint, oder?«

»Baz, falls du auf irgendwas hinauswillst, komm endlich zur Sache.«

Er schiebt eine Hand in die Tasche. »Du solltest froh sein, dass wenigstens einer deine Einsichten zu schätzen weiß. Selbst wenn sie rein intuitiv sind.«

Ich schütte ein Tütchen Zucker in meinen Kaffee. Eine Zigarette habe ich schon in der Hand.

Baz beugt sich vor und klickt auf seine Computermaus. Der Bildschirm wird hell, und Amy Keegans entsetztes Gesicht erscheint. Fast halte ich mir die Augen zu, so stark ist das Bedürfnis, mich vor dem Anblick zu schützen.

»Schließ die Augen«, sagt er.

»Ich hab's schon gesehen. Deine Rücksichtnahme kommt ein bisschen zu spät.«

»Nein. Schließ die Augen. Du musst genau zuhören. Nicht zusehen.«

Ich tue wie geheißen, höre das Klicken der Maus und dann Amy Keegans ersticktes Atmen, als sie versucht, Sauerstoff in ihre gequälte Lunge zu saugen. Ich will schon den Kopf schütteln, als ich es höre. Jenseits der Geräusche im Raum, jenseits von Amys panischem Atem und dem Quietschen des Betts ertönt das Angelusläuten einer Kirchenglocke.

Ich öffne die Augen. Baz grinst mich begeistert an. »Na?«

Ich lächele. »Das Angelusläuten einer römisch-katholischen Kirche. Leider gibt's in Irland jede Menge davon.«

Ich ziehe meinen Blazer an.

Baz klappt den Laptop zu. »Bleibst du nicht hier, um unseren kleinen Gentleman weiter zu drangsalieren?«

»Nee. Macht keinen Spaß, wenn ein Anwalt dauernd dazwischenfunkt. Wir haben genug, um ihn vierundzwanzig Stunden festzuhalten. Hoffen wir mal, dass in seinem Haus irgendwas zu finden ist, das für einen Haftbefehl reicht. Wir sollten mit Dörfern anfangen, zu denen unsere Opfer oder natürlich auch unser Verdächtiger, Murphy, irgendeinen Bezug hatten. Steve, rufen Sie mich an, wenn sich irgendwas Wichtiges ergibt, ich arbeite heute Abend zu Hause.«

Leises Hüsteln hinter mir. Als ich mich umdrehe, steht Steve steifbeinig und mit betroffener Miene da. Er hält mir ein Blatt Papier hin.

»Könnte sein, dass sein Alibi solider ist, als Sie denken.«

»Was ist das?« Ich schnappe mir das Blatt.

Es ist noch warm vom Drucker, und darauf steht die letzte Nachricht von TrustMe57.

TeeganRed,
es kommt eine Zeit, da müssen Worten Taten folgen. Es wird Zeit, dass wir uns kennenlernen. Ich hab den perfekten Treffpunkt.
TrustMe57

Ich gehe über den Flur zum Beobachtungsraum, blicke durchs Sichtfenster in den Vernehmungsraum, wo Lorcan Murphy am Tisch sitzt, den Kopf in die Armbeuge gelegt.

Baz, der mir gefolgt ist, schaut mir über die Schulter, liest den kurzen Text und flucht leise. Er macht ein paar Schritte auf das Sichtfenster zu, dreht sich dann wieder zu mir um. Wir gehen zurück zum Soko-Raum.

Er zeigt auf die Nachricht. »Das ist gerade reingekommen?«

Steve nickt. »Vor einer Minute.«

Ich stütze mich an einer Stuhllehne ab. »Tja, dann kann es nicht Lorcan Murphy gewesen sein.« Ich denke an das Blut in seinem Auto, auf seiner Bettwäsche. Den Leichengeruch im Kofferraum.

»Vielleicht ist dieser Internet-Perversling nicht unser Mann?«, überlegt Baz.

»Wer auch immer er ist, er hatte zu zwei von unseren Opfern E-Mail-Kontakt. Diese Verbindung dürfen wir nicht ignorieren.«

»Aber Murphy?«

»Der steckt irgendwie mit drin. Hat Eleanor Costello bis unmittelbar vor ihrem Tod gesimst.« Eine der SMS geht mir durch den Kopf. *Du kannst für heute Nachmittag zwischen zwei Waffen zum Spielen wählen. Schmerz oder Atemkontrolle?*

Hämmernder Puls, Engegefühl in der Brust. Warme Flecken ziehen sich vom Hals aufwärts. Ich schließe ein paar Sekunden lang die Augen, blende die Hektik und die nervöse Spannung im Soko-Raum aus, das Vorher und Nachher jeder Entscheidung. Als ich die Augen wieder öffne, ist der Raum klar im Fokus.

»Wir sind nah dran. Murphy ist raus, solange wir keinen Beweis dafür haben, dass er an einem der Tatorte war. Wir vereinbaren ein Treffen mit diesem Internet-Irren und warten ab, was passiert. Selbst wenn er nicht unmittelbar in die Morde verstrickt ist, hat er die Opfer gekannt. Wir müssen ihn vernehmen.«

Ich nehme meinen Mantel und gehe zur Tür. Als ich sie schon aufgerissen habe, drehe ich mich noch einmal um.

»Steve, schicken Sie mir Nicole Duartes Telefonnummer, ich möchte sie herkommen lassen. Sie will mir irgendwas erzählen, bringt's aber nie ganz über sich. Ich will endlich wissen, was ihr auf der Zunge liegt.«

KAPITEL 24

Ein erboster Autofahrer hupt wie wild. Ein Schwall von Flüchen, die einen Mafioso erröten lassen würden, steigt zum Fenster meiner Wohnung herauf. Ich rolle vom Sofa und fange hastig meine Arbeitsblätter auf, die auf den Teppich zu rutschen drohen.

Ich ordne die Papiere und lege sie auf den Couchtisch, schalte den Fernseher aus und dehne meinen Rücken, der die Form der Couch angenommen hat. Ich trete ans Fenster und starre hinunter auf den stehenden Verkehr. Ein Mann lehnt sich aus seinem Seitenfenster und droht mit rot geballter Faust einem Bus, der ihm offenbar die Vorfahrt genommen hat.

Ich schüttele den Kopf und trage mein allmählich verkümmerndes Bonsai-Projekt in die Küche. Die Erde um den Baum ist bröckelig und trocken, und als ich mit den Fingerspitzen über die spröden Blätter streiche, löst sich eines und fällt mir in die Hand. Ohne das Drahten und Beschneiden haben sich ein paar neue Zweige gebildet und sind nach außen gewuchert, wie die schlaksigen Gliedmaßen eines Teenagers.

»Tut mir leid, Kumpel. Du hast echt Pech gehabt, als ich mich im Gartencenter für dich entschieden hab«, murmele ich. Ich drehe den Wasserhahn auf und lasse den Bonsai in einer kleinen Pfütze in der Spüle stehen, während ich frühstücke.

Das Wasser im Wasserkessel kocht, und ich rühre ein Tütchen Instantkaffee in eine Tasse. Eine SMS von Baz informiert mich, dass in Murphys Haus sonst wenig Belastendes gefunden wurde. Er wird in zwei Stunden freigelassen werden. Seit er einen Anwalt verlangt hat, bestehen seine Antworten nur noch aus »Kein Kommentar«. Fast zucke ich mit den Schultern. Er hat ein Alibi. Würden wir eine Schlacht schlagen, wäre das der Moment, um sich zurückzuziehen, eine andere Taktik zu erwägen. Und genau das müssen wir jetzt tun.

Nicole Duarte. Die junge Cafeteria-Frau. Irgendwas weiß sie. Ich hebe die Tasse an die Lippen, trommele mit den Fingernägeln auf der Arbeitsplatte. Warum war sie so darauf erpicht, mir von Murphy zu erzählen? Vom ersten Moment an wollte sie mir unbedingt bei den Ermittlungen helfen, als ob ihr Gewissen sie dazu drängte, den Mund aufzumachen, oder die Eifersucht auf Murphys Beziehung zu Costello. Mein Rückgrat strafft sich. Sie weiß es. Sie weiß, dass Murphy auf abartigen Scheiß steht.

Ich nehme mein Smartphone und rufe die Nachricht von Steve mit Nicoles Telefonnummer auf, wähle sie. Ich tigere hin und her und schlürfe meinen Kaffee, während ich darauf warte, dass sie rangeht. Schließlich springt ihre Mailbox an. Ich lege auf und versuche es erneut. Und noch einmal. Schließlich rufe ich Baz an.

»Heda!«

Ich seufze. »Heda?«

»Wollte mal was Neues ausprobieren.«

»Lass es lieber. Ihr habt ihn noch nicht freigelassen, oder?«

»Murphy? Nee.«

»Ist der Anwalt da?«

»Moment.« Das Geräusch einer Tür, die geöffnet wird, und Baz' locker trabende Schritte dringen mir ans Ohr. »Noch nicht. Aber er weigert sich, irgendwas zu sagen, bis sein Anwalt kommt.«

Ich denke an das Foto, das Duarte mir von ihrer Tochter

gezeigt hat, Zöpfe mit rosa Schleifen und ein sanftes, schüchternes Lächeln.

Baz redet weiter: »Murphys Alibi hat sich bestätigt. Keine Studentin, sondern ein Student. Neunzehn. Ich hab mit ihm geredet. Murphy war die ganze Nacht bei ihm in der Wohnung und ist von dort aus direkt zur Uni.«

»Wir haben Blut in Lorcans Auto, auf seinem Laken, Eleanors Fingerabdrücke überall im Haus, wir haben lüsterne SMS von ihm an ihr Handy und ihre Antworten auf seinem.«

»Sollten wir nicht abwarten, bis die Ergebnisse des DNA-Tests vorliegen?«

»Glaubst du ernsthaft, er hat nichts damit zu tun?«

Er seufzt. »Das behaupte ich ja gar nicht, aber anscheinend passt der andere Geisteskranke besser zu unserem Täterprofil.«

»Und warum ist Duarte dann zu uns gekommen? Sie hat uns die Info auf einem Silbertablett serviert.«

Schweigen.

»Ich bin in zehn Minuten da. Lasst ihn noch nicht gehen. Ich brauche nicht lange.«

Auf dem Weg zum Präsidium versuche ich noch dreimal, Nicole telefonisch zu erreichen, aber jedes Mal meldet sich nur die Mailbox. Ich hinterlasse eine kurze Nachricht, bitte sie, mich so schnell wie möglich zurückzurufen. Mein Puls beschleunigt sich, und ich beruhige mich damit, dass unser Hauptverdächtiger noch sicher in Gewahrsam ist und niemandem etwas antun kann.

Nur ist er das leider nicht mehr. Als ich ankomme, ist Lorcan Murphy schon auf freien Fuß gesetzt worden.

Clancy steht an meinem Schreibtisch. Hände auf den Hüften, das Gesicht hochrot und finster.

»Sag mir, dass ihr das nicht gemacht habt.«

»Sheehan, deine Zeit mit ihm war um. Du weißt, wie das läuft.«

»Ich hatte noch eine halbe Stunde«, sage ich langsam, presse die Worte durch zusammengebissene Zähne.

»Sein Anwalt war schneller als du. Es hatte keinen Zweck, Murphy noch länger festzuhalten. Sein Alibi hat sich bestätigt.« Er kommt auf mich zu. »Arbeite schneller«, befiehlt er. »Sonst geht dieser gottverdammte Fall den Bach runter, und dann ist Schluss.«

Ich strecke die Hand aus, brauche den Halt meines Schreibtischs, stütze mich auf das Holz. Meine Knie beginnen, jämmerlich zu zittern, und ich hoffe, das Clancy das nicht mitkriegt. Er verwechselt mein Schweigen mit Zerknirschung.

»Frankie, ich weiß, du tust dein Bestes. Aber die Ermittlungen dauern jetzt bald drei Monate, und wir haben absolut nichts. Das Geld ist knapp.« Immerhin hat er den Anstand, beschämt auszusehen, als er das sagt.

Letzten Endes läuft Gerechtigkeit darauf hinaus, wer das Geld hat, die richtigen Tests in Auftrag zu geben, und wer genug Personal, um einen Tatort zu untersuchen. Gerechtigkeit ist teuer.

Ich schaffe es, mich zusammenzureißen.

»Ich hab eine andere Spur.« Ich hebe beide Hände, als er mich skeptisch ansieht. »Keine Bange, kostet uns höchstens eine Tankfüllung.«

»Na, dann komm endlich in die Gänge, Herrgott noch mal.«

Ich komme nicht in die Gänge. Jedenfalls nicht sofort. Ich habe mich noch nie gern rumkommandieren lassen, und die

Rebellin in mir hat auf stur geschaltet. Außerdem brauche ich Zeit, um darüber nachzudenken, wie ich Nicole zum Reden bringe. Ich winke Baz, dass er mitkommen soll, und fahre mit ihm zu meinem alten Lieblingscafé, wo wir uns ganz hinten einen Tisch suchen. Baz nimmt mir gegenüber Platz.

Er sieht sich verstohlen um. »Wir sind im Dienst, oder?«

»Klar.« Ich winke die Kellnerin herüber und bestelle zwei Kaffee.

»Denkst du nicht, wir sollten in die Gänge kommen?«

Ich hebe einen Finger – Moment – und rufe im Büro an.

»Steve, könnten Sie jemanden für mich überprüfen?«

»Background-Check?«

»Sozusagen. Nicole Duarte.«

Am anderen Ende höre ich seine Finger über die Tastatur klappern.

»Und könnten Sie auch feststellen, ob sie von irgendwem Unterhaltszahlungen für das Kind bezieht?«

»Unterhaltszahlungen?«

»Ja.«

»Mach ich.«

»Und übrigens, Steve, hängen Sie das bitte nicht an die große Glocke. Clancy muss nicht unbedingt davon erfahren.«

Kurzes Zögern, dann: »Okay.«

»Rufen Sie mich an, wenn's irgendwelche Probleme gibt.«

»Helen will Sie noch kurz sprechen«, entgegnet er.

»Helen?«

Gleich darauf höre ich ihre Stimme. »Hi, Chief. Ich hab eine Liste von Kirchen für Sie, aber ich dachte, wir fangen am besten mit Eleanors Heimatort an. Da gibt es zwei katholische Kirchen, aber nur eine mit einem Glockenturm. St. Dympna. Ich schicke Ihnen die Adresse.«

»Prima. Danke, Helen.« Ich lege auf.

Baz trinkt den letzten Schluck von seinem Kaffee. »Nicole Duarte geht also nicht ans Telefon?«

»Stimmt.«

Ich schüttele den Kopf. Ich stecke knietief in einem Sumpf aus Lügen. Mit einem Seufzer lege ich das Handy weg. »Ich hab ein ungutes Gefühl. Ich muss sie unbedingt sprechen.«

»Dann lass uns zur Uni fahren und dort mit ihr reden.«

»Wir haben Wochenende, sie wird nicht da sein. Mist.«

Ich stemme mich hoch, schütte den Rest meines Kaffees in mich hinein und knalle die Tasse auf den Tisch. »Komm, wir fahren nach Kilcullen.«

»Kilcullen?«

»Zum Haus von Eleanors Tante.«

»Denkst du, das blaue Zimmer ist dort? Da kann Murphy ja wohl schlecht mal eben kurz in der Mittagspause hingedüst sein, oder?«

Ich gehe zur Tür. »Wie du selbst sagst, wahrscheinlich ist Murphy nicht unser Mann, aber wir müssen dieses Zimmer finden, und mehr haben wir im Moment nicht. Das Haus der Tante ist nicht weit von der Fundstelle des Handys. Vielleicht verstehen wir Eleanor ein bisschen besser, wenn wir uns mit ihrer Vergangenheit beschäftigen. Irgendwas versteckt sie vor uns.«

»Versteckte.«

»Hä?«

Sein Gesicht legt sich in besorgte Falten. »Sie ist tot.«

»Lass uns fahren, bevor Clancy auf die Idee kommt, dass wir uns den Sprit nicht leisten können, und wir hinreiten müssen.«

Baz ist auf dem Beifahrersitz eingeschlafen. Er hat den Kopf gegen die Kopfstütze gelegt, der Mund steht offen. Bei jeder Kurve, jedem Schlagloch rutscht sein Körper näher ans Fenster, bis er sich schließlich an die Tür schmiegt wie ein kleines Kind.

Ich werfe einen Blick auf die Straßenkarte, die ich auf dem Handy habe. Das Display ist eingefroren, ein graues Hinweisfenster teilt mir mir, dass das GPS meinen Standort nicht findet.

»Verdammt«, murmele ich und verlangsame den Wagen. Ich suche die Umgebung ab, versuche, mich zu erinnern, wann ich das letzte Mal abgebogen bin, wann mir mein Handy zuletzt gesagt hat, wo es langgeht. Eleanor ist mit sechzehn zu ihrer Tante nach Kilcullen gezogen. Eigentlich müssten wir nur wenige Meilen entfernt sein, aber die Straße scheint ins Nichts zu führen. Sie ist schmal, dicht von Bäumen gesäumt, die den Blick auf die Landschaft dahinter verstellen.

Ich fahre links ran, gefährlich nah an den Straßengraben, um mein Handy wieder zum Leben zu erwecken, aber jetzt habe ich kein Netz mehr und kann die Straßenkarte überhaupt nicht mehr aufrufen.

Baz erwacht mit einem Ruck, streckt sich. »Sind wir schon da?«

Ich steche mehrmals mit dem Zeigefinger auf das Handy ein. »Nee. Irgendwo in der Pampa.«

Er lächelt mich verschlafen an, aber ich bin genervt und frustriert.

»Meine Navi-App hat den Geist aufgegeben, und jetzt haben wir kein Netz mehr.« Ich haue noch ein paarmal auf das Display, versuche, die Karte neu zu laden, aber der Empfang ist beschissen.

»Gib mal her und fahr weiter.« Er streckt die Hand aus, wackelt auffordernd mit den Fingern.

Ich reiche ihm das Handy, lasse den Motor wieder an und holpere vom Straßenrand zurück auf die Fahrbahn.

Aus dem Augenwinkel sehe ich, wie er stirnrunzelnd aufs Display starrt. »Meine Fresse, dein Handy ist ja uralt.«

Er streicht über das Display und zeigt dann durch die Windschutzscheibe auf die Straße. »Da vorne kommt gleich ein Kreisverkehr. Erste Ausfahrt.«

In der Ferne taucht die Silhouette des Dorfes mit Dächern und Stromleitungen in den Braun- und Grüntönen der Landschaft auf. Im Zentrum erhebt sich ein imposanter Glockenturm.

Baz beugt sich auf seinem Sitz vor, um den hohen Steinturm zu betrachten, der von einer kleinen, gedrungenen Kirche aufragt. Sein Kopf schwenkt zu mir herum.

»Glaubst du, das ist es?«

»Sieht so aus«, murmele ich halblaut.

»Na dann …«, flüstert er.

Mein Fuß drückt aufs Gaspedal. Das Haus von Eleanors Tante befindet sich in einer gepflegten kleinen Siedlung gleich am Dorfrand, und wir haben einen Durchsuchungsbeschluss dafür.

Prickelndes Adrenalin rauscht mir durch die Adern. Ich starre auf die Kirche vor uns.

»Ruf die Spurensicherung an. Um Clancy kümmern wir uns, sobald wir dieses Zimmer gefunden haben«, sage ich.

Ausnahmsweise hat Baz mal keine Einwände.

Das Haus in Kilcullen, in dem Eleanor mit ihrer Tante wohnte, liegt in der Howth Road Nummer fünfundvierzig. Die Hausnummer steht auf einer von dichtem Efeu umwachsenen Tafel. Der Vorgarten ist klein, kräftige Büsche aus widerstandsfähigen Pflanzen wuchern die niedrige Mauer hoch, die das Grundstück von dem des Nachbarhauses trennt. Das Gartentor schabt über den Boden, als ich es aufdrücke. Ich halte den Riegel umfasst, spüre die rissige schwarze Farbe rau an der Handfläche.

Ich stelle mir Eleanor Costellos Hand da vor, wo meine ist, male mir aus, wie sie über den kurzen Gartenweg zur Haustür ging. Bewegte sie sich langsam, selbstbewusst, souverän? Ungeniert? Oder hielt sie den Kopf gesenkt? Verstohlen? Zuckte sie beim Kratzen des Tors über den Kies zusammen? War jemand bei ihr? Oder wartete dieser Jemand bereits drinnen auf sie?

Ich ziehe einen Schlüssel aus der Tasche. »Dann wollen wir mal.« Ich gehe zur Haustür. Vor den Nachbarhäusern parken keine Autos. Nur zwei Häuser weiter steht ein Kombi in einer Einfahrt. Die Gardinen bewegen sich, und ein Frauengesicht taucht im Fenster auf, um dann fast ebenso schnell wieder zu verschwinden. Ich lächele und drehe den Schlüssel im Schloss, die Tür ächzt und öffnet sich dann bebend. Der nasse irische Winter hat das Holz aufquellen lassen. Baz und ich nehmen uns einen Moment Zeit, um Handschuhe überzustreifen, dann treten wir ein, und ich betätige den Lichtschalter. Draußen ist helllichter Tag, aber das Haus geht nach Norden, und in der Diele ist es dunkel und kalt.

Ich hebe die Hand, lasse sie über die Wand gleiten. Sie ist tapeziert, ein dunkelblaues Blumenmuster mit glatter blauer Bordüre.

»Vielleicht ist das ein durchgängiges Thema«, murmelt Baz, und zarte Hoffnung steigt in sein Gesicht.

Ein kühler Luftzug weht durch die Haustür herein,

streicht um meinen Mantelkragen wie ein Finger. Ich drehe mich um, gehe langsam die Diele hinunter. Mir ist bewusst, dass ich meine Füße betont sanft auf den Fliesen abrollen lasse, als könnte ich mich, wenn ich ganz leise bin, an die Vergangenheit anschleichen, unseren Mörder schnappen, bevor er Zeit hat, Amy Keegan zu töten. Der erste Raum ist das Wohnzimmer, matt pfirsichfarben. Ich mache ein paar Fotos und werfe Baz, der eine weitere Tür auf der anderen Seite der Diele geöffnet hat, einen Blick zu.

Er schüttelt den Kopf. »Das Bad.«

Ich gehe die Treppe hinauf und nehme die Schlafzimmer unter die Lupe. Kein Raum ähnelt dem in dem Video. Zurück im Erdgeschoss, blicke ich durch eine offene Tür in eine in grauweißes Licht getauchte Küche mit angrenzendem Esszimmer.

Ich wappne mich innerlich. Dann wende ich mich der letzten Tür in der Diele zu. Amy Keegans Schreie sind gedämpft durch das Eichenfurnier zu hören, ein verzweifeltes Scharren von Füßen, das Knistern von Plastik. Ich schüttele den Kopf, verjage die Geister der Vergangenheit aus meinen Gedanken und drücke die Klinke. Die Tür schwingt auf. Meine Augen blinzeln, geblendet vom Licht. Diese Seite des Hauses geht fast direkt nach Westen, und die untergehende Sonne leuchtet orange durch die Gardinen und quer über das Bett, bevor sie sich im Spiegel der Frisierkommode zu glühender Pracht bündelt. Mein Körper sinkt gegen den Türrahmen. Hinter mir stöhnt Baz auf.

Von der Straße her sind laute Geräusche zu hören, und jemand klopft an die Haustür.

»Spurensicherung«, ruft eine Männerstimme.

Ich atme tief durch. »Ja.«

Ich wende mich von dem Raum ab. Blasses Pink.

»Gav Streeting. Leiter der Spurensicherung aus Naas. Wo sollen wir anfangen, Chief?«

Ich schaue Baz an, der plötzlich eine zutiefst skeptische Miene aufgesetzt hat.

»Clancy hätte das niemals genehmigt.«

Ich lächele Gav Streeting an. »Warten Sie bitte noch einen Moment.«

Er runzelt die Stirn, dreht sich dann zu seinen Leuten um und macht eine Kreisbewegung mit dem Zeigefinger, worauf sie gehorsam kehrtmachen und wieder nach draußen abziehen.

Baz folgt mir in die Küche.

Ich setze mich an den Tisch und lege kurz die Hände vors Gesicht.

Als ich aufblicke, lehnt Baz an der Spüle, der Mund verkniffen.

»Was jetzt?«, fragt er.

Den Rücken gegen die harten Holzstreben des Küchenstuhls gelehnt, schaue ich mich in der kleinen Küche um, die noch immer so aussieht, als würde hier eine alte Tante wirtschaften. Die beiden Häuser könnten unterschiedlicher nicht sein: auf der einen Seite die sterile Ordnung des Costello-Hauses, auf der anderen dieses dunkle, verwohnte Reihenhäuschen. Schwer vorstellbar, dass sich Eleanor auf dem Stuhl hier mal Falten in ihre gebügelte Hose gesessen hat.

Ich stehe auf, gehe zur Tür.

»Streeting?«, rufe ich die Diele hinunter. Sofort taucht er in der offenen Haustür auf.

Ich winke ihn herein. »Legen Sie los. Das volle Programm bitte.«

Er nickt und dreht sich augenblicklich um, beordert sein Team ins Haus.

Ich dränge mich durch die Diele und nach draußen, ins letzte Licht der untergehenden Sonne.

»Sheehan«, ruft Baz hinter mir, doch ich steige schon ins Auto und knalle die Tür zu.

Ich ramme den Schlüssel ins Zündschloss. Baz schmeißt sich auf den Beifahrersitz, doch noch ehe er etwas sagen kann, gebe ich bereits Gas, lasse Kilcullen hinter uns.

»Clancy macht uns fertig.«

»Er wird nichts sagen.«

Baz schnaubt.

Ich schiele zu ihm rüber. »Was glaubst du, warum er sich so dafür eingesetzt hat, mich wieder an Bord zu haben, Harwood? Ich bin schließlich nicht besser als viele von meinen Untergebenen.« Meine Hände verkrampfen sich ums Lenkrad.

Als Baz nichts erwidert, lache ich kurz auf. »Nun überschlag dich nicht gleich, mir zu widersprechen.«

»Dein Riesenego wird's schon verkraften.«

»Er hat mich zurückgeholt, weil er weiß, dass ich die harten Entscheidungen treffe. Die Entscheidungen, die er treffen will, aber nicht kann, weil er sich dem Commissioner gegenüber rechtfertigen muss. Tatsache ist, dass das Haus dahinten«, ich deute mit dem Daumen Richtung Rückfenster, »uns vielleicht den entscheidenden Anhaltspunkt liefert. Wir haben nicht das Geld, es zu durchsuchen, aber wir dürfen nicht riskieren, etwas zu übersehen. Das Handy wurde keine zehn Meilen von hier in die Liffey geworfen«, rufe ich ihm erneut in Erinnerung.

Er seufzt, blickt aus dem Fenster. »Du hast recht. Ich hätte nur gut auf einen Anschiss von Clancy verzichten können, mehr nicht.«

Ich lache wieder, aber innerlich zieht sich mir der Magen

zusammen. Obwohl ich Baz beruhigt habe, halte ich es für durchaus möglich, dass Clancy mir sagt, ich soll meine Sachen packen, mich noch mal krankschreiben lassen, auch wenn er weiß, dass ich gar nicht anders handeln konnte.

Der Aufzug stoppt, und die Tür gleitet auf. Meine Oberarme sind müde von der langen Fahrt über enge Landstraßen. Baz hat mir die ganze Zeit in den Ohren gelegen, wir sollten noch was trinken gehen, um unserem Fehlschlag den Stachel zu nehmen. Aber ich habe genug Übermüdung aufgestaut, um mein Adrenalin im Zaum zu halten, und will nur noch schlafen.

Ich packe meine Tasche, die Fallordner, Leben und Tod der Opfer, auf einen Arm und will mit der freien Hand die Wohnungstür aufschließen, aber sie ist schon auf. Die Tür bewegt sich, knarrt, als würde sie von einem verirrten Luftzug nach innen gesogen. Ich erstarre, lege Tasche und Ordner vorsichtig auf den Boden und spähe durch den Türspalt. Ich versuche, mich zu erinnern, wann ich heute Morgen die Wohnung verlassen habe. Die Stunden, Tage, Nächte, alles ging in einem Dunst aus Vernehmungen und Tatorten ineinander über.

Ich war in Eile, wollte nicht zu spät kommen. Hab ich die Tür abgeschlossen? Ich weiß es nicht mehr.

Ich mache einen Schritt zur Seite, drücke die Tür weit auf. Warte. Dann greife ich nach innen. Schalte das Licht an. Schmutziges Geschirr in der Spüle, Kleidung über der Rückenlehne des Sessels, meine Kaffeetasse auf der Fensterbank. Alles wie immer. Ich trete ein, lasse den Blick prüfend durch den Raum gleiten. Nichts wirkt fehl am Platze. Ich gehe vorsichtig zum Schlafzimmer, mache Licht. Nichts. Bettdecke zurückgeschlagen, Schrank offen, Kleiderbügel an der Tür. Ich kontrolliere jede Schublade, jedes Fenster, und allmählich weicht die Anspannung aus meinen Schultern.

Ich kehre in den Hausflur zurück, hebe meine Tasche und die Ordner auf und gehe wieder hinein, schließe die Tür ab. Nehme mir sogar die Zeit, den Riegel ganz unten vorzuschieben. Ich gieße mir ein Glas Wein ein, setze mich aufs Sofa, versuche, mich zu entspannen. Nach einer Weile trete ich ans Fenster. Aus diesem Blickwinkel kann ich die gesamte Wohnung im Auge behalten, all die Ecken und Winkel, in der sich die Angst gern versteckt.

KAPITEL 25

Rachel Cummins wurde heute Abend in ihrer Badewanne aufgefunden. Die Unterarme vom Handgelenk bis zum Ellbogen aufgeschlitzt, das Wasser noch warm, obwohl sie schon fast eine Stunde tot war. Die Ränder der Wunde am rechten Arm waren gezackt, weil Rachel mit der schon verletzten linken Hand mehrfach neu ansetzen musste.

Regen peitscht gegen die Hauswand, spritzt Tropfen durch den schmalen Spalt, den ich das Fenster geöffnet habe. Eine Wolke Zigarettenqualm schwebt kurz vor mir, zieht dann hinaus in die tobende Nacht. Der Wind hebt mir die Haare aus der Stirn, jagt mir eine Gänsehaut über den Rücken. Ich verschränke die Arme. Mein Spiegelbild schneidet im Fenster vor mir Grimassen, und der Innenraum meiner Wohnung ragt hinaus in die Dunkelheit. Eine ungeöffnete Flasche Wein steht auf dem Couchtisch. Ich hebe meine Tasse an den Mund, schmecke bitteren Kaffee und schlucke.

Ich ziehe an der Zigarette, schaue zu, wie der Rauch gegen die Scheibe strömt, wabert und dann nach oben zum offenen Fenster gleitet. Die Rechtsmedizin hat Rachels Tod rasch als Selbstmord eingestuft. In einem Abschiedsbrief hat sie erklärt, dass sie mit ihrer Schuld und Angst nicht mehr weiterleben konnte. Hätte ich dasselbe tun sollen? Mir aus Schuldgefühlen mit einer Rasierklinge die Arme aufschlitzen? Ich habe Ivan Neary zwar nicht festgenommen, aber Rachel zu der Annahme gebracht, dass er ihr Angreifer war. Ich drücke den Zigarettenstummel in der Erde des Bonsaibaums aus.

Ich denke an ihre Nervosität, ihre ängstlichen, fahrigen Bewegungen. Ihre Augen konnten mich nie länger ansehen, sondern glitten ständig zwischen Boden und mir hin und her. Ihre Hände bewegten sich rhythmisch übereinander, ein unaufhörlicher beklommener Tanz. Sie hätte einfach alles gesagt, um diesen Fall hinter sich zu lassen.

War es das wert? Ein Leben als Buße für die Falschaussage gegen Ivan Neary? Ich klemme mir die nächste Zigarette zwischen die Lippen, blinzele, als ich sie anzünde, und puste den Rauch in einem geraden Strahl zur Decke.

Das Telefon summt auf der Küchentheke. Ich zucke zusammen, rolle dann die Schultern, hole es und kehre zum Fenster zurück.

»Sheehan.«

»Hey, Frankie, Helen hier.«

Dass sie mich mit Vornamen anredet, lässt mich stutzen.

»Tut mir leid, wenn ich störe, aber Sie versuchen wahrscheinlich gerade, irgendwie zu verdauen, was mit Rachel Cummins passiert ist.«

Ich ziehe an der Zigarette. »Was gibt's?«

»Ich dachte, Sie hätten vielleicht das Bedürfnis zu reden.« Ich spüre, dass sie ihre Worte mit Bedacht wählt. »Rachel Cummins hat getan, was sie getan hat. Jeder Mensch ist für seine Handlungen selbst verantwortlich.«

Ich starre mein Spiegelbild in dem dunklen Fenster an. »Klar. Sonst noch was?«

Stille am anderen Ende. Dann: »Moira Keegan. Sie hat schon wieder angerufen.«

»Ich hab Ihnen doch gesagt, sofern sie keine neuen Informationen für uns hat, rede ich erst mit ihr, wenn ich ihr sagen kann, dass wir das Schwein erwischt haben, das ihre Tochter umgebracht hat.«

»Sie sagt, sie will sich nur mal bei Ihnen melden. Und ich dachte, jetzt, nach Rachel –«

»Verdammt, Helen, wer sind Sie? Die Stimme meines Gewissens? Also gut, ich ruf sie an. Zufrieden?«

»Äh, genau genommen, wartet sie gerade auf der anderen Leitung.«

Wundert mich nicht. Helen ist ein Muster an Effizienz. Ich blicke an meinem Spiegelbild vorbei zum Fenster hinaus. Tiefschwarze Nacht. Ein bleicher Mond irgendwo hinter dunklen Wolken verborgen. Der heftige Platzregen ist jetzt zu einem beruhigenden Plätschern abgeklungen.

»Stellen Sie sie durch.«

»Frankie. Hier spricht Moira Keegan.«

In Moiras Stimme schwingt so viel unausgesprochene Trauer mit, dass ich es kaum ertrage.

»Moira. Tut mir leid, dass ich noch nicht zurückgerufen habe, besonders nachdem Tom –«

»Ich wollte mal fragen, ob ihr irgendwelchen Hinweisen nachgeht.« Gleich zur Sache. Kein Small Talk, Mord macht uns alle zu Fremden.

Ich unterdrücke den Seufzer, der mir entweichen will. »Dazu darf ich leider nichts sagen, Moira. Wie geht's Eamon?« Ich schüttele den Kopf über meine dümmliche Frage.

»Na ja, wie er eben so ist. Hat sich wieder in die Arbeit gestürzt. Tom wäre heilfroh, wenn er ihn mal eine Weile los wäre.« Eine Pause, dann: »Ich glaube, er fühlt sich irgendwie schuldig.«

Und schlagartig erwachen meine Detective-Instinkte. »Schuldig? Tom?«

»Nein. Eamon. Amy und er haben sich nämlich manchmal gestritten.« Sie senkt die Stimme zu einem Flüstern. »Zum Beispiel, als sie ihm von ihrer Affäre erzählt hat. Aber was hätte er machen sollen?«

Ich nicke. Entspanne mich. »Ja.«

»Letzte Woche war die Beerdigung«, stellt sie fest.

Scham steigt mir in die Wangen. »Tut mir leid, dass ich nicht dabei sein konnte.«

»Wir haben es klein gehalten. Nur Verwandte und ein paar Freunde, aber es war schön. Hätte Amy gefallen. Wir haben ihre Sandwiches angeboten, die mit Schokolade, die sie so gern mochte. Und eine Band hier aus der Gegend hat bei uns im Haus gespielt, Stücke von ihrer Lieblingssängerin. Es war wirklich schön.«

Ich denke an die Vernehmung von Tom Quinn, Amys Plan, mit Peter Costello auf ein Konzert zu gehen.

»Ihre Lieblingssängerin?«

»Ja. Joni Mitchell.«

»›Big Yellow Taxi‹ und so?«

»Ja, genau.«

Ich mag den Song. Sage das auch. Und das scheint Moira zu genügen.

»Ihr gebt uns doch Bescheid, wenn ihr irgendwas Neues habt, nicht?«

»Sobald ich kann, Moira.«

Nachdem ich aufgelegt habe, gieße ich mir ein Glas Wein ein, schließe das Fenster. Sperre die Stadt aus, lasse eine aufheulende Sirene jäh verstummen. Ich werfe das Handy aufs Sofa, sehe dann erst, dass ich eine neue Sprachnachricht habe. Wahrscheinlich ertränkt Baz irgendwo seinen Kummer und will, dass ich ihm Gesellschaft leiste. Aber seine Nummer taucht nicht in der Liste der entgangenen Anrufe auf. Die Nachricht wurde hinterlassen, während ich mit Moira Keegan sprach, und die Nummer ist unterdrückt.

Ich halte mir das Handy ans Ohr und warte, bis es mich zu den Sprachnachrichten dirigiert hat. Endlich ertönt ein lauter Piepton, und die Nachricht wird abgespielt. Eisiges Schweigen am anderen Ende. Ich presse das Telefon fester ans Ohr. Es ist, als würde der Anrufer sich zu mir beugen, lauschen, darauf warten, dass ich etwas sage. Beklommenheit. Ein Frösteln. Ich horche auf ein raues Atmen, das Kratzen eines Fingers am Telefon, aber da ist nichts außer einer seltsamen hohlen Stille.

Ich will gerade auflegen, als ich jähes Einatmen höre. Ich erstarre. Lausche. Dann flüstert mir der Anrufer ein einziges Wort ins Ohr. *Fotze.*

Die Verbindung wird unterbrochen. Ich kann mich nicht rühren. Eine dunkle Mischung aus Scham und Panik kriecht in mir hoch. Ich schlucke, nehme das Handy vom Ohr und starre aufs Display. Die Nachricht ist zu Ende. Ich lasse das Telefon los, und es fällt mit einem dumpfen Knall auf den Teppich.

Nach einem Moment stehe ich auf und gehe zur Wohnungstür, vergewissere mich, dass sie abgeschlossen ist, schiebe den Riegel vor. Wieder zurück im Wohnzimmer, setze ich mich aufs Sofa und nehme einen beruhigenden Schluck Wein. Meine Augen sind auf das Handy gerichtet, das auf dem Boden liegt. Als das Display aufleuchtet, zucke ich zusammen. Ich beuge mich vor und sehe, dass ich eine SMS bekommen habe.

Mit zitternden Fingern hebe ich es auf. Die Nachricht ist von Baz. Er sitzt im Pub um die Ecke. Ich stecke das Handy ein, schnappe mir meinen Mantel und gehe aus der Wohnung.

Baz drückt das Handy an sein Ohr und hält sich das andere mit einem Finger zu. Als er mich ansieht, ist seine Miene verwirrt und besorgt zugleich. Er schiebt das Gerät über den Tisch zurück zu mir, als wäre es eine entsicherte Handgranate.

»Verdammt. Ich dachte, die Anrufe hätten aufgehört.«

Ich blicke nach unten in mein Weinglas. »Seit Amys Ermordung war das auch so. Wir haben alle gedacht, es wäre ein schlechter Scherz gewesen. Dass jemand irgendwie an Peters altes Handy gekommen ist und mich ärgern wollte. Steve hat schon geortet, woher der Anruf kam. Über einen Funkmast auf der Duke Street. Wir haben die Aufnahmen der Sicherheitskameras gecheckt, ob jemand drauf ist, der gerade telefoniert. Nichts.«

»Duke Street? Die geht doch von der Grafton Street ab, oder? Frankie, das ist ganz in deiner Nähe.«

»Ich weiß selbst, wo ich wohne.«

Ich denke an die Wohnung, die offene Tür, das Gefühl einer anderen Präsenz in meinen vier Wänden.

Baz studiert mein Gesicht. »Was ist?«

»Ich glaube, jemand war in meiner Wohnung. Als ich gestern Abend nach Hause kam, stand die Wohnungstür auf.«

Seine Augen verdunkeln sich. Brennen. Zorn. Er trinkt einen großen Schluck Wein.

An einem Tisch hinter uns bricht Gelächter aus, eine Weihnachtsfeier von Kollegen oder Freunden, die Männer mit dünnen Papierkronen auf dem Kopf, die Frauen mit Glitzerdiademen im Haar, aufgerissene Knallbonbons neben ihren Gläsern.

»Einbruch?«, fragt Baz.

»Es ist nichts geklaut worden, keinerlei Einbruchsspuren.«

Er nickt. »Murphy war wieder auf freiem Fuß. Glaubst du, er könnte dir einen ungebetenen Besuch abgestattet haben?«

»Keine Ahnung. Vielleicht war's ja mein Fehler.« Ich beiße mir auf die Lippen. »An dem Morgen hatte ich es ziemlich eilig. Möglich, dass ich die Tür einfach nicht richtig zugezogen hab.«

»Vielleicht war es unser Mann.«

Ich blicke auf meine Finger, wie ein Seestern um mein Glas gespreizt. Habe Angst, sie zu bewegen, Angst, dass sie zittern werden.

Baz beugt sich näher. »Die Nachricht, wir könnten es mit Spracherkennungstechnologie versuchen.«

»Und womit sollen wir die Probe abgleichen? Außerdem wird ein einziges Wort für eine eindeutige Übereinstimmung kaum ausreichen, selbst wenn wir einen Verdächtigen in Gewahrsam hätten.«

»Was, wenn er es auf dich abgesehen hat?«

»Hat er nicht.« Ich darf diesen Gedanken nicht zulassen. »Er provoziert mich.«

»Das kannst du nicht wissen.«

»Du hast recht, ich weiß es nicht. Aber ich weiß genug über die Psychologie von Mördern. Er ist frustriert, weil er uns noch nicht klarmachen konnte, wie blöd wir sind und wie clever er ist.«

»Glaubst du, er will geschnappt werden?«

»Vielleicht.« Ich zucke mit den Achseln. »Er will vor allem Anerkennung.«

»Frankie, da draußen laufen einige Leute rum, die verdammt sauer auf dich sind. Manche von ihnen könnten dir was antun wollen: Murphy, Ivan Neary«, sagt er.

Ich hebe mein Glas an den Mund, atme durch die Nase aus. »Vielleicht sollte ich mit ihm reden. Mit Neary, meine ich.«

Er schiebt seine Hand über meine, und zwar so schnell, dass ich unwillkürlich zurückzucke.

»Sorry«, murmele ich.

»Du bist in dieser Geschichte nicht die Schurkin, Frankie. Du bist nicht der Drecksack, der rumläuft und Menschen umbringt.«

»Ich weiß. Aber Ivan Neary auch nicht.«

Er nickt. »Okay, vielleicht wäre ein Besuch angebracht. Er ist ein Zeuge.«

»Nicht nur das. Wir sind beide Opfer, tragen unterschiedliche Narben von diesem Fall. Ich wollte ihm eigentlich aus dem Weg gehen, aber nach Rachel Cummins sollte ich mich wenigstens mal bei ihm blicken lassen. Ich weiß nicht, irgendwie bin ich ihm das schuldig.«

Ich lehne mich auf meinem Stuhl zurück. »Ich überlege, noch mal zu dem Haus in Kilcullen zu fahren.«

Baz merkt auf. Hoffnung. »Haben sie was gefunden?«

»Nein. Aber ich hab heute Abend mit Moira Keegan telefoniert. Sie hat beiläufig erwähnt, dass Amy ein Fan von Joni Mitchell war.«

»Und?«

Ich öffne die Fotos, die ich in Kilcullen mit meinem Handy gemacht habe, scrolle zu denen vom Wohnzimmer. Ich wähle eines aus und halte es Baz hin.

»Guck dir das mal genau an.«

»Worauf soll ich achten?«

»Der CD-Ständer. Die dritte CD von oben. Ein Album von Joni Mitchell.«

Er sieht mich ungläubig an. »Wer hört denn heutzutage noch CDs? Die Neunziger sind einfach nicht totzukriegen. Aber, Frankie, ist das wirklich Grund genug, noch mal hinzufahren? Ich glaube, selbst ich hab irgendwo was von Joni Mitchell. Oder hätte ich zumindest, wenn ich noch auf CDs stehen würde.«

Ich nehme mein Handy zurück. »Ich dachte, es wäre einen Versuch wert.«

»Wenn die Spusi nichts gefunden hat, glaube ich kaum, dass deine CD einen Mörder zur Strecke bringt.«

Ich starre aus dem Fenster in die schwarze Nacht. Die Feiernden hinter uns lachen und grölen wieder, stimmen dann, begleitet von unrhythmischem Klatschen, ein holpriges Lied an, das sich anhört wie eine verunglückte Version von Bing Crosbys *White Christmas*.

Ich seufze, schaue wieder zu Baz. »Ich weiß nicht. Irgendwas sagt mir, dass ich noch mal da hinmuss. Vielleicht bin ich ja nur frustriert, weil ich sie einfach nicht richtig durchschaue.«

»Eleanor?«

»Sie ist der Schlüssel. Wo sind die Messerstiche? Wo ist das Ritzen? Es war der feuchte Traum unseres Täters, aber abgesehen von alten Verletzungen und einem kleinen Schnitt am Unterarm weist ihr Körper nur wenig auf, das zu den Wunden passt, die Amy und Tracy zugefügt wurden.«

»Peter wurde erstochen.«

»Ja, aber wo waren die Schnittverletzungen, die nur quälen und foltern, das Sterben verlängern sollten, nicht den Tod herbeiführen? Peters Wunden wurden ihm schnell beigebracht. Es war ein Überraschungsangriff, um ihn in die Knie zu zwingen. Ich hab mir die Röntgenaufnahmen angeschaut, und von den sieben Stichwunden in seiner Brust sind fünf durch die Rippen gegangen. Das waren kraftvolle, wütende Stiche.«

Baz füllt sein Weinglas neu, hält die Flasche hoch: »Du auch?«

Ich nicke, und er schenkt mir nach.

Ich trinke einen Schluck, führe dann meinen Gedankengang weiter aus. »Peters Verletzungen passen nicht zu denen der anderen Opfer.«

Baz stützt die Ellbogen auf den Tisch. »Meinst du, eine Frau hätte dafür die Kraft? Durch einen Knochen zu stechen? Eleanor?«

»Ja. Vor allem, wenn das Opfer schon von Krankheit geschwächt ist und sich nicht wehren kann. Aber vielleicht war es ja auch eine gemeinschaftlich begangene Tat. Von Eleanor und noch jemand anderem. Vielleicht war es eine BDSM-Fantasie von beiden, jemanden zu töten.«

Ich bin jetzt ganz im Profiler-Modus, sehe in Gedanken wieder Eleanors Hochzeitsfoto vor mir. Diese Haltung, diese Selbstsicherheit. Ihr Ehemann nicht bereit, nie bereit. Dieses Lächeln. Allzu wissend. Das sollte ihr zum Verhängnis werden.

»Am Ende musste der Mörder Eleanor loswerden. Sie wusste zu viel, oder vielleicht war sie ihm zu stark geworden. Er hat sie auf seltsame Art respektiert, sogar geliebt. Viele Serienmörder machen aus manchen Frauen Trophäen, erheben sie in den Status der Ehefrau, und häufig bleibt diesen Frauen das Schicksal der anderen Opfer erspart. Aber Eleanor ließ sich nicht in die unterwürfige Rolle drängen. Sie musste weg.«

Ich nehme mir vor, noch mal mit Murphy zu reden. Falls er und Eleanor ein Verhältnis hatten, könnte er ihr sein Auto geliehen haben. Da er ein Alibi hat, wäre das eine mögliche Erklärung für den Leichengeruch in seinem Kofferraum. Ein Geruch, der nicht von Eleanor stammte, sondern von ihrem ermordeten Ehemann.

»Entschuldige, ich muss mal kurz telefonieren«, sage ich zu Baz.

Ich weiß, dass Abigail noch im Büro ist. Als sie sich meldet, klingt ihre Stimme heiser vor Müdigkeit.

»Dr. James.«

»Abigail, ich bin's, Frankie. Irgendwas Neues zu dem Blut in Murphys Auto?«

»Der Test läuft noch«, sagt sie.

»Ich weiß, es ist spät, aber könnten Sie heute Abend sämtliche Tests machen: Eleanor, Peter und Amy?«

Pause. »Ich hab allerhand Papierkram zu erledigen.«

»Tut mir leid. Es ist viel verlangt, aber wenn wir diesbezüglich Klarheit hätten, wäre uns sehr geholfen.«

Ein Seufzen. »Clancy hat den Geldhahn wieder ein bisschen aufgedreht, was? Na schön. Dauert aber ein paar Stunden.«

»Danke. Ich bin über Handy erreichbar.«

Als ich auflege, genehmigt sich Baz einen kräftigen Schluck Pinotage. »Manchmal bist du einfach zu gut in deinem Job, Frankie. Aber selbst wenn deine Theorie stimmt, sind wir dem Kerl noch immer keinen Schritt näher. Uns läuft die Zeit davon.«

»Ich weiß«, sage ich frustriert. »Ich weiß!«

»Vergiss Kilcullen. Da waren wir schon«, sagt er. »Schlag dir Eleanor aus dem Kopf. Sie ist tot. Der Mörder nicht, und er könnte sich jeden Moment ein neues Opfer suchen. Wir müssen mit Neary sprechen, vielleicht liefert er uns genau die Spur, die wir brauchen.«

»Ich fahr gleich morgen früh zu ihm.«

»Soll ich mitkommen? Vielleicht im Auto warten, für den Fall, dass er dich bedroht?«

Ich sehe ihn streng an, versuche, nicht an den Tsunami von Erinnerungen zu denken, den eine Begegnung mit Neary auslösen wird. »Soll das ein Witz sein? Wenn er außer meiner Visage noch irgendeine andere sieht, knallt er mir die Tür gleich wieder vor der Nase zu.«

Die Feiernden stehen vom Tisch auf, streben im Pulk zur Tür, Arme über Schultern, High Heels staksen über den Teppichboden.

Baz reckt sich. »Kann ich bei dir pennen?«

Ich weiß, er bietet das an, damit ich nicht allein sein muss.

Ich stehe auf. »Die Couch gehört dir.«

Als wir in meine Wohnung kommen, zieht Baz seine Schuhe aus und legt sich auf die Couch. Seine Füße ragen an einem Ende über die Lehne, und am anderen liegt er mit dem Kopf unbequem hoch. Aber er schließt die Augen und winkt mich weg, als ich ihm ein Kissen anbiete. »Lass gut sein. Ich schlaf schon halb. Für die paar Stunden geht's auch so.«

»Nacht«, sage ich.

Ich gehe ins Schlafzimmer und lege mich in meinen Klamotten aufs Bett. Als ich am nächsten Morgen aufwache, sagt mir der Verkehrslärm auf den Straßen, dass es fast sechs sein muss. Hastig greife ich nach meinem Handy, das noch in meiner Tasche steckt.

Abigails Nachricht ist um vier Uhr eingegangen. Das Blut auf Lorcan Murphys Bettwäsche stammt von Eleanor, doch die DNA, die in Murphys Kofferraum gefunden wurde, gehört eindeutig zu Peter Costello.

KAPITEL 26

Ich brauche fast volle fünf Minuten, ehe ich Ivan Neary in die Augen sehen kann. Er hat mich an der Tür seines Hauses begrüßt, mich ins Wohnzimmer geführt und mir ein Glas Wasser gereicht, und ich habe es irgendwie vermieden, ihn anzusehen.

Mein ganzer Oberkörper ist angespannt, aber ich zwinge mich, hebe den Kopf, unterdrücke das nervöse Lächeln, das mein Gesicht verzerren will, und sehe ihn an.

Er hat den Kopf gebeugt, seine Hände umfassen die Knie, die Finger pressen in den Jeansstoff.

»Mr. Neary. Es tut mir leid.«

»Hören Sie auf.«

Mein Mund ist staubtrocken. Ich beiße mir auf die Unterlippe. »Okay.«

Er hat weiche Gesichtszüge, nicht verzärtelt oder schwach, sondern ein Gesicht, von dem man weiß, dass es im Alter tiefe gütige Falten um jugendliche blaue Augen haben wird. Umso schwerer fällt es mir, den Schmerz zu sehen, der sich deutlich in seinem Gesicht abzeichnet.

»Weshalb sind Sie hier?«

Seine Frage reißt mich aus meiner Erstarrung.

»Oh.« Ich huste in meine Hand. »Zunächst mal möchte ich Ihnen danken, dass Sie überhaupt mit mir sprechen.«

»Was dachten Sie denn?«

»Na ja. Sie sind ein freier Mann. Sie hätten Nein sagen können.«

Er schnaubt zynisch. Die sanften Falten vertiefen sich. »Frei? Sie glauben, ich bin frei? Ich musste umziehen. Meine Frau hat mich verlassen.«

Er nimmt eine Zeitung, schaut kurz darauf und wirft sie

mir zu. »Das nennen Sie frei?« Ein zitternder Finger deutet auf das Titelblatt.

Die Schlagzeile lautet: Verdächtiger im Fall Tracy Ward freigelassen. Täter beging noch mindestens drei weitere Morde.

Er springt auf. »Wieso dürfen die so einen Scheiß drucken?«

»Es tut mir leid.«

»Ihre verdammten Entschuldigungen können Sie sich sparen.«

»Mr. Neary. Ich weiß, Sie wollen nicht darüber reden, aber –«

»Ich hab die letzten sechs Monate nichts anderes gemacht, als darüber zu reden, Detective Sheehan.«

Ich blicke auf.

Er hält inne, setzt sich wieder. Wippt vor und zurück. Faltet die Hände. Löst sie voneinander. Umfasst wieder die Knie.

»Ich bin wütend, ja, aber ich fühle mich auch schuldig.« Wieder zeigt er mit bebendem Finger auf die Zeitung, die auf dem Boden gelandet ist. »Ich kann diesen Psychoterror nicht ertragen. Diese verlogenen Schweine.«

Er holt tief Luft, hält den Atem an. Schluckt.

»Ich habe in meinem ganzen Leben noch nie einen Menschen geschlagen. Bestimmt glauben Sie mir das nicht. Ich meine, bei Ihrem Beruf und so. Aber es stimmt. Ich bin dreiundfünfzig und verdünnisiere mich immer als Erster, wenn es irgendwo Ärger gibt. Schon als Kind.«

Er schüttelt den Kopf. »Dass ich das Messer genommen habe. Gespürt habe, wie *Ihr* Körper darunter nachgab. Ich kriege Albträume, wenn ich daran denke. Und der Geruch. Dieser warme Geruch von Blut. Ich kann ihn schmecken.«

Schweiß perlt an meinem Haaransatz. Juckt. Ich schiebe die Hände unter die Oberschenkel. Sauge tiefe Atemzüge Luft in meinen Körper. Sage meinem Gehirn, es soll verdammt noch mal endlich anspringen. Worte. Bloß Worte.

Unsere Blicke treffen sich, und ich schwöre, er kann die Panik sehen, die ich zu verbergen versuche.

»Mir tut es auch leid«, sagt er.

Schweigen dehnt sich zwischen uns aus, und ich bin wieder da. Bin wieder an dem Ort, wo Tracy Ward ermordet wurde. Ich habe ein Klopfen in den Ohren, spüre eine schreckliche pochende Unabwendbarkeit, während ich höre, wie meine Füße über Stein schlurfen. Ich schleiche mich zur Rückseite des Hauses. Es ist dunkel, aber ich traue mich nicht, meine Taschenlampe anzumachen. Das Schreien hat aufgehört, und ich will hineinstürmen, doch ich bin sicher, in der Finsternis vor mir die Bewegung eines Schattens zu sehen. Mein Gehirn, im Rückblick allwissend, füllt die Dunkelheit mit Ivan Nearys Silhouette.

Die Seitenwand des Hauses ist kalt an meinem Rücken. Ich blinzele ein paarmal fest, um meine Augen zu zwingen, sich an die Dunkelheit zu gewöhnen. Ich atme flach und ruhig durch die Nase. Ich höre eine Männerstimme brüllen, irgendetwas Wildes, Bedrohliches. Eine Warnung. Die Hintertür steht weit offen, und drinnen ist es stockfinster. Ich trete durch die Tür ins Haus, und sogleich dringt mir der ekelhafte süßliche Geruch von frischem Blut bis in den Rachen.

Ivan hustet, reißt mich zurück in die Gegenwart. Er ist so weit.

»Ich hab nicht mal gehört, wie Ihr Wagen vorfuhr. Na ja, auf der Straße ist ja auch immer viel los. Da, wo ich vorher gewohnt hab, war es genauso. Ein Wunder, dass ich die arme

Tracy überhaupt gehört hab. Aber bei ihr war es immer ziemlich still. Sie hat nur ganz selten mal ferngesehen, und bei den dünnen Mauern zwischen unseren Häusern hab ich manchmal sogar das Summen von der Mikrowelle gehört, wenn sie sich ihr Abendessen warm gemacht hat.«

Er schüttelt den Kopf. »Ich hab den Schrei gehört, wie gesagt, und ich bin hinten durch den Garten und hab gesehen, dass bei ihr kein Licht brannte. Und ich weiß, das klingt seltsam, aber in dem Moment wusste ich, dass irgendwas nicht stimmte. Also bin ich durch die Hintertür rein, die war nicht abgeschlossen. Ich hatte Angst, aber ich wusste auch, dass sie in Gefahr war, deshalb hab ich mich auch nicht groß umgesehen. Ich meinte, ich hätte irgendwas weiter vorne aus der Diele gehört.

Ich hab gerufen, ich hätte eine Waffe, und dann hab ich Geräusche aus dem Schlafzimmer gehört. Ich schätze, da ist er durchs Fenster abgehauen. Sie lag ausgestreckt auf dem Bett. Und noch immer kam Blut –« Er schluckt, zeigt auf seinen Hals. Er braucht einige Sekunden, dann fährt er fort.

»Das Messer lag auf dem Boden. Es war furchtbar. Grauenhaft. Ich wusste nicht, was ich machen sollte. Ich hätte auf ihren Hals drücken sollen, aber ich hab's nicht fertiggebracht. Ich hab ihr Handgelenk genommen und nach einem Puls getastet. Da war keiner. Dann hab ich ein Geräusch in der Diele gehört und instinktiv reagiert.

Ich hab das Messer aufgehoben und mich neben der Tür versteckt. Es war so dunkel. Mir war schlecht. Das Messer war noch warm. Aber ich dachte, er würde zurückkommen, wissen Sie. Als Sie um die Ecke kamen, hab ich zugeschlagen. Ich war plötzlich rasend vor Wut. Sie haben sich weggedreht, wollten fliehen, aber ich dachte, Sie wären er. Und ich war so wütend, wegen dem, was Sie getan hatten.«

»Was der Mörder getan hatte.«

»Ja. Der Mörder.« Er seufzt. Rollt die Schultern, stützt sich dann wieder auf die Hände. »Ich war wahnsinnig. Blind. Entschlossen. Panisch.«

Wir schweigen erneut, und mein letztes Bild von Tracy Ward kehrt zurück. Der Geruch. Das Entsetzen. Meine verschwommene Sicht. Mein Kopf baumelt über Clancys Arm nach unten, und ich sehe alles verkehrt herum, Tracys klaffende Wunde am Hals, ihren Kopf, der über die Bettkante hängt, ihre Augen, weiß und starr.

Ich schlucke, blicke Neary forschend an. »Sie wussten, dass ich herkommen würde?«

»Ich hab's mir gedacht. Weil ich dasselbe getan hätte.«

»Haben Sie den Täter gesehen? Vielleicht nur ganz kurz, einen Schatten, eine Silhouette, als er durchs Fenster geflohen ist?«

Er schüttelt den Kopf. »Nein, nichts.« Aber dann runzelt er die Stirn, als wäre ihm doch noch etwas eingefallen.

»Was ist?«

»Ich dachte gerade ... Die Fenster in den Häusern sind ziemlich alt. Zumindest in meinem Haus. Aus Holz. Schiebefenster.«

»Aber sie lassen sich öffnen?«

»Mit Mühe. Wenn man sich dicht davorstellt und den Schiebeteil nach oben ruckelt. Das Holz dehnt sich bei feuchtem Wetter aus, wissen Sie. Man muss wissen, wie's geht, sonst verkeilen sie sich.«

Mein Verstand liefert mir Fotos. Fotos von Tracys Zimmer. Feminin, vielleicht ein bisschen überladen. Das Schiebefenster, offen. Der Vorhang auf einer Seite offen.

»Er muss schon mal da gewesen sein. Vorher. Oder hat Tracy bei geöffnetem Fenster geschlafen?«

»Nein.« Seine Stimme ist sicher. Bestimmt.

Ich studiere sein Gesicht. »Sie hatte das Fenster nicht auf?«

Er schüttelt langsam den Kopf. »Schön, es war Juni, aber es war eben Juni in Irland. An dem Abend war es richtig kalt. In den Nachrichten war großes Gerede darüber, dass in der Nacht irgendein Temperaturrekord gebrochen werden würde. Es waren nicht mal zwei Grad.«

Ich erinnere mich. An die überraschende Kälte, als ich an dem Abend aus dem Büro nach draußen trat. Weitere Einzelheiten des Falls kommen mir in den Sinn. Es gab keinerlei Spuren eines gewaltsamen Eindringens. In den anderen Fällen hatte der Mörder sein Opfer gekannt, und offenbar war das auch in Tracys Fall nicht anders.

»Sie wissen nicht zufällig, ob das Ehepaar Costello und Tracy einander kannten, oder?«

»Wer ist denn hier Detective, Sie oder ich?« Er lehnt sich in seinem Sessel zurück. »Nein. Seit mein Anwalt mir von einer möglichen Verbindung zwischen den Morden erzählt hat, zermartere ich mir das Hirn, worin die bestehen könnte, aber das sind zwei Welten: Tracys Welt und die von dieser Costello-Lady. Für mich jedenfalls.«

Er hat sich wieder vorgebeugt. Starrt auf seine Hände.

Der Mörder ist der Einzige, der diese Verbindung darstellt. Ich stemme mich aus dem Sessel, und Neary hebt langsam den Kopf.

Ich halte ihm die Hand hin, und er schüttelt sie leicht. Er steht nicht auf.

»Danke, Mr. Neary.«

»Er wird wieder töten, dieser Mistkerl. Wenn ihr ihn nicht bald schnappt.«

Ich presse die Lippen zusammen. »Ich weiß.«

Als ich die Tür zum Soko-Raum öffne, ernte ich kurze Blicke, Gesichter heben sich rasch, tauchen dann wieder hinter Computerbildschirmen ab. Die Angst in meinem Bauch, dass Clancy die Ermittlungen eingestellt hat, ebbt langsam ab. Meine Augen huschen zum Whiteboard. Es ist unangetastet. Nichts wurde entfernt. Ich suche im Raum nach Clancy. Er ist nicht da, aber er ist da gewesen. Ich kann die nervöse Spannung spüren, die er hinterlassen hat. Niemand will mir sagen, dass er den Fall als ungelöst ad acta legen will.

Ich schließe die Tür und gehe entschlossen zum Whiteboard, nehme einen Stift und setze ihn auf eine Stelle genau über Eleanor Costellos Namen. Ich schreibe: *Opfer 1: Tracy Ward*, gefolgt von weiteren Angaben zu ihrer Person, dann füge ich hinzu: *Täter kannte sie*.

Steve taucht hinter mir auf. Sein blasses Gesicht ist ein weißer Schatten auf der glänzenden Fläche von Eleanor Costellos Foto.

Ich blicke weiter auf Tracys Namen. »Was gibt's, Steve?«

»Eine gute und eine schlechte Nachricht«, sagt er. »Ich habe Murphy dazu gebracht, mir am Telefon ein paar Fragen zu beantworten. Er hat mir ohne viel Umschweife erzählt, dass Eleanor Costello sich seinen Wagen für zwei Tage geliehen hat, vom 8. bis zum 9. Oktober, um zu einer Tagung in Cork zu fahren. Wir haben Fotos von Mautstellenkameras überprüft: Ein Wagen mit seinem Kennzeichen hat an den beiden Tagen die Mautstelle an der M50 passiert. Auf den Fotos ist deutlich zu erkennen, dass eine Frau am Steuer sitzt, keine weiteren Insassen. Ich hab mich in Cork erkundigt, ob sie auf der Tagung war, aber sie ist nicht erschienen.«

Hoffnung regt sich in meiner Brust. »Dann hat sie also definitiv seinen Wagen benutzt, um die Leiche zu transportieren. Sie fuhr die M50 in südlicher Richtung.«

Er nickt, hält mir ein Blatt Papier hin. »Jetzt die schlechte Nachricht: In ein paar Stunden wird eine Presseerklärung veröffentlicht. Vom Commissioner unterschrieben.«

»Eine Presseerklärung? Lass mich raten. Die Bekanntgabe, dass die Ermittlungen eingestellt werden?«

Er räuspert sich. »Tut mir leid.«

»Wo ist Clancy jetzt?«

»Chief, er ist stinksauer wegen Ihrer Eigenmächtigkeit in Kilcullen, zumal die Spurensicherung nichts gefunden hat.«

Ich drehe mich um, nehme ihm die Presseerklärung aus der Hand. Zerknülle sie. Werfe sie auf den Boden.

»Diese *Eigenmächtigkeit* war notwendig. Es käme ja wohl nicht gut an, wenn bekannt würde, dass wir es unterlassen haben, eins von Eleanor Costellos Verstecken unter die Lupe zu nehmen, oder?«

»Chief, ich bin ganz Ihrer Meinung. Ich hab das Gefühl, wir sind dem Scheißkerl so nahe, dass ich seine Schweißfüße riechen kann.«

Ich schaue über seine Schulter, lasse den Blick durch den Raum schweifen. »Irgendwas Neues im Chatroom?«

»Helen hat den Köder noch versüßt, aber unser Mann beißt nicht an.«

»Das gefällt mir nicht.«

»Ich weiß. Es scheint fast so, als wäre er mit irgendwas anderem beschäftigt, denn vorher war er auf jeden Fall interessiert. Emer und ich sind noch dabei, uns die Chronik der Posts von TrustMe57 im Forum anzusehen. Auch seine Aktivitätsraten im letzten Jahr. Das geht immer munter auf und ab. Eine Zeit lang postet er wie wild, dann wird's wieder still um ihn. Wir haben diese Daten mit den geschätzten Todeszeitpunkten aller unserer Opfer abgeglichen.«

Mein Mund wird trocken. »Und?«

»Er ist eindeutig eine Weile auf Tauchstation gegangen, wenn die Morde passierten.«

»Auch der an Peter Costello?«

»Ja.«

Mein Herzschlag wird schneller. »Und jetzt?«

»Seit ein paar Tagen gibt er keinen Mucks von sich. Sein Account bleibt inaktiv, egal, was wir machen. Fehlt nur noch, dass wir online einen Lapdance für ihn hinlegen, um ihn zu aktivieren, ansonsten haben wir alles versucht, und er steigt nicht drauf ein.«

Kälte sackt mir durch den Körper.

»Er hat ein neues Opfer«, flüstere ich.

Steve seufzt. »Ich meine, unsere Theorie ist nicht absolut sicher, aber es sieht so aus, ja.«

Nicole Duartes lächelndes Gesicht taucht vor meinem geistigen Auge auf. »Nicole.«

»Nicole?«

»Ja. Die Frau, die in der Uni-Cafeteria bedient. Ich versuche schon länger, sie auf dem Handy zu erreichen, aber ich krieg immer nur die Mailbox. Ich glaube, sie steckt irgendwie in der Sache mit drin. Sie hat angedeutet, Eleanor und Murphy näher zu kennen. Und jeder in dem kleinen Klub liebäugelt irgendwie mit einer ›Töten oder getötet werden‹-Fantasie. Ich habe Angst um sie.«

Ich drehe mich um und gehe.

»Moment«, ruft Steve mir hinterher. »Clancy will mit Ihnen sprechen. Die Presse!«

»Sagen Sie ihm, ich hab zu arbeiten«, rufe ich von der Tür.

Ich simse Baz, dass er sich an der Uni mit mir treffen soll. Lorcan Murphy kann uns wenigstens helfen, Nicole Duarte zu finden. Ich denke an ihren jugendlichen Teint, das Foto ihrer Tochter. Meine Schritte werden immer schneller, bis ich die Treppe zur Tiefgarage hinunterrenne.

Als ich zum Auto komme, sackt mir der Magen in die Kniekehlen. Baz steht da, starrt mit versteinerter Miene zu Boden. Er wirkt geknickt, wie ein gescholtenes Schulkind. Clancy neben ihm hat ein grimmiges Gesicht aufgesetzt. Ich werde langsamer und bleibe schließlich vor ihnen stehen.

»Jack«, sage ich zur Begrüßung.

Sein Blick weicht mir aus. »Es ist vorbei, Sheehan.«

»Ich habe eine Spur. Die Frau von der Uni-Cafeteria. Nicole Duarte, sie ist ein mögliches Ziel, sie ist seit Tagen verschwunden.«

Er blickt auf. »Du jagst Schatten hinterher. Geh lieber den Spuren in den Morden nach, die schon passiert sind, Sheehan. Reichen dir die nicht? Du warst bei Neary.«

Ich drücke den Rücken durch. »Das war kein Problem. Er hat mit mir gerechnet.«

Clancy fährt sich mit einer Hand durchs Haar. Baz macht einen Schritt zurück, als bliebe er so davon verschont, mit anzuhören, was als Nächstes kommt.

»Es ist scheißegal, womit er gerechnet hat. Was, wenn die Presse davon Wind bekommen hätte? Was, wenn er das publik macht?«

»Er wollte helfen.«

»Wenn er eine neue Aussage machen will, dann muss er zu uns kommen.« Er schaut mir in die Augen. Eine Herausforderung.

Ich puste Luft durch die Lippen. »Du weißt verdammt genau, dass er das nicht machen wird.« Ich trete einen Schritt näher und sehe, wie Baz' Kopf ruckartig hochfährt.

Vorsicht. »Jack, das Fenster ist so ein altes Teil zum Hochschieben.«

Er hebt eine Augenbraue. »Das Fenster? Welches Fenster, Frankie? Hast du jetzt völlig den Verstand verloren?«

»Tracy Wards. Ihr Schlafzimmerfenster. Das ist nicht leicht zu öffnen, wenn man nicht weiß, wie. Da gibt's einen Kniff.«

Seine Schultern bewegen sich unter seiner Jacke, aber ich sehe Neugier in seinen Augen aufflackern. Er braucht ein paar Sekunden, doch dann begreift er. »Dann hat Tracy ihn also gekannt?«

»Das würde die fehlenden Einbruchsspuren erklären. Sie hat ihn reingelassen, und als er abhauen musste, kannte er den Trick mit dem Fenster.«

Er scheint einlenken zu wollen, doch plötzlich schüttelt er den Kopf. »Nein. Es ist zu spät, Frankie. Wenn ich allein zu entscheiden hätte, dann –«

Meine Fingernägel graben sich in meine heiße Handfläche. »Komm mir nicht mit so einem Scheiß, Jack.«

»Sheehan!«

»Nein, verdammt noch mal. Wieso hast du mir den Fall gegeben, wenn ich ihn nicht abschließen kann?«

»Es ist kein Geld mehr in der Sparbüchse, Frankie!«, brüllt er. Seine Stimme dröhnt durch die dunkle Tiefgarage. »Aber nicht nur mit dem Fall ist Schluss.«

»Wovon redest du?«

»Ich bin draußen.« Er seufzt. »Ich gehe in den Ruhestand, Ende nächsten Monats.«

»Du gehst oder wirst gegangen?«

Er zuckt die Achseln. »Spielt das eine Rolle?«

»Es ist meinetwegen, nicht?«

»Nimm dich mal nicht so wichtig, Sheehan. Meiner Erinnerung nach war ich derjenige, der Neary die Handschellen angelegt und ihn auf die Rückbank des Wagens bugsiert hat. Du warst bewusstlos.«

»Was denn dann? Werfen sie dich der Presse zum Fraß vor?«

»Quatsch. Ich bin kein Opfer, Sheehan. Ich hab einen Unschuldigen hinter Gitter gebracht.«

Ich zwinge den beklommenen Kloß, der mir in die Kehle steigt, wieder nach unten.

»Das tut mir leid, Jack. Ehrlich. Gut möglich, dass ich als Nächste mein Büro räumen muss, und wo bleiben dann unsere Opfer? Ich werde mich nicht aufhalten lassen. Ich muss den Fall zu Ende bringen.« Ich sehe ihm in die Augen. »Das weißt du.«

Ich hole tief Luft, spüre, wie sich die Anspannung in meinen Schultern löst. Ich stelle mir Nicole Duarte vor. »Das wusstest du, als du mir den Fall gegeben hast. Ich werde nicht aufgeben.«

»Ich konnte ja nicht ahnen, dass es so laufen würde.«

Er meint, er konnte nicht ahnen, dass der Fall irgendwie in Verbindung mit dem Fiasko um den Mord an Tracy Ward steht.

Ich verziehe keine Miene. »Aber so ist es nun mal gelaufen.«

Er lässt mich geschlagene zehn Sekunden schmoren, dann blickt er mir in die Augen. »Ich kann den Abschlussbericht noch vierundzwanzig Stunden aufschieben. Aller. Aller. Höchstens.«

Ich lächele. »Ach, komm, Jack. In Irland gehen die Uhren anders, hier wird doch nichts in vierundzwanzig Stunden erledigt.«

Sein Mund wird eine dünne Linie. »Vierundzwanzig Stunden, Sheehan, aber als Erstes ziehst du die Kollegen ab, die das Costello-Haus bewachen. Räum das Absperrband weg und versiegele das Haus für die Anwälte. Tu wenigstens so, als würdest du mitziehen.«

Clancy brummt noch irgendwas über seinen Pensionsplan, während er zu seinem Wagen geht, einem silbernen Mondeo mit optimistischem neuem Euro-Kennzeichen.

Ich lächele. Fange Baz' Blick auf. Er öffnet bereits die Wagentür.

KAPITEL 27

Graupelregen verschmiert die Windschutzscheibe. Ich drehe das Gebläse im Wagen hoch, spüre die Wärme im Gesicht. Langsam verschwindet der Beschlag von der Scheibe. Baz späht hindurch. Er fragt sich garantiert, wieso wir auf die N11 gefahren sind und nicht raus nach Bray, um die Gardaí am Haus der Costellos abzuziehen, wie Clancy angeordnet hat. Nach einem Moment schüttelt er den Kopf. Legt ihn gegen die Kopfstütze. Ein Hinweisschild Richtung Universität zischt vorbei.

»Lorcan Murphy schon wieder?«

»Er ist uns was schuldig. Er hat die Ermittlungen erschwert, und das weiß er.«

»Er wird sich nicht selbst belasten, Frankie. Jetzt nicht mehr. Wir haben unsere Karten ausgespielt, und er hat uns übertrumpft.«

»Ich kann Nicole Duarte noch immer nicht erreichen.«

»Die Frau von der Uni-Cafeteria?«

»Ja, die Frau von der Uni-Cafeteria, mit der Lorcan mal fast was gehabt hätte und die wahrscheinlich ganz schön eifersüchtig auf Eleanor Costello war.«

»Oder Eleanor auf sie.«

»Damit könntest du recht haben.«

»Sie ist jung. Temperamentvoll. Single. Und Eleanors Gespiele hat sie geküsst.«

Immer mehr Matsch säumt den Straßenrand, Autos rollen vorbei, bremsen weiter vor uns. Ich schere aus und überhole sie. Nachdem ich in die Belfield Road abgebogen bin, folge ich den Schildern zur Universität, wo ich schließlich vor dem markanten Gebäude parke.

Die Korridore sind feuchtwarm, der heiße Atem von

Hunderten Studenten, die aus der frostigen Luft hereinströmen, beschlägt die Wände. Wir bahnen uns einen Weg durch das Gewimmel nach oben Richtung Biologielabor und Hörsaal. Ich sehe auf die Uhr, es ist kurz vor vier.

Alibi hin oder her, ich kann die Beweise, die wir gegen Murphy gesammelt haben, ebenso wenig ignorieren wie die Tatsache, dass er uns wiederholt wichtige Informationen vorenthalten hat, die unsere Ermittlungen erheblich hätten verkürzen können. Eleanors Blut auf seiner Bettwäsche, die Handy-Nachrichten, seine Lügen, seine Täuschung, seine Beziehung zu Nicole.

Als ich in die Cafeteria komme, bin ich nicht überrascht, hinter der Theke eine andere Frau zu sehen, die heiße Schokolade und Kaffee ausgibt.

Baz stellte das Offensichtliche fest. »Nicole ist nicht da.«

Ich gehe auf die Frau zu. Sie ist füllig. Älter. Überfordert. Studenten stehen genervt und verärgert in einer langen Warteschlange an, die sich durch den Sitzbereich erstreckt.

»Da ist eine Schlange«, blafft sie, als ob ich blind wäre.

»Wo ist Nicole?«

Sie dreht sich um, hält einen Metallbecher unter eine Dampfdüse. Dreht den Dampf kurz auf, dann wieder ab. Ohne nach hinten zu schauen, ruft sie: »Wer sind Sie?«

»Detective Chief Superintendent Sheehan. Wo ist Nicole?«

Abrupt stellt sie den Becher ab, dreht sich um, streicht mit beiden Händen über ihre Schürze. »Die Frage müssten doch eigentlich Sie beantworten, oder?«

»Wie meinen Sie das?«

»Ich meine, dass ihr nach ihr suchen solltet. Ihre Mammy hat sie vor Tagen als vermisst gemeldet.«

»Als vermisst gemeldet?«

»Menschenskind, kein Wunder, dass unser Land den Bach runtergeht. Ich hab keine Ahnung, wo Nicole ist. Sie ist seit Tagen verschwunden. Keiner weiß, wo sie steckt.« Sie schüttelt den Kopf, dreht sich dann wieder zu der Maschine um.

Ich werfe einen Blick zu Baz hinter mir. Er telefoniert bereits, sagt unseren Leuten, sie sollen die Vermisstenanzeige suchen. Sich dann wieder bei ihm melden. Der Puls an meinen Schläfen pocht vor sich hin. Ich reibe über die empfindliche Haut.

»Haben Sie die Adresse ihrer Mutter? Ihre Telefonnummer?«

Sie knallt einen Milchkaffee vor einem wartenden Studenten auf die Theke. Der sieht kurz so aus, als wollte er etwas beanstanden, überlegt es sich dann aber anders. Er nimmt die Tasse und verzieht sich damit in den Sitzbereich.

»Soll ich mich etwa selbst auf die Suche nach ihr machen? Weil ihr zu faul dafür seid?«

»Hören Sie. Nicole könnte in Gefahr sein. Helfen Sie mir, sie zu finden.«

»Okay, dann sprechen Sie am besten mit dem Dekan. Der müsste die Telefonnummer von ihrer Ma haben. Da vorn die Treppe hoch in den ersten Stock und dann den Gang runter.«

»Danke.«

Baz ist schon unterwegs, und ich haste hinterher.

Der Dekan heißt Joe Clifford. Obwohl mein Team an seiner Uni fast schon zu Hause ist, habe ich noch nicht mit ihm gesprochen. Die Tür zu seinem Büro steht weit offen, und Clifford sitzt am Schreibtisch, tippt mit einer Hand auf der Tastatur seines Computers, in der anderen eine dampfende Tasse Tee. Als er uns im Türrahmen sieht, setzt er eine sanfte Willkommensmiene auf.

»Was kann ich für Sie tun?«

»Mr. Clifford, ich bin Detective Sheehan, und das ist Detective Harwood.«

Sein Lächeln verschwindet. Er sieht leicht panisch aus. »Doch nicht schon wieder ein Mord?«

»Nein. Es geht um eine Mitarbeiterin in der Cafeteria. Sie haben nicht zufällig die Telefonnummer ihrer Mutter?«

»Normalerweise müssten Sie sich an die Hausverwaltung wenden, aber ich kann ja mal hier in der Personaldatei nachsehen. Wie ist der Name der Mitarbeiterin?«

»Das ist sehr nett von Ihnen, Mr. Clifford. Nicole Duarte.«

Er scrollt durch eine Datei und flucht leise, als der Bildschirm kurz einfriert. »Eigentlich hätten wir das System schon längst mal wieder updaten müssen. Aber das Leben –«, er wird rot, »oder besser gesagt, der Tod hat sich den normalen Abläufen hier in den Weg gestellt. Wir sind im Verwaltungsteam ein bisschen unterbesetzt. Diese Mordsache hat die Leute nervös gemacht.«

Er stockt. »Was machen denn Ihre Ermittlungen im Mordfall Dr. Costello?«

»Wir kommen voran.«

»Ich hätte gedacht, Sie haben mittlerweile alle Informationen, die Sie brauchen.«

»Fehlt nur noch der Name des Täters.«

»Tut mir leid. Ich wünschte, ich könnte Ihnen eine größere Hilfe sein.« Er lehnt sich zurück, zeigt auf den Bildschirm. »Na bitte. Nicole Duarte. Die Telefonnummer ihrer Mutter.«

Ich tippe sie in mein Handy. »Danke.«

Wir gehen über den Flur zurück, unsere nassen Sohlen quietschen auf den Fliesen. Eine Frau kommt aus einer Tür, einen dicken Papierstapel schief auf einem Arm. Die oberen Blätter rutschen herunter, als sie versucht, die Tür hinter sich zu schließen. Ich sammele sie auf. Lege sie wieder zurück. Sie lächelt mich dankbar an, geht dann davon. Als ich aufschaue, sehe ich das Schild an der Tür.

Verhaltenswissenschaft: Dr. Jeremy Burke

Ich blicke Baz an. Seine Augen sind auch auf das Namensschild gerichtet.

»Das ist doch der Therapeut, mit dem du gesprochen hast, oder? Eleanors Therapeut?«, frage ich.

»Ist jedenfalls derselbe Name«, sagt Baz.

»Zufall?«

»Du weißt, dass ich nicht an Zufälle glaube.« Er will nach der Klinke greifen, doch ich bremse ihn.

»Nein. Geh du zu Murphy. Ich übernehm das hier. Laut deinem Bericht ist dir nichts Ungewöhnliches an ihm aufgefallen.«

Er deutet auf die Tür. »Aber er hat verschwiegen, dass er hier arbeitet.«

»Murphy weiß vielleicht, wo Nicole ist. Uns läuft die Zeit davon. Du hast doch schon mit diesem Burke gesprochen. Lass es mich mal versuchen.«

»Selbst wenn Murphy es weiß, er hat jetzt einen Anwalt im Rücken.«

Ich schiebe mir eine Hand durchs Haar, und meine Finger streifen die empfindliche Stelle an der Schläfe. »Ist mir scheißegal. Knöpf ihn dir vor.«

Baz dreht sich um und geht den Korridor hinunter. Ich warte, bis er um die Ecke verschwunden ist, dann hebe ich die Hand und klopfe an.

»Herein«, sagt eine Männerstimme. Ich öffne die Tür. Ein Mann steht hinten im Raum an einem Drucker, der Blätter ausspuckt. Der Mann nimmt immer drei Seiten von einem bereits gedruckten Stapel und heftet sie zusammen. Er blickt kurz zu mir auf, als ich eintrete, und verharrt, den Tacker in der Hand.

»Tut mir leid, ich kann das hier nicht unterbrechen. Handouts für ein Seminar. Was kann ich für Sie tun?«

»Ich bin Detective Frankie Sheehan, ich möchte zu Dr. Jeremy Burke.«

Wieder tackert er Seiten zusammen, legt sie auf einen Stapel und nimmt rasch die nächsten drei Blätter, um sie zusammenzuheften.

»Tut mir leid, da haben Sie Pech. Dr. Burke macht eine längere Auslandsreise.« Er hält kurz inne und schaut zur Decke, überlegt. »China, glaube ich. Auf jeden Fall Asien. Recht ungewöhnlich.« Er wendet sich wieder dem Drucker zu.

Ich trete etwas weiter in den Raum. Schaue mir die Wände an. Über dem Schreibtisch hängen gerahmte Zertifikate, die Burkes eindrucksvolle Qualifikationen auf den Gebieten Psychologie, Verhaltenswissenschaft und kognitive Verhaltenstherapie belegen. Ich muss unwillkürlich an meine Ausbildungsjahre zurückdenken, an unseren ersten Kurs in Kriminalpsychologie, als der Dozent witzelte, dass nur Leute Psychologie studieren, die es auch nötig haben.

Auf dem Schreibtisch stehen keine Fotos von Angehörigen oder von Burke selbst. Aber an der Wand über dem Drucker hängt ein großer Chagall-Druck. Die erste Seite in Peter Costellos Kunstband. Dasselbe Bild, das auf der Gästetoilette im Haus der Costellos hängt.

Ich nehme mein Handy und mache ein Foto von dem Druck.

Der Mann blickt von seiner Arbeit auf. »Dürfen Sie das?«

Ich senke mein Handy. »Ich finde das Gemälde einfach toll«, lüge ich ungeniert.

Ich fische eine Visitenkarte aus meiner Tasche und reiche sie ihm.

»Mr. Burke soll mich bitte anrufen, sobald er zurück ist.«

Er will sie mir zurückgeben. »Ich bin nicht sein Sekretär, nur seine Vertretung.«

Ich lächele ihn verkniffen an. »Prima. Dann sehen Sie ihn ja, wenn er wieder da ist, und können ihm ausrichten, dass er sich bei mir melden soll.«

Baz wartet vor dem mikrobiologischen Labor, und ich bleibe verdutzt stehen, blicke ihn ungehalten an. »Was machst du hier draußen?«

»Er hat gesagt, ich soll warten, es dauert nicht mehr lange.«

Meine Miene verfinstert sich. »Menschenskind, wenn er sagt, du sollst von einer Klippe springen, machst du das dann auch?«

»Haha. Sehr witzig. Ich versuche, ihn bei Laune zu halten. Er muss unsere Fragen schließlich nicht beantworten.«

Ich greife nach der Türklinke. »Manchen Leuten ist ihr Ruf wichtiger als ihre Integrität, Baz. Er wird unsere Fragen beantworten, weil er diesen Schlamassel vom Hals haben will.«

Ich marschiere in das Labor, und die weiß bekittelten Studenten, die vorn im Raum um einen Arbeitstisch stehen, hören auf, ihrem Dozenten zu lauschen, und starren uns an.

»Mr. Murphy.« Ich lächele ihn unterkühlt an. Gebe mich übertrieben selbstbewusst. Schon allein dafür, dass ich ohne Anwesenheit seines Anwalts das Gespräch mit ihm suche, könnte man mich noch in diesen vierundzwanzig Stunden Verlängerung von dem Fall abziehen.

Er wirkt zunächst fassungslos, und dann funkelt Zorn in seinen Augen.

»Notieren Sie sich das alles«, herrscht er seine Studenten an. »Ich bin in ein paar Minuten wieder da.« Er geht an mir vorbei, zieht sich seine Latexhandschuhe aus, dass es knallt, und schmeißt sie auf dem Weg zur Tür in einen Abfalleimer.

Ich schlucke. Baz zieht eine Grimasse und führt mich aus dem Raum. »Lass mich das machen«, flüstert er.

Murphy entfernt sich gut zehn Schritte von der Labortür und wirbelt dann herum. »Was zum Teufel soll das? Ich hatte Sie doch gebeten zu warten.«

Baz hebt die geöffneten Hände. »Lorcan, bitte. Die Ermittlungen sind so gut wie eingestellt. *Fini*, und wir wollen bloß noch einem Hinweis nachgehen. Aber dazu brauchen wir Ihre Hilfe.«

Murphy tritt unwillkürlich vor, die Halsmuskeln angespannt, Speichel in den Mundwinkeln.

»Für Ihre ausgemachte Inkompetenz kann ich nun wirklich nichts. Sie haben meinen guten Ruf durch den Dreck gezogen. Wie können Sie es wagen, hier noch mal aufzukreuzen.«

»Nicole ist verschwunden«, sagt Baz.

Murphy blinzelt, weicht zurück. »Was?«

»Wir versuchen seit Tagen, sie zu erreichen«, sagt er. »Bitte, beantworten Sie uns bloß noch ein paar Fragen.«

»Sie glauben –«, er blickt sich um, »– Sie glauben, der Kerl hat Nicole?«

Unter Baz' dickem Wollmantel heben sich die Schultern.

Lorcan senkt den Blick. »Ich weiß, was Sie in meinem Haus gefunden haben und dass es nicht gut aussieht.« Er schüttelt den Kopf. »Aber das haben wir nun mal gemacht. Es hat uns angetörnt, sexuell. Mehr nicht.«

»Jemandem Schnittverletzungen zuzufügen?«

Murphy blickt empört, und Baz sieht mich warnend an.

»Eleanor hat sich gern geritzt. Man muss drauf abfahren, um es zu verstehen.« Er sieht sich um. »Scheiße. Wenn das publik wird, will keiner mehr mit mir arbeiten. Ist Ihnen das klar? Dann haben Sie mir die Karriere ein für alle Mal versaut. Eleanor war dominant, ich war unterwürfig. Verstehen Sie? Sie hat es genossen, *mich* zu ritzen. Sie hat es genossen, sich selbst zur ritzen, wenn wir … Sie wissen schon … darauf stand sie. Schmerzen.«

»Ja klar. Und Sie waren das hilflose Opfer? Erzählen Sie uns doch mal von Ihrer Beziehung zu Nicole.«

Murphys Unterlippe bebt vor mühsam beherrschter Wut. Er schiebt die Hälften seines weißen Kittels auseinander, fängt an, sich das Hemd aus der Hose zu ziehen. Jetzt werde ich nervös. Was zum Teufel macht er da?

»Ja, genau, ich war das Opfer«, sagt er durch zusammengebissene Zähne.

Er hebt eine Seite seines Hemdes an und zeigt auf seine linke Körperseite. Vom unteren Rand des Brustkorbs bis hinunter zur Taille sind zahlreiche runzelige Narben. Manche scheinen von eher oberflächlichen Schnitten herzurühren, andere von tiefen Schnittwunden.

Ich schaue weg. Ich traue mir nicht zu, ihm in die Augen zu schauen, ohne ihn anzuschreien.

Baz blickt auf die Narben. »Das war Eleanor?«

Er zieht das Hemd wieder runter, stopft es sich in den Hosenbund. »Ja.«

»Warum haben Sie uns das nicht schon früher erzählt?«

Ein finsterer Blick, ein triumphierendes Leuchten in seinen Augen. »Weil Sie das verdammt noch mal nichts angeht, Detective.«

Ich beiße die Zähne zusammen, ringe meine Wut nieder. »Es sind Menschen gestorben, Lorcan.«

Seine Lippen werden schmal. »Hören Sie, ich hatte meine Interessen, Eleanor hatte ihre. Die hatten nichts mit mir zu tun.«

Baz beugt sich vor. »Was für Interessen?«

Lorcan zuckt mit den Schultern. »Sie hat Amy und Peter miteinander verkuppelt. Peter war der einzige echte Unschuldige in dem ganzen verkorksten Kreis. Es war eine Obsession. Sie hat den Niedergang ihres Mannes über Jahre hinweg inszeniert. Sie hat mir erzählt, dass sie ihn schlagen konnte, quälen. Ich habe das nicht angezweifelt. Ihre Manipulationskünste waren überragend.«

»So kann man es auch ausdrücken«, murmele ich.

»Sie können das nicht verstehen. Die Kontrolle, die Planung, die nötig ist, um das durchzuziehen, was Eleanor durchziehen konnte. Die Affäre war bloß eine weitere Methode, ihn kleinzuhalten. Peter hat Zuflucht bei Amy gesucht, ohne zu ahnen, dass Eleanor die Fäden in der Hand hielt, um seine Schuldgefühle gegen ihn zu verwenden.«

Mir dröhnt es in den Ohren, das Blut pulsiert mir durch den Kopf. Meine Hände ballen sich zu Fäusten, meine Armmuskeln spannen sich an, bereit, Lorcan Murphy niederzuschlagen.

Er hat den Blick jetzt auf den Boden gerichtet, ein sanftes verträumtes Halblächeln auf den Lippen. Schwelgt in Erinnerungen. Schließlich seufzt er, blickt auf, sieht mir in die Augen. Jähe Kollision.

»Das hätten Sie uns schon vor einer Woche erzählen können, Mr. Murphy«, sage ich gepresst.

Er neigt den Kopf. »Hätte ich. Ja.«

»Ist Ihnen klar, dass ich Sie wegen Behinderung der Justiz festnehmen könnte?«

»Vielleicht würde mir das ja sogar gefallen, Detective.« Er setzt ein breites Lächeln auf.

Baz legt eine Hand auf meine Schulter. Hält mich zurück.

»Nicole, Mr. Murphy«, bringe ich heraus.

»Ich weiß nicht, wo Nicole ist. Ich hatte nie eine Beziehung zu ihr. Wir sind ein paarmal zusammen ausgegangen und haben uns vielleicht ein-, zweimal geküsst, aber wir hatten nicht dieselben … Vorlieben, um es mal so auszudrücken.«

»Danke für Ihre Zeit, Mr. Murphy.«

»War's das?«

»Danke«, sagt Baz.

»Wenn Sie das nächste Mal aufkreuzen, um mir Fragen zu stellen, ohne dass mein Anwalt dabei ist, rufe ich Ihren Vorgesetzten an, bevor ich überhaupt Hallo gesagt habe«, ruft er mir über den Korridor hinterher.

Baz holt mich ein. »Du hättest wenigstens versuchen können, etwas netter zu sein.«

Ich gehe weiter. »Wozu? Reine Zeitverschwendung bei Männern wie dem.«

»Er war wütend. Hat dich provoziert.«

»Er hat verflucht noch mal kein Recht, wütend zu sein. Ist schließlich nicht meine Schuld, dass Costellos DNA in seinem Wagen gefunden wurde, das Blut von Eleanor an seiner Bettwäsche. Ist nicht meine Schuld, dass er uns ihre perversen kleinen sexuellen Rituale verschwiegen hat. Er hat uns das verschwiegen, obwohl er unsere Ermittlungen dadurch behindert hat. Der Typ ist ein verfickter Feigling.«

»Frankie!«

Ich bleibe stehen.

Er fährt sich mit einer Hand übers Gesicht. »Tut mir leid. Aber das ist nun mal unser Job. Nicht seiner.«

Ich strebe Richtung Ausgang, und als ich aus der Uni in die kalte Luft trete, wählen meine Finger bereits die Nummer von Nicole Duartes Mutter.

»Hallo?«

»Mrs. Duarte?«

»Ja, wer ist denn da?«

»Mrs. Duarte, hier ist Detective Frankie Sheehan. Haben Sie inzwischen etwas von Ihrer Tochter gehört?«

Ich spüre eine nervöse Anspannung im Bauch.

»Detective, ich habe meine Tochter vor Tagen als vermisst gemeldet«, sagt sie mit einem starken spanischen Akzent.

»Ich weiß, tut mir leid. Und die Kollegen arbeiten mit Hochdruck daran.« Ich winde mich innerlich. »Aber hat Nicole vielleicht angerufen oder sich sonst wie bei Ihnen gemeldet?«

Ich höre, wie sie scharf einatmet, spüre die Ungeduld und Verärgerung am anderen Ende. »Glauben Sie, dann würde ich noch Ihre Zeit verschwenden, Detective? Obwohl Sie ja anscheinend keine Hemmungen haben, meine Zeit zu verschwenden. Nicoles Tochter fragt jeden Tag nach ihr. Weihnachten steht vor der Tür, sie sollte bei ihrer Mama sein. Wo suchen Sie denn? Wieso haben Sie sie immer noch nicht gefunden?«

Eine Schar Studenten strömt aus dem Gebäude. Ihr Lachen und ihre Gespräche lassen Atemwolken in die kalte

Nachmittagsluft steigen. Ich halte die Sprechmuschel mit der Hand zu und entferne mich ein Stück.

»Es tut mir leid, Mrs. Duarte. Wirklich. Aber ich habe erst vor Kurzem erfahren, dass Nicole verschwunden ist, und ich verspreche Ihnen, wir arbeiten, so schnell wir können.«

»Dann arbeiten Sie gefälligst noch schneller, Detective, weil Nicole nun mal eine kleine Tochter hat. Ein kleines Mädchen, das seine Mama vermisst.«

»Mrs. Duarte, hat Nicole mal einen gewissen Lorcan Murphy erwähnt?«

»Nicole ist mir gegenüber sehr verschlossen. Sie hat sogar ihr Kind zur Welt gebracht, ohne mir vorher zu erzählen, dass sie schwanger ist. Über so was redet sie nicht mit mir.«

Ich nicke. »Verstehe.«

Baz lehnt am Wagen und raucht. »Und? Was hatte Dr. Burke zu sagen?«

»Nichts«, antworte ich und entriegele die Autotüren. »Er war nicht da. Verreist.«

Er merkt auf. »Ach was, verreist?«

»Offenbar.« Ich setze mich ans Steuer und warte, bis Baz seine langen Gliedmaßen ins Auto gefaltet hat. »Aber in seinem Büro hing ein Chagall-Druck von demselben Gemälde, das auch im Haus der Costellos hängt. Haben die Fingerabdrücke, die wir von dem Bild gesichert haben, eigentlich irgendwas ergeben?«

»Wir?«

»Mein Gott! Okay, *du*.«

»Nein, aber wir haben Burkes Abdrücke nicht gespeichert.«

»Vielleicht können wir welche von seiner Patientenakte über Eleanor nehmen.«

Baz verzieht das Gesicht. »Schön wär's.«

Ich seufze. »Es muss einfach klappen. Ruf im Büro an. Helen soll in seiner Praxis nachfragen, wann genau er zurückkommt.«

Baz holt sein Handy hervor und wählt die Nummer.

KAPITEL 28

Den gesamten nächsten Morgen lässt sich Clancy nicht im Büro blicken. Ich vermute, er will mich machen lassen, schaut geflissentlich weg, während ich gegen alle möglichen Vorschriften verstoße. Aber er muss sich keine Sorgen machen. Ich stecke sowieso in einer Sackgasse, weiß nicht weiter. Unsere dünne Ermittlungskette läuft letztlich auf »Aussage gegen Aussage« hinaus. Indizien.

Ich gehe zu Helens Schreibtisch. Sie hat die Black-Widow-Website auf einem Bildschirm geöffnet und Ermittlungsberichte auf dem anderen. Sie schreibt eine Zusammenfassung ihrer Arbeit der letzten paar Monate, die dann in einem Karton für ungelöste Fälle verstaut wird.

»Irgendwas Neues?«, frage ich sie. »Auf der Black-Widow-Website?«

»Vielleicht. Ich hab mich ein bisschen in dem Forum für Neulinge wie mich herumgetrieben. Die sind mitteilsamer. Es ist ein neuer Webmaster für die Seite ernannt worden. Anscheinend wurde der Website-Gründer tot aufgefunden. Daraufhin habe ich die alten Posts durchforstet, jedenfalls so weit ich konnte. Irgendwann löscht die Website sie aus Sicherheitsgründen automatisch. Wie sich herausstellt, handelte es sich offenbar um eine Gründer*in*, und die wurde vor drei Monaten ermordet. Sie war bekannt als Black Widow.«

»Eleanor?«

»Da bin ich mir fast sicher.«

Ich beuge mich über ihren Schreibtisch. Spähe auf den Bildschirm. Überfliege die Posts. »Wer hat übernommen?«

»Ist noch nicht bekannt gegeben worden. Aber ich schätze, es ist unser Mann. TrustMe57. Es findet eine Wahl statt.«

»Wie demokratisch.«

»Hab ich auch gedacht.«

Hoffnung flattert schmerzhaft in meiner Brust. Ich drücke Helens Schulter.

»Gute Arbeit. Hey, haben Sie bei dem Psychiater angerufen?«

»Dr. Burke? Tut mir leid, es war zu spät. Ich hab aber auf den Anrufbeantworter gesprochen.«

»Danke.«

Ich strebe zu meinem Büro, um meine Notizen und meine Tasche zu holen. Ich will nicht dabei sein, wenn das Whiteboard leer geräumt wird. Das Gefühl, versagt zu haben, macht meine Schritte bleischwer, und mir graut vor der drohenden Niedergeschlagenheit, wenn dieser Fall offiziell geschlossen wird. Mir ist der Gedanke unerträglich, dass unsere Ermittlung eingestellt wird, obwohl von Nicole Duarte noch immer jede Spur fehlt.

Ihren Fall wird die Vermisstenstelle übernehmen, die ihn aussitzen wird, bis daraus ein Mordfall geworden ist, und dann, wenn die Ermittlung so kalt ist wie Eleanor Costellos Knochen in der Erde, müssen wir ganz von vorn anfangen. Ich lasse mich in den Schreibtischsessel sinken und schwinge herum zum Fenster, betrachte das graue Morgenlicht in der Milchglasscheibe.

Ich tippe eine kurze SMS an Baz, und als ich sie gerade abschicken will, erscheint sein Name auf dem Display.

»Hey«, melde ich mich.

»Hey«, erwidert er. Er klingt abgehetzt.

»Alles in Ordnung?«

»Ja«, sagt er, obwohl er sich nicht so anhört. »Hör mal, es tut mir leid, dass ich heute Morgen nicht im Büro war. Ist gestern Nacht ein bisschen spät geworden.«

»Hast du ohne mich deinen Kummer ertränkt? Ich dachte, du wärst mein Freund.«

»Ich bin zu Murphy gefahren. Er war nicht zu Hause.«

Ich zucke mit den Schultern, obwohl ich weiß, dass er mich nicht sehen kann. »Na und? Wahrscheinlich ist er losgezogen, um sich ein neues Spielzeug zu suchen.«

»Sein Auto war nicht da. Ich hab die ganze Nacht gewartet, ob er zurückkommt. Hatte so ein komisches Gefühl, weißt du?«

»Deine komischen Gefühle behältst du lieber für dich«, erwidere ich.

»Im Ernst, Frankie, ich glaube, der hat die Biege gemacht. Oder er vertuscht irgendwas. Deshalb bin ich heute Morgen zur Uni. Er ist nicht zur Arbeit erschienen. Wohlgemerkt, nach der Ermordung der von ihm über alles geschätzten Dr. Costello war er gleich am nächsten Morgen pünktlich da. Ich hab mit dem Dekan gesprochen. Er sagt, Lorcan Murphy hat seit Antritt seiner Stelle an der Uni nicht einen einzigen Tag gefehlt.«

»Wo ist er?«

»Das ist die große Frage.«

»Nicole«, flüstere ich.

Baz flucht. »Hör mal, vielleicht gibt Jack uns jetzt eine kleine Verlängerung. Das muss doch irgendwas bedeuten, oder?«

»Clancy hat sich klipp und klar ausgedrückt. Sofern wir nicht eine Leiche oder einen vielversprechenden Verdächtigen vorweisen können, stellen wir die Ermittlungen heute Nachmittag ein.« Ich schüttele den Kopf. Seufze. »Murphy darf verschwinden, Baz. Er ist kein Verdächtiger.«

»Noch nicht.« Er stößt die Worte heftig heraus.

»Wir haben noch ein paar Stunden. Arbeite weiter an

Duarte. Wir müssen sie finden. Ich schätze, wenn wir sie finden, finden wir Murphy.«

»Okay, ich frag mal bei dem zuständigen Gardaí-Revier nach. Vielleicht kann ich zurückverfolgen, wo und mit wem Duarte zuletzt gesehen wurde.«

Ich nage an der Unterlippe. »Nicht auszuschließen, dass wir nach einer Leiche suchen«, sage ich.

»Glaubst du wirklich, sie ist tot?«

»Es würde zu seinem Verhaltensmuster passen. Steve beobachtet die Website, ob ein weiteres Snuff-Video auftaucht. Ich glaube, er hat mit seiner Theorie recht.«

Ich kann Baz' Wut durchs Telefon spüren. »Scheiße.«

»Kann man wohl sagen. Wir sehen uns später. Melde dich, wenn sich irgendwas ergibt«, sage ich. Ich lege auf, reibe mir die empfindliche Stelle an der Schläfe. Unsere vierundzwanzig Stunden sind fast um.

Es regnet ohne Unterlass, als ich in Bray ankomme, und der schmutzige Himmel verheißt keinerlei Wetterbesserung. Es ist Samstag, und die Menschen schieben sich über die Promenade, Kapuzen aufgesetzt, Regenjacken gegen den Sprühregen bis zum Kinn geschlossen. Das Meer ist eine schiefergraue Fläche, kleine weiße Wellen rollen träge auf den braunen Sand. Die Feuchtigkeit ist durchdrungen vom Geruch nach Seetang, und die Luft ist so kalt, dass ich mir die Ärmel über die Finger ziehe.

Ich gehe die Einfahrt der Costellos hoch zum Haus. Es sieht einsam und still aus. Der Vorgarten ist überwuchert, und hohes, braunes Gras hängt über den Zaun. Zwei Gardaí, eine Frau, ein Mann, kauern unter dem Vordach der Haustür. Gelbes Absperrband ist vor den Eingang gespannt.

Ich habe noch nie einen Tatort so lange von Beamten bewachen lassen. Normalerweise haben wir innerhalb von ein paar Tagen alles unter Dach und Fach. Das höchste der Gefühle sind drei Wochen. Aber dieser Fall hat uns überrollt, uns ein Opfer nach dem anderen beschert, Menschen, die von Eleanor Costello manipuliert worden waren, und ich habe den Tatort nicht aus der Hand geben wollen. Jetzt, am Ende der Ermittlungen, wirkt dieses Bemühen, ihn unverändert zu lassen, einigermaßen sinnlos.

Ich nicke den Gardaí zu. »Alles klar?«

»Mahlzeit, Detective.«

Ich ziehe den Ärmel ein Stück hoch, schaue auf meine Uhr. Wo ist der Vormittag geblieben? Es ist tatsächlich schon nach Mittag.

»Mahlzeit«, erwidere ich. »Irgendwelche Vorkommnisse?«

Die Frau steht auf, klopft sich Schmutz vom Hosenboden. »Alles ruhig. Nur der Nachbar hat sich mal blicken lassen. Keine Presse, keine Journalisten, nichts.«

Sogar die Medien haben diesen Fall abgeschrieben.

»Na denn«, sage ich. »Sie können jetzt hier Schluss machen.«

Der Mann richtet sich ebenfalls auf, rückt seine Schutzweste zurecht. »Aber wir haben erst um drei Feierabend.«

»Fahren Sie zurück zu Ihrem Revier. Da gibt's bis drei bestimmt noch was zu tun. Ich mache hier klar Schiff.«

»Okay«, erwidert er. Kein bisschen glücklich darüber, dass er den Rest seiner Schicht tatsächlich noch arbeiten muss, statt hier rumzuhocken und Kette zu rauchen.

»Bis dann, Detective«, sagt die Frau. Sie geht die Einfahrt hinunter, steigt in den Streifenwagen und lässt den Motor an.

Sie fahren langsam davon, und ich stehe da und schaue auf das einstige Haus des Ehepaars Costello. Ein Haus, das sowohl Hüter dunkler Geheimnisse ist als auch Zeuge jahrelanger körperlicher und seelischer Pein. Das lose Ende eines Absperrbandes flattert wie eine zerfledderte Fahne.

Ich reiße die Plane von der Tür und trete ein. In der Diele riecht es nach Meer und frischer Luft, keine Spur von den abgestandenen Gerüchen eines bewohnten Hauses. Die Türen zu den Zimmern stehen auf, und obwohl noch keine Möbel entfernt wurden, hallen meine Schritte auf dem Parkett, als ich durchs Wohnzimmer gehe. Das Chagall-Buch liegt noch immer unter dem Couchtisch. Ich greife danach und richte es bündig mit den anderen aus, so wie Eleanor Costello es gewollt hätte.

Dann gehe ich durch das Haus, ziehe die Vorhänge zu und lasse Jalousien herunter. Ich bin sicher, die Anwälte werden keine Zeit vergeuden, um sich auf das Haus zu stürzen, aber der Fall wird bei vielen einen bitteren Geschmack zurückgelassen haben. Mrs. Fagan war am Boden zerstört, als sie die Nachricht vom Schicksal ihres Bruders erfuhr. Wer weiß, wie lange es dauert, bis sie wieder einen Fuß in dieses Haus setzen kann.

Im Schlafzimmer schließe ich ebenfalls die langen Vorhänge, damit das Tageslicht nicht den Teppich ausbleicht, aber ich bleibe nicht länger als nötig in dem Raum. Das Bild, wie jemand Eleanor in ihrem eigenen Schlafzimmer einen Strick um den Hals legt und sie vom Boden hochzieht, ist wie ein Film, der erneut in meinem Kopf abläuft. Wie einer dieser schrecklichen Albträume, in denen jemand hinter dir her ist, und obwohl du spürst, dass du deinen Verfolger kennst, weigert dein Gehirn sich, die Leerstelle seines Gesichts zu füllen.

Als ich alle Zimmer durchhabe, gehe ich wieder nach draußen und ziehe die Tür hinter mir zu.

Ich nehme das Ende des Absperrbands und wickele es mir um die Hand, während ich seinem Verlauf durch den Garten folge, wo die Kriminaltechniker es vor drei Monaten um Stangen gespannt haben.

»Sie packen zusammen?« Eine Stimme hinter mir lässt mich erstarren. Ich drehe mich um. Es ist der Nachbar. Neil Doyle.

»Ja, wir stellen die Ermittlungen ein.«

Er schüttelt den Kopf, wobei der Anflug eines Lächelns in seinem Mundwinkel zuckt.

»Was ist?«, frage ich. Mir ist schleierhaft, was jemand daran amüsant finden kann, erst recht jemand, der fast zehn Jahre Tür an Tür mit den Opfern gelebt hat.

»Ach, nichts, das ist bloß so typisch Eleanor. Ein Rätsel. Ein herrliches Rätsel. Immer Geheimnisse.«

Ich streife das aufgewickelte Band ab und stopfe es in die Tasche. »Wie es aussieht, werden wir ihre Geheimnisse wohl nie alle enträtseln.« Ich sollte nichts dazu sagen, aber ich kann mich nicht bremsen.

»Sie hat immer gesagt, das läge daran, dass sie in einem kleinen Dorf gelebt hat. Nichts lehrt einen besser, Dinge zu verheimlichen, als dörfliche Enge und neugierige Nachbarn, meinte sie.«

»Das hat sie gesagt?«

»O ja. Sie war extrem zurückhaltend. Ich bin sicher, sie hätte mir nicht mal Guten Tag gesagt, wenn sie mich nicht hin und wieder gebraucht hätte, um aufs Haus aufzupassen, wenn sie und ihr Mann weg waren.«

Schlagartig ist alle Feuchtigkeit in meinem Mund verschwunden. »Weg? Zusammen?«

Er nickt erst, dann schüttelt er den Kopf. »Manchmal schon, aber nur selten. Meistens war sie allein weg. Sie war beruflich viel unterwegs, aber sie ist auch nach Kilcullen gefahren, hat sich um das Haus ihrer Tante gekümmert, es gelüftet und so. Diese alten Häuser vertragen es nicht gut, wenn keiner drin wohnt, und sie hat immer gesagt, sie wollte es nicht vermieten, weil sie den Gedanken nicht ertrug, dass jemand in ihrem Bett schlafen oder die gemeinsamen Sachen von ihr und ihrer Tante benutzen würde. Sie hatte eine sehr schwierige Kindheit, bis sie zu der alten Dame gezogen ist, wissen Sie.«

Ich nicke.

»Jedenfalls, das Haus war für sie etwas Besonderes, und natürlich hatte sie dort auch noch alte Kontakte.«

»Hatte sie noch viele Freunde in Kilcullen?«

Er zuckt die Achseln. »Ich nehme es an. Sie hat oft gesagt, sie hätte ein paar Gläser über den Durst getrunken, wenn sie in Kilcullen war, deshalb hab ich mir gedacht, dass sie mit Freunden ausgegangen war. Ein Jammer. Das hat sich auf ihrer Beerdigung gar nicht so richtig gezeigt. Die Leute sind schon seltsam, wenn das Wort Selbstmord die Runde macht. Oder auch Mord.«

»Stimmt. Bei Mord zeigen sich die meisten nicht gerade von ihrer gesprächigen Seite.«

»Tja, ich vermute, das Haus geht jetzt an Peters Schwester, oder?«

Und schon ist er wieder auf der Jagd nach Klatsch und Tratsch.

»Keine Ahnung.«

»Er hatte wohl keine anderen Angehörigen? Und Eleanor, soweit ich weiß, war da auch sonst niemand?«

»Da müssten Sie ihre Anwälte fragen. Ich bin sicher, Sie werden es schon bald erfahren. Danke, Mr. Doyle.«

Er hebt eine Hand an die Stirn, salutiert zackig. »Ich wünsch Ihnen viel Glück.«

Ich mache weiter, sammle die Metallstangen ein, mit denen die Bereiche des Gartens abgesteckt waren, die das Spurensicherungsteam untersucht hat.

Ich packe alles hinten in meinen Wagen und schicke Clancy eine SMS. *Haus jetzt freigegeben.* Ich setze mich hinters Steuer, denke einen Moment darüber nach, was Neil Doyle abschließend über Eleanor und ihren Mann gesagt hat. Seine Einschätzung ihres Lebens in Kilcullen, dass es für sie und gelegentlich ihren Mann ein Zufluchtsort war, lässt mich meine Entscheidung fällen. Ich starte den Motor und fahre los Richtung Dublin, doch ich weiß, wenn die Abzweigung kommt, werde ich auf die Naas Road biegen, die von der Stadt wegführt, und noch einmal Kurs auf Kilcullen nehmen.

Als ich Eleanors Haus in Kilcullen betrete, muss ich erst mal überlegen, wonach ich eigentlich suche. Ich gehe langsam Richtung Küche. Nach Spuren von Lorcan? Nach Hinweisen, dass irgendwer außer Eleanor hier war. Von der Küche, in der ein schaler, klammer Geruch an den Wänden haftet, trete ich hinaus in einen überwucherten Garten.

Es ist erst zwei Uhr nachmittags, aber es wird bereits dämmerig unter dem Dezemberhimmel, der das Jahr abschließt. Der Regen hat aufgehört, doch die Luft fühlt sich feucht und kalt in meiner Brust an. Der kleine Garten hat einen schmalen Zementweg, der zu einem altersschwachen Schuppen führt. Prächtige Rhododendronbüsche, fraglos noch von Eleanors Tante gesetzt, verschlucken den meisten Platz.

Ich mache kehrt und gehe zurück ins Haus. Der Drang, diesen Fall aufzuklären, ist wie ein hartnäckiges Jucken irgendwo unter meiner Haut, wo ich nicht drankomme. Ich steige die Treppe hinauf zu den Schlafzimmern, achte wieder auf das Tageslicht, das schwach durch die Fenster hereinfällt.

In Amys Video ist Sonnenschein ins Zimmer gedrungen. Ich rufe mir in Erinnerung, in welchem Winkel das Licht auf Amys Füße fiel, ehe es ihre Augen erreichte. Keines der Fenster hier fängt das Licht so ein wie in dem Video. Das Haus ist altmodisch, mit kleinen, niedrigen Fenstern, die nach Osten und Westen gehen. Gleichwohl hole ich mein Taschenmesser hervor und hebe hier und da die Ecken der Tapete an, um nachzusehen, ob die Wände darunter so blau sind wie in dem Video. Doch der löchrige Putz unter der Tapete ist rosarot gestrichen. Ich gehe wieder nach unten und ins Wohnzimmer.

Die CDs neben dem Fernseher und der Stereoanlage sind alphabetisch geordnet. Ich fahre mit dem Finger an ihnen entlang, bis ich bei Joni Mitchell angelangt bin. Die Hülle ist kaputt, und der Deckel löst sich. Ich nehme die CD heraus, betrachte sie von beiden Seiten, als könnte ich Antworten entdecken, eingeätzt in die schimmernde Rückseite. Mein zitterndes Spiegelbild schaut mich an.

Ich mache die Stereoanlage an, lege die CD ein und setze mich im Schneidersitz auf den Boden. Die schwungvolle Melodie von »Big Yellow Taxi« tönt aus den Lautsprechern, und plötzlich habe ich Tränen in den Augen. Tränen der Frustration und Trauer wegen Amy Keegan. Ich erinnere mich an ihr rundliches junges Gesicht und spüre ein jähes Bedauern, sie nicht besser kennengelernt zu haben. Ich denke an ihren Vater und die Jahre voller Kummer, in denen er jetzt emotional ertrinkt. Ich reibe mir die Augen und lehne mich mit dem Rücken gegen einen Sessel.

Als ich die Augen wieder öffne, habe ich kein Gefühl mehr im Hintern, und weil mein Kopf nach hinten über die Sessellehne gesunken ist, tut mir der Nacken weh. Ich muss eingeschlafen sein. Der Nachmittag hat sich davongestohlen. Es ist still im Haus, die Musik hat längst aufgehört, und dunkle Schatten liegen im Raum. Dämmriges Licht von der Straße fällt durchs Fenster herein. Ich bleibe noch einen Moment so sitzen, spüre die Last der Niederlage auf den Schultern. Ich habe eine SMS von Baz. *Nichts Neues. Wo bist du?*

Ich sehe nach, um welche Uhrzeit die Nachricht gekommen ist. Vor fast zwei Stunden. Ich wähle seine Nummer, doch er geht nicht ran. Also tippe ich rasch eine SMS und schicke sie ab. *In Kilcullen. Im Haus von Eleanors Tante. Fahre bald zurück.* Ich hieve mich vom Boden hoch und verlasse das Haus. Der Abend ist kühl, der Geruch nach feuchtem, modrigem Laub und Schlamm liegt in der Luft.

Als ich auf dem Weg zu meinem Auto bin, sehe ich ihn. Das Kinn gesenkt, die Hände tief in den Taschen, den Blick starr auf den Boden vor ihm gerichtet. Der Mann aus Burkes Büro an der Uni. Zuerst denke ich, ich bilde es mir nur ein, aber instinktiv trete ich vom Bürgersteig auf die Straße und steige rasch in meinen Wagen, ehe er mich bemerkt. Er geht vorbei. Bleibt am Bordstein stehen, schaut, ob die Straße frei ist, überquert sie dann im Laufschritt. Er ist groß, breitschultrig, schmale Hüften. Irgendetwas an der Art, wie er sich bewegt, lässt mich vermuten, dass er Yoga macht; der bedächtige Gang, der lange Hals.

Ich sehe, wie er einen Schlüssel aus der Tasche hervorholt, dann flink in einem Haus verschwindet. Ein Arbeitskollege *und* ein Nachbar von Eleanor Costello. Gut möglich, dass er nichts weiß, vielleicht wird er genauso unkooperativ sein wie bei meiner Begegnung mit ihm an der Universität. Aber die Verbindung genügt mir, um wieder aus dem Wagen in den frostigen Dezemberabend zu steigen.

KAPITEL 29

Vor der Haustür bleibe ich stehen, atme mehrmals tief die feuchte Winterluft ein, um das Pochen in den Ohren zu dämpfen. Über die Geräusche meines Atems, meines Herzens hinweg höre ich den schwachen Verkehr im Dorf, hier und da ein hupendes Auto. Ich greife nach dem Türklopfer. Der Klang von schwerem Messing auf Holz hallt die dunkle Straße hinunter. Ein Schlurfen von Füßen, dumpfe Schritte auf einer Treppe, und dann steht er vor mir, lächelt im Lichtkranz der Lampe über der Tür. Dunkle Augen. Das lockige Haar um die Ohren leicht ungebärdig.

Als ich nichts sage, nimmt sein Gesicht einen heiter verwirrten Ausdruck an, als würde meine ausbleibende Reaktion ihn irgendwie amüsieren. Dann erkennt er mich. Weiß, wo er mich hintun soll. Ich sehe ihm an, wie es ihm dämmert, als würde ein Vorhang von einem dunklen Fenster fallen.

»Guten Abend, ich bin Detective Sheehan«, sage ich.

Er lächelt. »Ich erinnere mich.« Er senkt den Kopf, seine Augen verengen sich besorgt. »Ist was passiert?«

»Sie waren ein Nachbar von Eleanor Costello.« Ich deute über die Straße.

Er blickt über meine Schulter, betrachtet das Haus nachdenklich, sieht mich wieder an. »Ja. Ja, was für eine Tragödie.«

»Wie heißen Sie?«

»Oh. Entschuldigung. Adrian Carr.«

»Mr. Carr, dürfte ich vielleicht reinkommen? Ihnen ein paar Fragen stellen?«

»Ich werde Ihnen kaum helfen können. Ich kannte sie nicht besonders gut.«

Ich lächele ihn verkniffen an. »Es wird nicht lange dauern.«

Er tritt in der schmalen Diele beiseite. »Natürlich.«

»Danke.«

Der Teppichboden unter meinen Füßen ist weich. An einer Wand sind Schuhe aufgereiht, und ich sehe erst jetzt, dass er selbst keine trägt.

»Sorry, ja. Ich bin ein kleiner Sauberkeitsfanatiker. Würde es Ihnen was ausmachen?« Er deutet mit einem Nicken auf meine Schuhe.

Ich streife sie ab und stehe in Socken in der Tür. Ein Hauch kühle Abendluft umweht meine Knöchel.

»Kommen Sie, kommen Sie«, sagt er und geht voraus durch die Diele, winkt mich ins Wohnzimmer. Gemütlich. Kein Fernseher. Ein Couchtisch steht zwischen zwei hellen Sofas.

Er setzt sich auf eines und wartet, bis ich ihm gegenüber Platz genommen habe.

»Also, was kann ich für Sie tun?«

»Sie haben nicht erwähnt, dass Sie gegenüber von Eleanor Costello wohnen.«

Er runzelt die Stirn. »Sie haben mich ja auch nicht danach gefragt. Entschuldigen Sie, Detective, werfen Sie mir irgendwas vor?« Er wirkt aufrichtig beunruhigt, legt seine großen Hände auf die Knie.

»Nein. Es ist bloß ein komischer Zufall.«

»Eigentlich habe ich Eleanor Costello leider gar nicht gekannt. Ich weiß, das klingt seltsam, aber sie hat das Haus nur an ein paar Wochenenden im Jahr genutzt, und da war ich oft nicht da. Und an der Uni? Da arbeite ich noch nicht lange. Wie ich schon sagte, ich bin die Vertretung für Dr. Burke.«

»Wann war Eleanor das letzte Mal hier in Kilcullen?«

Er breitet die Hände aus. »Das weiß ich wirklich nicht, Detective. Tut mir leid.«

Ich sehe ihm in die Augen. Halte den Blick fest.

»Okay. Aber Sie haben Dr. Burke kennengelernt?«

Er lacht auf. Schüttelt den Kopf. »Hören Sie, ich bin gerade erst nach Hause gekommen. Ich bin am Verdursten. Trinken Sie mit mir eine Tasse Tee, Detective? Dann beantworte ich Ihnen alle Fragen, die Sie auf dem Herzen haben, versprochen.«

Ich nicke. »Gern.«

Er steht schwungvoll vom Sofa auf, tappt aus dem Zimmer, in die Küche.

»Wo ist Ihr Partner, Detective?«, ruft er mir durch die Diele zu.

»Der geht einem neuen Hinweis nach«, erwidere ich. Bei der Erwähnung von Baz hole ich mein Handy hervor. Sehe nach, ob es etwas Neues über Lorcan oder Nicole gibt. Er hat mir eine SMS geschickt.

Nicole Duarte hat sich heute Nachmittag bei einer Polizeiwache auf der Southside gemeldet, schreibt er. *Es geht ihr gut. War bei Freunden.*

Ich kann Baz' Frust zwischen den Zeilen lesen. Er denkt an die verlorene Zeit, die vergeudete Energie. Ich dagegen empfinde eine Art friedliche Erschöpfung. Nicole ist wohlauf. Ein Opfer weniger. Ich beuge mich vor, lege den Kopf in die Hände. Schließe die Augen. Atme tief. Sie ist wohlauf. Ich stecke mein Handy wieder in die Manteltasche. Stehe auf, trete ans Fenster, hebe die Gardine ein Stück beiseite.

Auf der anderen Seite steht Eleanors Haus dunkel und einsam im warmen, gelben Licht der Straßenlampen. Adrian Carr hätte von hier aus gut beobachten können, wer bei ihr ein- und ausging, wenn er gewollt hätte. Ich lasse die Gardine wieder zufallen. Auf dem Kaminsims ein Keramikschädel, die Hirnareale für die verschiedenen Charakteranlagen mit schwarzen Linien markiert. Phrenologie, der Briefbeschwerer eines Therapeuten.

Aus der Küche höre ich Geklapper, Schränke werden geöffnet, geschlossen, Tassen auf die Arbeitsfläche gestellt. Meine Augen wandern zum Kamin, kein Feuer, ein einzelnes Holzscheit, halb verbrannt, die angesengte Rinde wölbt sich nach oben wie eine aufgeworfene Lippe. Für einen kurzen Moment rieche ich wieder verkohltes Fleisch. Amy Keegan. Ich schlucke, wende mich ab.

Unter dem Couchtisch sind Bücher gestapelt. Ein marmorierter Buchrücken lockt mich näher. Mein Atem stockt, schaltet einen Gang höher. Ich bücke mich. Lese das einzelne aufgedruckte Wort. *Chagall.* Das gleiche Buch habe ich im Haus der Costellos gesehen. Ich nehme es in die Hände. Schlage die erste Seite auf. *La Mariée.* Das Bild eines jungen Brautpaares, die Braut in leuchtendem Rot und Weiß vor einem träumerisch blauen Hintergrund. Eleanor. Flache, rasche Atemzüge. Ich schaue auf, sehe mich im Zimmer um, ein Zeugnis, hinter mir an der Wand, ein Qualifikationsnachweis. Ich nähere mich ihm vorsichtig, weiß schon fast, was darauf steht.

Dr. Jeremy Burke. Sein Name in verschnörkelten goldenen Lettern. Eleanor Costellos Therapeut. Weiße Sternchen tanzen mir vor den Augen, und ich blinzele sie weg. Ich bin in seinem Haus. Ich begreife, voll und ganz, alles fügt sich auf einmal zusammen, ergibt ein klares Bild. Die Affäre, die Manipulation, die gemeinsamen dunklen Fantasien, die geheimen Absprachen, das Verlangen nach mehr, die Misshandlung eines Ehemannes, Folter, Mord. Amy

Keegan, eine Marionette, eine labile junge Frau, die nur versuchte, ihre Probleme zu verstehen, und für die es kein Entkommen mehr gab, sobald sie Hilfe suchend die Hand ausstreckte.

Mir schnürt sich die Kehle zu. Eine Hand geht zum Mund. Drückt die Panik nach unten. Ich weiche von seinem Namen zurück, während meine Finger bereits Baz' Nummer wählen. Das Klappern von Besteck aus der Küche. Hau ab. *Hau ab*, schreit mein Kopf. Ich stolpere fast über den Couchtisch, eile zur Tür.

Und da ist er. Zwei Tassen Tee und ein wissendes Lächeln.

»Sie wollen schon gehen, Detective?«

Es kribbelt mir heiß am Haaransatz.

Ich stecke das Handy in die Tasche, während die Nummer gewählt wird, hoffe, dass Baz rangeht.

»Toilette«, sage ich. »Ich hätte noch in Eleanors Haus gehen sollen. Aber ich konnte ja nicht ahnen, dass ich hier zufällig einem ihrer Kollegen über den Weg laufen würde. Ist eine lange Fahrt bis Dublin.«

Seine Augen werden schmal. Er hebt die Tassen, um mir zu signalisieren, dass ich warten soll, stellt sie auf den Couchtisch. Neben das aufgeschlagene Buch, das Gemälde von der jungen Braut.

Er dreht sich um. »Das ist eines meiner Lieblingsbilder. Toll, wie das Blau die Frau hervorhebt.«

Er sieht mich an, runzelt die Stirn. »Moment, geben Sie mir doch Ihren Mantel. Ist irgendwie albern, dass Sie den noch anhaben, aber keine Schuhe an den Füßen, oder?«

Ich räuspere mich. »Nein, nein. Geht schon.«

Er schnalzt mit der Zunge, tritt hinter mich. »Ist doch kein Problem. Sonst wird Ihnen kalt, wenn Sie wieder rausgehen.« Seine Finger ziehen mir den Mantel von den Schultern. Er legt ihn über die Couchlehne.

»So«, sagt er. »Die Toilette ist oben im Bad, zweite Tür links.«

»Danke«, murmele ich mit trockenen Lippen.

Er bleibt im Türrahmen stehen und beobachtet mich. Ich eile die Treppe hinauf. Vergrößere den Abstand zwischen uns, doch auf halber Höhe dringt er mir in die Nase, süß und widerlich: der klebrige Geruch von Blut und, etwas schwächer, Reinigungsmittel durchdringt die Wärme des Hauses. Geruchssinn. Der primitivste der fünf Sinne. Mein Mund wird trocken. Tief in meiner Kehle flattert ein Puls. Ein Blick nach hinten verrät mir, dass Burke wieder im Wohnzimmer ist, seine Teetasse in einer Hand, und seelenruhig in dem Kunstband blättert.

Oben angekommen laufe ich über den dunklen Flur, weg von ihm. Ich finde das Bad, drehe beide Hähne am Waschbecken auf, lasse das Wasser laufen. Hier oben ist es stickig, als ob seit Jahren nicht gelüftet worden ist. Das Badezimmerfenster ist zugenagelt. Mit krummen, rostigen Nägeln. Ich zupfe am Kragen meiner Bluse. Schweiß sammelt sich in meinen Achselhöhlen, auf dem Rücken.

Ich hole tief Luft, versuche, mich etwas zu beruhigen, doch plötzlich habe ich das Rauschen der Dubliner City in den Ohren, höre das Geräusch meiner Füße auf Kies, als ich mich auf die Rückseite von Tracy Wards Haus schleiche. Der Geruch von Blut ist in meiner Nase, anschwellender Hass wie Säure auf der Zunge. Ich schlucke. Halte meinen keuchenden Atem an, schnappe nach Luft, bringe ihn unter Kontrolle.

Ich gehe leise aus dem Bad, öffne die nächste Tür. Ein Schlafzimmer. Klamme, abgestandene Luft, durchdrungen von Körpergeruch. Auch hier ist das Fenster zugenagelt. Ein Gefängnis. Vom Flur geht noch ein weiterer Raum ab, direkt über dem Wohnzimmer. Ich schleiche mich zu der Tür, doch irgendwas hält mich davon ab, sie zu öffnen. Da ist jemand auf der anderen Seite. Das spüre ich. Ich drücke das Ohr ans Holz. Ich höre keinen Laut, kein Stöhnen, kein leises Flehen um Hilfe, doch ob kalt oder warm, irgendeine Präsenz ist hinter der Tür. Eine weitere Person. Ein weiteres Opfer? Meine Hand taucht vor mir auf, greift mit zitternden Fingern nach dem Knauf.

»Detective?«

Ich sauge die dumpfe Luft ein. Als ich mich umdrehe, sehe ich ihn. Er kommt gerade die letzten paar Stufen herauf, bleibt dann stehen, keine zwei Schritte von mir entfernt.

»Ihr Tee wird kalt«, sagt er. Er tritt beiseite, deutet mit der Hand zur Treppe und schaut mich auffordernd an.

Im Halbdunkel habe ich Mühe, seinen Gesichtsausdruck klar einzuordnen, aber seine Finger liegen weiß und verkrampft um das Geländer, als könnte er jeden Moment ein Stück Holz herausreißen.

»Ich muss Sie bitten, diese Tür zu öffnen.«

Ich bin sicher, dass seine Nasenflügel sich weiten, sein Mund sich anspannt.

Er macht einen Schritt auf mich zu.

»Sparen Sie sich die Mühe.«

»Ist jemand in dem Zimmer?«, frage ich mit einem möglichst harten Tonfall in der Stimme.

Er kommt noch einen Schritt näher, ich stehe jetzt mit dem Rücken an der Tür. Er sieht mich mit einem Ausdruck purer Verachtung an. Seine Oberlippe hebt sich, zuckt.

»Ja, Detective. Da ist jemand.«

»Ist die Person am Leben?«

Ich halte seinen Blick fest, traue mich nicht wegzusehen, mich zu bewegen. Er steht dicht vor mir, so dicht, dass ich die heiße Wut unter seiner Haut brodeln spüre.

»Ist die Person am Leben, Dr. Burke?«

Er schließt die Augen, wie ein Vater, der die Götter um Nachsicht bittet. Ein langsamer Seufzer weht mir warm ins Gesicht.

»Was verstehen Sie unter ›am Leben‹, Detective? Wenn man jeden schmerzenden Zentimeter Fleisch spürt? Am Leben? Ich glaube, so lebendig war er wahrscheinlich noch nie.«

Mein Verstand gerät ins Straucheln. *Er.*

»Er?«

Und da ist es, regt sich im Schwarz seiner Augen. Kreist um sich selbst, höhlt seinen Kern aus, eine wilde Mischung aus Bosheit und Wut, die ausholt, sich angriffsbereit macht.

Er antwortet nicht. Ich bin einer Antwort nicht würdig. Ich habe ihn – und seine Opfer – falsch eingeschätzt.

Ich drücke den Rücken durch, versuche, mich selbstsicher zu geben. »Ich schlage vor, wir gehen nach unten. Unterhalten uns in Ruhe. Mein Team muss jeden Moment hier sein.«

Da ist es wieder. Dieses Aufblitzen von Abscheu.

»Ihr Team. Ihr Team«, sagt er lachend. »Scheiße. Für wen halten Sie mich? Ich mache nie einen Fehler zweimal, Detective, aber Sie offensichtlich schon. Wo ist denn Ihr Scheißteam?«, zischt er.

Seine Hand bewegt sich. Blitzschnell. Verschwommen. Und dann hat er ein Messer, die breite Klinge fast weiß im Dämmerlicht. »Tür aufmachen«, knurrt er.

Ich weiß, dass mir die Panik im Gesicht steht. Die Narbe an meiner Schläfe schmerzt. Meine Kehle ist völlig ausgetrocknet. Ich greife hinter mich und umfasse den Türknauf. Das runde Holz drückt sich in meine nasse Handfläche. Die Tür schwingt von allein nach innen, und als mir der Blutgeruch penetrant und bitter entgegenschlägt, schreien die primitiven Zentren meines Gehirns: Lauf.

Burke hält das Messer seitlich dicht am Körper. Seine Augen sind Steine aus Hass; das blanke Böse. Verächtlich. Sein Arm zittert vor freudiger Erwartung, als würde die Klinge verlangen, dass sie benutzt wird. Er macht einen Schritt auf mich zu, den Kopf gesenkt, und ich stolpere rückwärts in das Zimmer.

Meine Füße rutschen auf einer Plastikplane weg, und ich stütze mich instinktiv an einer Kommode ab. Burke tritt über die Schwelle, schließt die Tür und schaltet eine Lampe ein. Das Zimmer ist blau, ein sanftes Babyblau mit dunklen Fußleisten. Ich werfe einen Blick hinter mich und sehe blaue Vorhänge mit Blumenmuster vor dem Fenster. Im Geist sehe ich, wie Amy Keegan müde, blutunterlaufene Augen auf einen Streifen Sonnenlicht richtet, bevor eine Hand nach ihrem Kopf greift und ihn so dreht, dass sie in die Kamera blickt, dem Horror ihres Todes entgegen. Und jetzt liegt Burkes neuestes Opfer blass und reglos auf demselben Bett.

Lorcan Murphy. Er ist an Händen und Füßen gefesselt, sein Körper übersät mit tiefen Schnitten. Ein erschrecktes Stöhnen ertönt von irgendwoher, und mit einer Sekunde Verzögerung wird mir klar, dass es aus meiner Kehle kam. *Es tut mir leid,* möchte ich schreien. Es tut mir leid, dass ich die Wahrheit nicht früh genug erkannt habe.

»Lorcan«, sage ich. Beherrscht. Gefasst. Beruhigend. »Lorcan? Ich bin's, Detective Sheehan. Hilfe ist unterwegs.«

Seine Augen flackern, und Erleichterung bricht sich Bahn. Er lebt.

Burkes Stimme reißt mich aus meinen Gedanken.

»Er lebt, weil ich es will«, sagt er, als hätte er meine Gedanken gelesen.

Zorn löst meine Zunge. »Und was war mit Eleanor? Mit Amy?«

Burke legt das Messer auf die Kommode, öffnet die obere Schublade und nimmt eine Kamera heraus. Er montiert sie auf ein Stativ, dreht das Objektiv in meine Richtung.

»Uns zwei verband eine Sandkastenliebe, wissen Sie. Das erfordert einiges.« Er sieht mich ernst an, mit Stolz in den Augen. »Eleanor hatte so eine gewinnende Art. Man konnte süchtig danach werden. Sie war wie Fliegenpapier. Alle flogen ihr zu und blieben haften. Sie hat ihren Mann monatelang gequält. Dieser blöde Idiot. Bei mir dachte sie, sie hätte die Fäden in der Hand, dachte, ich würde sie an dem Balken hochziehen und dann zu Boden fallen lassen, wenn ihr die Luft ausging. Ohne dass ihr was passiert.«

Seine Augen werden für einen Moment glasig, Wonne umspielt seine Mundwinkel. Er erinnert sich. Erinnert sich an das wunderbare Gefühl zu sehen, wie sich in Eleanors Gesicht die Erkenntnis abzeichnete, dass er es war, der die Macht in Händen hielt.

Ich spüre seine Augen auf mir, und ich weiche unwillkürlich zurück gegen das Fenster.

»Sie dachte, ich würde den Strick loslassen. Aber das habe ich nicht.«

Er wendet sich wieder der Kamera zu. Drückt einen Knopf an der Seite, und ein rotes Lämpchen blinkt auf.

Sein Gesicht ist teilnahmslos. Er hat die Maske abgelegt, sich in sein wahres Ich zurückgezogen. Erneut greift er in die Kommodenschublade, holt ein dickes blaues Nylonseil hervor. Er wickelt sich die Seilenden um die Hände und nähert sich mir, wie ein Jäger sich einem Tier nähern würde, das er töten will. Und er will mich töten. Die Gier verdunkelt seine Augen, bewegt sich darin wie etwas Lebendiges, windet sich in den schwarzen Tümpeln seiner Pupillen. Ich blicke zu Lorcan hinüber. Seine Augen sind geöffnet. Starren. Die Panik ist in sein Gesicht eingegraben. Seine Lippen, vom Knebel geschwollen und gequetscht, verzerren sich weiß, als er versucht zu schreien.

Ich warte, bis Burke fast bei mir ist, dann stoße ich mich vom Fenster ab. Ich tauche unter seinen Armen hindurch, doch meine Chance zu entkommen war schon in dem Moment gleich null, als ich sein Haus betrat. Seine Hände senken sich blitzschnell über meinen Kopf, das Seil straff zwischen ihnen gespannt. Das Nylon schlingt sich mir um den Hals und reißt mich rückwärts gegen seine Brust. Er stöhnt jetzt vor Anstrengung. Vor Erregung. Die Jagd. Die Beute. Die Macht. Das Seil presst gegen meinen Hals. Reißt mir die Haut auf. Roher, frischer Schmerz. Druck baut sich in meinen Schläfen auf.

Meine Hände kratzen, klammern, krallen an meiner Kehle. Meine Füße strampeln, rutschen, gleiten über die knisternde Plane. Ich spüre, wie seine Arme ruckartig zurückschnellen, das Seil sich noch fester zuzieht und mein Körper verzweifelt zuckt. Winzige Lichtexplosionen blitzen in meinem Gesichtsfeld auf. Ich bin unter Wasser, allein mit dem Hämmern meines Herzens. Nicht einmal mein Atem erreicht mich durch den Nebel. Meine Arme erschlaffen, treiben kraftlos neben mir. Dunkelheit umhüllt mich. Warm, dann köstlich kühl.

Ich bin auf dem Boden, spüre Nässe im Gesicht. Tränen. Blut. Ich schmecke Salz, Metall im Mund. Ich will schreien, aber meine Zunge stößt gegen durchweichten Stoff. Ich versuche, die Augen zu öffnen, aber das ist eine Herkulesaufgabe. Meine Lider sind unendlich schwer. Ich rieche Schweiß und Blut. Irgendetwas in meinem Kopf erwacht und zieht mich durch den Nebel der Bewusstlosigkeit. Ich sauge dumpfe, stinkende Luft durch die Nase ein, vertreibe den Tinnitus aus meinen Ohren, und ganz langsam kehrt mein Körper zurück in den Raum.

Ich drehe den Kopf, und ein stechender Schmerz fährt mir durch den Hals und in die Wange. Meine Hände sind über meinem Kopf, ich beuge die Finger und fühle die Kälte des Heizkörpers an den Knöcheln.

Ich kann meinen Angreifer spüren. Weiß, dass er sich irgendwo im Raum bewegt, zum Greifen nah. Ich zwinge mich zu sehen, öffne die Augen, so weit ich kann. Lorcan ist irgendwo über mir auf dem Bett. Er regt sich nicht, doch wenn ich die Luft anhalte, kann ich seine schwach röchelnden Atemzüge hören.

»Ah, da sind Sie ja wieder.« Burkes Stimme ist heiser. Eine Mischung aus Wut und Vorfreude.

Ein Gefühl, als würde ich fallen, lässt meinen Blick verschwimmen, und der Raum wird dunkler. Ich blinzele, schlucke eine Welle Übelkeit herunter und schaffe es, mich zu konzentrieren.

»Fühlen Sie sich nicht wohl?«

Neue Schmerzen breiten sich in Brust und Unterleib aus, ein Bluterguss pocht in meinem rechten Bein.

Er kommt näher, das schon blutige Messer in der Hand. »Das dürfte vom Blutverlust kommen.«

Seine Worte lösen noch mehr Schmerzen aus. Ich blicke

nach unten. Blut hat eine Lache um mich herum gebildet, quillt aus meinen Gliedmaßen. Der dunkle Stoff meiner Bluse ist blutgetränkt. Ein plötzliches Schwächegefühl durchfährt mich, und ich lasse den Kopf auf die Brust fallen, schnappe nach Luft. Aber da ist er schon bei mir und nimmt mein Gesicht zwischen die Finger.

»Nicht doch, Detective. Ich hätte Sie für zäher gehalten. Vielleicht brauchen Sie ja bloß einen kleinen Muntermacher. Schmerz kann die Sinne auf wunderbare Weise schärfen.«

Er zieht mir das Messer übers Gesicht, vom Wangenknochen bis hinunter zur Kinnlade. Der Druck so leicht, als würde er zart mit dem Finger darüberstreichen. Rasiermesserscharf. Die Klingenspitze gleitet weiter nach unten, verharrt oben an der Kehle. Ich spüre, wie sich die Klinge zur pochenden Schlagader bewegt. Aber er wird die Arterie nicht durchtrennen. Das wäre zu gnädig.

Das Messer wird weggenommen, fällt auf die Plastikplane, und er greift nach dem Nylonseil, wickelt sich die Enden wieder um die Hände. Er hält es mir vors Gesicht. Ich winde mich, doch Schmerz schießt mir durch ein Bein und den Unterleib, frisches Blut tropft von meiner Bluse. Er lächelt, dann verzerrt sich sein Gesicht, und er rammt mir das Seil gegen den Hals.

Ich kriege keine Luft. Meine Zunge drückt gegen den Knebel, meine Nasenflügel beben. Ich kann jedes Blutgefäß in meinem Kopf pulsieren spüren, meine Lunge verkrampft, wird starr, wartet auf Luft. Er drückt mit seinem ganzen Gewicht gegen meine Kehle. Sein Gesicht ist entstellt, rot vor Wut. Meine Füße treten ins Leere, meine Hände krümmen sich, greifen nach Luft, zerren an ihren Fesseln. Jede Bewegung bringt noch mehr Schmerzen. Mein Hals reckt sich, irgendwas bricht in meiner Schulter, ein Knochen knackt in meiner Hand.

Dunkelheit kommt, senkt sich über mich, hüllt mich ein. Meine Arme und Beine sind schwer, bleiern, ich kann sie nicht mehr bewegen. Ich drifte ab. Schwebe davon.

Irgendwo in der Dunkelheit ist Bewegung. Licht. Stimmen. Jemand weint. Schritte ganz in meiner Nähe. Hände, kalte Hände heben mein Gesicht, meine Augen. Luft dringt in meinen Mund, Bewusstsein kehrt schleichend zurück.

»Wir sind da, Frankie. Wir sind da«, flüstert eine Stimme an meinem Ohr.

»Um Gottes willen. Wir brauchen sofort einen Krankenwagen!«

KAPITEL 30

Ich drücke die Taste, und das Laufband wird langsamer, hält dann an. Mein Bein pocht, die Verletzung widersetzt sich der Reha-Maßnahme, und ich bleibe einen Moment stehen, bis der dumpfe Schmerz nachlässt. Der Bonsai ist mir zur Arbeit gefolgt. Ich habe beschlossen, dass ihm das schattige Büro besser liegt als die wechselnden Lichtverhältnisse in meiner Wohnung. Das Blattwerk ist zwar spärlich, aber frisch und grün, und an den Zweigen sprießen neue Triebe, was beweist, dass dem Bäumchen das Schreibtischleben gut bekommt oder dass Steve, Zeuge meiner nachlässigen Pflege, sich hinter meinem Rücken seiner angenommen hat.

Es klopft leise an der Tür, und ich blicke zum Fenster. Der Himmel wird dunkel. Ich stelle mir Burke in seiner Zelle vor, wie er auf sein Stück Himmel schaut. Die Geräusche der Stadt dringen herein, und nur der Klang seiner Schuld hallt zurück. Schweiß läuft mir über den Rücken, tränkt meine Bluse. Ich lehne mich einen Moment gegen den Schreibtisch, um zu verschnaufen.

»Herein«, rufe ich.

Baz tritt ein. »Alles in Ordnung, Sheehan?«

Ich lächele, nehme die Fallakte, reiche sie ihm.

»Mir geht's bestens.«

Und das stimmt. Frankenstein wird von weniger Nähten zusammengehalten als ich, aber ich habe zum ersten Mal seit Monaten meinen Frieden gefunden. Meine gebrochene Schulter wird heilen, mein Bein wird heilen. Die Narbe an meiner Wange ist flach und schrumpft bereits zu einer dünnen Linie.

»Bist du sicher, du kriegst das auf die Reihe?«

»Ja. Das bin ich ihnen schuldig. Peter. Amy. Tracy. Rachel. Und in gewisser Weise auch Eleanor.«

Burkes Geständnis war unvollständig. Es gibt Geheimnisse, die behält ein Mörder lieber für sich. Es steht nicht zu erwarten, dass Burke reinen Tisch machen wird, aber das, was er gestanden hat, genügt. Preußischblau wurde als Erstes von Eleanor benutzt, Burkes langjähriger Geliebten und Patientin.

Eleanor hat das Pigment als Gegenmittel für den Fall einer Vergiftung mit Thallium benutzt, doch schon bald waren sie beide völlig fasziniert von der Farbe. Sie wurde für sie zum obsessiven Trigger, zum Symbol der Raffinesse, mit der sie Peter beherrschten. Wenn ich an die Farbe denke, verzieht sich mir unwillkürlich der Mund. Durch die Verwendung von Preußischblau verhöhnten sie Peter Costello. Verhöhnten sie seine Liebe zur Kunst und seine Begeisterung für Chagall.

Eleanor wurde ein Opfer des Monsters, das sie selbst mit erschaffen hatte. Fotos, die in Burkes Haus gefunden wurden, zeichnen den Verlauf ihrer destruktiven Beziehung nach. Die beiden als Teenager: Burke, groß und knochig hinter Eleanor stehend, die Arme fest um ihre Schultern geschlungen, Eleanors Körper an seine Brust gedrückt. Lächelnd. Immer lächelnd. Später dann: Eleanor in der Küche des Hauses ihrer Tante, Ehering locker am Finger, mit einem Glas Champagner in die Kamera prostend.

Eleanor war der Funke, der in Burke eine Feuersbrunst entzündete, und am Ende erstickte sie an seinem Verlangen nach absoluter Kontrolle. Die Black-Widow-Website war eine lukrative und spielerische Methode, mit potenziellen Lovern und, für Burke, potenziellen Opfern in Kontakt zu kommen. Amy testete ihre Fantasien auf der falschen Plattform aus.

Er will nicht über den Mord an Tracy oder seinen Angriff auf Rachel sprechen, weil beide nicht nach Plan liefen. Frühe Anfängerfehler, überstürzt und stümperhaft. Nicht die Kontrolle, auf die er aus war. Er glaubt, das sei wichtig. Und für ihn ist das auch so, aber jetzt haben wir sein Profil, seine DNA. Wir brauchen sein Geständnis nicht. Seine Vorgeschichte hinterlässt dreckige Fingerabdrücke auf allen seinen Verbrechen, und jetzt sind wir in der Lage, sie zurückzuverfolgen. Sobald wir seine Abdrücke hatten, konnten wir sie mit den Fingerabdrücken vergleichen, die wir auf Tracys Leiche und am Fenster gefunden hatten, und sie stimmten überein. Das Preußischblau unter Tracys Nägeln hatte er dort platziert. Es war sozusagen seine Visitenkarte. Eine bewusste Kennzeichnung aller seiner Opfer, selbst seiner Komplizin Eleanor Costello.

An dem Abend, als Burke mich angriff, erhielt Baz den Anruf, dass Nicole wieder zu Hause war. Sie hatte eine Atempause gebraucht, war ein paar Tage lang mit einer Freundin durch die Kneipen gezogen. Sie müsse manchmal Druck ablassen, sie habe allerhand zu schultern, hatte sie gesagt. Sie hatte meine Anrufe bewusst nicht angenommen, weil sie Angst hatte. Der Mord an Eleanor war ihr zu nahegegangen, und sie wollte einfach weg. Ich hätte sauer sein sollen, aber ich konnte nicht die Energie dazu aufbringen. So musste ich wenigstens nicht noch ein Opfer mit auf die Liste setzen.

Ich nehme die Krücke, klemme sie mir unter die unverletzte Schulter und humpele aus meinem Büro in den Soko-Raum. Am Whiteboard bleibe ich stehen und schaue mir den Verlauf unserer Ermittlungen an. Priscilla Fagan hat ihren Bruder einäschern lassen, vermutlich, um ihm ein gemeinsames Grab mit seiner sadistischen Frau zu ersparen.

Das war nicht die Art von ewiger Ruhe, die sie ihrem eigen Fleisch und Blut wünschte.

Sie kam mich im Krankenhaus besuchen, mit versteinerter Miene und rot verweinten Augen. Sie legte einen steifen Blumenstrauß auf meinen Nachttisch und dankte mir dafür, dass ich Eleanors wahres Gesicht entlarvt hatte. Ihre letzten Worte an mich klangen fast wie eine Art Begnadigung. *Wenigstens muss er jetzt nicht mehr ihre Spielchen ertragen.*

Ich brauche eine Weile bis zum Auto. Baz hält mir die Beifahrertür auf, geht dann um den Wagen herum und setzt sich ans Steuer.

»Gewöhn dich bloß nicht an den Fahrersitz«, sage ich, während ich vorsichtig einsteige.

Er lächelt. »Würde mir nicht im Traum einfallen. Ich kenne dich nämlich, schon vergessen?«

»Träum weiter.«

»Weißt du, was? Ich hab den Scheiß hier nicht nötig. Ich lass mich versetzen. Vielleicht geh ich zur Ballistik«, sagt er und grinst dabei.

Ich schaue aus dem Fenster, unterdrücke ein Lächeln. »Da wärst du am besten aufgehoben.«

Den Rest der Fahrt schweigen wir.

Baz war als Erster bei mir. Er war rangegangen, als ich seine Nummer gewählt hatte. Kurz bevor ich das Handy in die Tasche steckte, kurz bevor ich die Treppe hinaufging. Er hörte, dass ich das Haus von Eleanors Tante erwähnte, und er wusste, dass ich da war. Hörte Burkes Erwiderung. Er beschrieb mir keine grausigen Bilder. Das war auch nicht nötig, ich sah ihm an den Augen an, welche Szene sich ihm geboten hatte.

Vor dem Gerichtsgebäude wartet die Presse. Wartet darauf, den Psychiater abzulichten, der seine Opfer gequält hat, der gern *Messer sprechen ließ*. Polizeiwagen fahren vor, schaffen Platz für den Van mit getönten Scheiben. Umdrängt von Polizisten und überschüttet mit Hassrufen, wird Burke vom Fahrzeug weggeführt, die Hände vor sich gefaltet, kalter Stahl um die Handgelenke. Die Beamten eskortieren ihn rasch weg von der neugierigen Öffentlichkeit und hinein ins Gebäude, wo ihm der Prozess gemacht werden wird.

»Du hast mir mal gesagt, es ginge ums Gewinnen. Um jeden Preis«, sagt Baz, die Augen fest auf die Tür des Gerichtsgebäudes gerichtet. »Ich glaube, damals hab ich das nicht verstanden.«

Er sieht mich an, lächelt. »Aber jetzt? Jetzt verstehe ich es.«

Ich beiße mir auf die Wange, schaue weg. Um jeden Preis? Lorcan Murphy hat überlebt. Jedenfalls, was von ihm übrig ist. Seine Milz musste entfernt werden, ein Nerv in seiner linken Hand ist dauerhaft geschädigt. Er ist weggezogen. Nach Cork oder Kerry. Irgendwo ins Landesinnere, wo er weiter an einer Uni lehren kann, ohne dass Eleanor Costello ihn auf Schritt und Tritt verfolgt. Ich habe ihn noch einmal besucht. Fahlgraues Gesicht, kein strahlendes Lächeln mehr, eine nervöse Angst in den Augen, die ich wiedererkannte. Es wird besser, sagte ich. Mir geht's gut, antwortete er. Und dann war er fort, ein Schatten seiner selbst, aber ich konnte sehen, dass sich sein Schmerz an seinen Schultern festklammerte wie ein Kobold. Ich will nicht darüber nachdenken, wie hoch der Preis war.

Baz biegt ab und fährt in eine Seitenstraße. Clancy wartet am Hintereingang. Die übliche Visage, wie ein versohlter Hintern, eine Kippe locker zwischen den Lippen.

»Er sieht zufrieden aus«, sagt Baz.

»Regelrecht glücklich«, sage ich und muss unwillkürlich lächeln.

Ich steige aus dem Auto, und Clancy verzieht mitfühlend das Gesicht.

»Menschenskind, Sheehan. Das wird allmählich zur schlechten Gewohnheit.«

»Na, wenn sich zur Abwechslung mal einer von euch faulen Säcken so zurichten lassen könnte, würde ich mich nicht beschweren«, erwidere ich.

»Geschieht dir ganz recht, weil du so ein aggressives Weib bist.« Er schenkt mir ein seltenes Lächeln. »Das war verdammt knapp, Frankie. Zu knapp.«

Ich reibe mir den Oberschenkel.

»Das alles wird vergehen. Wird heilen.« Ich stütze mich auf die Krücke und schaue ihm in die Augen. »Und was heißt denn ›zu knapp‹? Ich bin schließlich immer noch da.«

DANKSAGUNG

Ein Buch wird erst im Kopf seiner Leser lebendig und fertiggestellt, deshalb geht mein erster Dank an Sie. Danke, dass Sie *Zu nah* gelesen haben.

Ich danke meiner wunderbaren Agentin Susan Armstrong, bei der ich stets in den besten Händen war. Ich danke allen aus dem Team der C&W Agency: vor allem Emma Finn, Jake Smith-Bosanquet, Alexandra McNicoll und Alexander Cochran.

Ich danke allen bei riverrun books, insbesondere meinem Lektor Richard Arcus, der sich mit solcher Begeisterung an die Aufgabe gemacht hat, meinem Buch mit redaktioneller Bravur und Flexibilität den letzten Schliff zu geben.

Ich danke meiner Schwester Ann Kiernan, die stets mit »versuch's noch mal« geantwortet hat und meine geduldige Zuhörerin, wohlwollende Leserin und unermüdliche Cheerleaderin war.

Ich danke Freunden und Kritikergruppen, die das Manuskript gelesen und kommentiert haben. Und ich danke David Fennell, Jean Levy und Lucy Van Smit für ihre kreative Unterstützung und tolle Gesellschaft, wenn ich mich zum Schreiben zurückzog.

Ein besonderer Dank geht an all die Angehörigen der Garda Síochána, die mir bei meinen Recherchen für dieses Buch so großzügig ihre Zeit zur Verfügung stellten und mich mit Rat und Tat und Sachkenntnis unterstützten, vor allem an Garda a. D. Jimmy Murray. Eventuelle Fehler bei der Darstellung polizeilicher Ermittlungsarbeit gehen allein auf mein Konto.

Zu guter Letzt danke ich Matthew, Bewahrer der Ruhe, Stimme der Vernunft und Kämpfer für die »Zeit zum Schreiben«.